历朝通俗演义（插图版）——民国演义 I

武昌起义

蔡东藩　著

北方联合出版传媒(集团)股份有限公司
万卷出版公司

ⓒ 蔡东藩 2015

图书在版编目（CIP）数据

民国演义. 1, 武昌起义 / 蔡东藩著. — 沈阳：万
卷出版公司, 2015.1（2017.5重印）
（历朝通俗演义）
ISBN 978-7-5470-3118-6

Ⅰ. ①民… Ⅱ. ①蔡… Ⅲ. ①章回小说－中国－现代
Ⅳ. ①I246.4

中国版本图书馆CIP数据核字（2014）第154329号

出版发行：北方联合出版传媒（集团）股份有限公司
　　　　　万卷出版公司
　　　　　（地址：沈阳市和平区十一纬路29号　邮编：110003）
印　刷　者：北京航天伟业印刷有限公司
经　销　者：全国新华书店
幅面尺寸：168mm×233mm
字　　数：282千字
印　　张：17
出版时间：2015年1月第1版
印刷时间：2017年5月第2次印刷
责任编辑：周莉莉　杨博鹏
封面设计：向阳文化　吕智超
版式设计：范思越
ISBN 978-7-5470-3118-6
定　　价：41.00元

联系电话：024-23284090/010-57262361
传　　真：010-88332248
E-mail：200514509@qq.com
网　　址：http://e.weibo.com/zhipinshuye

自　序

治世有是非，浊世无是非。夫浊世亦曷尝无是非哉？弊在以非为是，以是为非，群言庞杂，无所适从，而是非遂颠倒而不复明。昔孔子作《春秋》，孟子距杨墨，笔削谨严，辩论详核，其足以维持世道者，良非浅鲜，故后世以圣贤称之。至秦汉以降，专制日甚，文网繁密，下有清议，偶触忌讳，即罹刑辟。世有明哲，亦何苦自拚生命，与浊世争论是非乎？故非经一代易姓，从未有董狐直笔，得是是非非之真相。即愤时者忍无可忍，或托诸歌咏，或演成稗乘，美人香草，聊写忧思，《水浒》《红楼》，无非假托，明眼人取而阅之，钩深索隐，煞费苦心，尚未能洞烛靡遗，而一孔之士，固无论已。今日之中华民国，一新旧交替之时代也，旧者未必尽非，而新者亦未必尽是。自纪元以迄于兹，朝三暮四，变幻靡常，忽焉以为是，忽焉以为非，又忽焉而非者又是，是者又非，胶胶扰扰，莫可究诘，绳以是非之正轨，恐南其辕而北其辙，始终未能达到也。回忆辛亥革命，全国人心，方以为推翻清室，永除专制，此后得享共和之幸福，而不意狐埋狐搰，迄未有成。袁氏以牢笼全国之材智，而德不足以济之，醉心帝制，终归失败，且反酿成军阀干政之渐，贻祸国是。黎、冯相继，迭被是祸，以次下野。东海承之，处积重难返之秋，当南北分争之际，各是其是，各非其非，豆萁相煎，迄无宁岁，是岂不可以已乎？所幸《临时约法》，绝而复苏，人民之言论自由，著作自由，尚得蒙约法上之保障。草茅下士，就见闻之所及，援笔直陈，言者无罪，闻者足戒，此则犹受共和之赐，而我民国之不绝如缕，未始非赖是保存也。窃不自揣，谨据民国纪元以来之事实，依次演述，分回编纂，借说部之体裁，写当代之状况，语皆有本，不敢虚诬，笔愧如刀，但凭公理。我以为是

1

者，人以为非，听之可也；我以为非者，人以为是，听之亦可也。危言乎？卮言乎？敢以质诸海内大雅。

中华民国十年一月　古越东藩自识于临江书舍

目 录

第一回

揭大纲全书开始

乘巨变故老重来

　　鄂军起义，各省响应，号召无数兵民，造成一个中华民国。什么叫作民国呢？民国二字，与帝国二字相对待。从前的中国，是皇帝主政，所有神州大陆，但教属诸一皇以下，简直与自己的家私一般，好一代两代承袭下去。自从夏禹以降，传到满清，中间虽几经革命，几经易姓，究不脱一个皇帝范围。小子生长清朝，犹记得十年以前，无论中外，统称我国为大清帝国。到了革命以后，变更国体，于是将帝字废去，换了一个民字。帝字是一人的尊号，民字是百姓的统称。一人当国，人莫敢违，如或贤明公允，所行政令，都惬人心，那时国泰民安，自然至治。怎奈创业的皇帝，或有几个贤明，几个公允，传到子子孙孙，多半昏愦糊涂，暴虐百姓，百姓受苦不堪，遂挺身走险，相聚为乱，所以历代相传，总有兴亡。天下无不散的筵席，从古无不灭的帝家。近百年来，中外人士，究心政治，统说皇帝制度，实是不良，欲要一劳永逸，除非推翻帝制，改为民主不可。依理而论，原说得不错。皇帝专制，流弊甚多，若改为民主，虽未尝无总统，无政府，但总统由民选出，政府由民组成，当然不把那昏愦糊涂的人物，公举起来。况且民选的总统，民组的政府，统归人民监督；一国中的立法权，又属诸人民，总统与政府，只有一部分的行政权，不能违法自行，倘或违法，便是叛民，民得弹劾质问，并可将他捽去。这种新制度，既叫作民主国体，又叫作共和国体，真所谓大道为公，最好没有的了。原是无上的政策，可惜是纸上空谈，不见实行。

小子每忆起辛亥年间，一声霹雳，发响武昌，全国人士，奔走呼应，仿佛是痴狂的样儿。此时小子正寓居沪上，日夕与社会相接，无论绅界学界，商界工界，没一个不喜形于色，听得民军大胜，人人拍手，个个腾欢，偶然民军小挫，便都疾首蹙额，无限忧愁。因此绅界筹饷，学界募捐，商界工界，情愿歇去本业，投身军伍，誓志灭清。甚至娇娇滴滴的女佳人，也居然想做花木兰、梁红玉，组织甚么练习团、竞进社、后援会、北伐队，口口女同胞，声声女英雄，闹得一塌糊涂。还有一班超等名伶，时髦歌妓，统乘此大出风头，借着色艺，酿赀助饷，看他宣言书，听他演说谈，似乎这爱国心，已达沸点。若从此坚持到底，不但衰微的满清，容易扫荡，就是东西两洋的强国，也要惊心动魄，让我一筹呢。中国人热度只有五分钟，外人怕我什么，况当时募捐助饷的人物，或且借名中饱，看似可喜，实是可恨。老天总算做人美，偏早生了一个孙中山，又生了一个黎黄陂，并且生了一个袁项城，趁这清祚将绝的时候，要他三人出来做主，干了一番掀天动地的事业，把二百六七十年的清室江山，一古脑儿夺还，四千六百多年的皇帝制度，一古脑儿扫清。我国四万万同胞，总道是民国肇兴，震铄今古，从此光天化日，函夏无尘，大家好安享太平了。当时我也有此妄想。

谁知民国元二年，你也集会，我也结社，各自命为政党，分门别户，互相诋诽，已把共和二字，撇在脑后。当时小子还原谅一层，以为破坏容易，建设较难，各人有各人的意见，表面上或是分党，实际上总是为公，倘大众竞争，辩出了一种妥当的政策，实心做去，岂非是愈竞愈进么？故让一步。无如聚讼哓哓，总归是没有辩清，议院中的议员，徒学了刘四骂人的手段，今日吵，明日闹，把笔墨砚瓦，做了兵械，此抛彼掷，飞来飞去，简直似孩儿打架，并不是政客议事，中外报纸，传为笑谈。那足智多能的袁项城，看议会这般胡闹，料他是没有学识，没有能耐，索性我行我政，管什么代议不代议，约法不约法。党争越闹得厉害，项城越笑他庸呆，后来竟仗着兵力，逐去议员，取消国会。东南民党，与他反对，稍稍下手，已被他四面困住，无可动弹，只好抱头鼠窜，不顾而逃。袁项城志满心骄，遂以为人莫余毒，竟欲将辛苦经营的中华民国，据为袁氏一人的私产。可笑那热中人士，接踵到来，不是劝进，就是称臣，向时倡言共和，至此反盛称帝制。不如是，安得封侯拜爵？斗大的洪宪年号，抬出朝堂，几乎中华民国，又变作袁氏帝国。偏偏人心未死，西南作怪，酝酿久之，大

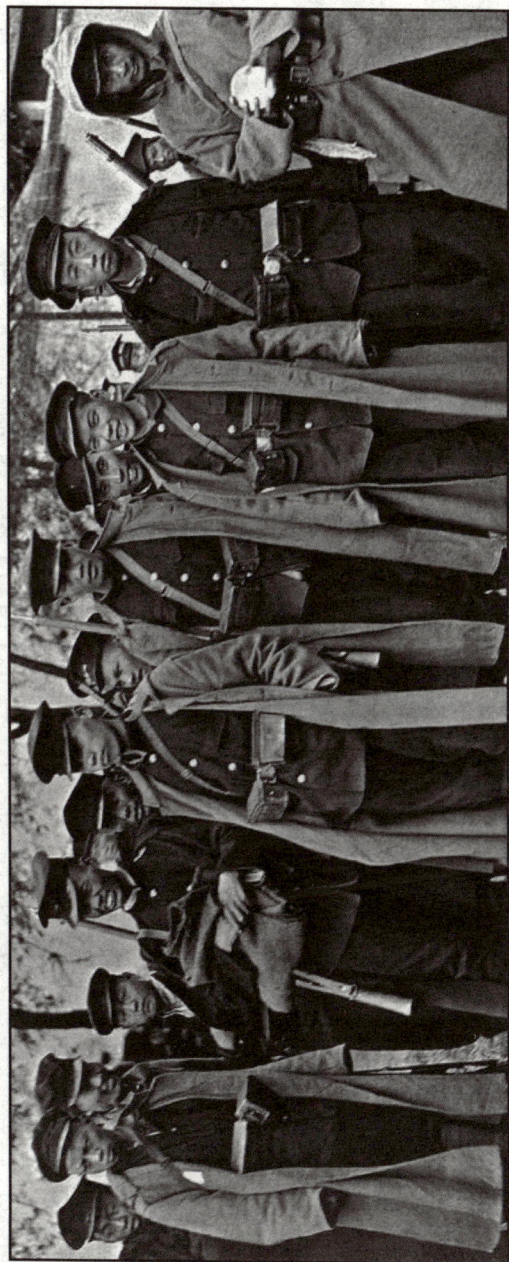

参加武昌起义的将士

江南北，统飘扬这五色旗，要与袁氏对仗。甚至袁氏左右，无不反戈，新华宫里，单剩了几个娇妾，几个爱子，算是奉迎袁皇帝。看官！你想这袁皇帝尚能成事么？皇帝做不成，总统都没人承认，把袁氏气得两眼翻白，一命呜呼。祸由自取。

副总统黎黄陂，援法继任，仍然依着共和政体，敷衍度日。黄陂本是个才不胜德的人物，仁柔有余，英武不足；那班开国元勋，及各省丘八老爷，又不服他命令，闹出了一场复辟的事情。冷灰里爆出热栗子，不消数日，又被段合肥兴兵致讨，将共和两字，掩住了复辟两字。宣统帝仍然逊位，黎黄陂也情愿辞职，冯河间由南而北，代任总统，段居首揆。西南各督军，又与段交恶，双方决裂，段主战，冯主和，府院又激成意气，弄到和不得和，战无可战，徒落得三湘七泽，做了南北战争的磨中心，忽而归北，忽而归南，扰扰年余，冯、段同时下野。徐氏继起，因资望素崇，特地当选，任为总统。他是个文士出身，不比那袁、黎、冯三家，或出将门，或据军阀，虽然在前清时代，也曾做过东三省制军，复入任内阁协理，很是有点阅历，有些胆识；究竟他惯用毛锥，没有什么长枪大戟，又没有什么虎爪狼牙，只把那老成历练四字，取了总统的印信，论起势力，且不及段合肥、冯河间。河间病殁，北洋派的武夫系，自然推合肥为领袖，看似未握重权，他的一举一动，实有足踏神京，手掌中原的气焰。隆隆者灭，炎炎者绝，段氏何未闻此言？麾下一班党羽，组成一部安福系，横行北方，偌大一个徐总统，哪里敌得过段党。段党要什么，徐总统只好依他什么。勉勉强强的过了年余，南北的恶感，始终未除，议和两代表，在沪上驻足一两年，并没有一条议就。但听得北方武夫系，及辽东胡帅，又联结八省同盟，与安福系反对起来，京畿又做了战场，安福部失败，倒脸下台。南方也党派纷争，什么滇系，什么桂系，什么粤系，口舌不足，继以武力。蜂采百花成蜜后，为谁辛苦为谁甜。咳！好好一座中国江山，被这班强有力的大人先生，闹到四分五裂，不可究诘，共和在哪里？民主在哪里？转令无知无识的百姓，反说是前清制度，没有这般瞎闹，暗地里怨悔得很。小子虽未敢作这般想，但自民国纪元，到了今日，模模糊糊的将及十年，这十年内，苍狗白云，几已演出许多怪状，自愧没有生花笔，粲莲舌，写述历年状况，唤醒世人痴梦，篝灯夜坐，愁极无聊，眼睁睁的瞧着砚池，尚积有几许剩墨，砚池旁的秃笔，也跃跃欲动，令小子手中生痒，不知不觉的检出残纸，取了笔，蘸了墨，淋淋漓漓，潦潦草草的写了若干言，方才倦卧。明早夜间，又因余怀未尽，续写下去，一夕复一夕，一帙复一帙，居然积少成多，把一肚皮的陈油败酱，尽行发出。哈哈！这也是穷措大的牢骚，书呆子的伎俩，看官不要先笑，且看小子笔下的澜言！这二千余言，已把民国十年的大纲，笼罩无遗，直是一段好楔子。

话说清宣统三年八月十九日，湖北省会的武昌城，所有军士，竟揭竿起事，倡言革命。清总督瑞澂，及第八镇统制张彪，都行了三十六着的上着，溜了出去，逃脱性命。从革命开始是直溯本源。革命军公推统领，请出一位黎协统来，做了都督。黎协统名元洪，字宋卿，湖北黄陂县人，曾任二十一混成协统领。既受任为革命军都督，免不得抵拒清廷，张起独立旗，打起自由鼓，堂堂整整，与清对垒。第一次出兵，便把汉阳占住，武汉联络，遂移檄各省，提出"民主"两字，大声呼号。清廷的王公官吏，吓得魂飞天外，急忙派陆军大臣荫昌，督率陆军两镇，自京出发，一面命海军部加派兵轮，饬海军提督萨镇冰，督赴战地，并令水师提督程允和，带领长江水师，即日赴援。不到三五日，又起用故宫保袁世凯为湖广总督，所有该省军队，及各路援军，统归该督节制，就如荫昌、萨镇冰所带水陆各军，亦得由袁世凯会同调遣。看官！你想袁宫保世凯，是清朝摄政王载沣的对头，宣统嗣位，载沣摄政，别事都未曾办理，先把那慈禧太后宠任的袁宫保，黜逐回籍，虽乃兄光绪帝，一生世不能出头，多半为老袁所害，此时大权在手，应该为乃兄雪恨，事俱详见《清史演义》。本书为《清史演义》之续，故不加详述，只含浑说过。但也未免躁急一点。袁宫保的性情，差不多是魏武帝，宁肯自己认错，闭门思过？只因载沣得势，巨卵不能敌石，没奈何退居项城，托词养疴，日与娇妻美妾，诗酒调情，钓游乐性，大有理乱不知，黜涉不闻的情状。若非革命军起，倒也优游卒岁，不致播恶。及武昌起义，又欲起用这位老先生，这叫做退即坠渊，进即加膝，无论如何长厚，也未免愤愤不平，何况这机变绝伦的袁世凯呢？单就袁世凯提论，因此书章法，要请此公作主，所以特别评叙。且荫昌是陆军大臣，既已派他督师，不应就三日内，复起用这位袁宫保，来与荫昌争权，眼见得清廷无人，命令颠倒，不待各省响应，已可知清祚不腊了。这数语是言清廷必亡，袁项城只贪天之功，以为己力耳。清廷起用袁公的诏旨，传到项城，袁公果不奉诏，复称足疾未愈，不能督师。载沣却也没法，只促荫昌南下，规复武汉。荫昌到了信阳州，竟自驻扎，但饬统带马继增等，进至汉口。黎都督也发兵抵御，双方逼紧，你枪我弹，对轰了好几次，互有击伤。萨军门带着海军，鸣炮助威，民军踞住山上，亦开炮还击，萨舰从下击上，非常困难，民军从上击下，却很容易。突然间一声炮响，烟迷汉水，把萨氏所领的江元轮船，打成了好几个窟窿，各舰队相率惊骇，纷纷逃散，江元舰也狼狈遁去，北军顿时失助，被民军掩击一阵，杀得七零八落，慌忙逃还。两下里胜负已分，民军声威大震。黄州府、沔阳州、宜阳府等处，乘机响应，遍竖白旗。到了八月三十日，湖南也独立了，清巡抚余诚格遁去。九月三日，陕西又独立了，清巡抚钱能训，自刎不死，由民军送他出境。越五日，山西又独立了，清巡抚陆钟琦，阖家殉难。嗣是江西独立，云南独立，贵州独立，民军万岁，民国万岁的声音，到处传响，警报飞达清廷，与雪片相似，可怜这位摄政王载沣，急得没法，只哭得似泪人儿一般。

内阁总理庆亲王奕劻，内阁协理大臣徐世昌，本是要请老袁出山，至此越加决意，同在摄政王载沣前，力保老袁，乃再命袁世凯为钦差大臣，所有赴援的海陆各军，并长江水师，统归节制。又命冯国璋总统第一军，段祺瑞总统第二军，也归袁世凯节制调遣。老袁接着诏命，仍电复："足疾难痊，兼且咳嗽，请别简贤能，当此重任"等语。将军欲以巧胜人，盘马弯弓故不发。那时清廷上下，越加惶急，亟由老庆同徐世昌，写了诚诚恳恳的专函，命专员阮忠枢，赍至信阳，交与荫昌，令他亲至袁第，当面敦促。荫昌自然照办，即日驰往项城，与老袁晤谈，缴出京信，由老袁展阅。老袁瞧毕，微微一笑道："急时抱佛脚，恐也来不及了。"荫昌又提出公谊私情，劝勉一番，于是老袁才慨然应允，指日起程。荫昌欣然告别，返到信阳州，即电达清廷。略曰："袁世凯已允督师，乱不足平，唯京师兵备空虚，自愿回京调度，藉备非常"等语。清廷即日颁旨，令俟袁世凯至军，即回京供职。这道命令下来，荫昌快活非常，乐得卸去重担，观望数日，便好脱罪。偏是前敌的清军，闻袁公已经奉命，亲来督师，没一个不踊跃起来，大家磨拳擦掌道："袁宫保来了，我辈须先战一场，占些威风，休使袁公笑骂呢。"先声夺人。原来光绪季年，袁世凯曾任直隶总督，练兵六镇，布满京畿，如段祺瑞、冯国璋等，统是袁公麾下的将弁，素蒙知遇，感切肌肤，将弁如此，兵士可知。后来冯、段之推奉袁氏即寓于此。冯、段两人，当下商议，决定冯为前茅，段为后劲，与民军决一胜负。冯国璋即率第一军南下，横厉无前，突入滠口，民军连忙拦截，彼此接仗，各拚个你死我活，两不相下。嗣经萨镇冰复率兵舰，驶近战线，架起巨炮，迭击民军，民军伤毙无数，不得已倒退下来。冯军遂乘胜追杀，得步进步，直入汉口华界，大肆焚掠，好几十里的市场，都变做瓦砾灰尘。这时候的冯军，非常高兴，抢的抢，掳的掳，见有姿色的妇女，便搂抱而去，任情淫乐。咎归于主，冯河间不得辞过。正在横行无忌，忽接到袁钦差的军令，禁止他非法胡行，冯军方才收队，静待袁公到来。不到一日，袁钦差的行牌已到，当由冯国璋带着军队，齐到车站恭迎。不一时，专车已到，放汽停轮，国璋抢先趋谒，但见翎顶辉煌的袁大臣，刚立起身来，准备下车，翎顶辉煌四字，寓有微意。见了国璋，笑容可掬，国璋行过军礼，即引他步下车台，两旁军队，已排列得非常整肃，统用军礼表敬。袁钦差徐步出站，即有绿呢大轿备着，俟他坐入，由军士簇拥而去。小子有诗咏袁钦差道：

> 奉命南来抵汉津，丰姿犹是宰官身。
> 试看翎顶遵清制，阃外争称袁大臣。

欲知袁钦差入营后事，且看下回说明。

前半回为全书楔子，已是借他人酒杯，浇自己块垒，满腹牢骚，都从笔底写出，令人开卷一读，无限唏嘘。入后叙述细事，便请出袁项城来作为主脑，盖创始革命者为孙、黎，而助成革命者为袁项城，项城之与民国，实具有绝大关系。自民国纪元，已逭五年，无在非袁项城一人作用，即无非袁项城一人历史。故著书人于革命情事，已详见《清史演义》者，多半从略，独于袁氏不肯放过，无袁氏，则民国或未必成立，无袁氏，则民国成立后，或不致扰攘至今，成也萧何，败也萧何，吾当以此言转赠袁公。书中述及袁氏，称号不一，若抑若扬，若嘲若讽，盖已情见乎词，非杂出不伦，茫无定据也。

第二回

黎都督复函拒使
吴军统被刺丧元

却说袁钦差世凯，既到汉口，当然有行辕设着，暂可安驻；入行辕后，不暇休息，即命冯国璋引导，周视各营，偶见受伤兵士，统用好语抚慰，兵士感激得很，甚至泣下。及袁钦差反寓行辕，各国驻汉领事，陆续拜会，谈及汉口焚掠情形，语多讥刺。袁钦差点首会意，待送客出营，便召国璋入辕，与他密语道："此次武汉举事，并不是寻常土匪，又不是什么造反，我闻他军律严明，名目正大，端的是不可小觑。**眼光颇大。**前日荫大臣受命南下，路过彰德，曾到我家探问，我已料此番风潮，愈闹愈大，不出一月，即当影响全国，所以与荫谈及，临敌须要仔细，千万勿可浪战，今果不出所料，那省独立，这省也独立，警报到耳，已有数起。似你带兵到此，夺还汉口，想必杀掠过甚，以致各国领事，也有不平的议论，可见今日行军，是要格外谨慎哩。"国璋闻言，不由的脸色一红，半晌才答道："革命风潮，闹得甚紧，汉口的百姓，也欢迎革命，不服我军，若非大加惩创，显见我军没用，恐越发闹得高兴了。"袁钦差捻须微笑道："杀死几个小百姓，似乎是没甚要紧，不过现在时势，非洪、杨时可比，满人糊涂得很，危亡在即，可不必替他出力，结怨人民，且恐贻累外交，变生意外。据我的意见，不如暂行停战，与他议和，若他肯就我范围，何妨得体便休，过了一年是一年，且到将来，再作计较。"**前数语是项城本心，后数语乃暂时敷衍。**国

8

璋道："宫保所嘱，很是佩服，但我军未经大捷，他亦未必许和呢。"冯妇尚思搏虎。袁钦差叹道："我本回籍养疴，无心再出，偏老庆老徐等，硬来迫我，没奈何应命出山。荫午楼脱卸肩仔，好翩然回京了。午楼即荫昌别字，卸事回京，由此带过。我却来当此重任，看来此事颇大费周折哩。"正说着，外面又递入廷寄，内称："庆亲王奕劻等，请准辞职，着照所请。庆亲王奕劻，开去内阁总理大臣，大学士那桐、徐世昌开去协理大臣。袁世凯着授为内阁总理大臣。该大臣现已前赴湖北督师，着将应办各事，略为布置，即行来京组织内阁"等语。袁钦差瞧毕，递示国璋道："没事的时候，亲贵擅权，把别人不放在眼里，目下时势日迫，却把千斤万两的担子，一层一层的，压到我们身上，难道他们应该安乐，我等应该吃苦么？"怨形于辞。言毕，咨嗟不已。国璋也长叹了好几声，心也动了。嗣见老袁无言，方才别去。

袁钦差踌躇一会，方命随员具摺，奏辞内阁总理；并请开国会，改宪法，下诏罪己，开放党禁等情。拜疏后，复闻上海独立，江苏独立，浙江独立，又是三省独立。不禁眉头一皱，计上心来，当下令随员刘承恩，致书鄂军都督黎元洪，筹商和议。承恩与元洪同乡，当即缮写书信，着人送去。待了两日，并无复音；又续寄一函，仍不见答。清廷已下罪己诏，命实行立宪，宽赦党人，并拟定宪法信条十九则，宣誓太庙，颁告天下；且促袁世凯入京组阁，毋再固辞，所有湖广总督一缺，另任魏光焘。魏未到任以前，着王士珍署理。袁钦差得旨，拟即北上，启行至信阳州，再命刘承恩寄书黎督，缮稿已竣，又由自己特别裁酌，删改数行，其书云：

叠寄两函，未邀示复，不识可达典签否？顷奉项城宫保谕开：刻下朝廷有旨，一下罪己之诏，二实行立宪，三赦开党禁，四皇族不闻国政等因，似此则国政尚有可挽回振兴之期也。遵即转达台端，务宜设法和平了结，早息一日兵争，地方百姓，早安静一日。否则势必兵连祸结，不但荼毒生灵，靡费巨款，迨至日久息事，则我国已成不可收拾之国矣。况兴兵者汉人，受蹂躏者亦汉人，反正均我汉人吃苦也。弟早见政治日非，遂有终老林下之想，今因项城出山，以劝抚为然，政府亦有悔心之意，即此情理，亦未尝非阁下暨诸英雄，能出此种善导之功也。依弟愚见，不如趁此机会，暂且和平了结，且看政府行为如何？可则竭力整顿，否则再行设策以谋之，未为不可。果以弟见为是，或另有要求之处，弟即行转达项城宫保，再上达办理。至诸公皆大才榛榩，不独不咎既往，尚可定必重用，相助办理朝政也。且项城之为人诚信，阁下亦必素所深知，此次更不致失信于诸公也。此三语想由项城自己添入。并闻朝廷有旨，谅日内即行送到麾下，弟有关桑梓，又素承不弃，用敢不揣冒昧，进言请教，务乞示复，诸希爱照！

此书去后，仍然不得复音。接连是广西独立，安徽独立，广东独立，福建独立，风声鹤唳，草木皆兵。自武昌革命以来，先后不过三十日，中国版图二十二省，已被民军占去大半。当时为清尽命的大员，除山西巡抚陆钟琦外，见前回。只有江西巡抚冯汝骙，闽浙总督松寿，余外封疆大吏，不是预先逃匿，就是被民军拘住，不忍加戮，纵他出走。还有江苏巡抚程德全，广西巡抚沈秉堃，安徽巡抚朱家宝等，居然附和民军，抛去巡抚印信，竟做民军都督。甚至庆亲王的亲家孙宝琦，本任山东巡抚，也为军民所迫，悬起独立旗来；东三省总督赵尔巽，籍隶汉军，竟为国民保安会长，成了独立的变相；直隶滦州军统张绍曾，又荷戈西向，威逼清廷速改政体；新授山西巡抚吴禄贞，且拥兵石家庄，隐隐有攫取北京的异图。真是四面楚歌。那时身入漩涡的袁钦差，恰也着急起来，再令刘承恩为代表委员，副以蔡廷干，同往武昌，与黎都督面议和约，自己决拟入都，整装以待。过了两日，方见刘、蔡二人，狼狈回来；急忙问及和议，二人相继摇首，并呈上复函，由袁披阅。其词云：

慰帅执事：袁字慰庭，故称慰帅。迩者蔡、刘两君来，备述德意，具见执事俯念汉族同胞，不忍自相残害，令我钦佩。荷开示四条，果能如约照办，则是满清幸福。特汉族之受专制，已二百六十余年，自戊戌政变以还，曰改革专制，曰预备立宪，曰缩短国会期限，何一非国民之铁血威逼出来？徐锡麟也，安庆兵变也，孚琦炸弹也，广州督署被轰也，满清之胆，早经破裂。以上所叙各事，俱见《清史演义》。然逐次之伪谕，纯系牢笼汉人之诈术，并无改革政体之决心。故内而各部长官，外而各省督抚，满汉比较，满人之掌握政权者几何人？兵权财权，为立国之命脉，非毫无智识之奴才，即乳臭未干之亲贵；四万万汉人之财产生命，皆将断送于少数满贼之手，是而可忍，孰不可忍？即如执事，岂非我汉族中之最有声望，最有能力之人乎？一削兵权于北洋，再夺政柄于枢府，若非稍有忌惮汉族之心，己酉革职之后，险有性命之虑。

他人或有不知，执事岂竟忘之？何曾忘记。自鄂军倡义，四方响应，举朝震恐，无法支持，始出其咸同故技，以汉人杀汉人之政策，执事果为此而出，可谓忍矣。嗣又奉读条件，谆谆以立宪为言，时至二十世纪，无论君主国，民主国，君民共主国，莫不有宪法，特其性质稍有差异，然均谓之立宪。将来各省派员会议，视其程度如何，当采何种政体，其结果自不外立完二字。特揆诸舆论，满清恐难参与其间耳。即论清政府叠次上谕所云，试问鄂军起义之力，为彰德高卧之力乎？鄂军倘允休兵，满廷反汗，执事究有何力以为后盾？今鄂军起义只匝月，而响应宣告独立者，已十余省，沪上归并之兵轮及鱼雷艇，共有八艘，其所以光复之速而广者，实非人力之所能为也。我军进攻，窃料满清实无抵抗之能力，其稍能抵拒者，惟有执事，然则执事一身，系汉族及中国之存亡，不綦重哉！设执事真能知有汉族，真能系念汉人，则何不趁此机会，揽握兵权，反手王齐，匪异人任。即不然，亦当起中州健儿，直捣幽燕。渠何尝不作此想，特不欲显行耳。苟执事真热心满清功名也，亦当日夜祷祝我军速指黄河以北，则我军声势日大一日，执事爵位日高一日，倘鄂军屈服于满清，恐不数日间，飞鸟尽，良弓藏，狡兔死，走狗烹矣。早已见到，不烦指教。执事犯功高震主之嫌，虽再伏隐彰德而不可得也。隆裕有生一日，戊戌之事，一日不能忘也，执事之于满清，其感情之为如何？执事当自知之，不必局外人为之代谋。同志人等，皆能自树汉族勋业，不愿再受满族羁绊，亦勿劳锦注。顷由某处得无线电，知北京正危，有爱新氏去国逃走之说，果如是，则法人资格丧失，虽欲赠友邦而无其权矣，执事又何疑焉？窃为执事计，闻清廷有召还之说，分二策以研究之：（一）清廷之召执事回京也，恐系疑执事心怀不臣，借此以释兵权，则宜援"将在外，君命有所不受"之例以拒之；（二）清廷果危急而召执事也，庚子之役，各国联军入京，召合肥入定大局，合肥留沪不前，沉几观变，前事可师。所惜者，合肥奴性太深，仅得以文忠结局，了此一生历史，李氏子岂能终无余憾乎？元洪一介武夫，罔识大义，唯此心除保民外，无第二思想，况执事历世太深，观望过甚，不能自决，须知当仁不让，见义勇为，无待游移。《孟子》云："虽有智慧，不如乘势，虽有镃基，不如待时。"全国同胞，仰望执事者久矣，请勿再以假面具示人，有失本来面目，则元洪等所忠告于执事者也。余详蔡、刘二君口述，书不尽言，唯希垂鉴！

袁钦差阅毕，毫不动色，唯点了好几回头，知己相逢，应该心照。嗣见刘、蔡二人尚站立在侧，便与语道："他不肯讲和，也就罢了，我便要启程赴京，你两人收拾行李，一同北上，可好？"二人正在听命，忽由随役递呈名刺，报称第一军统领段祺瑞求见，袁钦差即命传入。彼此相见，行过了礼，祺瑞先开口道："闻宫保已拟北上，祺瑞特来恭送，并乞指教。"袁钦差道，"革命风潮，闹得这么样大，看来是不易收拾。中外人心，又倾向革命，冯军一入汉口，稍行杀掠，各领事已有烦言，你想现在的事情，还好任情办去么？"祺瑞道："京中资政院，已奏请惩办前敌将帅，闻已交宫保查办，不知宫保究如何作复？"袁钦差微哂道："一班老朽，晓得什么军情，华甫也太属辣手，我已向他交代过了。"*冯国璋字华甫，老袁袒护冯国璋，已见言外。*祺瑞道："可笑这吴禄贞，是革命党中健将，朝廷不知为何令抚山西？他带了山西革命军，还到石家庄，把京中输运的军火子弹，多半截留，反说是仰体朝廷德意，消弭战祸，保全和平，并请诛纵兵烧杀的将帅，以谢天下，这真是出人意料的事情。现闻已在途被刺，连首级都无从着落呢。"*吴禄贞被刺事，亦从老段口中带出。*袁钦差不待说毕，便道："这等人物，少一个，好一个，横直是乱世魔星，不足评论。"祺瑞听他言中有意，便不再说下去。*袁氏何意？看官试猜。*但听袁钦差又与语道："芝泉，*祺瑞字。*你是我的故交，我此次被逼出山，又要赴京，你须要助我一臂哩。"祺瑞拱手道："敢不唯命是听。"*种种后文，均伏于此语中。*袁钦差道："如此最好，我已要起程了。"当下与祺瑞携手出辕，上舆告别。祺瑞仍在后送行，一直到了车站，俟袁钦差舍舆登车，一去一留，方才分手。

看官听着！小子前著《清史演义》，于吴禄贞事未曾详叙，此书既从段祺瑞口中叙出，应该将吴事表明，补我从前缺略，且与袁项城亦隐有关系，更不能不特别从详。*本书于各省革命，俱从略笔，独详吴事者此。*吴禄贞，字绥卿，湖北云梦县人，曾在湖北武备学堂肄业，由官费派学东洋。庚子拳乱，革命党人唐才常，发难汉口，禄贞方在日本学习士官，潜身归来，据住大通，为唐声援。唐败被杀，禄贞仍遁入日本，后投效东三省，大著才名，得操兵柄。寻为延吉厅边务大臣，与日本办理间岛交涉，精干明敏，日人不能逗，以功济升副都统，未几任第六镇统制。他本蓄志革命，欲借着兵力，乘机举事，会鄂军起义，遂自请率军赴敌。清廷颇怀疑忌，令随荫昌南下，许荫昌便宜行事，如果察有异图，立杀无赦。禄贞以荫昌偕行，料知所愿难遂，乃托疾不往，嗣因滦州军威逼立宪，有旨令禄贞往抚，禄贞到了滦州，却在军前演说，大致谓："革命利益，满、汉均沾。"说得汉人非常赞成，就是军伍中有几个满人，也不觉被他感化，当下集众定议，入驻丰台，拟逼清帝逊位。不意清廷已有所闻，调集京奉路线列车，留京待命，一面令禄贞移剿山西。禄贞因计不得行，乃率部众赴石家庄，自己轻车简从，径入山西省城，与山西民军会商，拟纠合燕晋诸军，协图北京，且截取清军南下的辎重，作为自己的军需。匆匆返石家庄，偕詹随员在车中拟稿，只说是山西就抚，电达清廷。甫到车站，突有兵士上车，向禄贞屈膝道贺。禄贞见兵士肩章，书第十二协字样，坦然不疑；正欲启问，那兵士从靴内拔出匕首，向前直刺。禄贞忙离坐格拒，詹又大呼乞救，不防兵士愈来愈众，各持枪攒击禄贞，禄贞虽然骁勇，究竟敌不住多人；况且枪弹无情，扑通扑通的数声，已将一位革命的英雄，送入鬼门关去，头颅都不知下落。詹随员逃避不及，也吃了好几个卫生丸，与吴统制同登冥箓。生死相随，可谓至友。看官！这第十二协军队，究系何人统辖？原来就是吴禄贞部下的军队，协统叫作周符麟，与禄贞含有宿嫌，禄贞本奏请黜周，公牍上陈，偏遭部驳，周仍虚与委蛇，至是竟遣旗兵刺死禄贞。或谓："由清军咨使良弼，遗周二万金，令他把禄贞刺死，免滋后患。"或谓："为袁钦差所忌，恐他先入京师，独操胜算，转令自己反落人后，无从做一番事业，所以密嗾周符麟，除去一个好敌手。"后人编著《民国春秋》，尝于辛亥年九月十六日，大书特书道："袁世凯使人暗杀吴禄贞于石家庄。"《民国春秋》曾载入大同报。小子也不暇深考。但有一诗吊吴军统云：

拚将铁血造中原，勇士何妨竟丧元？
但若暴徒非虏使，石家庄上太含冤。

吴军统已死，袁钦差即启程北上，京内的王公大臣，都额手称庆，差不多似救命王到来。欲知后事，试看下回。

冯、段二人，是项城心腹，故本书开始，即将二人特别提出。微冯、段，项城固无自逞志也，若与黎都督议和，项城不过暂时敷衍，并非当时要着，但黎督复书，实已如见项城肺腑，推项城之意，亦必谓黄陂实获我心，特未尝明言耳。刘书毫无精采，不过与黎书互有关系，故特附录，明眼人自能知之。至吴禄贞之被刺，是否由项城主使，至今尚无实证，唯大同报所载之《民国春秋》，已旧咎袁氏，想彼或有所见，并非曲意深文。吴谋若行，则北京早下，清帝亦早逊位，何待项城上台？今日之民国，或较为振刷，亦未可知，是著书人之特载吴禄贞，固具有微意，不第补前著《清史演义》之阙已也。

第三回

奉密令冯国璋逞威
举总统孙中山就职

却说京内官民，闻袁钦差到京，欢跃得什么相似，多半到车站欢迎。袁钦差徐步下车，乘舆入正阳门，当由老庆老徐等，极诚迎接，寒暄数语，即偕至摄政王私邸。摄政王载沣，也只好蠲除宿嫌，殷勤款待。*请他来实行革命，安得不格外殷勤？* 老袁确是深沉，并没有甚么怨色，但只一味谦逊，说了许多才薄难胜等语。*语带双敲。* 急得摄政王冷汗直流，几欲跪将下去，求他出力。老庆老徐等，又从旁怂恿，袁乃直任不辞，即日进谒隆裕后，也奉了诚诚恳恳的面谕，托他斡旋。袁始就内阁总理的职任，动手组织内阁，选用梁敦彦、赵秉钧、严修、唐景崇、王士珍、萨镇冰、沈家本、张謇、唐绍仪、达寿等，分任阁员，并简放各省宣慰使，拣出几个老成重望，要他充选。看官！你想当四面楚歌的时代，哪个肯来冒险冲锋，担此重任？除在京几个人员，无法推诿外，简直是有官无人。而且海军舰队，及长江水师，又陆续归附民军，听他调用，那时大河南北，只有直隶、河南两省，还算是没有变动。大江南北，四川又继起独立，完全为民军所有。只南京总督张人骏，将军铁良，提督张勋，尚服从清命，孤守危城。江苏都督程德全，浙江都督汤寿潜，又组织联军，进攻南京。上海都督陈其美，且号召兵民，一面援应江、浙联军，一面组合男女军事团，倡义援鄂。枕戈待旦，健男儿有志复仇，市鞍从军，弱女子亦思偕作。彼谈兵，此驰檄，一片哗噪声，遥达北京，已吓得满奴倒躲，虏气不扬。*语有分寸，阅者自知。*

袁总理迭接警耗，*前称袁钦差，此称袁总理，虽是就官言官，寓意却也不浅。*默想民军方面，嚣张得很，若非稍加惩创，民军目中，还瞧得起我么？我要大大的做番事业，必须北制满人，南制民军，双方归我掌握，才能任我所为。*隐揣老袁心理，确中肯綮。*计划既定，便与老庆商议，令他索取内帑，把慈禧太后遗下的私积，向隆裕后逼出，隆裕后无法可施，落了无数泪珠儿，方将内帑交给出来，袁总理立饬干员，运银至鄂，奖励冯国璋军，并函饬国璋力攻汉阳。国璋得了袁总理命令，胜过皇帝诏旨，遂慷慨誓师，用全力去争汉阳。汉阳民军总司令黄兴，系湖南长沙县人，向来主张革命，屡仆屡起，百折不挠。黎都督元洪，与他素未识面，及武汉麇兵，他遂往见黎督，慨愿前驱，赴汉杀虏。是夕，即渡江抵汉阳，汉阳民军，与清军酣战，已有多日，免不得临阵伤亡，队伍缺额，就令新募兵充数。新兵未受军事教育，初次交锋，毫无经验，一味乱击，幸清军统冯国璋，守着老袁训诫，未敢妄动，所以相持不决。至袁令一下，他即率军猛进，围攻龟山。民军总司令黄兴，督师抵敌，连战两昼夜，未分胜负。不意冯军改装夜渡，潜逾汉江，用着机关大炮，突攻汉阳城外民军。民军猝不及防，纷纷倒退。黄兴闻汉阳紧急，慌忙回援，见汉阳城外的要害，已被清军占住，料知汉阳难守，竟一溜烟的逃入武昌。*下一逃字，罪有攸归。*龟山所有炮队，失去了总司令，未免脚忙手乱，一时措手不迭，便被冯军夺去。*汉阳城内，随即溃散，眼见得城池失守，又归残清。等到武昌发兵往援，已是不及，黎都督不免懊悔，但事已如此，无可奈何，只得收集汉阳溃军，加派武昌生力军，沿江分驻，固守武昌。黄兴见了黎督，痛哭移时，拟只身东行，借兵援鄂，黎督也随口照允，听他自去。*黄兴实非将才。*

这时候的冯国璋，已告捷清廷，清廷封国璋二等男，国璋颇也欣慰，便拟乘胜再下武昌，博得一个封侯拜相的机会。当下派重兵居住龟山，架起机关大炮，轰击武昌。武昌与汉阳，只隔一江，炮力亦弹射得着，幸亏武昌兵民，日夕严防，就是有流弹抛入，尚不过稍受损伤，无关紧要；沿江上下七十余里，又统有民军守着，老冯不能飞渡。只汉阳难民，渡江南奔，船至中流，往往被炮弹击沉，可怜这穷苦百姓，断股绝臂，飘荡江流；还有一班妇女儿童，披发溺水，宛转呼号，无从乞救，一个一个的沉落波心，葬入鱼鳖腹中。*马二先生，何其忍心。*各国驻汉领事，见了这般惨状，也代为不平，遂推英领事出为介绍，劝令双方停战。自残同类，转令外人出为缓颊，然是可叹。国璋哪肯罢休，只说须请命清廷，方可定夺，一面仍饬兵开炮。蓬蓬勃勃的，放了三日三夜，还想发兵渡江，偏偏接到袁总理命令，嘱他停战，冯国璋一团高兴，不知不觉的，销磨了四五分，乃照会英领事，开列停战条件，尚称"民军为匪党。"并有"匪党须退出武昌城十五里，及匪党军舰的炮闩，须一概卸下，交与介绍人英领事收存"等语。英领事转达黎督，黎督复交各省代表会公决。

原来独立各省，已各举代表，齐集湖北，拟组织临时政府，以便对内对外，本意是择地武昌，因武昌方在被兵，不得安居，暂借汉口租界顺昌洋行，为各省代表会会所。各省代表，见了冯国璋停战条款，统是愤懑交加，不愿答复。嗣恐英领事面子过不下去，乃想出一个用矛制盾的法儿，写了几条，作为复词。内开房军须退出汉口十五里以外，及房军所据的火车，应由介绍人英领事签字封闭。极好的滑稽答复。这种绝对不合的条款，怎能磋磨就绪？唯老冯也不好再战，暂行停炮勿攻，待有后命，再定计议。乐得逍遥。忽接到江南急电，江督张人骏将军铁良提督张勋等，统弃城出走，南京被民军占去。接连又奉袁总理电命，停战十五日。于是按兵不动，彼此夹江自守，暂息烽烟。

小子且将南京战事，续叙下去。江督张人骏，本也是个模棱人物，只因铁良是满人，始终辅清，张勋虽是汉族，却因受清厚恩，不敢背德，定欲保全江宁，对敌民军，所以各省纷纷独立，唯南京服从清室，毫无变志。江南第九镇统制徐绍桢，时已反抗清廷，任为宁军总司令，发兵攻击南京，初战不利，退回镇江。旋经浙军司令朱瑞，苏军司令刘之洁，镇军司令林述庆，沪军司令洪承点，济军司令黎天才，齐集镇江，与宁军一同出发，再捣南京。张勋却也能耐，带着十八营防军，与联军交战数次，互有杀伤。嗣因联军分头进攻，一个效忠清室的张大帅，顾东失西，好似一个磨盘心，终日在南京城下，指麾往来，闹得人困马乏，急忙电达袁总理，请他速发援兵。谁知这袁总理并无复音，再四呼吁，终不见报。袁总理已叫你拱让，你何苦硬要支持？未几，济军占领乌龙山、幕府山，浙军亦占领马群、孝陵卫一带，又未几，浙军复进夺紫金山，会同镇军、沪军，攻克天保城。张勋屡战不利，反丧了统领王有宏，没奈何退入朝阳门，专令城内狮子山守兵，开炮击射联军。哪知狮子山上的兵士，已有变志，所发诸炮，都是向空乱击，毫无效力，城外最要紧的雨花台，又被苏军夺去。张勋力竭计穷，先嘱爱妾小毛子，收拾细软，由部众拥护出城，自己亦率了残兵二千人，与张人骏、铁良等开了汉西门，乘夜走脱，联军遂拥入南京城，欢呼不已。南京踞长江下游，倚山濒水，向称为龙盘虎踞的雄都，民军席卷长江，必须攻克南京，才得作为根本重地。适值汉阳为清军所得，两方面胜负相同，各得对等资格，那时和议问题，方好就此着手了。实皆不能出老袁意中。

袁总理世凯，与清摄政王载沣，面和心不和，便乘此下手，欲逼载沣退归藩邸，但形式上不便强逼，只把重大的问题，推到载沣身上去，自己不肯作主。载沣实担架不起，情愿辞职归藩。庆亲王奕劻，虽已罢去总理，遇着紧要会议，总要召他与闻，他便在隆裕后面前，力保袁总理能当重任，休令他人掣肘。隆裕后究是女流，到了没奈何时候，明知袁总理未必可靠，也只好求他设法，索性退去摄政王，把清廷一切全权，托付袁总理。全权付与，还有什么清室江山。袁总理遂命尚书唐绍怡，做了议和代表，且与唐密商了一夜，方令启程南下。一夜密商，包括后来无数情事。各省代表会，闻北代表南来，公推伍廷芳为民军代表，酌定上海地点，与北代表会议。两下里只约停战，未及言和。那革命党大首领孙文，已从海外回国，来任临时总统，开创一个中华民国出来。笔大如椽。

孙文字逸仙，号中山，广东香山县人，少时入教会学堂读书，吸受欧化，目击清政日非，遂倡言革命；嗣复往来东西洋，结合中国游学生，组织同盟会，一心与满清为难，好几次运动革命，统归失败。俱见《清史演义》。至是民军起义，把中国二十二省的舆图，得了三分之二，不禁宿愿惧慰，奋袂回国。看官试想！中国革命，全是他一人发起的效力，此番功成回来，宁有不受人欢迎么？

先是黄兴到沪，拟召江、浙军援鄂，会因鄂军与清军议和，彼此停战，乃将援鄂事暂行搁起。至南京已下，各省代表，均自汉口移至南京，道出沪上，拟选举正副元帅，为他日正副总统根本。当下开会公举，黄兴得票最多，当选为大元帅，黎元洪得票，居次多数，当选为副元帅，哪知江、浙联军，啧有烦言，多半谓汉阳败将，怎能当大元帅的职任？况黎都督是革命功首，反令他屈居副座，如何服人？遂纷纷电达沪渎，不认黄兴为大元帅。此即为军人干涉立法权之始。但各代表推选不慎，也是难免指摘。各省代表，束手无策，只好再行酌议，拟将黎、黄两人，易一位置。黄兴闻联军不服，即日离沪，只致书各省代表，力辞大元帅当选，并推举黎元洪为大元帅。各代表得了此书，乐得顺风使帆，以大元帅属黎，副元帅属黄，唯会议时有一转文，黎大元帅暂驻武昌，可由副元帅代行大元帅职权，组织临时政府。公决后，即由各代表派遣专足，欢迎副元帅移节江宁，一面与行政机关接洽，在江宁预设元帅府，专待黄副元帅到来。不意黄副元帅竟尔固辞，至再三敦促，仍然未至。有几个革命党人，与黄兴素来莫逆，竟跑入代表会所，狂呼乱叫，拍案痛詈，略称："举定的正副元帅，如何易置？显是看轻我会中好友，你等名为代表，试为设身处地，一位大元帅，骤然降职，尚有面目来宁，组织临时政府么？"此是政党纷争之始，愈见选举不慎之弊。说得各代表俯首无言，待他舌干口渴，方设词劝慰，将他请出。党人恨恨而去。

各代表忍气吞声，面面相觑。忽闻孙中山航海到来，已抵吴淞口，亏得他来解围。大众方转忧为喜，即开了一个欢迎会，去迓中山。中山于十一月初六日到沪。遂把大元帅副元帅的问题，搁过一边，一心一意的推举孙中山为临时大总统，初十日开会投票，每省代表，一票为限，奉天代表吴景濂、直隶代表谷钟秀、张铭勋、河南代表李鎜、山东代表谢鸿焘、山西代表景耀月、李素、刘懋赏、陕西代表张蔚森、马步云、江苏代表袁希洛、陈陶怡、安徽代表许冠尧、王竹怀、赵斌、江西代表林子超、赵士壮、王有兰、俞应麓、汤漪、浙江代表汤尔和、黄群、陈时夏、陈毅、屈映光、福建代表潘祖彝、广东代表王宠惠、邓宪甫、广西代表马君武、章勤士、湖南代表谭人凤、邹代藩、廖名搢、湖北代表马伯援、王正廷、杨时杰、胡瑛、居正、四川代表萧湘、周代本、云南代表昌志伊、张一鹏、段宇清，联翩到会，依法投票。全是表面文章。开箱检视，总数只有十七票，倒有十六票中，端端正正的，写着孙文二字，大众欢呼中华共和万岁三声，自是中华民国临时总统，产生大陆，成为开辟以来第一次创局。大书特书。孙文辞无可辞，勉允就职，当准于辛亥年十一月十三日，即阳历新正月一日，为临时总统莅任，中华民国纪元的吉期。先是鄂军起义，用黄帝纪元，因黄帝为汉族远祖，兴汉排满，不得不溯源黄帝，所以檄文起首，称为黄帝纪元四千六百零九年。至造成民国，拟联合汉、满、蒙、回、藏五族，成一大中华，不应再存种族的形迹，乃改用民国纪元。且因世界各国，多用阳历，也只好随众变通，借便交际。可巧总统选出，又适当阳历残年，为此种种理由，才有此特别更改。话休烦叙。并非烦文，实为通俗教育起见。

且说中华民国元年元月元日，当选临时大总统孙文，由沪上乘着专车，赴宁受

孙中山赴南京就任临时大总统前的合影

职，火车上面，遍悬五色旗，随风送迎。这五色旗寓着五族共和的意义，系江、浙联军光复南京后，由都督程德全，及湖南志士宋教仁等创造出来，后来遂定为国徽。武昌起义，用铁血旗，即十八星旗。滇、黔、粤、桂独立，袭用同盟会之青天白日旗。各省独立，统用白旗。故本书特揭五色旗之缘起。是日午前，车抵南京，政学军商各界，统到车站欢迎，驻宁各国领事，亦到来迎接。各炮台，各军舰，各鸣炮二十一门，表示欢忱。孙文下车，便改乘马车至临时总统府，即日行就职礼。各省代表暨海陆军代表齐集，军乐声与欢呼声、舞蹈声，和成一片。待众声少止，乃由孙文宣读誓词，词曰：

倾覆满洲专制政府，巩固中华民国，图谋民生幸福，此国民之公意，文实遵之，以忠于国。至专制政府既倒，国内无变乱，民国卓立于世界，为列邦公认，文当解临时大总统之职。谨以此誓于国民。数语已载《清史演义》，因所关重大，用特复录。

各省代表，因他宣誓已终，遂捧授大总统印信，由孙文接受加仪，那时宁军总司令徐绍桢，又由各代表公推，令进箴颂，乃琳琳琅琅的宣读起来，正是：

元首退居公仆列，国民进作主人翁。

欲知所读何词，且至下回续叙。

本回所叙各事，多载入《清史演义》，而此复复述者，以事关重大，《清史演义》中不可无是文，《民国演义》中，尤不可无是文也。妙在事实从同，运笔不同，两两对勘，不嫌重复，反增趣味，且有彼详此略，彼略此详诸异点，置诸《清史演义》宜如彼，置诸《民国演义》宜如此，此妙手之所以不涉拘墟也，阅者鉴之，应不河汉余言。

第四回

复民权南京开幕
抗和议北伐兴师

却说宁军司令徐绍桢，因临时大总统孙文就职，遂由各省代表委托，转达民意，朗读颂词道：

维汉曾孙失政，东胡内侵，淫虐华夏，帝制自为者垂三百年，我皇汉慈孙，呻吟深热，慕法兰西、美利坚人平等之制，用是群视众策，仰视俯划，思所以倾覆虐政，恢复人权，乃断头椹胸，群起号召，流血建义，续法、美人共和之战史。今三分天下，克复有二，用是建立民国，期成政府，拣选民主，推置总统。佥意能尊重共和，宣达民意，唯公贤：廓清专制，巩卫自由，唯公贤；光复禹域，克定河朔，举汉、满、蒙、回、藏群伦，共覆于平等之政，亦唯公贤。用是投匦度情，征压组之信，众意所属，群谋金同。既协众符，欢欣拥戴。要知我国民久困铃制，疾首蹙额，望民主若岁，今当公轩车莅任，苍白扶杖，子女加额，焚香拥彗，感激涕零者何也？忭舞自由，敦重民权也，用是不吝付四百兆国民之太阿，寄二亿里山河之大命，国民之委托于公者，亦已重哉。继自今惟公翼翼，毋违宪法，毋拂舆意，毋任威福，毋崇专断，毋昵非德，毋任非才，凡我共和国民，有不矢忠矢信，至诚爱戴，轩辕、金天、列祖列宗，七十二代之君，实闻斯言。代表等受国民委托之重，敢不尽意，谨致大总统玺绶，俾公发号施令，崇为符信，钦念哉！

读毕，由孙大总统答词，略谓："当竭尽心力，勉副国民公意。"各代表及海陆军代表，又欢呼中华民国万岁，中华民国共和万岁，中华民国四万万同胞万岁。两阶军乐，又鞺鞺的奏了一回，然后大众鞠躬告别。过了三天，再选举副总统，黎都督元洪当选；复着手组织内阁，暂仿美国成制，不设总理，先集各代表议定法度，分作九部，每部设总长一人，次长一人，由孙总统提出望重名高的人物，请代表团投票取决，得多数同意，乃经总统委任。此次是中华民国第一次组织内阁，当任黄兴为陆军总长，蒋作宾为次长，黄钟瑛为海军总长，汤芗铭为次长，伍廷芳为司法总长，吕志伊为次长，陈锦涛为财政总长，王鸿猷为次长，王宠惠为外交总长，魏宸组为次长，程德全为内务总长，居正为次长，蔡元培为教育总长，景耀月为次长，张謇为实业总长，马和为次长，汤寿潜为交通总长，于右任为次长。政府的行政机关，已经组成，乃由各代表组织参议院，每省中选出三人，公议法律，作为中华民国的立法机关。政法两项，并行不悖，先择民国最要紧的条件，提出施行。第一件是外交，由临时大总统咨照各国，凡革命以前，清政府所欠外债，归民国承认偿还，从前中外约款，仍然履行，各国侨民，一体保护，信教悉许自由。外人得此照会，却也悦服。第二件是内治，下剪辫令，改拜跪礼，所有从前大人老爷的称呼，以及山、陕教坊乐籍，与浙绍惰民丐籍及浙、闽棚民，广东蜑户等，一体革除，实行共和制度，撤销阶级。至若刑法一端，虽已设司法部。一时未及编制，且因军务未竣，暂行军律，由陆军总长颁布临时军律十二条，凡任意掳掠，强奸妇女，焚杀平民，及未奉长官命令，擅封民房财产，硬夺良民财物等五条，最为大罪，犯即枪毙。勒索强买，与私斗伤人，这二条论情抵罪。还有五条，是私入良民家宅，行窃赌博，纵酒行凶，及各种滋扰情形，均酌量罚办。此外一切政策，由各部总长颁布意见，逐渐进行。唯教育一项，至应改良，所有大小所堂，改名学校，各种教科书，饬各书局及各校教员，酌量编辑。小学校中准男女同学，期合共和宗旨，其余各节，亦略有变通，小子也不及细述了。**此系民国创造的政治，不能不揭要叙明。**

唯是满清政府，尚兀立北京，直隶、河南，未曾独立；山东旧抚孙宝琦，忽附和民军，忽服从清室，仿佛有两张面孔，两副心肠；还有辽东三省，也是首鼠两端；西

民国初年剪辫运动

域的新疆省，及内外蒙古、青海、西藏三部，路途遥远，声息未通；就是一早光复的山、陕两省也被清军袭击，屡电达南京政府，火速乞援。临时大总统孙文，及九部阁员，不得不亟筹统一的办法。

时清议和代表唐绍仪，与民军代表伍廷芳，已会议了好几次，伍代表先提出和议大纲，约有四条：一是废除满清政府；二是建立共和政府；三是优给清帝岁俸；四是满人除在新政府效力外，凡年老穷苦的人，均优给赡养。这数条说将出来，与唐代表意不相合。唐代表受着清廷命令，南下议和，就是有志共和，一时也不便推倒满清，遂与伍代表辩驳数次，仍主张君主立宪。伍代表当然不允。嗣经彼此磋磨，定了一个通融的法儿，拟立时召集国会，将君主民主问题，付诸公决，当由双方签字。再议国会办法，及开会地点，伍主上海，唐主北京；伍主每省选派代表三人，唐初意未协，旋亦照允。唯地点尚未议定，电达袁总理定夺，袁总理复电，不特反对上海开会，并云："各省代表，只有三人，不足取信大众。唐使不候电商，径行允协，未免越权，本总理碍难承认"云云。无非为一己计。看官试想！唐使南来，明明是袁总理的全权代表，当两代表相见时，已经换验文凭，确有全权字样。乃因这国会人数，由唐签定，竟遭袁总理驳斥，还有甚么全权可言？唐代表即日辞职，由袁总理致电伍廷芳，直接议和。正在辩论的时候，忽闻南京已组织新政府，选孙文为临时大总统，黎元洪为临时副总统，不由的惊动了老袁，正副总统，都被他人取去，安得不惊。立即电达南方，诘问伍代表。略云：

国体问题，由国会解决，现正商议正当办法，自应以全国人民公决之政体为断。乃闻南京忽已组织新政府，并孙文受任总统之日，宣示驱逐满清政府，是显与前议国会解决问题相背，特诘问此次选举总统，是何用意？设国会议决为君主立宪，该政府暨总统，是否立即取消？务希电复！

伍代表接到此电。亦拟就复稿，拍致袁总理道：

现在民军，光复十七省，不能无统一之机关，在国民会议未议决以前，民国组织临时政府，选举临时大总统，此是民国内部组织之事，为政治上之通例。若以此相诘，请还问清政府，国民会议未决以前，何以不即行消灭，何以尚派委大小官员？又前与唐使订定，谓国民会议，取决多数，议决之后，两方均须依从。来电所诘问者，请还以相诘，设国会议决为共和立宪，清帝是否立即退位？亦希答复为盼！

　　袁总理瞧这电文，免不得气愤起来，当下四处拍电，饬新授山西巡抚张锡銮，速带三镇全军，往攻娘子关，进窥太原；故陕督升允，由甘肃募军，由平凉窥陕西乾州；再调河南清军，西薄陕西潼关；皖北清藩倪嗣冲，进驻颍亳；南京败逃的提督张勋，由徐州招集散军，攻入宿州，随处牵制民军，大有以力服人的威势。暗中却仍令唐绍怡，寓居沪上，作局外的调停，仍与伍代表密商，不使南北决裂。一面硬逼，一面软做，老袁确有手段。南京政府，颇有些为难起来，各省代表团，恐临时政府为和议所误，行文严诘，日促进兵。山西都督阎锡山，又飞书求救，接连是娘子关失守，太原失守，数次警电，络绎传来。陕西潼关民军，始挫终胜，虽幸得击退清军，究竟还是危险，也屡电告急，皖、徐一带，又有不安的消息。于是南京政府，揭示进兵的方法，派鄂、湘民军，为第一军，向京汉铁路前进；宁、皖民军为第二军，向河南前进，与第一军约会开封、郑州间；淮阳民军为第三军，烟台民军为第四军，向山东前进，约会济南；秦皇岛合关外各民军为第五军，山、陕民军为第六军，向北京前进，若第一、二、三、四军，进行顺手，即与第五、六军会合，共捣虏廷。再由临时大总统孙文，檄告北方将士，其文云：

　　民国光复，十有七省，义旗虽举，政体未立，凡对内对外诸问题，举非有统一之机关，无以达革新之目的，此临时政府，所以不得不亟为组织者也。文以薄德，谬承公选，效忠服务，义不容辞，用是不揣绵薄，暂就临时之任，借维秩序而图进行，一俟国民会议举行之后，政体解决，大局略定，敬当逊位，以待贤明。区区此心，天日共鉴。凡我同胞，备闻此言。唯是和平虽有可望，战局尚未终结，凡我籍隶北军诸同胞，同是汉族，同为军人，举足轻重，动关大局，窃以为有不可不注意者数事，敢就鄙意，为我诸同胞正告之：此次战事迁延，亦既数月，涂炭之惨，延亘各地，以满人窃位之私心，开汉族仇杀之惨祸，操戈同室，贻笑外人，我诸同胞不可不注意者此其一；古语云："民之所欲，天必从之，"是知民心之所趋即国体之所由定也，今禹域三分光复逾二，虽有孙、吴之智，贲、育之勇，亦诅能为满廷挽既倒之狂澜乎？我诸同胞不可不注意者此其二；民国新成，时方多事，执干戈以卫社稷，正有志者建功树业之时，我同胞如不明烛几先，即时反正，他日者，大功既定，效用无门，岂不可惜？我诸同胞不可不注意者此其三。要之义师之起，应天顺人，扫专制之余威，登国民于衽席，此功此责，乃文与诸同胞共之者也。如其洞观大势，消释嫌疑，同举义旗，言归于好，行见南北无冲突之忧，国民蒙共和之福；国基一定，选贤任能，一秉至公，南北军人，同为民国干城，决无歧视，我诸同胞当审斯义，早定方针，无再观望，以贻后日之悔，敢布腹心，唯图利之！

为这一篇宣告书，北方将士，亦蠢蠢欲动，南方各省都督，更跃跃欲战，军书旁午，战电纷驰，北伐北伐的声音，喧腾大陆，且把袁世凯骂得一文不值，不是说他满奴，就是詈他汉贼；肄业学校的学生，也情愿抛书辍学，倡合一个北伐团；醉心文明的女子，又情愿浣粉洗脂，组成一党北伐队；还有学生卫兵，女子精武军，及男女赤十字会，名目繁多，数不胜数。就是梨园名角，楚馆歌娼，也想卸下这优孟衣冠，跳脱那平康贱里，投入甚么北伐团、北伐队，去当一会北伐英雄、北伐英雌。端的是乘盾为荣，执桴而起，班超投笔，大丈夫安用毛锥？木兰从征，新国民休轻巾帼。仿佛一个大舞台。似乎直捣黄龙，指顾间事。各国侨商，见时势危迫，恐碍商务，大众联名发电，直致清廷，要求他早改国体，安定大局。偏清亲贵载涛、载洵、载泽、溥伟、善耆，与良弼、铁良等，结成一个宗社党，极端反对民军，一意主战，且有宁赠友邦，不给汉人的呆话。宗社党自此出现。当下开了几次会议，把变更国体的问题，誓不愿行，任他如何请求，如何决裂，只有背城借一，与国存亡。恐怕是大言不怍。良弼尤为激烈，力请隆裕太后，易和为战，并斥袁总理负国不忠，立应罢斥。隆裕后踌躇未决，袁总理已得着信息，即奏请辞职退居。复旨尚未下来，甘肃、新疆，已递到警报，甘肃总督长庚，新疆将军志锐，均被革命军杀死，接连是蒙古活佛，西藏喇嘛，也宣布独立，把清廷简放的驻守大臣，一律驱逐出境。看官！你想隆裕太后，生平虽几经患难，要没有这般危急，当此一夕数惊，哪得不令她吓煞？左思右想，无可奈何，只好去请老庆商量。老庆心目中，只有一个袁世凯，仍是坚持原议，并把曾国藩封侯故事，引述一番。世凯是姓袁，并不姓曾。隆裕后以满清宗室，总要算老庆阅历最深，比不得一班粗莽少年，空说大话，毫无实用。少年原不足恃，老朽亦属无用。当下令老庆往留老袁，且封袁一等侯爵。袁总理不愿就封，并整顿行装，似乎要归去的模样，急得老庆苦口挽留，才得他勉强应允，唯侯爵决不肯受。想做总统，想做皇帝，岂侯爵所能羁留？侯老庆别后，沉吟了好半晌，乃自拟密电，飞寄唐绍仪，唐接电后，往谒伍代表，谈及老袁密电中事。伍代表复转电孙总统，孙总统微微一笑，遂命秘书拟好电文，即致袁总理道：

北京袁总理鉴：文前日抵沪，诸同志属组临时政府，文义不容辞，只得暂时担任。公方以旋乾转坤自任，即知亿兆属望，惟目前地位，尚不能不引嫌自避，故文暂时承乏；而虚位以待之心，终可大白于将来。望早定大计，以慰四万万人之渴望。

原来袁总理的密电中，是要孙中山让位与他，他才肯赞成共和，推翻清室，做一出民国开幕的新戏。孙中山顾全大局，竟坦白无私，甘心让位。于是这位袁总理，遂放胆做去，演出许多把戏来。曾记得古诗一首，很好移赠老袁，诗句便是：

周公恐惧流言日，王莽谦恭下士时。
若是当年身便死，一生真伪有谁知？

毕竟袁总理如何处置，且待下回表明。南北议和，而孙中山航海来华，即组织临时政府，似乎行之太急，然非有此仓猝之组织，则选议员，开国会，待诸何时？延长一日，则中国即不安一日，且若国会果成，南北必大肆运动，不免有道旁筑室之嫌，此组织南京政府，不可谓非南方党人之捷足也。唐代表议和被斥，即行辞职，看似袁、唐暗中冲突，实仍一致进行。袁总理心中，本挟一唯我独尊之见，意欲借共和捷径，为皇帝之过渡，既避篡逆之恶名，复得中外之美誉，种种作用，无非期达目的，唐代表辈，实为所利用耳。北伐一段，写得如火如荼，初不值老袁一哂。孙中山之甘心让位，亦知南北之未必相敌，经著书人一一叙来，不但事实了然，即如各人心理，亦跃然纸上。

第五回

彭家珍狙击宗社党
段祺瑞倡率请愿团

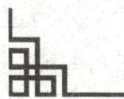

却说临时大总统孙文，致电袁世凯，有虚位以待等语。袁总理才放下了心，只表面上不便遽认，当复致一电道：

孙逸仙君鉴：电悉。君主共和问题，现方付国民公决，无从预揣。临时政府之说，未敢预闻。谬承奖诱，愧不克当。唯希谅鉴为幸！

这电文到了南京，孙总统又有复电云：

电悉。文不忍南北战争，生灵涂炭，故于议和之举，并不反对。虽君主民主，不待再计，而君之苦心，自有人谅之。倘由君之力，不劳战争，达国民之志愿，保民族之调和，清室亦得安乐，一举数善，推功让能，自有公论。文承各省推举，誓词俱在，区区此心，天日鉴之。若以文为诱致之意，则误会矣。

袁总理既得此电，料知孙文决意让位，并非虚言，遂至庆亲王私邸，密商多时。略谓："全国大势，倾向共和，民军势力，日甚一日，又值孙文来沪，挈带巨资，并

29

偕同西洋水陆兵官数十员，声势越盛。现在南京政府，已经组织完备，连外人统已赞成。多半是乌有情事，老袁岂真相信？无非是恫吓老庆。试思战祸再延，度支如何？军械如何？统是没有把握。前数日议借外款，外人又无一答应，倘或兵临城下，君位贵族，也怕不能保全，徒闹得落花流水，不可收拾。若果到了这个地步，上如何对皇太后？下如何对国民？这正是没法可施哩。"老庆闻到此言，也是皱眉搓手，毫无主意；随后又问到救命的方法。袁总理即提出"优待皇室"四字，谓："皇太后果俯顺舆情，许改国体，那革命军也有天良，岂竟不知感激？就是百世以后，也说皇太后皇上为国为民，不私天下。似王爷等赞成让德，当亦传颂古今，还希王爷明鉴，特达宫廷。"前恫吓，后趋承，老庆辈安得不入彀中？老庆踌躇一会，方道："事已至此，也没有别的法了，且待我去奏闻太后，再行定夺。"袁总理乃告别出邸。

过了一日，即由隆格太后，宣召袁总理入朝。袁总理奉命即往，谒见太后，仍把变更国体的好处，说了一番，太后泪落不止。袁总理带吓带劝，絮奏了好多时，最后闻得太后呜咽道："我母子二人，悬诸卿手，卿须好好办理，总教我母子得全，皇族无恙，我也不能顾及列祖列宗了。"凄惨语，不忍卒读。袁总理乃退了出来，时已晌午，乘舆出东华门，卫队前拥后护，警备甚严；两旁站着兵警，持枪鹄立，一些儿不敢出声。至行到丁字街地方，忽从路旁茶楼上面，抛下一物，约离袁总理乘车数尺，一声爆响，火星直进，晦气了一个卫队长，一个巡警，两匹坐马，轰毙地上。还有兵士十二人，行路三人，也触着烟焰，几乎死去。无妄之灾。袁总理的马车，幸尚不损分毫，他坐在马车上面，虽亦觉得惊骇，面目上却很镇静，只喝令快拿匪徒。卫队不敢少慢，即似狼似虎的，跑入茶楼，当场拿住三人，移交军警衙门，即日审讯，一叫杨禹昌，一叫张先培，一叫黄之萌，直供是抛掷炸弹，要击死袁总理。待问他何人主使，他却不发一语，随即正法了案。阅者细思此三人，果属何党？或谓由宗社党主使，或谓由革命党主使。迄今向属存疑。

袁总理始终不挠，遂拟定优待皇室等条件，一份内呈，一份外达。隆裕太后再开皇族会议，老庆等已无异辞，独良弼愤愤不从，定要主战。那时袁总理得了此信，颇费踌躇，暗忖了半天，不由的自慰道："如此如此，管教他死心塌地。"遂暗暗的设法布置，内外兼施。过了数天，忽由民政大臣赵秉钧，趋入通报道："军咨使良弼，已被人击伤了。"袁总理道："已死么？"开口即问他死否，其情可见。秉钧道：

"现尚未死，闻已轰去一足，料也性命难保了。"袁总理又道："敢是革命党所为么？"秉钧道："大约总是他们党人。"袁又问曾否捉住？秉钧又道："良弼未死，抛掷炸弹的人，却已死了。"袁总理叹道："暗杀党煞是厉害，但良弼顽固异常，若非被人击死，事体也终办不了。"言下明明有喜慰意。秉钧道："此人一死，国体好共和了。"袁总理又道："你道中国的国体，究竟是专制的好，共和的好？"秉钧道："中国人民，只配专制，但目下情势，不得不改从共和，若仍用专制政体，必须仍然君主。清帝退位，何人承接？就是有承接的人也离不了莽、操的名目。依愚见想来，只好顺水推舟，到后再说。"袁总理不禁点首，又与秉钧略谈数语，彼此握手告别。赵秉钧系袁氏心腹，故特从此处插入。

看官！你道这清宗室良弼，究系为何人所击？相传是民党彭家珍。家珍四川人，曾在本省武备学堂毕业，转学东洋，归充四川、云南、奉天各省军官，久已有志革命，至武昌起义，他复奔走南北，鼓吹军士。既而潜入京师，赁居内城，购药自制炸弹，为暗杀计。适良弼统领禁卫军，锐意主战，乃决计往击良弼。自写绝命书一函，留存案上，然后改服新军标统衣饰，徐步出门，遥看天色将晚，径往投金台旅馆，佯称自奉天进京，有要公进内城，命速代雇马车，赴良弼家，投刺求见。阍人见名刺上面，写着"崇恭"两字，旁注"奉天标统"四字，当将名刺收下，只复称："大人方入宫议事，俟明晨来见便了。"家珍道："我有要事，不能少待，奈何？"一面说着，一面见阍人不去理睬，复跃上马车，至东华门外静待。约过半小时，见良弼乘车出来，两旁护着卫队，无从下手，乃让良弼车先行，自驱车紧随后面，直至良弼门首，见弼已下车，慌忙跃下，取出"崇恭"名片抢步求见。良弼诧异道："什么要公，耋夜到此？明日叙谈罢。"说时迟，那时快，良弼正要进门，猛听得一声怪响，不禁却顾，可巧弹落脚旁，把左足轰得乌焦巴弓，呼痛未终，已是晕倒。只有这些本领，何苦硬要主战。卫士方拟抢护，又是豁喇一声，这弹被石反激，转向后炸，火光乱迸，轰倒卫士数名，连家珍也不及逃避，霎时殒命。良弼得救始醒，奈足上流血不止，急延西医施救，用刀断足，血益狂涌，翌日亦死。死后无嗣，唯遗女子三人。且家乏遗赀，萧条得很。度支部虽奉旨优恤，赙金尚未颁发，清帝即已退位，案成悬宕，良女未得分文，后由故太守廉泉夫人吴芝瑛，为良女慰劳请恤。呈词中哀楚异常，才博得数金赡养。良弼虽反抗共和，然究是清室忠臣，且廉洁可敬，故特笔表明。这且搁下不提。

且说良弼被炸，满廷亲贵，闻风胆落，躲的躲，逃的逃，多半走离北京，至天津、青岛、大连湾，托庇外人租界，苟延生命；所有家资，统储存外国银行，经有心人确实调查，总数得四千万左右。不肯饷军，专务私蓄，仿佛明亡时形状。大家逍遥海上，单剩了一个隆裕太后，及七岁的小皇帝，居住深宫，危急万状。小皇帝终日嬉戏，尚没有甚么忧愁。独隆裕后日夕焦烦，再召皇族会议，竟不见有人到来。接连又来了一道催命符，由内阁呈入，慌忙一瞧，但见纸上写着：

内阁军咨陆军并各王大臣钧鉴：为痛陈利害，恳请立定共和政体，以巩皇位而奠大局，谨请代奏事。窃维停战以来，议和两月，传闻宫廷俯鉴舆情，已定议立改共和政体，其皇室尊荣及满、蒙、回、藏生计权限各条件，曰大清皇帝永传不废；曰优定大清皇帝岁俸，不得少于四百万两；曰筹定八旗生计，蠲除满、蒙、回、藏一切限制；曰满、蒙、回、藏，与汉人一律平等；曰王公世爵，概仍其旧；曰保护一切私产，民军代表伍廷芳承认，列于正式公文，交万国平和会立案云云。电驰报纸，海宇闻风，率土臣民，罔不额手称庆，以为事机至顺，皇位从此永保，结果之良，轶越古今，真国家无疆之休也。想望懿旨，不遑朝夜，乃闻为辅国公载泽，恭亲王溥伟等，一二亲贵所尼，事遂中沮，政体仍待国会公决。祺瑞自应力修战备，静候新政之成。唯念事变以来，累次懿旨，莫不轸念民依，唯国利民福是求，唯涂炭生灵是惧；既颁十九信条，誓之太庙，又允召集国会，政体付之公决；又见民为国本，宫廷洞鉴，具征民视民听之所在，决不难降心相从。兹既一再停战，民军仍坚持不下，恐决难待国会之集，姑无论牵延数月，有兵溃民乱，盗贼蜂起之忧，寰宇糜烂，必无完土。瓜分惨祸，迫在目前。即此停战两月间，民军筹饷增兵，布满各境，我军皆无后援，力太单弱，加以兼顾数路，势益孤危。彼则到处勾结土匪，勒捐助饷，四出煽扰，散布诱惑。且于山东之烟台，安徽之颍、寿境界，江北之徐州以南，河南之光山、商城、固始，湖北之宜城、襄、樊、枣阳等处，均已分兵前逼。而我皆困守一隅，寸筹莫展，彼进一步，则我之东皖、豫即不自保。虽祺瑞等公贞自励死生敢保无他，而饷源告匮，兵气动摇，大势所趋，将心不固，一旦决裂，何所恃以为战？深恐丧师之后，宗社随倾，彼时皇室尊荣，宗藩生计，必均难求满志。即拟南北分立，勉强支持，而以人心论，则西北骚动，形既内溃；以地理论，则江海尽失，势成坐亡。祺瑞等治军无状，一死何惜，特捐躯自效，徒殉愚忠，而君国永沦，追悔何及？甚非所以报知遇之恩也。况召集国会之后，所公决者尚不知为何项政体？而默察人心趋向，恐仍不免出于共和之一途，彼时万难反汗，是徒以数月水火之患，贻害民生，何如预行裁定，示天下以至公？使食毛践土之伦，歌舞圣明，零涕感激，咸谓唐虞至治，今古同揆，不亦伟哉！祺瑞受国厚恩，何敢不以大局为念？故敢比较利害，冒死陈言，恳请涣汗大号，明降谕旨，宣示中外，立定共和政体，以现在内阁及国务大臣等，暂时代表政府，担任条约国债及交涉未完各事项，再行召集国会，组织共和政府，俾中外人民，咸与维新，以期妥奠群生，速复地方秩序，然后振刷民气，力图自强，中国前途，实维幸甚，不胜激切待命之至，谨请代奏！

隆裕太后一气览毕，已不知落了多少珠泪，及看到后面署名，第一个便是第一军总统官段祺瑞，随后依次署列，乃是尚书衔古北口提督毅军总统姜桂题，护理两江提督张勋，察哈尔都统陆军统制官何宗莲，副都统段芝贵，河南布政使帮办军务倪嗣冲，陆军统制王占元、曹锟、陈光远、吴鼎元、李纯、潘矩楹、孟恩远，河北镇总兵马金叙，南阳镇总兵谢宝胜，第二军总参议官靳云鹏、吴光新、曾毓隽、陶云鹤，总参谋官徐树铮，炮台协领官蒋廷梓，陆军统领官朱泮藻、王金镜、鲍贵卿、卢永祥、陈文运、李厚基、何丰林、张树元、马继增、周符麟、萧广传、聂汝清、张锡元，营务处张士钰、袁乃宽，巡防统领王汝贤、洪自成、高文贵、刘金标、赵倜、仇俊恺、周德启、刘洪顺、柴得贵，陆军统带官施从滨、萧安国，一股脑儿有四五十人。到了结末几个姓名，已被泪珠儿湿透，连笔迹都模糊起来。隆裕后约略看毕，便把这来折摔在案上，竟返入寝宫，痛声大哭。一班宫娥侍女，都为惨然。又经窗外的朔风，猎猎狂号，差不多为清室将亡，呈一惨状。帝王末路，历代皆然，如清室之亡，尚是一个好局面。自是隆裕太后忧郁成疾，食不甘，寝不安，镇日里以泪洗面，把改革国体问题，无心提起。一夕，正假寐几上，忽由太保世续，踉跄趋入，报称："太后，不好了，段祺瑞等要进京来了。"隆裕太后不觉惊醒，忙问道："段祺瑞么？他来京何事？"世续道："他有一本奏折，请太后明鉴。"隆裕后未曾瞧着，眼眶中已含了多少泪儿，及瞧完来奏，险些儿晕厥过去。看官！你道他是什么奏辞？待小子录述出来，奏云：

共和国体，原以致君于尧、舜，拯民于水火，乃因二三王公，迭次阻挠，以至恩旨不颁，万民受困。现在全局危迫，四面楚歌，颍州则沦陷于革军，徐州则小胜而大败，革舰由奉天中立地登岸，日人则许之，登州、黄县独立之影响，蔓延于全鲁，而且京、津两地，暗杀之党林立，稍疏防范，祸变即生。是陷九庙两宫于危险之地，此皆二三王公之咎也。三年以来，皇族之败坏大局，罪难发数，事至今日，乃并皇太后皇上欲求一安富尊荣之典，四万万人欲求一生活之路，而不见允，祖宗有知，能不恫乎？盖国体一日不决，则百姓之困兵燹冻饿，死于非命者，日何啻数万。瑞等不忍字内有此败类也，岂敢坐视乘舆之危而不救乎？谨率全军将士入京，与王公痛陈利害，祖宗神明，实式凭之。挥泪登车，昧死上达。请代奏！

最后署名，除段祺瑞外，无非是王占元、何丰林、李纯、王金镜、鲍贵卿、李厚基、马继增、周符麟等一班人物，隆裕后也不及细阅，只觉身子寒战起来，昏昏沉沉，过了半晌，方对世续道："这，怎么好？怎么好？"世续支吾道："国势如此，人心如此，看来非改革政体，不能解决了。"隆裕后道："古语说得好，'养兵千日，用兵一时。'不料我国家费了若干金银，养了这班虎狼似的人物，偏来反噬，你想可痛不可痛呢？"并非将士之过，隆裕后也未免诬人。世续道："太后须保重玉体，勿过伤心！"隆裕后流泪道："我悔不随先帝早死，免遭这般惨局。"说至此，又把银牙一咬，便道："罢，罢！你去宣召袁世凯进来。"世续奉命去讫，约半日，即见心广体胖的袁总理，随世续入宫。心广体胖四字，形容得妙。这一来有分教：

　　一代皇图成过去，万年创局见今朝。

欲知袁总理入宫后事，且看下回再表。

统观本回各情事，无一非袁世凯所为，袁世凯之被炸，当时群料为良弼所使，吾谓实袁氏自使之耳。良弼之被炸，则谓由民党彭家珍，吾谓亦袁氏实使之。不然，何以袁氏遇炸而不死，良弼一炸而即死乎？或谓杨禹昌、黄之萌、张先培三人被逮以后，并未供言袁氏指使，岂死在目前，尚无实供求生之理？不知此正见袁氏之手段。袁氏后日，杀人多矣，即受袁氏之指使，而被人杀者亦多矣。问谁曾实供袁氏乎？闻袁氏平生举动，得达目的，不靳金钱，然则买人生命，以金为鹄，贪夫殉财，何所惮而不为也？若段祺瑞之领衔请愿，不待究诘，已共知为受命老袁，书中内外兼施四字，已将全情表明，寡言胜于多言，益令人玩味无穷云。

第六回

许优待全院集议
允退位民国造成

　　却说清太保世续，召袁总理世凯入宫，当由隆裕后问及优待条件，曾否寄往南方？袁总理答云："未曾。"明明是欺弄孤儿寡妇，安有外人尽知，尚说未曾寄往耶？隆裕后凄然道："这个局面，看来是难免了，烦你寄去交议罢。"袁总理道："事关重大，且再商诸近支王公，再行定夺。"何必做作。隆裕后道："近支王公，多半远扬，还有甚么可议？"说罢，掩面悲啼，袁总理也顾不得甚么，竟大踏步出宫，电致南方伍代表去了。已达目的，乐得趾高气扬。

　　是时南京各省代表团，已依临时政府组织大纲，召集参议员，于民国元年正月二十八日开参议院正式成立大会，开会前一日，适有数大问题发生，足为中华民国前途之障力。先是各省代表集会汉口，已有未曾独立的省份，如直隶、奉天等代表，有无表决权，应付讨论。卒因群议纷纭，仓猝不及表决，所以组织临时政府，选举正副总统，无论该省是否独立，既称代表，皆得投票，初无歧视。及参议院将要开会，议员中有提出原议，略言："直隶、奉天等议员，不得有表决权。"直隶议员谷钟秀，奉天议员吴景濂等，抗论不服，相继辞职，旋经各省议员调停，方彼此一律，权限从同。南北议和，已将就绪，不日即可统一，还要彼此龃龉，自生恶感，真正令人不解。次日开会，各省议员，联袂偕来，虽未满额，已过半数，临时大总统孙文，亦曾莅会，国旗招飐，军乐悠扬，大众欢欣鼓舞，俨然有一种共和的气象。嗣是逐日会议，倏逾兼旬，忽闻新政府未经院议，擅将汉冶萍煤矿公司，抵质借款，全院议员大哗，严辞责问。原来临时政府成立，命将各省赋税暂行豁免，一些儿没有进款，那出款却格外浩繁。陆军财政两部，拟发军需八厘公债票，经参议院通过施行，未见成效。嗣商诸大公司内管理人，暂借国民名义，将私产抵押外国款项，转贷政府，于是苏路公司，及招商局，先后抵质，为短期借款的抵押品。参议院也无异议，唯新政府尚嫌未足，复将汉冶萍煤矿公司，抵借日本款五百万元，这汉冶萍公司的资本，是清邮传部大臣盛宣怀，要占大半，盛氏以铁路国有政策，激起民变，致兴革命军，详见《清史演义》。清廷已将他罢职，民军又拟将他资产籍没，急得老盛没法，竟去投效日本，愿与日人合办，想仗这日本商标，保护私产，复讨好临时政府，愿将该公司抵款五百万元，救济新政府的眉急。陆军总长黄兴，以军饷急需，不暇交参议院公决，只与临时大总统孙文商妥，径由大总统及陆军总长秘密签字，连财政总长陈锦涛，也未得与闻。此举未免违法。后被参议院察悉，立刻咨照政府，诘他："抵押借债，何故不付参议院议决，擅自签字"等语。政府答称："由私人押借，与国家无涉。且款项亦未缴齐。"潦潦草草的说了数语，参议院议员，竟责政府遁辞，愈觉不平，再请政府切实答复。政府复答称："汉冶萍公司，系由私人资格，与日本商订合办，尚未通过股东会，先由该公司借日款五百万元，转借与临时政府，请求批准。现只交到二百万元，本总统正恐外人合股，不无流弊，正拟取消这事，所以未经交议"等因。湖北参议员刘成禺、张伯烈、时功玖等，攘臂起诉，极言政府擅断擅行，愤极辞职，立回湖北原籍，运动本省临时省议会，另行组织临时国会，与南京临时参议院抗抗衡。临时参议院成立，未及一月，即成决裂，此即中华民国不祥之兆。政府乃将汉冶萍公司罢押。临时参议院亦驳斥湖北省议会，为法外举动，当然无效。特举此数事，见得中国共和之难成。正在喧闹的时候，伍代表已交到优待清室等件，立待议妥，大众乃将余事搁起，专心致志的公议要项。但见第一行写着道：

（甲）关于大清皇帝优礼之条件。

大众瞧这十余字，各哗声道："清帝退位，清室已亡，还有什么大不大。说得有理。就是优礼的礼字，亦属不合。"一议员道："若改作'清帝退位后优待之条件'便好了。"又有一议员道："退字不如逊字，俾他留点面目，何如？"当下大众赞成，遂由主稿员另纸写出，系甲关于清帝逊位后优待之条件，写毕，再将原稿看了下去，系是：

第一款，大清皇帝尊号，相承不替，国民对于大清皇帝，各致其尊崇之敬礼，于各国君主相等。

大众复道："不妥不妥。清帝已经退位，我辈国民，还要去尊崇他做什么？"乃经大众悉心参酌，改为："清帝逊位之后，尊号仍存不废，以待外国君主之礼相待。"再看第二款云：

第二款，大清皇帝岁用，每岁至少不得短于四百万两，永不得减额。如有特别大典，经费由民国担任。

大众磋议，改四百万两为四百万元，特别大典二语删去，乃复由主稿员写下道："清帝逊位之后，每岁用四百万元，由中华民国给付。"再看第三款列着：

第三款，大内宫殿或颐和园，由大清皇帝随意居住，宫内侍卫护军官兵，照常留用。

大众又道："清帝既已退位，大内宫殿，不应久居。"一议员应声道："何不叫他还居颐和园？"旁又有一议员道："颐和园规模弘敞，殿阁巍峨，令他居住，还是便宜了他。"连颐和园都不肯与居，清室末路，也属可怜。大众道："既议优待，就留些余地便是。"乃改为："清室逊位之后，暂居宫禁，日后移居颐和园，侍卫照常留用。"至第四款是：

第四款，宗庙陵寝，永远奉祀，由民国妥慎保护，负其责任，并设守卫官兵，如遇大清皇帝恭谒陵寝，沿途所需费用，由民国担任。

大众道："清帝谒陵的费用，如何要民国担任？倘他借谒陵为名，日日嬉游，我民国当得起这许多供奉吗？此款前半截尚可通融，下三语尽可删却。"乃改定："清室逊位后，其宗庙陵寝，由民国妥慎保护。"复看第五款云：

第五款，德宗崇陵未完工程，如制敬谨妥修，其奉安典礼，仍如旧制，所有经费，均由民国担任。

这一款却没人反对，只酌改数字，作为："清德宗崇陵未完工程，如制妥修。其奉安典礼，仍如旧制，所有实用经费，均由中华民国支出。"至第六款云：

第六款，宫内所用各项执事人员，均由大清皇帝留用。

大众道："清宫旧用阉人，我民国尊重民权，当然不准有这腐竖，须要载明方好。"即改为："宫内所用各项执事人员，得照常留用，唯以后不得再招阉人。"再看下去：

第七款，凡属大清皇帝原有之私产，特别保护。

此款也没甚异议，不过窜易字句，变为："清帝逊位之后，其原有私产，由中华民国特别保护。"及看到第八款，没有一人赞成，议决作废。看官！你道原稿第八款，是写着什么？乃是：

第八款，大清皇帝有大典礼，国民得以称庆。

依情理上论来，清帝已经退位，中国人民，不服清帝管辖，所有清室典礼，于国民何涉？应该将此款删去。到了第九款，大众又抗论起来，但见原稿上写着：

第九款，禁卫军名额俸饷，仍如其旧。

原来禁卫军是保护清宫，因有此制。清帝退位后，须移居颐和园，禁卫军理应裁去。但从前这班军人，靠着军饷过活，此时遽议裁汰，恐他游骑无归，转成寇盗。当经各议员裁酌，改为："原有之禁卫军，归中华民国陆军部编制，其额数俸饷，仍如其旧。"统计甲种九款，改为八款，下文是：

（乙）关于皇族待遇之条件。

第一款，王公世爵，概仍其旧，并得传袭。其袭封时，仍用大清皇帝册宝，凡大清皇帝赠封爵位，亦用大清皇帝册宝。

大众议决，皇族的皇字，改作"清"字。条文中只用首二语，以下尽行删去。第二款云：

第二款，皇族对于国家之公权，与国民同等。

这条经大众增改，定为："清皇族对于中华民国国家之公权及其私权，与国民同等。"再看下文第三四款。

第三款，皇族私产，一体保护。
第四款，皇族免兵役之义务。

这两条不加删改，唯于皇族上各加一"清"字。统计乙种共四款，下文为丙种条件，共计七款，原文云：

（丙）关于满、蒙、回、藏各族待遇之条件。

一与汉人平等；二保护其原有之私产；三王公世袭，概存其旧；四王公中有生计过艰者，应设法拨给官产，作为世业，以资补助；五先筹八旗生计，于未筹定之前，八旗官兵俸饷，仍旧支放；六从前营业居住等限制，一律蠲除，各州县听其自由入籍；七满、蒙、回、藏原有之宗教，听其信仰自由。

七款均不必更改，但就第四款中删一"应"字，第五款中，改"官兵"为"官弁"。条件已终，全体议决，再由主稿员依次誊正。唯末文尚有结尾数语，又由各议员修正通过，原文为："以上条件，列于正式公文，照会各国，或电达驻荷华使，知会海牙万国平和会存案。"改正为："以上条件，除丙款各条另行宣布外，余均列于正式公文，由中华民国政府，照会各国驻北京公使。"全文俱已缮清，即咨照临时政府，转交伍代表电达北京。袁总理瞧阅一周，便呈入隆裕太后。隆裕后又召见各近支王公及各国务大臣，咨询优待条件事宜。应召的人，很是寥寥。唯醇王载沣等到来，会议多时，或谓："皇室经费，必须四百万两，分文不能短少。"这是夺利。或谓："皇帝尊号相承不替数字，定须增入。"这是争名。或谓："各种条件，统应增损。"恼动了隆裕太后，不觉唏嘘道："大事已去，只争了一些小节，亦属无益。咳！我列祖列宗创造经营，得了中国一统江山，煞是艰苦，不意传到我辈子孙，无材无力，轻轻的让与别人，教我如何对得住先人呢？"说毕，硬咽不已，载沣等亦愧悔交集，各带惨容。始终以一哭了之。隆裕后又道："庆亲王到哪里去了？为何此时尚不见来？"正忆念间，忽见老庆伛偻趋入，脸上尚带烟容，想是大吸阿芙蓉膏，因此来迟。当由隆裕后与他商议，老庆细阅优待条件，亦没甚异议，不过于相承不替一语，亦主张加入。隆裕后乃转嘱袁总理，令他致电南京政府，争此四字。怎奈南方回电，坚不承认。袁总理入宫面复，请太后自行定夺。隆裕后道："为这四字，决裂和议，倘或宗庙震惊，生灵涂炭，不更令我增罪吗？依他便了。"这却是仁人之言。袁总理道："且再与近支王公熟商。"隆裕后不待说毕，便道："他们多半不在京师，就是留着，也是不中用的人物，你不妨作主办理，日后必无异言。"袁总理唯唯退出，即欲拟旨，只因逊位的"逊"字，有碍清帝体面，且会议时候，皇族中亦有异论，乃酌改一"辞"字，与南方电议允洽，敦请老袁出山，总算争得此一字。便草定懿旨三道，呈入宫中，请隆裕太后及宣统帝盖用御宝。宣统帝不识不知，当然由太后作主，含泪钤印，统共盖讫，就于清宣统三年十二月二十五日，即中华民国元年二月十二日，颁布天下。谕云：

　　朕钦奉隆裕太后懿旨，前因民军起事，各省响应，九夏沸腾，生灵涂炭，特命袁世凯遣员，与民军代表，讨论大局，议开国会，公决政体。两月以来，尚无确当办法。南北暌隔，彼此相持，商辍于途，士露于野，徒以国体一日不决，故民生一日不安。今全国人民心理，多倾向共和，南中各省，既倡议于前，北方各将，亦主张于后，人心所向，天命可知，予亦何忍以一姓之尊荣，拂兆民之好恶！是用外观大势，内审舆情，特率皇帝将统治权归诸全国，定为共和立宪国体，近慰海内厌乱望治之心，远协古圣天下为公之义。袁世凯前经资政院选举，为总理大臣，当兹新旧代谢之际，宜有南北统一之方，即由袁世凯组织临时政府，与民军协商统一办法，总期人民安堵，海内乂安，仍合汉、满、蒙、回、藏五族完全领土，为一大中华民国，予与皇帝得以退处宽闲，优游岁月，长受国民之优礼，亲见郅治之告成，岂不懿欤？钦此！

　　还有两道谕旨，一道是颁布优待条件，一道是饬文武官吏，各循职守，毋生异论。是日北京遍悬五色旗，民国南北统一，二百六十八年的清室，已成过去的历史。临时大总统孙文，复提出再后的协议五条，交伍代表转达北京，条款列着：

　　（一）清帝退位，由袁同时咨照驻京各国公使，请转知民国政府，现在清帝已经退位，或转饬旅沪领事转达亦可。（二）同时袁须宣布政见，绝对赞同共和主义。（三）文接到外交团或领事团通知清帝布告后，即行辞职。（四）由参议院举袁为临时总统。（五）袁被举为临时总统后，誓守参议院所定之宪法，乃能授受事权。

　　伍代表即日发电，由袁世凯接着，已是满意，自然没有意外的争执了。小子有诗咏道：

　　　　帝运告终清祚覆，中华一统共和成。
　　　　如何尚逐中原鹿，攫得全权始撤兵？

欲知老袁答复的电文，且从下回接阅。

此回为化板为活文字，优待清室等条件，已见《清史演义》，而此书亦万不能不录。经作者一番熔化，觉得各条文字，煞费磋磨；且于清室提出原稿，亦曾载及，愈见当时改正，不可谓非参议员之功。至叙及临时政府，与参议院之关系，是为南京组织政府三月内之举动，亦可留作一段话柄，固非漫无抉择，随笔铺叙已也。后文述及隆裕后盖印，以及孙总统提出协议，无非为老袁属笔，总结一诗，具见大意。皮里阳秋，可于此书证之。

第七回

请瓜代再开选举会
迓专使特辟正阳门

却说清内阁总理袁世凯，已奉隆裕太后懿旨，令他组织临时政府。上加清内阁总理五字，义微而显。后由南京临时总统孙文，交伍代表电达老袁，老袁心满意足，即日复电云：

南京孙大总统黎副总统各部总长参议院同鉴：共和为最良国体，世界所公认，今由帝政一跃而跻及之，实诸公累年之心血，亦民国无穷之幸福。大清皇帝既明诏辞位，业经世凯署名，则宣布之日，为帝政之终局，即民国之始基。从此努力进行，务令达到圆满地位，永不使君主政体，再行于中国。大众听着。现在统一组织，至重且繁，世凯极愿南行，畅聆大教，共谋进行之法。只因北方秩序，不易维持，军旅如林，须加部署，而东北人心，未尽一致，稍有动摇，牵涉全国。诸君皆洞鉴时局，必能谅此苦衷。至共和建设重要问题，诸君研究有素，成竹在胸，应如何协商统一组织之法，尚希迅速见教！

临时总统孙文，既接此电，当向参议院提出辞职书，其文云：

44

中华民国临时大总统孙咨：前后和议情形，前已咨交贵院在案，昨日伍代表得北京电云云，又接北京电云云。两电见前，均从略。本总统以为我国民之志，在建设共和，倾覆专制，义师大起，全国景从。清帝鉴于大势，知保全君位，必然无效，遂有退位之议。今既宣布退位，赞成共和，承认中华民国，从此帝制永不留存于中国之内，民国目的，亦已达到。当缔造民国之始，本总统被选为公仆，宣布誓书，以倾覆专制巩固民国图谋幸福为任。誓至专制政府既倒，国内无变乱，国民卓立于世界，为列邦公认，本总统即行辞职。现在清帝退位，专制已除，南北一心，更无变乱，民国为各国承认，旦夕可期。本总统当践誓言，辞职引退，为此咨告贵院，应代表国民之公意，速举贤能，来南京接事，以便解职。附办法条件如下：

临时政府地点，设于南京，为各省代表所议定，不能更改。辞职后，俟参议院举定新总统，亲到南京受任之时，大总统及国务各员，乃行解职。临时政府约法，为参议院所制定，新总统必须遵守颁布之一切法律章程。此咨。

又有荐贤自代咨文，词云：

今日本总统提出辞表，要求改选贤能。选举之事，原国民公权，本总统原无容喙之地。唯前使伍代表电北京，有约以清帝实行退位，袁世凯君宣布政见，赞成共和，即当提议推让。想贵院亦表同情。此次清帝逊位，南北统一，袁君之力实多，其发表政见，更为绝对赞同共和。举为总统，必能尽忠民国。且袁君富于经验，民国统一，赖有建设之才。故敢以私见贡荐于贵院，请为民国前途熟计，无失当选之人，大局幸甚！此咨。

这两篇咨文，到了参议院，各议员一律可决，定于二月十五日，开临时大总统选举会。届期这一日，孙总统率各部总长，及各将校，共谒孝陵。孝陵即明太祖墓，在南京朝阳门外，当钟山南麓，由孙总统主祭，宣告汉族光复，民国统一。司祝官读罢祭文，两旁奏起军乐。悠扬中节，遒迕传声，军士数万，无不欢腾，各国领事，携手临观，亦啧啧称赏。祭礼已毕，再返临时总统府，行庆贺南北统一共和成立礼，先由军士开炮，鸣了一十七响，乃由孙大总统就位，依次奏乐唱歌，各部总次长，随班就

袁世凯内阁人员合影

列，向孙总统鞠躬表敬，孙总统亦答礼如仪，随即向大众演说道："清帝退位，南北统一，这皆由无数志士，无数义师，用无数热肠铁血，掉换出来。但北京一方面，全赖袁公慰庭，惨澹经营，方得成功，是袁公实我民国至友，民国成立以后，不应将他忘怀。今日参议院选举总统，若果袁公当选，想必能巩固民国。况前日得他复电，曾有永不使君主政体，再现中国二语，他是当代英雄，日后宜不食言。不要相信他，恐怕有些靠不住。唯临时政府地点，仍须设立南京。南京是民国开基，长此建都，好作永久纪念，不似北京地方，受历代君主的压力，害得毫无生气，此后革故鼎新，当有一番佳境。我虽解任，总是国民一分子，仍愿竭尽绵薄，为新政府效力，耿耿此心，还祈公鉴！"演说毕，但听得一片拍掌声，震动耳鼓。复奏军乐数通，益觉洋洋汹汹，响彻云霄。礼成，全体三呼民国万岁，方才散去。

下午参议院开会，选举总统，共得十七省议员，各投一票，计十七票，投票结果，统是"袁世凯"三字，全场一致，当选袁世凯为民国第二任临时大总统，随即电达北京，请袁来宁就职。孙总统亦以个人名义，电达北京，略谓："临时政府，已报告参议院，提出辞职书，并推荐袁为总统，唯袁公必须先至共和政府任职，不能由清帝委任组织。若虑北方骚扰，无人维持现状，尽可先举人材，电告临时政府，即当使为镇抚北方的委员"云云。看官！你想老袁的势力，全在北方，若要他南来就职，明明是翦他羽翼，他本机变如神，岂肯孤身南下，来做临时政府的傀儡么？语语见血。当下来一复电，由孙总统译阅云：

清帝辞位，自应速谋统一，以定危局，此时间不容发，实为唯一要图，民国存亡，胥赖于是。顷接孙大总统电开提出辞表，推荐鄙人，属速来宁，并举人电知临时政府，畀以镇安北方全权各等因。世凯德薄能鲜，何敢肩此重任？太属客气。南行之愿，前电业已声明，然暂时羁绊在此，实为北方危机隐伏，全国半数之生命财产，万难措置，并非因清帝委任也。孙大总统来电所论共和政府，不能由清帝委任组织，极为正当，现在北方各省军队，暨全蒙代表，皆以函电推举为临时大总统，清帝委任一层，无足再论。此语隐隐自命。然总未遽组织者，特虑南北意见，因此而生，统一愈难，实非国家之福。若专为个人责任计，舍北而南，则实有无穷窒碍。北方军民意见，尚多纷歧，隐忠实繁。皇族受外人愚弄，根林潜长，北京外交团，向以凯离此为虑，屡经言及。又举外人，抵抗南京，奉、江两省，时有动摇，外蒙各盟，迭来警告，内讧外患，递引互牵。若因凯一去，变端立见，殊非爱国救世之素志。若举人自代，实无措置各方面合宜之人。明明谓舍我其谁。然长此不能统一，外人无可承认，险象环集，大局益危，反复思维，与其孙大总统辞职，不如世凯退居。盖就民设之政府，民举之总统，而谋统一，其事较便。今日之计，唯有南京政府，将北方各省及各军队妥筹接收以后，世凯立即退归田里，为共和之国民。当未接收以前，仍当竭智尽能，以维秩序。总之共和既定之后，当以爱国为前提，决不欲以大总统问题，酿成南北分歧之局，致资渔人分裂之祸，恐怕言不顾行，奈何。已请唐君绍仪，代达此意，赴宁协商。绍仪即绍怡。前避宣统帝溥仪名，因改仪为怡，此次清帝退位，仍复原名。特以区区之怀，电达聪听，唯亮詧之为幸！

孙总统接电后，再赴参议院核定可否，全院委员长李肇甫，及直隶议员谷钟秀等，以"临时政府地点，不如改设北京，意谓临时政府，为全国视听所关，必须所在地势，可以统驭全国，方能使全国完固，且足维系四万万人心，我民国五大民族，从此联合，作为一个大中华民国。前由各省代表，指定临时政府地点，设在南京，系因当时大江以北，尚属清军范围，不能不将就办理；目今情异势殊，自应相时制宜，移都北方为要。"言亦有理。有几个议员与他反对，仍然主张南京，当用投票表决法，解此问题。投票后，主张北京的有二十票，主张南京的只有八票，乃从多数取决，复咨孙总统。无如孙总统的意见，总以南京为是，援临时政府组织条例，再交参议院复议。原来临时政府大纲中，曾有临时大总统，对于参议院议决事件，如未以为然，得于具报后十日内，声明理由，交会复议。组织临时政府大纲，前因暂行制，故特从略，此次为交议事件，因特别提出。参议院接收后，再开会议，除李肇甫、谷钟秀数人外，忽自翻前议，赞成南京，不赞成北京，彼此争论起来，很是激烈。旋经中立党调和两造，再行投票解决，结果是七票主张北京，十九票主张南京，似此重大问题，只隔一宿，偏已换了花样，朝三暮四，令人莫测。中国人心之不可恃，一至于此。孙总统既接到复议决文，自然再电北京，请袁世凯即日南来，并言当特派专使，北上欢迎。袁乃复电云：

昨电计达。嗣奉尊电，惭悚万状。现在国体初定，隐患方多，凡在国民，应共效绵薄。唯揣才力，实难胜此重大之责任。兹乃辱荷参议院正式选举，窃思公以伟略创始于前，而凯乃以轻材承乏于后，实深愧汗。凯之私愿，始终以国利民福为归，当兹危急存亡之际，国民既以公义相责难，凯敢不勉尽公仆义务？唯前陈为难各节，均系实在情形，素承厚爱，谨披沥详陈，务希涵亮！俟专使到京，再行函商一切。专使何人？并何日启程？乞先电示为盼。肃复。

又致参议院电文云：

昨因孙大总统电知辞职，同时推荐世凯，当经复电力辞，并切盼贵院另举贤能，又将北方危险情形，暨南去为难各节，详细电达，想蒙鉴及。兹奉惠电，惶悚万分，现大局初定，头绪纷繁，如凯衰庸，岂能肩此巨任？乃承贵院全体一致，正式选举，凯之私愿，始终以国利民福为归。当此危急存亡之际，国民既以公义相责难，凯何敢以一己之意见，辜全国之厚期？唯为难各节，均系实在情形，知诸公推诚相与，不敢不披沥详陈，务希涵亮！统候南京专使到京，商议办法，再行电闻。略去电而详复电，为下文伏笔。

当袁世凯电辞总统，又电受总统的时候，临时副总统黎元洪，也有辞职电文，拍致南京参议院。二月二十日，参议院又开临时副总统选举会，投票公决，仍举黎当选，全院一致。黎以大众决议，不便力辞，也即承认。袁、黎心术之分，可见一斑。于是南京临时政府，遂派遣教育总长蔡元培为专使，副以汪兆铭、宋教仁等。适唐绍仪来宁，知已无可协商，亦愿同专使北行。启程时，先电告北京，遥与接洽。自二月二十一日，使节出发，至二十七日，到了北京。但见正阳门外，已高搭彩棚，用了经冬不调的翠柏，扎出两个斗方的大字，作为匾额。这两大字不必细猜，一眼望去，便见左首是"欢"字，右首是"迎"字。欢迎两字旁，竖着两面大旗，分着红黄蓝白黑五色，隐寓五族共和的意思。彩棚前面，左右站着军队，立枪致敬，又有老袁特派的专员，出城迎迓，城门大启，军乐齐喧，一面鸣炮十余下，作欢迎南使的先声。极力摹写，都为下文作势。蔡专使带同汪、宋各员，与唐绍仪下舆径入，即由迎宾使向他行礼。两下里免冠鞠躬，至相偕入城，早有宾馆预备，也铺排得精洁雅致，几净窗明，馆中物件，色色俱备，伺役亦个个周到。外面更环卫禁军，特别保护。蔡专使等既入客馆，与迎宾使坐谈数语，迎宾使交代清楚，当即告别，唐绍仪也自去复命了。

是晚即由京中人士，多来谒候。寒暄已过，便说及老袁南下的利害，一方面为迎袁而来，所说大略，无非是南方人民，渴望袁公，袁能早一日南下，即早一日慰望等语。一方面是有所承受，特来探试，统说北京人心，定要袁公留住，组织临时政府，若袁公一去，北方无所依托，未免生变。且元、明、清三朝，均以北京为国都，一朝迁移，无论事实上多感不便，就是辽东三省，与内外蒙古，亦未便驾驭，鞭长莫及，在在可忧，理应思患预防，变通办理为是。双方俱借口人心，其实人民全不与闻，统是孙、袁两人意见。彼此谈了一会，未得解决，不觉夜色已阑，主宾俱有倦容，当即告别。蔡专使均入室安寝，翌晨起床，大家振刷精神，要去见那当选的袁大总统了。正是：

> 专使徒凭三寸舌，乃公宁易一生心。

毕竟袁世凯允否南行，且至下回再表。

孙中山遵誓辞职，不贪权利之心，可以概见，而必请老袁南下，来宁就职者，其意非他，盖恐袁之挟势自尊，始虽承认共和，日后未免变计耳。然袁岂甘为人下者？下乔入谷，愚者亦知其非，况机变如老袁者乎？蔡专使等之北上，已堕入老袁计中，老袁阳表欢迎，阴怀谲计，观其迭发数电，固已情见乎词，而南方诸人，始终未悟，尚欲迎之南来，吾料老袁此时，方为窃笑不置也。袁氏固一世之雄哉！

第八回

变生不测蔡使遭惊
喜如所期袁公就任

　　却说蔡专使元培，与汪兆铭、宋教仁二人，偕谒袁世凯，名刺一入，老袁当即迎见。双方行过了礼，分宾主坐定，略略叙谈。当由蔡专使起立，交过孙中山书函，及参议院公文，袁世凯亦起身接受，彼此还坐。经老袁披阅毕，便皱着眉头道："我日思南来，与诸君共谋统一，怎奈北方局面，未曾安静，还须设法维持，方可脱身。但我年将六十，自问才力，不足当总统的重任，但求共和成立，做一个太平百姓，为愿已足，不识南中诸君，何故选及老朽？并何故定催南下？难道莽莽中原，竟无一人似世凯么？"听他口气，已是目无余子。蔡专使道："先生老成重望，海内久仰，此次当选，正为民国前途庆贺得人，何必过谦？惟江南军民，极思一睹颜色，快聆高谈，若非先生南下，恐南方人士，还疑先生别存意见，反多烦言呢。"老袁又道："北方要我留着，南方又要我前去，苦我没有分身法儿，可以彼此兼顾。但若论及国都问题，愚见恰主张北方哩。"这是老袁的定盘星。

　　宋教仁年少气盛，竟有些忍耐不住，便朗声语袁道："袁老先生的主张，愚意却以为未可。此次民军起义，自武昌起手，至南京告成，南京已设临时政府，及参议院，因孙总统辞职，特举老先生继任，先生受国民重托，理应以民意为依归，何必恋恋这北京呢？"老袁掀髯微哂道："南京仅据偏隅，从前六朝及南宋，偏安江左，卒

51

不能统驭中原，何若北京为历代都会，元、明、清三朝，均以此为根据地，今乃舍此
适彼，安土重迁，不特北人未服，就是外国各使馆，也未必肯就徙哩。"宋教仁道：
"天下事不能执一而论。明太祖建都金陵，不尝统一北方么？如虑及外人争执，我国
并非被保护国，主权应操诸我手，我欲南迁，他也不能拒我。况自庚子拳乱，东交民
巷，已成外使的势力圈，储械积粟，驻兵设防，北京稍有变动，他已足制我死命。
我若与他交涉，他是执住原约，断然不能变更。目今民国新造，正好借此南迁，摆
脱羁绊。即如为先生计，亦非南迁不可，若是仍都北京，几似受清帝的委任，他日
民国史上，且疑先生为刘裕、萧道成流亚，谅先生亦不值受此污名呢。"_{语亦厉害。}
老袁听到此言，颇有些愤闷的样子，正拟与他答辩，忽见外面有人进来，笑对宋教仁
道："渔父君！你又来发生议论了。"教仁急视之，乃是唐绍仪，也起答道："少川
先生，不闻孔子当日，在宗庙朝廷，便便言么！此处虽非宗庙朝廷，然事关重大，怎
得无言？"原来宋教仁号渔父，唐绍仪号少川，所以问答间称号不称名。蔡专使等均
起立相迎。绍仪让坐毕，便语道："国都问题，他日何妨召集国会，公同表决。今日
公等到此，无非是邀请袁公，南下一行，何必多费唇舌？袁公亦须念他远来，诚意相
迓，若可拨冗启程，免得辜负盛意。"_{倒是一个鲁仲连。}袁世凯乃起座道："少川责我
甚当，我应敬谢诸公，并谢孙总统及参议员推举的隆情，既承大义相勉，敢不竭尽心
力，为国图利，为民造福，略俟三五天，如果北方沉静，谨当南行便了。"说毕，即
令设席接风，盛筵相待，推蔡专使为首座，汪、宋等依次坐下，唐绍仪做了主中宾，
世凯自坐主席，自不消说。席间所谈，多系南北过去的事情，转瞬间已是日昃，彼此
统含三分酒意，当即散席，订了后会，仍由老袁饬吏送蔡专使等返至客馆。

汪兆铭语蔡专使道："鹤卿先生，你看老袁的意思，究竟如何？"蔡字鹤卿，号
子民，为人忠厚和平，徐徐地答道："这也未可逆料。"宋教仁道："精卫君！你看
老袁的行动，便知他是一步十计，今日如此，明日便未必如此了。"<sub>见识甚明，故为老
袁所忌。</sub>蔡专使道："他用诈，我用诚，他或负我，我不负他，便算于心无愧了。"
_{纯是忠厚人口吻。}宋教仁复道："精卫君！蔡先生的道德，确是无愧，但老袁狡狯得
很，恐此番跋涉，未免徒劳呢。"汪兆铭亦一笑而罢。兆铭别号精卫，故宋呼汪为精
卫君。_{各人别字，陆续点明，又是另一样文法。}等到夜膳以后，闲谈片刻，各自安睡。正
在黑甜乡中，寻那共和好梦，忽外面人声马嘶，震响不已，接连又有枪声弹声，屋瓦

爆裂声，墙壁坍塌声，顿时将蔡专使等惊醒，慌忙披衣起床，开窗一看，但见火光熊熊，连室内一切什物，统已照得透亮。正在惊诧的时候，突闻哗啦啦的一响，一粒流弹，飞入窗中，把室内腰壁击成一洞，那弹子复从洞中钻出，穿入对面的围墙，抛出外面去了。蔡专使不禁着急道："好厉害的弹子，幸亏我等未被击着，否则要洞胸绝命了。"汪兆铭道："敢是兵变吗？"宋教仁道："这是老袁的手段。"一针见血。正说着，但听外面有人呼喝道："这里是南使所在，兄弟们不要罗唣。"又听得众声杂沓道："什么南使不南使！越是南使，我等越要击他。"一宽一紧，写得逼肖。又有人问着道："为什么呢？"众声齐应道："袁大人要南去了。北京里面，横直是没人主持，我等乐得闹一场罢。"蔡专使捏了一把冷汗，便道："外面的人声，竟要同我等作对，我等难道白白的送了性命吗？"宋教仁道："我等只有数人，无拳无勇，倘他们捣将进来，如何对待？不如就此逃生罢。"言未已，大门外已接连声响，门上已凿破几个窟窿，蔡、汪、宋三使，顾命要紧，忙将要紧的物件，取入怀中，一起儿从后逃避，幸后面有一短墙，拟令役夫取过桌椅，以便接脚，谁知叫了数声，没有一个人影儿。分明是内外勾通。可巧墙角旁有破条凳两张，即由汪、宋两人，携在手中，向壁直捣，京内的墙壁，多是泥土叠成，本来是没甚坚固，更且汪、宋等逃命心急，用着全力去捣这墙，自然应手而碎，复迭捣数下，泥土纷纷下坠成了一个大窦，三人急不暇择，从窦中鱼贯而出，外面正是一条逼狭的胡同，还静悄悄的没人阻住。分明是畀他去路，否则还有何幸。

　　蔡专使道："侥幸侥幸！但我等避到哪里去？"宋教仁道："此地近着老袁寓宅，我等不如径往他处，他就使有心侮我，总不能抹脸对人。"汪兆铭道："是极！"当下转弯落角，专从僻处静走。汪、蔡二人，本是熟路，一口气赶到袁第，幸喜没人盘诘，只老袁寓居的门外，已有无数兵士站着，见他三人到来，几欲举枪相对。宋教仁忙道："我是南来的专使，快快报知袁公。"一面说着，一面向蔡专使索取名刺，蔡专使道："啊哟！我的名片包儿，不知曾否带着？"急急向袋中摸取，竟没有名片，急得蔡专使彷徨失措，后来摸到袋角，还有几张旧存的名片，亟取出交付道："就是这名片，携去罢。"当由兵士转交阍人，待了半晌，方见阍人出来，说了一个"请"字。三人才放下了心，联步而入，但见阶上已有人相迎，从灯光下望将过去，不是别人，正是候补总统袁世凯。三人抢步上阶，老袁亦走近数步，开口道：

"诸公受惊了。"他却是步武安详呢。宋教仁即接口道："外面闹得不成样子，究系匪徒，抑系乱军？"老袁忙道："我正着人调查呢。诸公快请进厅室，天气尚冷得紧哩。"蔡专使等方行入客厅，老袁亦随了进来。客厅里面，正有役夫炽炭煨炉，见有客到来，便入侧室取茗进献。老袁送茗毕，从容坐下道："不料今夜间有这变乱，累得诸公受惊，很是抱歉。"宋教仁先答道：又是他先开口。"北方将士，所赖惟公，为什么有此奇变呢？"老袁正要回答，厅外来了一人，报称："东安门外，及前门外一带，哗扰不堪，到处纵火，尚未曾罢手呢。"老袁道："究竟是土匪，还是乱兵？为甚么没人弹压？"来人道："弹压的官员，并非没有，怎奈起事的便是军士，附和的乃是土匪，兵匪夹杂，一时无可措手了。"老袁道："这班混帐的东西，清帝退位，还有我在，难道好无法无天么？"宋教仁又插嘴道："袁老先生，你为何不令人弹压呢？"老袁答道："我已派人弹压去了，唯我正就寝，仓猝闻警，调派已迟，所以一时办不了呢。"蔡专使方语道："京都重地，乃有此变，如何了得！我看火光烛天，枪声遍地，今夜的百姓，不知受了多少灾难，先生应急切敉平，方为百姓造福。"始终是忠厚之谈。老袁顿足道："正为此事，颇费踌躇。"言未已，又有人入报道："禁兵闻大人南下，以致激变，竟欲甘心南使。"说至"使"字，被老袁呵叱道："休得乱报！"来人道："乱兵统这般说。"老袁又道："为甚么纵火殃民？"来人又道："兵士变起，匪徒自然乘隙了。"老袁遂向蔡专使道："我兄弟未曾南下，他们已瞎闹起来，若我已动身，不知要闹到什么了结。我曾料到此着，所以孙总统一再敦促，我不得不审慎办理。昨日宋先生说我恋恋北京，我有什么舍不掉，定要居住这京城哩？"言毕，哈哈大笑，计划已成，安得不笑。宋教仁面带愠色，又想发言，由蔡专使以目示意，令他止住。老袁似已觉着，便道："我与诸公长谈，几忘时计，现在夜色已深，恐诸公未免腹饥，不如卜饮数杯，聊且充腹。"说至此，便向门外，呼了一声"来"字，即有差役入内伺候。老袁道："厨下有酒肴，快去拿来！"差役唯唯而退。不一时，就将酒肴搬入，由老袁招呼蔡专使等入座饮酒。蔡专使等腹中已如辘轳，不及推辞，随便饮了数杯，偶听鸡声报晓，已觉得天色将明。外面有人入报："乱兵已散，大势平静了。"老袁道："知道了。"显是皇帝口吻。差役又入呈细点，由宾主随意取食，自不消说。老袁又请蔡专使等，入室休息，蔡专使也即应允，由差役导入客寝去了。

次日辰牌，蔡专使等起床，盥洗已毕，用过早点，即见老袁跟跄趋入，递交蔡专使一纸，便道："蔡先生请看。天津、保定也有兵变的消息，这真是可虑呢。"蔡专使接过一瞧，乃是已曾译出的电报，大致与袁语相似，不由的皱动两眉。老袁又道："这处兵变，尚未了清，昨夜商民被劫，差不多有几千人家，今天津、保定，又有这般警变，教我如何动身呢？"蔡专使沉吟半晌道："且再计议。"老袁随即退出。自是蔡专使等，便留住袁宅，一连两日，并未会见老袁，只由老袁着人递入警信，一是日本拟派兵入京，保卫公使，一是各国公使馆，也有增兵音信。蔡专使未免愁烦，便与汪、宋二人商议道："北京如此多事，也不便强袁离京。"宋教仁道："这都是他的妙计。"蔡专使道："无论他曾否用计，据现在情势上看来，总只好令他上台，他定要在北京建设政府，我也不能不迁就的，果能中国统一，还有何求？"和平处事，是蔡使本旨。汪兆铭道："鹤卿先生的高见，也很不错呢。"是夕，老袁也来熟商，无非是南下为难的意旨，且言"保定、天津的变乱比北京还要厉害，现已派官往理，文牍往来，朝夕不辍，因此无暇叙谈，统祈诸公原谅，且代达南方为幸"。蔡专使已不欲辩驳，便即照允，竟拟就电稿，发往南京，略叙北京经过情形，并言："为今日计，应速建统一政府，余尽可迁就，以定大局"云云。已堕老袁计中，然亦无可奈何。孙中山接到此电，先与各部长商议，有的说是袁不能来，不如请黎副总统来宁，代行宣誓礼；有的说是南京政府，或移设武昌，武昌据全国中枢，袁可来即来，否则由黎就近代誓。两议交参议院议决，各议员一律反对，直至三月六日，始由参议员议决办法六条，由南京临时政府，转达北方，条件列下：

（一）参议院电知袁大总统，允其在北京就职。（二）袁大总统接电后，即电参议院宣誓。（三）参议院接到宣誓之电后，即复电认为受职，并通告全国。（四）袁大总统受职后，即将拟派国务总理及国务员姓名，电知参议院，求其同意。（五）国务总理及各国务员任定后，即在南京接收临时政府交代事宜。（六）孙大总统于交代之日，始行解职。

六条款项，电发到京，老袁瞧了第一条，已是心满意足，余五条迎刃而解，没一项不承诺了。三月初十日，老袁遂遵照参议院议决办法，欢欢喜喜的在北京就临时大总统职。是日，在京旧官僚，都跄跄济济，排班谒贺。蔡专使及汪、宋二员，也不得不随班就列。鸣炮奏乐，众口欢呼，无容琐述。礼成后，由老袁宣誓道：

民国建设造端，百凡待治，世凯深愿竭其能力，发扬共和之精神，涤荡专制之瑕秽，谨守宪法，依国民之愿望，达国家于安全完固之域，俾五大民族同臻乐利。凡此志愿，率履勿渝。俟召集国会，选定第一期大总统，世凯即行辞职，谨掬诚悃，誓告同胞！

宣誓已终，又将誓词电达参议院，参议院援照故例，免不得遥致颂词，并寓箴规的意思。小子有诗咏道：

几经痡口又晓音，属望深时再进箴。
可惜肥人言惯食，盟言未必果盟心。

毕竟参议院如何致词，且从下回续叙。

北京兵变，延及天津、保定，分明是老袁指使，彼无词拒绝南使，只得阴嗾兵变，以便借口。不然，何以南使甫至，兵变即起，不先不后，有此险象乎？迨观于帝制发生，国民数斥袁罪，谓老袁用杨度计，煽动兵变，焚劫三日，益信指使之说之不诬也。本回演述兵变，及袁、蔡等问答辞，虽未必语语是真，而描摹逼肖，深得各人口吻，殆犹苏长公所谓想当然耳。至袁计得行，南京临时政府及参议院议员，不能不尽如袁旨，老袁固踌躇满志矣。然一经后人揭出，如见肺肝，后之视袁者，亦何乐为此伎俩乎？

第九回

袁总统宣布约法
唐首辅组织阁员

却说南京参议院，既得袁世凯电誓，遂公认他为大总统，又循例致词道：

共和肇端，群治待理，仰公才望，畀以太阿。筚路蓝缕，孙公既开其先；发扬光大，我公宜善其后。四百兆同胞公意之所托，二亿里山河大命之所寄，苟有陨越，沦胥随之。况军兴以来，四民辍业，满目疮痍，六师暴露，九府匮竭，转危为安，劳公敷施。本院代表国民，尤不得不拳拳敦勉者，临时约法七章五十六条，伦比宪法，其守之维谨！勿逆舆情，勿邻专断，勿狃非德，勿登非才。凡我共和国五大民族，有不至诚爱戴，皇天后土，实式凭之。谨致大总统玺绶。俾公令出惟行，崇为符信，钦念哉！

先是各省代表会，组织临时政府，曾议组织法大纲，共四章二十一条，此次军事告竣，应酌量修改，较前详备。向来中国史上，并没有民主政体，可以仿行，一旦创造起来，毫无依据，只好查照外洋的共和国，做了蓝本，参互考订。目下外国共和，要算法、美两国，制度最良。法国的法制，内阁分设各部，推老成硕望的人物，做内阁总理，负全国行政上的责任，总统是没有大责任的，政法家称他为内阁制。美国的法制，内阁也由各部组成，只是没有总理，要总统自担行政上的责任，政法家称他为总统制。为一般国民输进普通法律知识。南京临时政府组织大纲，是采用美国制度，因为鄂军起义，各省联络，与美利坚十三州联合抗英，是差不多的形势，所以南京临时政府，不设内阁总理，专归总统担负责任。到了南北统一，须建为单纯的国家，美制殊不相合，乃改采法国的内阁制度，一来好集权中央，二来好翼赞元首，实欲钳制老袁，所以利用法制。大家视为良法，所以前次电约六款，已有拟派国务总理的条件。连前回条件中文亦补释明白，义不渗漏。且因袁总统就职在即，各议员协力修改，斟酌了二三十日，经两三次属草，方将全案修成，共得七章五十六条，函达老袁，老袁并无异言，此时只好承认。即于就职第二日，宣布出来。全文如下：

中华民国临时约法

第一章　总纲

第一条　中华民国，由中华人民组织之。第二条，中华民国之主权，属于国民全体。第三条，中华民国领土，为二十二行省、内外蒙古、西藏、青海。第四条，中华民国，以参议院、临时大总统、国务员、法院行使其统治权。

第二章　人民

第五条　中华民国人民，一律平等，无种族阶级宗教之区别。第六条，人民得享有下列各项之自由权：一人民之身体，非依法律，不得逮捕拘禁，审问处罚；二人民之家宅，非依法律，不得侵入或搜索；三人民有保有财产及营业之自由；四人民有言论著作刊行，及集会结社之自由；五人民有书信秘密之自由；六人民有居住迁徙之自由；七人民有信教之自由。第七条，人民有请愿于议会之权。第八条，人民有陈诉于行政官署之权。第九务，人民有诉讼于法院，受其审判之权。第十条，人民对于官吏违法损害权利之行为，有陈诉于平政院之权。第十一条，人民有应任官考试之权。第十二条，人民有选举及被选举之权。第十三条，人民依法律有纳税之义务。第十四条，人民依法律有服兵之义务。第十五条，本章所载人民之权利，有认为增进公益，维持治安，或非常紧急必要时，得依法律限制之。

第三章　参议院

第十六条　中华民国之立法权以参议院行之。第十七条，参议院以第十八条所定各地方选派之参议员组织之。第十八条，参议员，每行省、内蒙古、外蒙古、西藏各选派五人，青海选派一人，其选派方法由各地方自定之。参议院会议时每参议员有一表决权。第十九条，参议院之职权如下：（一）议决一切法律案；（二）议决临时政府之预算决算；（三）议决全国之税法币制及度量衡之准则；（四）议决公债之募集及国库有负担之契约；（五）承诺第三十四条、三十五条、四十条事件；（六）答复临时政府咨询事件；（七）受理人民之请愿；（八）得以关于法律及其他事件之意见建议于政府；（九）得提出质问书于国务员并要求其出席答复；（十）得咨请临时政府查办官吏纳贿违法事件；（十一）参议院对于临时大总统，认为有谋叛行为时，得以总员五分之四以上之出席，出席员四分之三以上之可决弹劾之；（十二）参议院对于国务员认为失职或违法时，得以总员四分之三以上之出席，出席员三分之二以上之可决弹劾之。第二十条，参议院得自行集会开会闭会。第二十一条，参议院之会议，须公开之，但有国务员之要求，或出席参议院过半数之可决者，得秘密之。第二十二条，参议院议决事件，咨由临时大总统公布施行。第二十三条，临时大总统对于参议院议决事件，如否认时，得于咨达后十日内声明理由，咨院复议。但参议院对于复议事件，如有到会参议员三分之二以上，仍执前议时，仍照第二十二条办理。第二十四条，参议院议长，由参议员用记名投票法互选之，以得票满投票总数之半者为当选。第二十五条，参议院议员，于院内之言论及表决，对于院外，不负责任。第二十六条，参议院参议员，除现行犯及关于内乱外患之犯罪外，会期中非得本院许可，不得逮捕。第二十七条，参议院法，由参议院自定之。第二十八条，参议院以国会成立之日解散，其职权由国会行之。

第四章　临时大总统副总统

第二十九条　临时大总统副总统，由参议院选举之，以总员四分之三以上出席，得票满投票总数三分之二以上者，为当选。第三十条，临时大总统，代表临时政府，总揽政务，公布法律。第三十一条，临时大总统，为执行法律，或基于法律之委任，得发布命令，并得使发布之。第三十二条，临时大总统，统率全国陆海军队。第三十三条，临时大总统，得制定官制官规，但须提交参议院议决。第三十四条，临时大总统，任命文武职员，但任命国务员及外交大使公使，须得参议院之同意。第三十五条，临时大总统，经参议院之同意，得宣战媾和，及缔结条约。第三十六条，临时大总统，得依法律宣告戒严。第三十七条，临时大总统，代表全国，接受外国之大使公使。第三十八条，临时大总统，得提出法律案于参议院。第三十九条，临时大总统，得颁给勋章，并其他荣典。第四十条，临时大总统，得宣告大赦特赦，减刑复权，但大赦须经参议院之同意。第四十一条，临时大总统，受参议院弹劾后，由最高法院全院审判官互选九人，组织特别法庭审判之。第四十二条，临时副总统，于临时大总统因故去职，或不能视事时，得代行其职权。

第五章　国务员

第四十三条　国务总理及各部总长，均称为国务员。第四十四条，国务员辅佐临时大总统，负其责任。第四十五条，国务员于临时大总统提出法律案，公布法律，及发布命令时，须副署之。第四十六条，国务员及其委员，得于参议院出席及发言。第四十七条，国务员受参议院弹劾后，临时大总统应免其职，但得交参议院复议一次。

第六章　法院

第四十八条　法院以临时大总统及司法总长分别任命之法官组织之。法院之编制，及法官之资格，以法律定之。第四十九条，法院依法律审判民事诉讼及刑事诉讼，但关于行政诉讼，及其他特别诉讼，别以法律定之。第五十条，法院之审判，须公开之。但有认为妨害安宁秩序者，得秘密之。第五十一条，法官独立审判，不受上级官厅之干涉。第五十二条，法官在任中不得减俸或转职，非依法律受刑罚宣告，或应免职之惩戒处分，不得解职。惩戒条规，以法律定之。

第七章　附则

第五十三条　本约法施行后，限十个月内，由临时大总统召集国会。其国会之组织及选举法，由参议院定之。第五十四条，中华民国之宪法，由国会制定，宪法未施行以前，本约法之效力，与宪法等。第五十五条，本约法由参议院参议员三分之二以上，或临时大总统之提议，经参议员五分之四以上之出席，出席员四分之三之可决，得增修之。第五十六条，本约法自公布之日施行。

约法颁布，临时政府组织大纲，当然废止。袁总统遂依约法第四十三条，任命国务总理，组织新内阁。当下留意选择，拟将国务总理一职，任用唐绍仪，可见唐是老袁心腹。唯《临时约法》第三十四条，总统任命国务员，须得参议院同意，袁总统不便违法，遂电致参议院议决。参议员闻任唐绍仪，多半赞成，当即通过，电复袁总统。袁即任唐为国务总理。唐亦直任不辞，当奉袁总统命令，由北京至南京，组织国务院。唐忽提出修改官制，拟易九部为十二部，除外交、内务、财政、陆军、海军、司法、教育七部，仍然照旧外，独分实业为三部，一是工业，一是商业，一是农林，交通却分作两部，一是交通，一是邮电。邮电即交通之二大部分，如何分析。两部分做五部，本来是没甚理由，不过南北统一，两方统有要人，各思垄断部职，仍然不脱升官发财的思想，如何改良政体？唐绍仪身为总理，不能单顾一方，反弄得左右为难。他于没法中想了一法，便拟添置几个部缺，位置南北人员。况提出官制，必须经过参议院议决，倘或议员反对，当然不能成立，自己亦可援为口实，免多怨望，这也是唐总理取巧的方法。开手便想取巧，如何办得美善。果然参议院不能通过，只准分实业为两部，一部是工商，一部是农林，邮电仍并入交通部，不必分离。自是九部改作十部，三月二十九日，唐绍仪莅参议院，宣布政见，并提出各部总长名单，请求同意。各议员取单公阅，但见上面开着：

外交总长	陆徵祥	内务总长	赵秉钧	财政总长	熊希龄
陆军总长	段祺瑞	海军总长	刘冠雄	司法总长	王宠惠
教育总长	蔡元培	农林总长	宋教仁	工商总长	陈其美
交通总长	梁如浩				

这十部总长名单内，只有蔡长教育与前相同，王宠惠尚是旧阁人物，唯改外交为司法，其余一律易人。段祺瑞、刘冠雄、赵秉钧，纯是袁系人物，当然是老袁授意。陆徵祥素无党派，熊希龄属新组的统一党，详见下文。宋教仁、陈其美两人与蔡、王向系同志，均入同盟会。唐绍仪本属旧官僚派，因思想颇趋文明，前次南下讲和，与同盟会中人，颇相融洽，至组织内阁时期，又新加入同盟会，时人遂称他为同盟会内阁。重要位置，俱属袁系，称为同盟会内阁，实不副名。嗣经参议院投票表决，只有梁如浩未得同意，余均多数赞同。唐遂退出参议院，即日驰电北达。次日，即由袁总统正

式任命。各部俱已得人，交通总长一缺，尚属虚位，暂命唐总理兼署。唐内阁算完全成立了。那时第一次临时总统孙文，应该践约辞职，便于四月初一日，亲至参议院，行解职礼，自然又有一番宣言，小子有诗赞孙中山云：

> 功成身退不贪荣，让位非徒践凤盟。
>
> 细数年来诸巨子，如公才算是真诚。

欲知孙中山如何宣言，容俟下回续录。

《临时约法》，为中华民国宪法之嚆矢，其间虽经袁氏废弃，然帝制殒，袁氏毙，而约法复活。是民国之尚得保存，全赖约法之力，故本书不能不备录全文，所以存国典也。唐绍仪奉袁氏命，组织新内阁，观其提出阁员名单，如内务，如陆海军，实握全国枢纽，而皆为袁氏心腹，教育司法农林工商四部，为袁氏所轻视，则属诸同盟会中。是唐氏固受袁指使，明明一袁系人物，谓为袁系内阁也可，谓为同盟会内阁，固不可也。老袁一登台，便已隐植势力，唐氏反为其鹰犬，我为唐氏计，殊不值得云。

第十回

践夙约一方解职
借外债四国违言

却说孙中山在南京，闻袁氏受职，唐阁组成，遂莅参议院辞职；又把生平积悃，及所有政见，宣布出来，作为临别赠言的表意。各议员分列坐席，屏息敛容，各聆绪论，并令书记员出席登录，随听随抄，将白话译作文言道：

本大总统于中华民国正月一日，来南京受职，今日为四月一日，至贵院宣布解职，为期适三个月。此三月中，均为中华民国草创之时代。当中华民国成立以前，纯然为革命时代，中国何为发起革命？实以联合四万万人，推倒恶劣政府为宗旨。自革命初起，南北界限，尚未化除，不得已而有用兵之事。三月以来，南北统一，战事告终，造成完全无缺之中华民国，此皆全国国民，及全国军人之力所致。在本总统受职之初，不料有如此之好结果，亦不料以极短之时期，能建立如此之大业。本总统于一个月前，已提出辞职书于贵院，当时因统一政府未成，故虽已辞职，仍执行总统事务。今国务总理唐绍仪，组织内阁已成立，本总统自当解职，今日特莅贵院宣布。但趁此时间，本总统尚有数语，以陈述于贵院之前。中华民国成立之后，凡为中华民国国民，均有国民之天职。何谓天职？即促进世界的和平是也。此促进世界的和平，即为中华民国前途之目的。依此目的而行，即可以巩固中华民国之基础，盖中国人民，居世界人民四分之一，中国人民，若能为长足之进步，则多数共跻于文明，自不难结世界和平之局。况中国人种，以好和平著闻于世，于数千年前，已知和平为世界之真理。中华民国有此民习，登世界舞台之上，与各国交际，促进和平，即是中华民国国民之天职。本总统与全国国民，同此心理，务将人民之智识习俗，及一切事业，切实进行，力谋善果。本总统解职之后，即为中华民国之一国民，政府不过一极小之机关，其力量不过国民极小之一部分，大部分之力量，仍全在吾国民，本总统今日解职，并非功成身退，实欲以中华民国国民之地位，与四万万国民，协力造成中华民国之巩固基础，以冀世界之和平。望贵院与将来政府，勉励人民，同尽天职。从今而后，使中华民国，得为文明之进步，使世界舞台，得享和平之幸福，固不第一人之宏愿已也。

词毕，大众相率拍手，毋容絮述。孙中山遂缴出临时大总统印，交还参议院，参议院议长林森，副议长王正廷，即令全院委员长李肇甫，接受大总统印信，一面由林议长做了全院代表，答复孙中山，大约亦有数百言，小子又录出如下：

中华建国四千余年，专制虐焰，炽于秦政，历朝接踵，燎原之势，极及末流，百度隳坏。虽拥有二亿里大陆，率有四百兆众庶，外患乘之，殆如摧枯拉朽，而不绝如缕者，仅气息之奄奄。中山先生，发宏愿救国，首建共和之蠡，奔走呼号于专制淫威之下，濒于殆者屡矣，而毅然不稍辍，二十年如一日。武汉起义，未一月而响应者，三分天下有其二，固亡清无道所致，抑亦先生宣导鼓吹之力实多也。当时民国尚未统一，国人急谋建设临时政府于南京，适先生归国，遂由各省代表，公举为临时大总统。受职才四十日，即以和平措置，使清帝退位，统一底定，迄未忍生灵涂炭，遽诉之于兵戎。虽柄国不满百日，而吾五大民族所受赐者，已靡有涯涘；固不独成功不居，其高尚纯洁之风，为斯世矜式已也。今当先生解临时大总统职任之日，本院代表全国，有不能已于言者。民国之成立也，先生实抚育之；民国之发扬光大也，尤赖先生牖启而振迅之。苟有利于民国者，无间在朝在野，其责任一也。卢斯福解职总统后，周游演述，未尝一日不拳拳于阿美利加合众国，愿先生为卢斯福，国人馨香祝之矣。

孙中山欢谢议员，鞠躬告退。各议员再表决临时政府地点，准将南京临时政府，移往北京，南京仍为普通都会。由袁总统任命前陆军总长黄兴，为南京留守，控制南方军队，一面召唐绍仪回京。唐以交通一席，不便兼理，复提出施肇基总长交通，交参议院议决，得多数同意，乃电请袁总统任命。

十部总长已完全无缺，唐总理遂邀同王宠惠等，启程北行。唯陈其美曾为沪军都督，自请后行，闻他醉心杨梅，所以长愿南居。唐不能相强，即日北去。参议院各议员，亦于四月二十九日，联翩赴都。副总统黎元洪，亦请解大元帅职，另由袁总统改任，属领参谋总长事。所有前清总督巡抚各名目，一律改为都督。内而政府，外而各省，总算粗粗就绪。

唯蒙、藏两部一时尚不暇办理，但由袁总统派员赍书，劝令取消独立，拥护中央。是时英、俄两国，方眈眈逐逐，谋取蒙、藏为囊中物。活佛喇嘛毫无见识，一任外人播弄，徒凭袁总统一纸空文，岂即肯拱手听命，就此安静么？都为后文埋线。袁总统也明知无益，不得已敷衍表面，暗中却用着全力，注意内部的运用。第一着是裁兵，第二着是借债，这两策又是连带的关系。看官试想，各省的革命军，东也招募，西也招集，差不多有数十百万，此时中央政府，完全成立，南北已和平了事，还要这冗兵何用？况袁总统心中，日日防着南军，早一日裁去，便早一日安枕。裁兵原是要策，但老袁是从片面着想，仍未免借公济私。但是着手裁兵，先需银钱要紧，南京临时政府，已单靠借债度日，苏路借款，招商局借款，汉冶萍公司借款，共得五六百万，到手辄尽；又发军需八厘公债票一万万元，陆续凑集，还嫌不敷。唐绍仪南下组阁，南京政府已承认撤销，唯所有一切欠款，须归北京政府负担，南京要二三百万，上海要五十万，还有武昌一方面，也要一百五十万，都向唐总理支取，说是历欠军饷，万难迁延。唐总理即致电北京，嗣得老袁复电，并不多言，只令他便宜行事。无非要他借外债。急时抱佛脚，不得不向外国银行，低头乞贷，于是四国银行团，遂仗着多财善贾的势力，来作出借巨款的主人翁。什么叫作四国银行团呢？原来清宣统二年，清政府欲改良币制，及振兴东三省实业，拟借外款一千万镑。英国汇丰银行，法兰西银行，德华银行，美国资本团，合资应募，彼此订约，称为四国银行团。嗣经日、俄两国出头抗议，交涉尚未办妥，武昌又陡起革命军，四国银行，中途缩手，只交过垫款四十万镑，余外停付。至民国统一，袁世凯出任临时总统，他本是借债能手，料知上台办事，非钱不行，正欲向银行团商借。巧值四国公使，应银行团请求，函致老袁，愿输资中国，借助建设，唯要求借款优先权。老袁自然乐从，复函慨许，且乞先垫款四十万镑，以应急需，过后另议。银行团即如数交来，会唐绍仪以南方要求，无术应付，也只好电商四国银行团，再乞垫款，数约一千五百万两，<small>南方需求总数，不过五六百万两，乃乞借须加二倍，可见民国伟人，多是乱借乱用。</small>银行团却也乐允，唯所开条件，既要担保，又要监督，还要将如何用法，一一录示。唐绍仪以条件太苛，不便迁就，遂另向华比银行，商借垫款一百万镑。比利时本是西洋小国，商民亦没甚权力，不过艳羡借款的利息，有意投资，遂向俄国银行，及未曾列入团体的英法银行，互相牵合，出认借款，议定七九折付，利息五厘，以京张铁路余利，作为抵押。唐绍仪接收此款，遂付南京用费二百三十万两，武昌一百五十万两，上海五十万两，其余统携至北京。不消几日，就用得滑塌精光，又要去仰求外人了。<small>如此过去，何以为国。</small>

　　哪知四国公使，已来了一个照会，略言："唐总理擅借比款，与前时袁总统复函，许给借款优先权，显然违背，即希明白答复"等语。袁总统心中一想，这是外人理长，自己理短，说不出什么理由，只得用了一个救急的法儿，独求美公使缓颊，并代向英、德、法三国调停。美公使还算有情，邀了唐总理，同去拜会三国公使。唐总理此时，也顾不得面子，平心息气的，向各使道歉，且婉言相告道："此次借用比款，实因南方急需，不得不然。若贵国银行团等，果肯借我巨资，移偿比款，比约当可取消。唯当时未及关照，似属冒昧，还求贵公使原谅。"英、德、法三使，还睁着碧眼，竖着黄须，有意与唐为难，美公使忙叽哩咕噜的说了数语，大约是替唐洗刷，各使才有霁容，唯提出要求三事：一是另订日期，向四国银行团道歉；二是财政预算案，须送各国备阅；三是不得另向别国，秘密借款。唐总理一一承认，各公使最后要求，是退还比款，取消比约二语，也由唐总理允诺，才算双方解决，尽欢而散。

　　袁总统兀坐府中，正待唐总理返报，可巧唐总理回来，述及各使会议情形，袁总统道："还好还好，但欲取消比约，却也有些为难哩。"唐总理道："一个比国银行，想总不及四大银行的声势，我总教退还借款，原约当可取消。"袁总统点头道："劳你去办就是了。"唐总理退出，即电致华比银行，欲取消借款原约。比国商民，哪里肯半途而废？自然反唇相讥。<small>唐总理出尔反尔，安得不免人讥骂。</small>唐氏无可奈何，只得仍托美公使居间，代为和解，美使与英、德、法三国，本是一鼻孔出气，不过性情和平，较肯转圜。并非格外和平，实是外交家手段。他既受唐氏嘱托，遂与英、法两使商议，浼他阻止与比联合的银行，绝他来源。一面与比使谈判，逼他停止华比银行的借款，比公使人微言轻，自知螳臂当车，倔强无益，乐得买动美使欢心，转嘱比商取消借约。比商虽不甘心，怎奈合股的英法银行，已经退出，上头又受公使压力，不得已自允取消，但索还垫款一百万镑。唐总理乃与银行团接续会议，请他就六星期内，先贷给三千五百万两，以后每月付一千万两，自民国元年六月起，至十月止，共需七千五百万两，俟大借款成立，尽许扣还。不意银行团狡猾得很，答称前时需款，只一千五百万两，此番忽要加添数倍，究属何用？遂各举代表出来，竟至唐总理府中，与唐面谈。唐总理当即接见，各代表开口启问，便是借款的用途。唐总理不暇思索，信口答道："无非为遣散军队，发给恩饷哩。"各代表又问及实需几何？唐复答道："非三千万两不可。"各代表又问道："为何要这么样多？"唐总理道："军队林立，需款浩繁，若要一一裁并，三千万尚是少数，倘或随时酌裁，照目前所需，得了三五百万，也可将就敷衍哩。"这数语是随便应酬的口吻，偏各银团代表，疑他忽增忽减，多寡悬殊，中国之受侮外人，往往为口头禅所误。不禁笑问道："总理前日曾借过比款一百万镑，向何处用去？"唐将付给南京、上海、汉口等款额一一说明，并言除南方支付外，尽由北京用去。各代表又道："贵国用款，这般冒滥，敝银行团虽有多款，亦不便草率轻借，须知有借期，必有还期，贵国难道可有借无还吗？"应该责问。唐总理被他一诘，几乎说不出话来。德华银行代表，即起身离座道："用款如此模糊，若非另商办法，如何借得？"唐总理也即起立道："办法如何？还请明示。"德代表冷笑道："欲要借款，必须由敝国监督用途，无论是否裁兵，不由我国监督，总归没效。"唐总理迟疑半晌道："这却恐不便呢。"各代表都起身道："贵总理既云不便，敝银行团亦并非定要出借。"一着凶一着，一步紧一步。言毕，悻悻欲行，唐总理复道："且再容磋商便了。"各代表一面退出，一面说着道："此后借款事项，也不必与我等商量，请径向敝国公使，妥议便了。"数语说完，已至门外，各有意无意的鞠了一躬，扬长竟去。借人款项，如此费力，何不自行撙节？唐总理非常失望，只好转达袁总统，袁总统默默筹划，又想了一计出来。看官道是何计？他想四国银行团，既这般厉害，我何不转向别国银行暂去乞货呢？此老专用此法。计划已定，便暗着人四处运动，日本正金银行，俄国道胜银行，居然仗义责言，出来辩难。他说："四国银行团，既承政府许可，愿出借款，帮助中国，亦应迁就一点，为何率尔破裂？此举太不近人情了。"这语一倡，英、美两公使不免恐慌。暗想日、俄两国从中作梗，定是不怀好意，倘他承认借款，被占先着，又要费无数唇舌。只此借款一项，外人已各自属目，况比借款事，较为重大呢。当下照会临时政府，愿再出调停，袁总统也觉快意，只自己不便出面，仍委唐总理协议。唐总理惩前毖后，实不欲再当此任，只是需款甚急，又不好不硬着头皮，出去商办，正在彷徨的时候，凑巧有一替身到来，便乘此卸了肩仔，把一个奇难的题目，交给了他，由他施行。系何人？系何人？正是：

> 会议不堪重倒脸，当冲幸有后来人。

欲知来者为谁，且至下回说明。

孙中山遵约辞职，不可谓非信义士，与老袁之处心积虑，全然不同，是固革命史中之翘楚也。或谓中山为游说家，非政治家，自问才力不逮老袁，因此让位，是说亦未必尽然。顾即如其言以论中山，中山亦可谓自知甚明，能度德，能量力，不肯丧万姓之生命，争一己之权位，亦一仁且智也。吾重其仁，吾尤爱其智。以千头万绪棼如乱丝之中国，欲廓清而平定之，谈何容易？况财政奇窘，已达极点，各省方自顾不遑，中央则全无收入，即此一端，已是穷于应付，试观袁、唐两人之借债，多少困难，外国银行团之要挟，又多少严苛，袁又自称快意，在局外人目之，实乏趣味，甫经上台，全国债务，已集一身，与其为避债之周赧，何若为辟谷之张良，故人谓中山之智，不若老袁，吾谓袁实愚者也，而中山真智士矣。

第十一回

商垫款熊秉三受谤
拒副署唐少川失踪

　　却说国务总理唐绍仪，正因借款交涉，受了银行团代表的闷气，心中非常懊恼，凑巧来了一个阁员，看官道是何人？便是新任财政总长熊希龄。希龄字秉三，湖南凤凰厅人，素有才名，时人呼为熊凤凰，此时来京任职，当由唐总理与他叙谈，把借款的事件，委他办理。熊亦明知是个难题，但既做了财政总长，应该办理这种事情，诿无可诿，当即允诺。唐总理遂函告银行团，略说："借款办法，应归财政总长一手经理。"银行团复词照允，于是与熊总长开始谈判。熊总长颇有口才，凭着这三寸不烂的慧舌，说明将来财政计划，及大宗用途与偿还方法，统是娓娓动人。银行团代表，允先付垫款若干，再议大借款问题，唯遣散军队时，仍须选派外国军官，公同监督。*说来说去，仍是咬定监督二字，外人之不肯少让，可见一斑。*经熊总长再三辩论，再四磋商，方议定中外两造，各派核计员，每次开支，须由财政部先备清单，送交核计员查核，核计员查对无误，双方签押，始得向银行开支。唯银行团只允先付三百万两，分作南北暂时垫款，支放军饷，但亦须由洋关税司，间接监视，以昭信实，至大借款问题，须俟伦敦会议后解决，看官！你想这三百万两小借款，既须由核计员查对，又须由税务司监视，核计员与税务司，统是洋人参入，显见得洋人有权，中国无权。临时政府，两手空空，也顾不得甚么利害，只好饮鸩止渴，聊救目前。*借债者其听之！*

当下由熊总长至参议院，与各议员开谈话会，讲论此事。议员聚讼纷纭，未曾表决。熊总长返至内阁，即受总统总理密嘱，与银行团草定垫款合同共七章，嗣为参议院闻知，即提出质问。唐总理与熊总长，不得不据情答复。略云：

垫款为借款之一部分，拨付垫款三百万，又为垫款中之一部分，既非正式借款，即不应有此条件。无如该团以拨付垫款，既已逼迫，伦敦会议，又未解决，深恐我得款后，或有翻悔，故于我急于拨款之际，要求载入七条于信函之后，当因南北筹饷，势等燃眉，本总理总长迫于时势，不得不循照旧例，两方先用信函签字拨款，所拨之三百万两，不过垫款之一部分，为暂时之腾挪，且信函草章，并无镑价折扣利息抵押之规定，不能即谓为合同，故于签字以前，未及提出交议，还希原谅！此复。

参议员接此复文，仍有违言，大致以此项条件，虽系草章，就是将来商订正式合同的根据，若非预先研究，终成后患；乃复提出请愿书，要求总统提出草合同，正式交议。袁总统允准，遂将草合同赍交参议院，咨请议决。议员会议三日，各怀党见，没其结果。唐总理、熊总长再出席宣言，略谓："垫款条件，参议院未曾通过，伦敦会议，亦无复信，虽尚有磋商的机会，唯外人能否让步，实无把握。贵院能先对大纲，表示同意，再行指出应改条文，本总理等必当尽力磋商，务期有济。"各议员一律拍掌，表示赞成。于是公同讨论，絮议了好多时，方由议长宣布意见，谓："垫款一节，既属目前要需，不能不表示同意。但所开草合同七条，如所订核计员查对，及税务司监视，有损国权，应由政府与银行团，再行磋商，挽回一分是一分，不必拘定某条某句，使政府有伸缩余地，当不致万分为难了。"唐、熊两人，巴不得参议院中，有此一语，遂将彼此为国的套语，敷衍数句，即行去讫。

过了数天，由江南一方面，来了两角文书，一角是达总统府，一角是交参议院，内称："垫款章程，不但监督财政，直是监督军队，万不可行，应即责令熊总长取消草约，一面发行不兑换券，权救眉急，并实行国民捐，组织国民银行，作为后盾"等语。书末署名，乃是南京留守黄兴。接连是江西、四川等省，均通电反对。袁总统置诸度外，参议院也作旁观，只有这位熊凤凰，刚刚凑着这个时候，不是被人咒骂，就是惹人讥评，做财政总长的趣味，应该尝些。他愤无可泄，也拟了一个电稿，拍致各省道：

希龄受职，正值借款谈判激烈，外人要求请派外国武官监督撤兵，会同华官点名发饷，并于财政部内选派核算员，监督财政，改良收支。两次争论，几致决裂，经屡次驳议，武官一节，乃作罢论，然支发款项，各银行尚须信证，议由中政府委派税司经理。至核算员，则议于部外设一经理垫款核算处，财政部与该团各派一人，并声明只能及于垫款所指之用途，至十月垫款支尽后，即将核算处裁撤。此等勉强办法，实出于万不得已，今虽拨款三百万两，稍救燃眉，然所约七款大纲，并非正式合同，公等如能于数月内设法筹足，或以省款接济，或以国民捐担任，以为后盾，使每月七百万之军饷，有恃无恐，即可将银行团垫款借款，一概谢绝，是正希龄之所日夕期之也。希即答复！

各省长官，接到熊总长这般电话，都变做反舌无声，就是大名鼎鼎的黄留守，也变不出这么多银子，前时所拟方法，统能说不能行，要他从实际上做来，简直是毫无效果，因此也无可答复，同做了仗马寒蝉。近时人物，大都如此，所以无一足恃。熊总长复上书辞职，经袁总统竭力慰留，始不果行。再与银行团磋议，商请取消核计员，及税司监视权，银行团代表，以垫款期限，只有数月，且俟伦敦会议后，如何解决，再行酌改云云。看官听着！这伦敦会议的缘起，系是四国银行团，借英京伦敦为会议场，研究中国大借款办法，及日、俄加入问题，小子于前回中，曾说日俄银行，出来调解，他的本旨，并非是惠爱我国，但因地球上面，第一等强国，要算英、法、俄、美、日、德六大邦，英、法、美、德既集假行团，日、俄不应落后，所以与四国团交涉，也要一并加入。强中更有强中手。四国团不便力阻，只得函问中政府，愿否日、俄加入。中政府有何能力，敢阻日、俄，况是请他来的帮手，当然是答一"可"字。哪知俄人别有用意，以为此项借款，不能在蒙古、满洲使用，自己方可加入。明明视满、蒙为外府。日本亦欲除开满洲，与俄人异意同词。各存私意。四国团当然不允，且声言："此次借款，发行公债，应由本国银行承当，英为汇丰银行，法为汇理银行，德为德华银行，美为花旗银行，此外的四国银行，及四国以外的银行，均不得干预。"这项提议，与日、俄大有妨碍，日、俄虽加入银行团，发行债票，仍须借重国国指定的银行，与未加入何异，因此拒绝不允，会议几要决裂了。法国代表，从中调停，要想做和事佬，怂恿五国银行团代表，由伦敦移至巴黎，巴黎为法国京都，当由法代表主席。*法代表亦自张势力。*磋商月余，俄国公债票得在俄比银行发行，日本公债票得在日法银行发行。至日、俄提出的满、蒙问题，虽未公认，却另有一种条件订就，系是六国银行团中，有一国提出异议，即可止款不借，此条明明为日、俄留一余地，若对于中国，须受六银行监督，须用盐税抵押。

彼此议定，正要照会中国，适中政府致书银行团，再请垫款三百万两，否则势不及待，另筹他款，幸勿见怪。银行团见此公文，大家疑为强硬，恐有他国运动，即忙复书承认，即日支给。*也受了中国的赚，但得握债权，总占便宜。*中政府复得垫款。及挨过了好几天，六国银行团，遂相约至外交部，与外交总长陆徵祥晤谈，报告银行团成立。越日，又与陆、熊两总长开议借款情形。陆总长已探悉巴黎会议，所定条件，厉害得很，遂与熊总长密商，只愿小借款，不愿大借款，熊总长很是赞成，当下见了银行团代表，便慨然道："承贵银行团厚意，愿借巨款，助我建设，但敝国政府，因债款已多，不敢再借巨项，但愿仿照现在垫款办法，每月垫付六百万两，自六月起，至十月止，仍照前约办理便了。"看官！你想六国银行团，为了中国大借款，费尽唇舌，无数周折，才得议妥，谁料中国竟这般拒绝，反白费了两月心思，这班碧眼虬髯的大人物，哪肯从此罢休，便齐声答道："贵政府既不愿再借巨款，索性连垫款也不必了。索性连六百万垫款，也还了我罢。"*陆、熊两总长也自以为妙计，那外人的手段，却来得更辣。*陆总长忙答辩道："并非敝国定不愿借，但贵银行团所定条件，敝国的人民，决不承认，国民不承认，我辈也无可如何，只好请求垫款，另作计划罢了。"银行团代表，见语不投机，各负气而去。陆、熊两总长以交涉无效，拟与唐总理商议一切。唐总理已因病请假，好几日未得会叙，两人遂各乘马车，径至唐总理寓所。名刺方入，那阍人竟出来挡驾，且道："总理往天津养病去了。"*去得突兀。*两人不禁诧异，便问道："何日动身，为何并不见公文？"阍人只答称去了两日，余事一概未知，两人方怏怏回来。

看官！你道这唐总理如何赴津，当时京中人士，统说是总理失踪，究竟他是因病赴津呢？还是另有他事？小子得诸传闻，唐总理的病，乃是心病，并不是什么寒热，什么虚痨。原来唐总理的本旨，以中国既行内阁制，所有国家重政，应归国务员担负责任，因此遇着大事，必邀同国务员议定，称为国务会议。偏偏各部总长意见不同，从唐总理就职后，开了好几次国务会议，内务总长赵秉钧，未见到会，就是陆海军总长，虽然列席，也与唐总理未合，只有教育总长蔡元培，司法总长王宠惠，农林总长宋教仁，与唐总理俱列同盟会，意气还算相投。又有工商次长王正廷，因陈其美未肯到京，署理总长，也与唐不相反对。交通总长施肇基，与唐有姻戚关系，自然是水乳交融。此外如外交总长陆徵祥，是一个超然派，无论如何，总是中立。财政总长熊希龄是别一党派，异视同盟会，为了借款问题，亦尝与唐总理龃龉，恐非全为党见。唐总理已是不安，而且总统府中的秘书员，顾问员，每有议论，经总统承认后，又必须由总理承认，方得施行，否则无效，那时这班秘书老爷，顾问先生，都说总统无用，全然是唐总理的傀儡。看官！试想这野心勃勃的袁项城，岂肯长此忍耐，受制于人？况前此总理一职，有意属唐，无非因唐为老友，足资臂助，乃既为总理，偏以背道分驰，与自己不相联属，遂疑他为倾心革党，阴怀猜忌。其实唐本袁系，不过为责任内阁起见，未肯阿谋从事，有时与老袁叙谈，辄抗争座上，不为少屈。老袁左右，每见唐至，往往私相告语道："今日唐总理，又来欺侮我总统么？"后来断送老袁的生命，也是若辈酿成。

一夕，唐谒老袁，两下里争论起来，老袁不觉勃然道："我已老了，少川，你来做总统，可好么？"唐本粤人，字少川，老袁以小字呼唐，虽系老友习惯，然此时已皆以总统总理相呼，骤呼唐字，明明是满腹怒意，借此少泄，语意尤不堪入耳，气得唐总理瞠目结舌，踉跄趋出，乘车回寓，冤冤相凑，距总统府约数百步，忽遇卫队数十人，拥护一高车驷马的大员，吆喝而来。唐车趋避稍迟，那卫队已怒目扬威，举枪大呼道："快走！快走！不要恼了老子。"唐不待说毕，忙呼车夫让避。至大员已过，便问车夫道："他是何人？"车夫道："他是大总统的拱卫军总司令段大人。"唐总理笑道："是段芝贵么？我还道是前清的摄政王。"牢骚之至。既而回至寓中，不由的自叹道："一个军司令，有这么威风，我等身为文吏，尚想与统率海陆军的大总统，计较长短，正是不知分量了。我明日即行辞职，还是归老田间罢。"乐得见几。继又暗忖道："我友王芝祥，将要到京，来做直隶都督，他一到任，我的心事已了，便决计走罢。"

原来北通州人王芝祥，曾为广西藩司，广西独立，芝祥为桂军总司令，率兵北伐。及到南京，南北已经统一，唐绍仪南下组阁，旧友重逢，欢然道故，自不消说，直隶代表谷钟秀等，时在南京，愿举芝祥为本省都督，浼唐入白袁总统。唐返京，即与老袁谈及，袁已面许，乃电促芝祥入京。唐总理正待他到来，所以有此转念。过了数日，芝祥已在江南，遣还桂军，入京候命。唐总理与王见面，自然入询老袁，请即任王督直，发表命令。哪知袁总统递示电文，乃是直隶五路军界，反对王芝祥，不令督直。又是老袁作怪。唐总理微哂道："总统意下如何？"袁总统皱眉道："军界反对，如何是好；我拟另行委任便了。"唐总理道："军人干涉政治，非民国幸福。"老袁默然不答。唐总理立即辞出，到了次日，即由总统府发出委任状，要唐总理副署盖印。唐总理取过一瞧，系命王芝祥仍返南京，遣散各路军队，不由的愤愤道："老袁欺人太甚，既召他进京，又令他南返，不但失信芝祥，并且失信直人，这等乱命，我尚可副署么？"言已，即将委任状却还，不肯副署。嗣闻老袁竟直交王芝祥，芝样即往示唐总理。唐总理益愤懑道："君主立宪国，所发命令，尚须内阁副署，我国号称共和，仍可由总统自主么？我既不配副署，我在此做甚么？"芝祥去后，即匆匆收拾行囊，待至黎明，竟出乘京津火车，径赴津门去了。小子有诗咏唐总理道：

> 辞官容易做官难，失职何如谢职安。
> 双足脱开名利锁，津门且任我盘桓。

唐总理赴津后，如何结果，且看下回说明。

本回叙述垫款，为下文善后大借款张本。外款非不可借，但今日借债，明日借债，徒为一班武夫所垄断，满贮囊橐，逍遥自在，铁血之光，化作金钱之气，徒令全国人民，递增担负。读史至此，转叹革命伟人，日言造福，不意其造祸至于如此也。袁总统心目中，且以依赖外债为得计，意谓外债一成，众难悉解，受谤者他人，而受益者一己，方将尽以英镑、美元、马克、佛郎为资料，买收武夫欢心，拥护个人权力，亦知上下争利，不夺不餍乎？唐总理就职，未及百日，即与老袁未协，飘然径去，唐犹可为自好士，然一番奔走，徒为袁总统作一傀儡，唐其未免自悔欤？

第十二回

组政党笑评新总理

嗾军人胁迫众议员

却说唐绍仪既赴天津，方具呈辞职，呈文中亦不说什么，但说"因感风寒，牵动旧疾，所以赴津调治，请即开职另任"云云。袁总统当发电慰留，并给假休养，暂命外交总长陆徵祥代任总理，一面遣秘书长梁士诒，赴津劝驾。唐决意辞职，再具呈文，托梁带回。袁已与唐有嫌，还愿他做甚么总理，不过表面上似难决绝，因做了一番挽留的虚文，敷衍门面。唐已窥袁肺腑，怎肯再来任事？老袁以为情义兼尽，由他自去，随即批准呈文，改任总理。

相传唐驻津门数月，乘舟南归，途中遇刺客黄祯祥，为唐察破，幸得免刺。唐问系何人所使？祯祥爽然道："我与君并无夙仇，今日奉极峰命，来此行刺，但看君来去坦白，我亦不忍下手，否则已早行事，恐君亦未能免祸呢。"*此人尚有天良。*唐乃答道："你既存心良善，我也不必深究，只烦你寄语极峰，休要行此鬼蜮伎俩。他欲杀人，人亦将杀他，冤冤相报，莫谓天道无知呢。"*老袁果闻言改过，当不至有后日事。*祯祥唯唯自去，唐始安然南下，语且休表。

且说国务总理一职，因唐已辞去，当然需人接任，袁总统属意陆徵祥，仍援《临时约法》第三十四条，提出参议院，求议员同意。陆字子欣，江苏上海人，曾为广方言馆毕业生，嗣奉调出洋，才气飙发，为历任公使所倚重，不数年洊升参赞，继充荷兰公使，又继任海牙平和会专使。至民国第一次组阁，因他是外交熟手，遂召他回国，令为外交总长。陆性和平，且无一定的党派，因此老袁欲令他继任。这时候的参议院中，议长林森回籍，副议长王正廷，署理工商次长，两人统已出院，乃改举奉天吴景濂为议长，湖北汤化龙为副议长，议员约数十人，却分作好几党。据政治家研究，以为外洋立宪国，没一国不有政党，没一国不有数政党，因为国家的政要，容易为一偏所误，所以政治家各张一帜，号召徒党，研究时政，彼有一是非，此亦有一是非，从两方面剖辩起来，显出一个真正的是非，方可切实履行，故外人有愈竞愈进的恒言。从前满清预备立宪，我国人已模仿外洋，集会结社，成一政党的雏形，什么宪友会，什么宪政实进会，已是风行一时。到了民国初造，最彰明较著的党员，就是革命党，革命党的起手，便是同盟会。同盟会中的重要人物，第一个是孙文，称作总理，第二个是黄兴，称作协理，其次即为宋教仁、汪兆铭等，统是会中的干事员。自革命告成，会中人变为政党，宣布党纲，共有九条：一是完成行政统一，促进地方自治；二是实行种族同化；三是采用国家社会政策；四是普及义务教育；五是主张男女平权；六是励行征兵制度；七是整理财政，厘定税则；八是力谋国际平等；九是注重移民开垦事业。依这九大党纲看来，俨然有促进大同的气象。

其后有浙人章炳麟，苏人张謇，发起的统一党，还有宪友会化身的国民协进会，以及湖北人主动的民社，共计三部分，或是前清的硕学通儒，或是前清的旧官故吏，起初是各行各志，后来并合为共和党，也有一种党义，略分三则：一是保持全国统一，取国家主义；二是以国家权力，扶持国民进步；三是应世界大势，以平和实利立国。这三条党义，隐隐与同盟会反对，时人称同盟会为民权主义，共和党为国权主义。未几，又有统一共和党出现，即由滇人蔡锷，直人王芝祥等组织而成，他有十余条党纲：一是划定行政区域，实谋中央统一；二是厘定税则，务期负担公平；三是注重民生，采用社会政策；四是发达国民经济，采用保护贸易政策；五是划一币制，采用金本位制；六是整顿金融机关，采用国家银行制度；七是振兴交通，速设铁道干线；八是实行军国民教育，促进专门学术；九是振刷海陆军备，采用征兵制度；十是保护海外移民，励行实边开垦；十一是普及文化，融合国内民族；十二是注重外交，保持国家对等权利。统观这十二条党纲，是国权与民权俱重，介在同盟会、共和党的中间，仿佛是折衷主义，但总与两党若合若离。

参议院中的议员，就是由这三党中，选举出来。当时参议院内，除西藏议员尚未选派外，共一百二十一席，同盟会、共和党，各得四十余席，统一共和党，也得三四十人。一百二十一席中，分了三个党派，若四万万人，不知要多少党派。此次由袁总统提出陆总理，同盟会中极端反对，自在意中，唯共和党人，已受袁世凯笼络，愿表同意，且代为运动，把统一共和党员，也联为一致，因此全院投票，只同盟会议员否决，余皆投同意票。陆总理得多数赞成，当即通过。隔了一宿，即有大总统命令发出，特任陆徵祥为国务总理。唐内阁变为陆内阁，所有从前的国务员，因与唐氏有连带关系，提出辞职。交通总长施肇基，第一个上辞职书，是唐氏戚属的关系。袁总统立即批准。教育总长蔡元培，司法总长王宠惠，农林总长宋教仁，未到任的工商总长陈其美，及署长王正廷，依次辞职。是唐氏同党的关系。袁总统概不慰留，一律准请。财政总长熊希龄，见阁员多半辞去，也不好恋栈，照例递呈辞职，偏亦邀老袁批准，只得卸职退闲。熊虽与唐氏绝无关系，但亦非袁系人物，故准他辞职。独内务及陆海军三部总长，依然就任，寂无变动。个中情由，不言而喻。

袁总统乃另索夹袋中人物，提交参议院议决，财政总长，拟任周自齐，司法总长，拟任章宗祥，教育总长，拟任孙毓筠，农林总长，拟任王人文，工商总长，拟任沈秉堃，交通总长，拟任胡维德。先将名单发交陆总理，令至参议院宣布，征求同意。陆总理不置可否，唯命是从，唐组织阁员，半由唐氏自己主张，至陆氏组阁，已全属老袁授意。当即乘了马车，至参议院。全院议员，共表欢迎，总道他是历任外交，必多经验，且才名卓越，应有特别政见，因此大家起敬。待陆登演说坛时，拍手声与爆竹相似，劈劈拍拍的有好几千声，到了声浪渐息，大家都凝神注意，侧着耳朵儿，恭聆伟论，形容尽致。哪知陆总理是善英语，不擅长国语，数典忘祖，中国的西学家，每蹈此弊。开口时已支支格格，说不出甚么话儿，至表述阁员的时候，他却发出大声道："有了国务总理，断不可无国务员，着国务员没有才望，单靠着一个总理，是断断不能成事的。鄙人忝任总理，自愧无才，全仗国务员选得能干，方可公同办事，不致溺职，现已拟有数人，望诸君秉公解决。譬如人家做生日，也须先开菜单，拣择可口的菜蔬，况是重大的国务员呢。"说至此，全院并没有拍掌声，只听有人嬉笑道："总理迭使外洋，惯吃西餐，自然留意菜单，我等都从乡里中来，连鱼翅海参，都是未曾尝过，晓得什么大菜。"这边的笑语未绝，那边的笑语又起，复说道："想是总理的生辰，就在这数日内，我等却要登堂祝寿，叨光一餐。想总理府中的菜单，总是预先拣择，格外精美哩。"挖苦太甚。陆总理并非痴聋，听到这等讥评，不觉面红耳赤，暗想："外人何等厉害，却没有这般嘲笑，今到此地，偏受他们奚落，这真是出人意外呢。"事非经过不知难。当下无意演说，竟自下台，勉强把名单取出，交给议长，自己垂头丧气，踱出院门，乘舆竟去。总算跳出非门。各议员由他自行，并没有一人欢送，反大家指手划脚，说短论长，统说："民国初立，草昧经营，全靠有才干的总理，才能兴利除弊，今来了这等人物，要做总理，此外还有何望？"同盟会员，格外愤激，便道："我等原是不赞成的，不知同院诸君，何多投同意票，莫非已受他买嘱么？"共和党及统一共和党，听了买嘱二字，自然禁受不起，便与同盟会员争闹起来，霎时间全院鼎沸，几成一个械斗场。好一班大议员。议长吴景濂，见秩序已乱，慌忙出来禁止，并摇铃散会，大众方一哄而散。

次日，复开会表决国务员，仍用投票的老法儿，取决可否。及开箧审视，纯是不同意票。同盟会员又出席道："今日同院诸君，完全投不同意票，显见得人心未泯，公论难逃。但总理已经任命，就是易人提出，恐仍是这等腐败人物，果欲改弦易辙，必须釜底抽薪，劾去老陆方好哩。"大众颇也赞成，遂提出弹劾总理案，公拟一篇咨文，送入总统府，老袁置诸高阁，陆徵祥过意不去，呈请辞职。老袁不许，只另拟了几个人物，再交参议院议决，财政总长，改拟周学熙，司法总长，改拟许世英，教育总长，改拟范源濂，农林总长，改拟陈振先，工商总长，改拟蒋作宾，交通总长，改拟朱启钤，因恐参议院仍未通过，先遣人讽示议员，果然各议员不肯赞同，仍然拒绝，老袁智虑深沉，并没有一点仓皇，暗地里却布置妥当。不到一日，军警两界，遍布传单，大约说："内阁中断，急切需人，参议院有意为难，反令我辈铁血铸成的民国，害得没政府一般，若长此阻碍政治，我等只有武力对待的一法。"这数语一经传布，都城里面，又恐似前次的变乱，吓得心胆俱裂。就是参议院中，也递入好几张传单，竟要请一百多个议员，统吃卫生丸。这议员是血肉身躯，哪一个不怕弹丸？镇日里缩做一团，杜着门，裹着足，连都市上也不敢出头。只有这些肝胆，何如不做议员。

老袁暗暗欢慰，一面办好十多桌盛席，邀参议员入府宴会。始用硬力，继用软工，真好手段。各议员不好坚拒，又不敢径去。大众密议多时，方公决了一个"谢"字。

袁总统料他胆怯，遂遣秘书长梁士诒往邀，各议员见梁到来，才敢应允。出院时由梁前导，大家鱼贯后随，一同到总统府。此时的梁财神，好似护法韦驮。袁总统也出来周旋，殷勤款待，到了就席的时候，却令梁秘书长等相陪，自己踱了进去。酒过数巡，由梁秘书长略略叙谈，表明总统微意，各议员哪敢再拒？自然唯唯连声，到了酒酣席散，又见袁总统出谈，说了几句费心的套话，各议员很是谦恭，并表明谢忱，乃一齐告别。徒令老袁暗笑。越宿，复投票表决阁员，除蒋作宾一人外，得多数同意。嗣又由总统府提出刘揆一，充任工商总长，又经参议院通过，遂俱正式任命，陆内阁乃完全成立了。唯陆徵祥以日前被嘲，未免惭忿，因托病请假，自入医院，不理政务。自此国家重事，均由总统府取决，从前的国务会议，竟移至总统府去了。总统权力，日以加长。同盟会员，为军人所逼，不得已通过总理及阁员，但心中总是不服，未免发生政论，谓军警不应干预政治，且遍咨各省都督，浼他进陈利弊。袁总统乃颁发通令二道，一是劝诫政党，一是谕禁军警，本旨在注重前令。由小子次第录出，其劝诫政党云：

民国肇造，政党勃兴，我国民政治之思想发达，已有明征，较诸从前帝政时代，人民不知参政权之宝贵者，何止一日千里。环球各国，皆恃政党，与政府相须为用，但党派虽多，莫不以爱国为前提，而非参以各人之意见。我国政党，方在萌芽，其发起之领袖，亦皆一时人杰，抱高尚之理想，本无丝毫利己之心，政见容有参差，心地皆类纯洁。唯徒党既盛，统系或歧，两党相持，言论不无激烈，深恐迁流所及，因个人之利害，忘国事之艰难。方今民国初兴，尚未巩固，倘有动摇，则国之不存，党将焉附？无论何种政党，均宜蠲除成见，专趋于国利民福之一途。若乃怀挟阴私，激成意气，习非胜是，飞短流长，蔑法令若弁髦，以国家为孤注，将使灭亡之祸，于共和时代而发生。揆诸经营缔造之初心，其将何以自解？兴言及此，忧从中来。凡我国民，务念阋墙御侮之忠言，懍同室操戈之大戒，折衷真理，互相提携，忍此小嫌，同扶大局，本大总统有厚望焉！此令。

又谕禁军警云：

军人不准干预政治，迭经下令禁止在案，凡我军人，自应确遵明令，以肃军律。闻近日军界警界，仍有干涉政治之行为，殊属非是。须知军人为国干城，整军经武，日不暇给，岂可旷弃天职，越俎代庖。若挟持武力，率意径行，万一激成风潮，国家前途，曷胜危险？至警界职在维持治安，尤不应随声附和，致酿衅端。除令陆军内务两部传谕禁止外，特再申告诫，其各守法奉公，以完我军警高尚之人格！此令。

看官阅此两令，当时总以为言言金玉，字字珠玑，哪知袁总统的本意，却自有一番作用，小子也到民国五年，才知老袁命令，隐寓轻重呢。正是：

掩耳盗铃成惯技，盲人瞎马陷深池。

袁总统已胁服议员，又有一番手段，遣散各方军队，巩固中央政权，欲知详情，再阅下回。

政党二字，利害参半，若为智识单简，血气未定之人物，一经结党，必予智自雄，利未获而害先见。故政党之名，行于文化优美之国，或可收竞争竞进之效，否则难矣。我国人民，罕受教育，道德学问，多半短浅。致以政党之名，反为枭雄所利用，其反对者适受其侮弄而已。若夫内阁改组，易唐为陆，尚为老袁之过渡人物，袁之进步在此，政党之退步亦在此，逐回细阅，耐人寻味不少云。

第十三回

统中华厘订法规
征西藏欣闻捷报

却说民国初造的时候，独立各省，军队林立，一省的都督，差不多有三五人。江南越加纷扰。苏州都督程德全，是官僚革命，总算从前清蜕化而来，还有上海都督陈其美，镇江都督林述庆，清江都督蒋雁行，扬州都督徐宝山，统是独张一帜，好像似多头政治一般。至南北统一，南京临时政府，已移往北京，南方的军队，应归裁并。袁总统即命前陆军总长黄兴，留守南京，办理撤兵事宜；且派遣王芝祥，助黄为理。于是各镇都督，次第撤销，黄留守也办理就绪，当即电请销职。袁总统却复令缓撤，并派陆军次长蒋作宾驰往商办。*先遣王芝祥，继遣蒋作宾，纯是老袁的做作。*嗣因黄去志甚坚，再电解职，乃派江苏都督程德全，到宁接收；并令黄留守计日来京，商议政要；且因孙中山游历各省，到处演说，鼓吹民生主义，也未免有些尴尬，遂亦致电相邀，令他入都备询。一面正式任命各省都督，兹将民国元年七月以后的都督姓名，列表如下：

直隶都督	冯国璋	奉天都督	赵尔巽
吉林都督	陈昭常	黑龙江都督	宋小濂
江苏都督	程德全	安徽都督	柏文蔚

江西都督	李烈钧	浙江都督	朱瑞
福建都督	孙道仁	湖北都督	黎元洪（兼领）
湖南都督	谭延闿	山东都督	周自齐
河南都督	张镇芳	山西都督	阎锡山
陕西都督	张凤翙	甘肃都督	赵惟熙（署）
新疆都督	杨增新	四川都督	尹昌衡
广东都督	胡汉民	广西都督	陆荣廷
云南都督	蔡锷	贵州都督	唐继尧（署）

这二十二省的都督，有易任的，有仍旧的，有几个是革命前的老官僚，有几个是革命后的新统领，这也不必细表。

袁总统又规定任官等级，援例公布，凡最高职员，如国务总理，暨各部总长，及各省都督等，均称特任。特任以下，分作九等，一二等为简任官，三四五等为荐任官，六七八九等为委任官。又制定勋章等级，大勋章为总统佩带，上刻日月星辰山龙华虫宗彝藻火粉米黼黻十二章，其下亦分作九等，均刻嘉禾，第以绶色为别。陆海军勋章，独用白鹰文虎两种，亦分作九等，视绶色为等差。勋章以外，又有勋位，大勋位为首，依次至勋五位为止。余如国务院官制，及各部官制，一一酌定，次第颁行。所有国徽，除以五色旗为国旗外，海军仍用青天白日旗，陆军曾用十八星旗，至此加列一星，变作十九星旗，商旗适用国旗，就是五色旗。所有礼节，男子礼为脱帽鞠躬，大礼三鞠躬，常礼一鞠躬，寻常相见，只用脱帽礼。女子礼大致相同，唯不脱帽，专行鞠躬礼。另订衣冠仪式，绘图晓示，惟军人警察，另有特别礼仪，不在此限。陆军官制分三等九级，上等称将官，中等称校官，初等称尉官，各分上中少三级。军士分上士中士下士，兵卒分上等兵一等兵二等兵。军队编制，每步兵十四人为一棚，三棚为一排，三排为一连，四连为一营，三营为一团，二团为一旅，二旅为一师，把前清镇协标队的名目，一律改称。师即镇，旅即协，团即标，营即队。海军官制，略有同异，如军医军需造械造舰等官，有总监主监上监中监少监等名目，与陆军不同。编制法以舰为别，亦与陆军异制。他如学校系统，分作四级，首大学，次中学，又次为高等小学，最下为小学。后改称国民学校。小学校四年毕业，高等小学校，三年毕业，中学校四年毕业，大学本科，三年或四年毕业，预科三年。旁系为师范学校，及实业学校，专门学校，大致为四年或三年毕业。至若法院规则，分作四级三审，大理院为法院最高机关，下为高等审判厅，地方审判厅，初级审判厅，是为四级。由初级审判厅起诉，不服判决，得控诉地方厅，地方厅的判决，再或不服，得上告高等厅；高等厅判决，已成定案，不得再诉大理院。唯自地方厅起诉，不服判决，得经高等厅至大理院，是为三审。所应由初等厅起诉，或由地方厅起诉，法律上另有规定，不暇絮述。但诉讼条规，有刑事民事二种，刑事条件，是被告应该惩罚，不得不求国家惩罚，所以亦称为公诉。民事条件，是被告未必犯罪，但侵害个人利益，请求司法官代判赔偿，所以又称为私诉。刑法分主刑及从刑，主刑分五等，死刑最重，次为无期徒刑，又次为有期徒刑，又次为拘役为罚金。从刑分二等：一是褫夺公权，二是没收。这种制度，统是行政上司法上的关系，一般人民，应该晓得大略，小子不能不粗举大纲。是谓通俗教育。

还有立法机关，是共和国中最要的根本，从前由代表会组织参议院，是创始的暂行规模，此时国家统一，应由参议院改为国会，且《临时约法》中第五十三条，曾有限十个月内，召集国会的明文，袁总统不能违约，参议院也不能缓议，因此逐日开会，议决《国会组织法》及《参议院众议院议员选举法》。《国会组织法》共二十二条：大要用两院制，便是参议院及众议院。参议院议员，由各省省议会选出，每省十名。蒙古选举会，得选出二十七名，西藏选举会，得选出十名，青海选出三名，中央学会，也得选出八名，华侨得选出六名，共二百九十四人。众议院议员，由各地人民选举，每人口满八十万，得选一议员，人口多寡不一，议员也多寡不等，拟定直隶省四十六名，奉天省十六名，吉林省十名，黑龙江省十名，江苏省四十名，安徽省二十九名，江西省三十五名，浙江省三十八名，福建省二十四名，湖北省二十六名，湖南省二十七名，山东省三十三名，河南省三十二名，山西省二十四名，陕西省二十一名，甘肃省十四名，新疆省十名，四川省三十五名，广东省三十名，广西省十九名，云南省二十二名，贵州省十三名，蒙古二十七名，西藏十名，青海三名，共五百九十五人。参议员任期六年，每二年改选三分之一，众议员任期三年。两院议员的职权，一是建议，二是质问，三是查办官吏纳贿违法的请求，四是政府咨询的答复，五是人民请愿的受理，六是议员逮捕的许可，七是院内法规的制定。至若预算决算，及议定宪法，概由两院合办。两院议员，须各有过半数出席，方得开议，议案须得过半数同意，方得决定，可否同数，由议长取决。每岁会期，计四个月，若大事不及裁决，得以展期，这是《国会组织法》的大略。

唯两院议员的选举，统用单记名投票法，从多数取决。参议员由省议会选举会选出，毋庸细表，众议员由人民公选，分选举及被选举两种资格，选举人专属民国国籍的男子，年满二十一岁以上，备有四项资格的一项，才有选举权，看官道是哪四项资格呢？一是年纳直接税二元以上；二是值五百元以上的不动产，蒙、藏、青海得以动产计算；三是在小学校以上毕业；四是与小学校以上毕业的资格。被选举人亦属民国国籍的男子，唯年龄须满二十五岁以上，蒙、藏、青海更须通晓汉语。若适罹刑法褫夺公权，及宣告破产，并有精神病，吸鸦片烟，与不识文字，均不得有选举权及被选举权。现在陆海军充役的军人，与在征调期间的续备军人，现任行政司法及巡警，或僧道及其他宗教师，均停止选举权及被选举权。蒙、藏、青海唯军人停止选举权及被选举权，余项不用此例。小学校教员，各学校肄业生，停止被选举权。办理选举人员，于选举区内，亦停止被选举权。又分初选复选两项手续，初选以县为选举区，当选人名额，定为议员名额的五十倍，复选合若干初选区为选举区，即以初选的当选人为选举人，被选人却不以初选当选人为限。每届选举，无论初选复选，各设监督员。初选监督以各该区的行政长官充任，复选监督以全省的行政长官充任。蒙、藏、青海，只一次选举，不分初选复选。这是《两院议员选举法》的大略。还有《省议会议员选举法》，大致与《众议院议员选举法》略同。

各项选举法，经参议员议决，咨送袁总统，袁总统当即公布，且由内务部规定选举区，一一颁示。正在筹备进行，非常忙碌的时候，忽由四川都督尹昌衡，连电报称西藏乱耗，影响全局，自请督师西征。袁总统准如所请，命他出征西藏，所有川督印信，暂交胡景伊护理。尹督遂率二千五百人，向西出发，浩荡前进。想步年羹尧后尘。先是清光绪末年，西藏教主达赖喇嘛，曾入京觐见，受封为西天大善自在佛，并加诚顺赞化名号。会值光绪帝与慈禧太后，先后逝世，达赖讽经超荐，效劳了好几日。两宫安葬，达赖回藏，为俄人所诱，有意生乱，清廷将他削去封号，用兵撵逐，并命驻藏大臣，另立达赖喇嘛。这事尚未就绪，中国已起革命军。退位的达赖，手下有一参谋，系俄国人，素得达赖信任，前曾为达赖所遣，往俄京圣彼得堡，传递密约事件，此次闻内地各省，大半独立，遂极力为达赖谋复西藏。达赖乃回入藏境，逐去清廷简放的官吏，也居然独立起来，且欲尽杀驻藏的汉人。亏得陆军统领钟颖，率兵至拉萨，竭力保护，镇压藏番，达赖始不敢妄动。川督尹昌衡，从权委任，令钟颖为西藏行政使。后来华兵与藏人，屡生冲突，英兵以保护侨商为名，进兵藏边，尹督遂电告北京，请任钟颖为办事长官，俾专责成。袁总统即如言任命。但藏番总歧视华人，随你钟长官威权并用，始终不肯就范。华兵在拉萨开会，登场演说，不知如何得罪了藏人，竟致两造决裂，激动兵戈。藏人各处响应，把华兵困住拉萨，一面分道扬镳，西侵后藏，东寇里塘。后藏的江亚，竟被陷没。里塘在打箭炉西，虽为驻藏大臣往来驿道，奈与四川省会，相距遥远，守兵寥寥无几，猝遇藏人到来，慌忙敛兵固守，飞书乞援，谁知远水难救近火，镇日里待援未至，只好弃了里塘，奔还内地。藏人既将里塘占去，复乘势欲夺巴塘，川边大震。尹都督乃自请出师，奉命允准，并加授镇抚使。

　　尹遂率军西征，途次接巴塘捷报，心下稍慰。又行了两三日，克复里塘的喜信，也由探马报到。原来边军统领顾占文，因里塘失守，加意防备，四处派遣心腹，暗探藏人消息。到了七月初旬，探得藏人出攻巴塘，分两路进兵，一队从大路攻击，扬旗呐喊，堂堂皇皇，一队从小路潜行，越山过岭，似偷鸡吊狗一般。藏人颇也知兵。那时顾统领察破诡谋，当即将计就计，阳遣兵截住大路，自己却带着精锐，至小路旁看定要隘，分兵四伏。藏人哪里防着，只从崇山峻岭中，绕越而来。大众争先恐后，毫无纪律，那边有几十人，这边也有几十人，但凭着两只脚，随路乱走，将到大朔山侧，天色将晚，遥望前面，只有参天的古木，遍地的蔓草，隐隐衔着一个夕阳，掩映满山秋色。烘染语亦不可少。此时也无暇流览，但蓄着一股锐气，急行上前，暗想越过了山，便是巴塘，好在沿途平稳，并没有华兵拦阻，此去出其不意，攻其无备，眼见得巴塘要隘，唾手得来。正在趾高气扬的时候，猛听得一声号炮，震得山谷俱鸣，木叶乱下，大众齐声叫道："不好了！不好了！"言未毕，已见华兵四处杀来，枪声劈拍不绝，无从躲避。大众顾命要紧，觅路四窜。巴塘也不要了。不意窜到东边，竟遇着一阵枪弹，晕倒了好多人，折回西边，又碰着一队华兵，恶狠狠的过来，好像饿鹰逐鸡，猛虎噬羊，稍稍失手，便被他打倒地上，生擒活缚的拖了过去。有几个仗着蛮力，拼命突围，总算死了一半，逃了一半。顾统领乘胜追赶，顺着路竟到里塘，里塘已虚若无人，当由顾军踹入，立将里塘收复。正拟出击大路上的藏兵，可巧藏人已闻小路败报，踉跄逃还。顾统领麾军杀出，吓得藏人没路乱跑，大路上的官军，又同时赶到，一场合剿，杀死藏人数百名，只有命不该绝的藏人，才得逃脱。顾统领即遣人告捷，当由尹都督接着，非常欣慰，遂至打箭炉驻节。打箭炉系四川西徼，为川藏往来孔道，清季已改为康定府治，番汉杂居，相安成俗。尹都督就此驻扎，免不得游览风景，极目遐天；偶然见了许多蛮女，丑的丑，妍的妍，两两相较，有几个姿色秀媚的蛮妹，越觉得天然丰韵，面不粉而白，口不脂而红，眉不黛而翠，更有一种苗条态度，楚楚可人，或在藤峡棘穴旁，招集三数姊妹花，着吉莫小靴，低唱蛮歌，高扬巾帕，飘飘乎若神仙中人。看官！你想这豪宕不羁的尹都督，哪能不牵入情丝，触生美感，当下搜采数妹，令充下陈，几乎把这蚕丛路，变做了鸾栖林，乐不思蜀。小子有诗咏道：

> 犵花獠草也风流，别有柔情足解忧。
> 自古英雄多好色，小蛮尚在且勾留。

藏事未了，鄂中又出有异闻，待小子下回续叙。

民国初年，为厘定法规时代，公布各法，自有专书，非本书所应殚述。但本书亦寓通俗教育，所有普通各法规，为一般人民所应略晓者，固不得不粗举一斑，揭而出之，俾阅者得助见闻，正灌输知识之嚆矢也。《国会组织法》，及《各议员选举法》，不略蒙藏，政府固为统一藩部起见，而著书人即随笔叙下，写入藏事，此又为文字中绾合之法。尹都督自请征藏，俨然有终军请缨气象，而一逢蛮女，即取充下陈，虽情场花月，无玷英雄，而于军纪上下无妨害，寓讥于褒，作者其固有隐旨乎！

第十四回

张振武赴京伏法
黎宋卿通电辩诬

却说各省的军队，自经袁总统通电裁并，给饷遣散，往往游骑无归，所在谋变。有几处尚未裁遣，即已秘密开会，再图革命，如南京驻扎的赣军，苏州的先锋三营，滦州的淮军马队，山东省城的防兵，奉天大北关外的旧混成协第三标，安徽北门外的先锋队第一营，芜湖屯驻的庐军，滁州第一团七八两连兵士，陆续哗变，幸经各处长官，立时剿抚，均归平定。

唯湖北为革命军发起地，余风未泯，喜动恶静，不但乱兵生事，甚至司令军官等，亦屡思自逞，尝谋独立。兵犹火也，不戢自焚，古人之所以三致意者在此。襄阳府司令张国荃，不服省垣编制，擅杀调查专员周警亚，拥兵为乱，经黎都督元洪派兵兜剿，国荃方自知不敌，窜向郧阳，沿途劫掠，蹂躏了好几处；复由官兵追剿，方才散逸。既而军官祝制六、江光国、滕亚纲等人又煽惑军界，托词改革政治，谋推翻军政民政二府，破坏各司，幸被黎都督察觉，即调集近卫军及警察分头缉捕，将祝、江、滕三人拿获，并搜出檄文布告，文书名册，徽章令旗，传单愿书等项，证据昭然，三犯无可抵赖，遂申行军律，一概枪毙。越日，复在汉口法租界搜获乱党多名，黎都督不欲深究，唯出示剀切劝告，并将搜出名册，立即销毁，免得株连。未几，又报省城兵变，第一镇二协三标军士，因刘协统勒令退伍，遂致大哗，统至军械房抢夺子弹，且击毙军官二名。楚望台军械所守兵，亦闻声响应，持械出所，拦守通湘、起义二城门。黎都督闻警，亟饬各军飞往弹压，把乱兵尽行围住，一面派唐、黄两参谋，偕同黎统制，步入围中，觊切劝导，嘱将首犯指出，徐均免罪，并允将刘协统撤换。乱兵方唯唯应命，当场指出首犯陈兆鳌，由黎统制饬兵缚住，讯实正法。

黎都督经此数变，自然格外小心，日夕侦察，旋闻军务司副司长张振武，及将校团团长方维，潜蓄异志，煽乱各军，前次祝制六、滕亚纲的变乱，亦由张、方二人主动，遂不动声色，宣召二人入署，嘱他调查边务。二人当面不好违慢，只得唯命是从。黎都督送客出厅即密电到京，拍致袁总统。袁总统亦即复电，任张振武为蒙古调查员，张、方是心腹至交，当密商了两三次，初意欲逗留鄂中，嗣因黎都督再三促行，虽明知他是调虎离山的计策，也一时不敢发难，便向督署辞行。*不怕他不入死路。*黎都督当命方维随往，适合张振武本意，遂邀同方维启程北上。

嗣复潜自回鄂，更邀将校十三人，一同到京，仍与方维聚会，就京城前门外西河沿旅馆寓宿。甫隔一宵，方维等在寓安居，张振武却入城游览。不意时方晌午，突有军警百余人，闯入旅馆，径至方维寓室，辟门竟入，方维惊问何事？一语未终，已是铁链上头，将他锁住。将校等各思抗拒，当由来兵与语道："君等无罪，罪止张、方。但奉命邀君同往，一经质证，保可无事，若君等定要反抗，莫怪枪弹无情。"语至此，各拔出手枪，向将校对着，作欲击状。将校等莫不畏死，忙说是情愿同行。方维还要喧嚷，军警等毫不理睬，但将他牵入内城，拘禁军政总执法处。其余将校分别解交外城军政执法两局。张振武尚在未知，正思回寓午餐，徐步从前门出来，刚刚望着城闉，不图兜头来了军官，猝然问道："你是张振武么？"振武方应声称"是。"那军官已将他扭住，更有兵弁过来，把他两手反缚，他连声诘问情由，军官答称："奉令前来，拿你到总执法处，你到后自有分晓。"振武无法可施，只好由他牵往。及至军政总执法处，见方维也被拘禁，越觉惊慌，正思详问颠末，那执法官已传令上堂。振武且走且呼，口中连称冤枉，但见执法官高坐堂上，拍案喝道："休要瞎闹！你自己犯法，尚称冤枉么？"振武道："我等所犯何罪？"执法官道："有黎都督电文到来，我读与你听，你且仔细听着！"*黎电从此处叙出，前文妙有含蓄。*语毕，即朗读黎电道：

张振武以小学教员，赞成革命，起义以后，充当军务司副司长，虽为有功，乃怙权结党，桀骜自恣，赴沪购枪，吞蚀巨款。当武昌二次蠢动之时，人心惶惶，振武暗中煽惑将校团，乘机思逞，幸该团员深明大义，不为所惑。元洪念其前劳，屡与优容，终不悛改，因劝以调查边务，规划远谟，于是大总统有蒙古调查员之命。振武抵京后，复要求发巨款设专局，一言未遂潜行返鄂。观此数语，见得京、鄂两处已密布侦探，将张、方二人行踪，探得明明白白，张、方自己尚如睡在梦中。本书前文亦未尽说明，至此方才揭出。飞扬跋扈，可见一斑。近更蛊惑军士，勾结土匪，破坏共和，倡谋不轨，狼子野心，愈接愈厉。假政党之名义，以遂其影射之谋，借报馆之揄扬，以掩其凶顽之迹。排解之使，困于道途，防御之士，疲于昼夜。风声鹤唳，一夕数惊。赖将士忠诚，侦探敏捷，机关悉破，泯祸无形，吾鄂人民，胥拜天使，然余孽虽歼，元憝未殄，当国害未定之秋，固不堪种瓜再摘；以枭獍习成之性，又岂能迁地为良？元洪爱既不能，忍又不可，回腹荡气，仁智俱穷，伏乞将张振武立予正法，其随行方维，系属同恶相济，并乞一律处决，以昭炯戒。此外随行诸人，有勇知方，素为元洪所深信，如愿归籍者，请就近酌给川资，俾归乡里，用示劝善罚恶之意。唯振武虽伏国典，前功固不可没，所部概属无辜，元洪当经纪其丧，抚恤其家，安置其徒众，决不敢株累一人。皇天后土，实闻此言。元洪茕然一身，托于诸将士之手，阘茸尸位，抚驭无才，致令起义健儿，夷为罪首，言之赧颜，思之雪涕，独行踽踽，此恨绵绵。更乞予以处分，以谢张振武九泉之灵，尤为感祷。临颖悲痛，不尽欲言。

读毕，又宣布袁大总统命令，略云：

查张振武既经立功于前，自应始终策励，以成全人。乃披阅黎副总统电陈各节，竟渝初心，反对建设，破坏共和，以及方维同恶相济。本总统一再思维，诚如副总统所谓爱既不能，忍又不可，若事姑容，何以慰烈士之英魂？不得已即着步军统领军政执法处总长，遵照办理。此令。

命令宣毕，吓得张、方两人，面如土色，没奈何哀求道："这是黎副总统冤诬我的，还求总长呈明总统，乞赐矜全。"执法官微笑道："令出如山，还有甚么挽回，想你两人总有异谋，所以黎副总统，电请大总统正法的。"言罢，即将两人绑出，同时枪毙。尚有将校十三人，一律释出，给发川资，仍令回鄂。十三人得了性命，即日离京南下，自不消说。唯张、方系革命党人，党员闻他正法，不免兔死狐悲，遂相率哗噪，声言："张振武功大罪轻，就使逆谋昭著，亦当就地处决，何必诱他入京，立置死地，这明是内外暗合，有意苛求。"当时有杀非其道，杀非其时，杀非其地，共计三大诘难，电达全国。黎副总统几成怨府，也令秘书员撰成通电数篇，陆续发布。最后这一篇，洋洋洒洒，约有千余言，小子不忍割爱，录述如下。其文云：

连日函电纷弛，诘难群起，前电仓猝，尚未详尽。报告政府书，复未赍到，诚恐远道不察，真象愈湮，敢重述梗概，为诸公告。张振武初充军务司副长，汉阳失败，托词购枪，留函径去。当命参议丁复生，追至上海，配定式样，只限购银二十万两，乃擅拨买铜元银四十万，仅购废枪四千支，子弹四百万，机关枪三十六支，子弹二百万，枪械腐麻，机件残缺，有物可查，设有战事，贻害何堪设想？且除买械二十六万余外，另滥用浮报三十二万，无账二万，尚借谭君人凤五万，陈督复来电索款，均系不明用途，有账可稽，罪一；南北统一，战事告终，振武由沪返鄂，私立将校团，遣方维往各营勾串，募集六百余人，每名二十元，鄂军屡次改编，该团始终不受编制，兵站总监兵六大队，已预备退伍，伊复私收为护卫队，拥兵自卫，罪二；月二十七日，串谋煽乱，军务部全行推倒，伊复独任方维，要挟留任，复谋杀新举正长曾广大，经元洪访查得实，始将三司长悉改顾问，罪三；冒充军统，贪夜横行，护卫队常在百人以外，沿途放枪，居民惶恐，每至都督府，枪皆实弹，罪四；护卫队屡遣解散，抗不遵命，复擅抢兵站枪支粮饷，藐无法纪，罪五；强调铁路立中小火轮，勾串军队，贪夜来往，罪六；暗煽义勇团长梅占鳌，增加营数，诱命石龙岩往联领事团，许事成任为外交司长，该员等不为所动，谋遂无成，罪七；革命后广纳良女为姬妾，内嬖如夫人者，将及十人，叶某及鲁某，皆女学生，复伙串某报鼓吹，颠倒黑白，破坏共和，罪八；民国公校开校，当众演说，革命非数次不成，流血非万万人不止，摇动国本，骇人听闻，罪九；亲率佩枪军队，逼迫教育司，勒索学款，挟之以兵，罪十；令逆党方维，勾串已革管带李忠义，及军界祝制六、滕亚纲、姜国光、谢玉山、刘起沛、朱振鹏、江有贵、黄耀生，暨汉口土匪头目王金标，分设机关，密谋起事，并另举标统八人，伊为原动，大众皆知，虽名册已焚，祝、滕正法，刘、朱尚寄监可质，罪十一；机关破露，移恨孙武，复密遣四十人，分途暗杀，罪十二；前次所购机关枪弹，除湖北实收外，近证之蓝都督报告，接济之账，尚匿交机关枪多支，子弹三万粒，私藏利械，图谋不轨，罪十三；此次电促赴京，实望革心向善，乃叠据侦探报告，伊以委命未下，复图归鄂，密遣党羽，预归布置，复查悉函阻将校团，不得退伍，武汉一隅，关系全局，三摘已稀，岂堪四摘！罪十四；此外索款巨万，密济党援，朘削公家，扰乱秩序，种种不法，不胜枚举。元洪荐充大总统高等军事顾问，并有蒙古调查员之命，无非追录前功，冀挽将来，犹复要索巨款，议设专局，又在上海私立屯垦事务所，月索千余元，凡此诸端，或档案具在，或实地可查，揭其本末罪状，实属无可宽容。诸公老成谋国，保卫治安，素为元洪所钦佩，倘使元洪留此大憝，贻害地方，致翻全局，诸公纵不见责，如苍生何？

顾或有谓杀非其地，杀非其时，杀非其道者，责以法理，夫复何辞？然此中委曲，尚有万不获已之衷，为诸公未悉者。武昌当革命之余，丁裁兵之会，地势冲繁，军心浮动，振武暗握重兵，潜伏租界，一经逮捕，立召干戈，既祸生灵，更酿交涉，操切偾事，谁尸其咎？况北京为民国首都，万流仰镜，初非邻省，更异敌邦，明正典刑，昭示天下，揆诸名义，似尚无妨，此不获已者一；振武席军务长之余焰，凭将校团之淫威，取精用宏，根深柢固，投鼠忌器，人莫敢撄，卷土重来，拥兵如故，狼子野心，更无纪极，前此以往，杀既不敢，后此以往，杀更不能，千里毫厘，稍纵即逝，先此不谋，噬脐何及？况谋叛民国之犯，果有确据，随时皆可掩捕，此不获已者二；振武分遣党羽，密布机关，奸谋败露，应命赴京，更怀疑惧，居则佩刀盈室，出则荷枪载途，京鄂之使，不绝于道，心机叵测，消息灵通，一电遥飞，全国窥变，联电请求，举兵要挟，虽有国典，亦无所施，况振武现参军政，遥领兵权，绳以军法，洵为允当，且北京军事裁判，尚未完全，南中军法会议，已非一次，询谋佥同，始敢出此，此不获已者三。

元洪数月以来，踌躇再四，爱功忧乱，五内交萦，回肠九转，忧心百结，宁我负振武，无振武负湖北，宁取负振武罪，无取负天下罪，刲臂疗身，决蹯卫命，冒刑除患，实所甘心。夫汉高、明太，皆以自图帝业，屠戮功臣，越践、吴差，皆以误信谗言，戕害善类，藏弓烹狗，有识同悲。至若怀光就戮，史不论其寡恩，君集被擒，书不原其战绩，刿共和之国，同属编氓，但当为民国固金瓯，不当为个人保铁券。元洪念彼前劳，未忍悉行诛罚，安此反侧，复未稍事牵连，遂致日前两电，词多含蓄，迹似虚诬，又何怪诸公义愤之填胸，而责言之交耳也！伏思元洪素乏丰功，忝窃高位，爱民心切，驭将才疏，武汉蠢动，全楚骚然，商民流离，市廛凋敝，损失财产，几逾巨万，养痈成患，责在萃躬，亡羊补牢，泣将何及，洪罪一也；洪与振武，相从患难，共守孤城，推食解衣，情同骨肉.乃恩深法弛，背道寒盟，痛口周闻，剖心难谅，首义之士，忍为罪魁，同室弯弓，几酿巨祸，洪实凉德，于武何尤，追念前功，能无陨涕，洪罪二也；国基初定，法权未张，凡属国民，应同维护，乃险象环生，祸机迫切，因养指失肩之惧，为枉寻直尺之谋，安一方黎庶之心，解天下动庸之体，反经行政，贻人口实，洪罪三也。有此三罪，十死难辞，纵诸公揆诸事实，鉴此苦衷，曲事优容，不加谴责，犹当踢天踏地，愧悔难容；况区区此心，不为诸公所谅乎！溯自起义以来，戎马仓皇，军书旁午，忘餐废寝，忽忽半年，南北争议，亲历危机，蒙藏凶顽，频惊霣耗；重以骄兵四起，伏莽潜滋，内谨防闲，外图排解；戒严之令，至再至三，朽索奔驹，幸逾绝险；积劳成疾，咯血盈升，俯仰世间，了无生趣。秋茶尚甘，冻雀犹乐，顾瞻前路，如蹈深渊，自时厥后，定当退避贤路，伫待严谴，倘有矜其微劳，保此迟暮，穷山绝海，尚可栖迟，汉水不波，方城如故，虽死之日，犹生之年。世有鬼神，或容依庇，百世之下，庶知此心。至张振武罪名虽得，劳勤未彰，除优加抚恤，赡其母使终年，养其子使成立外，特派专员，迎柩归籍，乞饬沿途善为照料，俟灵柩到鄂，元洪当躬自奠祭，开会哀悼，以慰幽魂。并拟将该员事略，荟蕤成书，请大总统宣示天下，俾晓然于功罪之不掩，赏罚之有公，斗室之内，稍免疚心，泉台之下，或当瞑目。临风悲结，不暇择言，瞻望公门，尚垂明教！

这电发出，张振武罪状确凿，就是他的同党，也不能替他强辩，渐渐的群喙屏息了。小子有诗叹道：

> 有功宜赏罪宜诛，不杀奸人曷伏辜？
> 试看鄂中传电后，胪陈劣迹岂全诬？

　　谣言既靖，京鄂无惊，前总统孙中山，由沪赴京，又有一番热闹的情形，且至下回再叙。

　　张振武首犯也，方维从犯也，张、方二人之被杀，后人多归狱袁、黎，亦以袁为主动，黎为被动。然观黎督通电，则张振武之劣迹昭彰，固有应杀之罪。方维虽附和党同，宜从末减，然除恶未尽，适为后患，杀之亦是也。他人徒阿徇所好，必以袁好杀，黎滥杀，目为寻仇诬陷，顾何以黎电传布，历述振武十四罪状，而他人不能为之一一辩驳乎？周公杀管、蔡，且无损元圣之名，于袁、黎乎何尤焉？故本回全录黎电，以见张、方之当诛，不得以此强诬袁、黎，论人必公，吾于此书见之。

第十五回

孙黄并至协定政纲
陆赵递更又易总理

　　却说孙文卸职后，历游沿江各省，到处欢迎，颇也逍遥自在。嗣接袁总统电文，一再相招，词意诚恳，乃乘车北上。甫到都门，但见车站两旁，已是人山人海，拥挤不堪，几乎把这孙中山吓了一惊。嗣由各界代表，投刺表敬，方知数千人士，都为欢迎而来。他不及接谈，只对了各界团体，左右鞠躬，便已表明谢忱。那袁总统早派委员，在车站伺候，既与孙文相见，即代达老袁诚意，并已备好马车，请他上舆。孙文略略应酬，便登舆入城。城中亦预备客馆，作为孙文行辕，孙文住了一宿，即往总统府拜会。袁总统当即出迎，携手入厅，彼此叙谈，各倾积愫。一个是遨游海外的雄辩家，满望袁项城就此倾诚，好共建共和政体，一个是牢笼海内的机谋家，也愿孙中山为所利用，好共商专制作为。两人意见，实是反对，所以终难融洽。因此竭力交欢，几乎管、鲍同心，雷、陈相契，谈论了好多时，孙文才起身告别。次日，袁总统亲自回谒，也商议了两三点钟，方才回府。嗣是总统府中，屡请孙中山赴饮，觥筹交错，主客尽欢，差不多是五日一大宴，三日一小宴的模样。好一比拟，就老袁一方面，尤为切贴。席间所谈，无非是将来的政策。

　　老袁欲任孙为高等顾问官，孙文慨然道："公系我国的政治家，一切设施，比文等总要高出一筹，文亦不必参议。但文却有一私见，政治属公，实业属文，若使公任总统十年，得练兵百万，文得经营铁路，延长二十万里，那时我中华民国，难道还富强不成吗？"孙中山亦未免自夸。袁总统掀髯微笑道："君可谓善颂善祷。但练兵百万，亦非容易，筑造铁路二十万里，尤属难事，试思练兵需饷，筑路需款，现在财政问题，非常困难，专靠借债度日，似这般穷政府，穷百姓，哪里能偿你我的志愿呢？"孙文亦饶酒意，便道："天下事只怕无志，有了志向，总可逐渐办去。我想天下世间，古今中外，都被那银钱二字，困缚住了。但银钱也不过一代价，饥不可食，寒不可衣，不知如何有此魔力？假使舍去银钱，令全国统用钞票，总教有了信用，钞票就是银钱，政府不至竭蹶，百姓不至困苦，外人亦无从难我，练兵兵集，筑路路成，岂不是一大快事么？"袁总统徐徐答道："可是么？"

孙文再欲有言，忽有人入报道："前南京黄留守，自天津来电，今夕要抵都门了。"袁总统欣然道："克强也来，可称盛会了。"克强系黄兴别号，与孙文是第一知交，孙文闻他将到，当然要去会他，便辍酒辞席，匆匆去讫。袁总统又另派专员，去迓黄兴。至黄兴到京，也与孙中山入都，差不多的景象，且与孙同馆寓居，更偕孙同谒老袁，老袁也一般优待，毋庸絮述。唯孙、黄性情颇不相同，孙是全然豪放，胸无城府，黄较沉毅，为袁总统所注目，初次招宴，袁即赞他几经革命，百折不回，确是一位杰出的人物。袁之忌黄，亦本于此。黄兴却淡淡的答道："推翻满清，乃我辈应尽的天职，何足言功？唯此后民国，须要秉公建设方好哩。"袁又问他所定的宗旨，黄兴又答道："我国既称为民主立宪国，应该速定宪法，同心遵守，兴只知服从法律，若系法律外的行为，兴的行止，唯有取决民意罢了。"后来老袁欲帝，屡称民意，恐尚是受教克强。老袁默然不答。黄兴窥破老袁意旨，也不便再说下去。

到了席散回寓，便与孙文密议道："我看项城为人，始终难恃，日后恐多变动，如欲预为防范，总须厚植我党势力，作为抵制。自唐内阁倒后，政府中已没有我党人员，所恃参议院中，还有一小半会中人，现闻与统一共和党，双方联络，得占多数，我意拟改称国民党，与袁政府相持。袁政府若不违法，不必说了，倘或不然，参议院中得以质问，得以弹劾，他亦恐无可奈何了。"黄兴却亦善防，哪知老袁更比他厉害。孙文绝对赞成。当由黄兴邀集参议员，除共和党外，统与他暗暗接洽。于是同盟会议员，及统一共和党议员，两相合并，共改名国民党。一面且到处号召，无论在朝在野，多半邀他入党。

　　袁总统正怀猜忌，极思把功名富贵笼络孙、黄两人，先时已授黄兴为陆军上将，与黎元洪、段祺瑞两人，同日任命，且因孙文有志筑路，更与商议一妥当办法，孙意在建设大公司，借外债六十万万，分四十年清还。袁总统面上很是赞成，居然下令，特授孙文筹划全国铁路全权，一切借款招股事宜，尽听首先酌夺，然后交议院议决，政府批准等情。嗣复与孙、黄屡次筹商，协定内政大纲八条，并电询黎副总统，得了赞同的复词，乃由总统府秘书厅通电宣布。其文云：

　　民国统一，寒暑一更，庶政进行，每多濡缓，欲为根本之解决，必先有确定之方针。本大总统劳心焦思，几废寝食，久欲联合各政党魁杰，捐除人我之见，商榷救济之方。适孙中山、黄克强两先生先后莅京，过从欢洽，从容讨论，殆无虚日，因协定内政大纲；质诸国院诸公，亦翕然无间。乃以电询武昌黎副总统，征其同意，旋得复电，深表赞成。其大纲八条如下：

　　（一）立国取统一制度。（二）主持是非善恶之真公道，以正民俗。（三）暂时收束武备，先储备海陆军人才。（四）开放门户，输入外资，兴办铁路矿山，建置钢铁工厂，以厚民生。（五）提倡资助国民实业，先着手于农林工商。（六）军事外交财政司法交通，皆取中央集权主义；其余斟酌各省情形，兼采地方分权主义。（七）迅速整理财政。（八）竭力调和党见，维持秩序，为承认之根本。

　　此八条者，作为共和、国民两党首领与总揽政务之大总统之协定政策可也。各国元首，与各政党首领，互相提携，商定政见，本有先例。从此进行标准，如车有辙，如舟有舵，无旁挠，无中阻，以专趋于国利民福之一途，中华民国，庶有豸乎！此令。

　　政纲既布，孙文以国是已定，即欲离京，便向袁总统辞行，启程南下。独黄兴尚有一大要事，不能脱身，因复勾留都门，稽延了好几日。看官！道是何事？原来陆总理徵祥，屡次请假，不愿到任，袁总统以总理一职，关系重大，未便长此虚悬，遂与黄兴谈及，拟任沈秉堃为国务总理，否则或用赵秉钧。注意在赵。沈曾为国民党参议，黄兴因他同志，颇示赞成。旋与各党员商议，各党员言："沈初入党，感情未深，且系过渡内阁，总理虽是换过，阁员仍是照旧，若为政党内阁起见，须要全数改易，方可达到目的，若只得一孤立无助的总理，济甚么事？"黄兴听到这番言语，很觉有理。遂搁过沈秉堃，提及赵秉钧。赵是个极机警的朋友，当唐绍仪组阁时，他一面巴结袁总统，一面复讨好唐总理，竟投入同盟会中，做一会员。**有此机变，所以后成宋案。**黄兴明知他是个骑墙人物，但颇想因这骑墙二字，令他两面调停，免生冲突，所以也有意异他上台。**中了人家的诡计。**各党员恰表赞同，乃公同议决，由黄兴转告老袁，袁得此信息，暗暗心喜，遂将赵秉钧的大名，开列单中，赍交参议院，表决国务总理的位置。院中议员，国民党已占了大半，还有一小半共和党，就使反对赵秉钧，也何苦投不同意票，硬做对头，因此投票结果，统是同意二字，只有两票不同意。**这两票可谓独立。**总理决议复咨袁总统，袁总统即正式任命，所有阁员，毫不变动。唯外交总长，初拟陆总理自兼，至此陆已解职，另选一个梁如浩，也得由参议院通过，令他任职。

黄兴乘势遍说各国务员，邀入国民党。司法总长许世英，农林总长陈振先，工商总长刘揆一，交通总长朱启钤，均填写入国民党愿书。教育总长范源濂，本隶共和党，至是闻黄兴言，左右为难，乃脱离共和党籍，声明不党主义。财政总长周学熙，亦赞成国民党党纲，唯一时未写愿书。黄兴又进告袁总统，劝他做国民党领袖。看官！你想这老袁心中，本与国民党有隙，令他入党，分明是一桩难事，但又不好当面决绝，左思右想，得了一个法儿，先遣顾问官杨度入党，阴觇虚实。

那杨度别号晳子，籍隶湖南，是个有名的智多星。他在前清时代，戊戌变法，常随了康有为、梁启超等，日谈新政，康、梁失败，亡命外洋，他也逃了出去，与康、梁等聚作一堆，开会结社，鼓吹保皇。到了辛亥革命，乘机回国，得人介绍，充总统府的顾问。**特别表明，为后文筹安会张本。**他仗着一张利口，半寸机心，在总统府中厮混半年，大受老袁赏识。就是从前蔡使到京，猝遭兵变，也是杨晳子暗中主谋，省得老袁为难。此番又受了老袁密嘱，令入国民党，他比老袁还要聪明，先与国民党中人，往来交际，讨论党纲。国民党员，抱定一个政党内阁主义，杨度瞿然道："诸君的党纲，鄙人也是佩服，但必谓各国务员，必须同党，鄙意殊可不必。试想一国之间，政客甚多，有了甲党，必有乙党，或且有丙党丁党，独中央政府，只一内阁，如必任用同党人物，必难久长。用了甲党，乙党反对，用了乙党，甲党反对，还有丙党丁党，也是不服。胶胶扰扰，争讼不休。政策无从进行，机关必然迟滞，实是有弊少利，还须改变方针为是。"国民党员，不以为然。杨度又道："诸君倘可通融，鄙人很愿入党，若必固执成见，鄙人也不便加入呢。"国民党员不为所动，竟以"任从尊便"四字相答。杨度乃返报袁总统，袁总统道："且罢，他有他的党见，我有我的法门，你也不必去入他党了。"用软不如用硬。黄兴闻老袁不肯入党，却也没法，只在各种会所，连日演说，提倡民智。袁总统尝密遣心腹，伪作来宾，入旁听席，凡黄兴所说各词，统被铅笔记录，呈报老袁。老袁是阳托共和，阴图专制，见了各种报告，很觉得不耐烦，嗣后见了黄兴，晤谈间略加讥刺。就是赵内阁及各国务员，形式上虽同入国民党，心目中恰只知袁总统，总统叫他怎么行，便怎么行，总统叫他不得行，就不得行，所以总统府中的国务会议，全然是有名无实。后来各部复派遣参事司长等，入值国务院，组织一委员会。凡国务院所有事务，都先下委员会议，于是国务总理及国务员，上承总统指挥，下受委员成议，镇日间无所事事，反像似赘瘤一般。想是乐得快活。时人谓政党内阁，不过尔尔。黄兴也自悔一场忙碌，毫无实效，空费了一两月精神，遂向各机关告辞，出都南下。及抵沪，沪上各同志，联袂相迎，问及都中情形，兴慨然道："老袁阴险狠鸷，他日必叛民国，万不料十多年来，我同胞志士，抛掷无数头颅，无数颈血，只换了一个假共和，恐怕中华民国从此多事，再经两三次革命，还不得了呢。"黄克强生平行事，未必全惬舆情，但逆料老袁，确有特识。各同志有相信的，有不甚相信的，黄兴也不暇多谈，即返长沙县省亲。湘中人士，拟将长沙小南门，改名黄兴门。黄兴笑道："此番革命，事起鄂中，黎黄坡系是首功，何故鄂中公民，未闻易汉阳门为元洪门呢？"辩驳甚当，且足解颐。湘人无词可答。不料过了两日，黄兴门三字，居然出现，兴越叹为多事。会值国庆日届，袁总统援议院议决案，举行典礼，颁令酬勋。孙文得授大勋位，黄兴得授勋一位，嗣复命兴督办全国矿务，兴又私语同志道："他又来笼络我呢。"正是：

　　　　雄主有心施驾驭，逸材未肯就牢笼。

　　黄兴事且慢表，下回叙国庆典礼，乃是民国周年第一次盛事，请看官再阅后文。

　　孙、黄入京，为袁总统延揽党魁之策，袁意在笼络孙、黄，孙、黄若入彀中，余党自随风而靡，可以任所欲为，不知孙、黄亦欲利用老袁，互相联络，实互相猜疑。

子舆氏有言："至诚而不动者，未之有也，不诚而能动者，亦未之有也。"袁与孙、黄，彼此皆以私意交欢，未尝推诚相待，安能双方感动乎？黄克强推任赵内阁，尤堕老袁计中，赵之入国民党，实为侦探党见而来，各国务员亦如之，黄乃欲其离袁就我，误矣。总之朝野同心，国必治，朝野离心，国必乱，阅此回可恍然于民国治乱之征矣。

第十六回

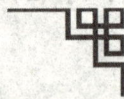

祝国庆全体胪欢

窃帝号外蒙抗命

却说武昌起义的时期，为阴历辛亥年八月十九日，就是阳历十月十日，民国即改用阳历，应以十月十日为纪念日。袁总统当将是案咨询参议院，经各议员议决，以阳历十月十日，为国庆日。南京政府成立，系阳历正月一日，北京宣布共和，系阳历二月十二日，两日为纪念日，均举行庆典。每岁届国庆日，即双十节。应举行各事如下：

（一）放假休息。（二）悬旗结彩。（三）大阅。（四）追祭。（五）赏功。（六）停刑。（七）恤贫。（八）宴会。

民国元年十月十日，国庆期届，即举行庆祝礼，是日改大清门为中华门，门外高搭彩楼一座，内悬清隆裕太后退位诏旨，赵总理秉钧派内外两厅丞，作为代表，行中华门开幕礼。各署各团体代表，均到场庆祝，兴高采烈，旗鼓扬休。一面在祈年殿建设祭坛，追祭革命诸先烈，由赵总理代表总统，临坛主祭。祭仪概照新制，祭文仍仿古体，其文云：

维民国元年十月十日，临时大总统袁世凯，谨遣代表赵秉钧，具牺牲酒醴，致祭于革命诸先烈曰："荆高之殁，我武不扬，沉沉千载，大陆无光。时会既开，国风不变，帝制告终，民豪丰见，神皋万里，禹迹所区，谁无血气，忍此濡需？矫首仰天，龙飞海啸，雷震电激，日月清照。蹉跎不遂，委骨荒丘，壮心未已，毅魄长留，嗟我新民，毋忘前烈！煜煜国徽，自由之血。革故既终，鼎新伊始，灵爽既昭，勖哉君子！尚飨。

祭毕退班，再由袁大总统，亲行阅兵礼。兵队共到一万二千名，拱卫军六千，禁卫军三千，游缉队一千，补充队一千，就总统府门外设台。袁总统戎服佩刀，登台兀立，所有陆军总长以下，统在台下站定。各军士由东辕进，从西辕出，行列井井，毫不凌乱。历一时许，各队俱已过去，袁总统方才下台，入府休息。各员均退至国务院，国务院中设茶话会，就厅前搭一彩棚，饰以松柏，下列几案数十，茶点齐备。参议院议员，各行政机关上级官吏，各省代表，中外新闻记者及京城著名绅董等，均就席与会。就是各国公使及外宾，亦乘兴参观。还有内蒙古活佛章嘉，及甘珠尔瓦两呼图克图，呼图克图为大喇嘛名号，亦作胡克图，蒙、藏、青海皆有之。时适来京谒见总统，因亦得列入会中。可巧天朗气清，日高秋爽，宾僚联翩戾止，端的是国门集祜，全体胪欢。既而日光晌午，客兴犹浓，院中备有午席，便请大众同餐，饮的是旨酒，吃的是佳肴，虽称是寻常筵席，计算代价，差不多要费千金。里面虽是奇穷，外面总要阔绰。午后席散，宾僚陆续回去，那军警两界，却来继续宴会，夜餐又有数十席，统吃得醉饱欢呼，无情不惬。

前门外的琉璃厂工艺局一带地方，独辟一个共和纪念会场，乃是革命党人发起，会场左右门及正门，均扎松花牌楼，场内亦有彩棚数处，内设陈列馆、运动场、演剧场等。陈列馆内的物品，系革命时的图印旗帜，衣服关防文件，及诸烈士生前死后的照像。运动场内，施演竞走诸技。演剧场内，所演皆革命新剧。场中并设祭坛，供祀诸先烈牌位。最精雅的，是用五彩扎成，叠起一座黄鹤楼，高接云表，蔚为大观。无非皮相。除初十日正式会外，复继续开会两日。十一日章嘉活佛到会，令随从喇嘛讽经，追荐先烈。夜间有会员组织提灯会，备办各种花灯，募集青年童子，提灯出游，前导军乐，后护马队。先至中华门行鞠躬礼，嗣由大街直赴天坛，适四川公会，亦制成方式白灯，上书川省诸先烈姓名，同时并至。双方至天坛会齐，大放烟火。霎时间烟焰冲霄，就火光里面，现出各种革命战剧，仿佛枪林弹雨，依稀楚界汉河。大众见所未见，诧为奇逢，无论男女老幼，一时麇集，几乎满城不夜，举国若狂，小子也说不胜说。

唯袁总统以民国创造，煞费经营，除追祭先烈外，所有留在的伟人，理应旌赏，特授前总统孙文，副总统黎元洪大勋位，唐绍仪、伍廷芳、黄兴、程德全、段祺瑞、冯国璋，均勋一位，孙武勋二位，给国务总理一等嘉禾章，各部总长二等嘉禾章。外如各省都督民政长及民国有功人士，都酌给勋章，或陆军衔秩有差。只闻赏功，未闻恤贫，总是百姓吃亏。且以武昌为起义地，特派代表朱庆澜，先日赴鄂，致祭先烈。参议院代表汤化龙，与朱同行。

既到武昌，巧值各省都督，也有代表派来，就前清万寿宫，改设会场，踵事增华，不亚首都。但见场中陈设，光怪陆离，彩楼广筑，四围组不老之松，巨额高悬，数字织长青之柏，还有五色电灯，五彩花朵，掩映增光，排叠成锦，中供诸烈士牌位，由各代表排班致祭。黎副总统，早派代表蔡济民，主持一切，祭礼告备，先后宣读祭辞，全场行三鞠躬礼。至奏过军乐，才行散班，统赴宴会场就宴。还有一种特别的纪念，系是从前受伤的军士，尚在病院养疴，至是令各穿军服，佩挂黄绫，标明姓氏，及某战受伤，伤在某处等字样，舁以彩扎椅轿，导以军乐，游行全城，俾士民参观，感念不忘。黎副总统，又有一篇演说辞，浼蔡济民在场宣读，大致是："共和未奠，责在后死。"说得非常痛切，小子因纸短言长，不遑殚述，看官如欲览全文，请向黎副总统文牍中，随时披阅，好在坊间都有专书出售，不烦小子费手了。可略即略，免惹人厌。

武昌以外，要算上海，此外各省，亦无不同时庆祝，随处悬着五色旗，各地挂着五彩灯，都道是五族一家，普天同庆。极盛难继，为之奈何？哪知西藏的独立，并未取消，外蒙古的独立，非但不肯取消，且居然在库伦地方，设立政府，推哲布尊丹巴为帝，改元共戴，立起一个蒙古帝国来。蒙古立国，成吉思汗有灵，恰也心慰，可惜国不成国，几同瞎闹。这哲布尊丹巴，系是何人？就是外蒙教主，居住库伦，向来扬名中外的活佛。活佛本没有甚么枭雄，而且双目失明，差不多是个无知动物，不是活佛，直是死佛。唯他的妻室扣肯儿，具有三分姿色，心中又是多生一窍，格外比蒙人聪明。

就中有个亲王杭达多尔济，素出入活佛帐中，与佛妻扣肯儿，很是莫逆。大约是结欢喜缘。扣肯儿哄动活佛，把政权委任杭达，杭达得了重权，遂主张联络俄人，反抗中国。俄政府正窥伺蒙古，得了这个消息，格外心欢，当将国中土产，遗赠活佛及杭达，连扣肯儿处，也特地进送一份。活佛等自然惬意，便遣杭达至俄京，道达谢忱。俄政府又甚表欢迎，至杭达返至库伦，巧值武汉革命，当即怂恿活佛，宣布独立，并逐去清办事大臣三多。辛亥年十一月十日，活佛哲布尊丹巴，在库伦举行正式即位礼，自称皇帝，建元共戴，比袁皇帝着了先鞭。也仿袭前清官制，分设各都，并置内阁总理。总理一缺，本拟任杭达亲王，因杭达通晓外事，改任外部，别用松彦可汗为总理。松彦可汗本名海珊，系东蒙科尔沁旗人，曾犯案奔俄，熟习俄语，嗣至库伦，为杭达所引用，又令陶什陶总统军事。陶什陶系东三省著名胡匪，东省悬赏缉捕，他遁入俄境，辗转至库伦，杭达闻他善战，因荐握军权。此外还有图什公、崔大喇嘛、达赖贝子、那木萨赖公等，分掌部务。统是一班好脚色。并聘俄员里斯克拂为军事顾问官，寻复延俄人马司哥顿为财政顾问官，一切措置，唯俄是从。一面派人游说各旗，劝令附和外蒙，喀尔喀四部，本归活佛管辖，当然服从。唯内蒙、东蒙、西蒙诸王公，与中国感情较密，尚未肯尽附外蒙。

杭达亲王，闻中国革命，将还罢手。南北有议和消息，恐和议成后，必加诘责，不如预先布置，结俄为援。当下呈明活佛，自充正使，另派奚林丹定亲王为副，带了贡献物品，起程赴俄。俄政府闻他到来，格外厚待，特派外部人员萨沙诺夫，殷情招接，并导他谒见俄皇。俄皇下座慰劳，握手言欢。好买卖来了！杭达即敬献金佛一尊，名马十头，作为赞仪。蒙古地图，何不尽行献出？俄皇收受后，再命外交大臣，陪他筵宴。席间谈及外蒙独立情形，当由杭达当面请求，一是要俄国接济军械，二是要俄国借给款项。萨沙诺夫一一承认，且愿为代致中国，通告北京政府，提出蒙古独立，不准中国干涉。杭达喜欢的了不得，恨不得在萨沙诺夫前拜跪下去，磕着几个响头，还是向扣肯儿前磕头，却赠你特别禁脔。若对俄外部磕头，简直是要你的命。于是谢了又谢，萨沙诺夫果有信实，一俟杭达等离俄，即电致驻华俄使，转达北京政府，提出三大要求，列款如下：

（一）中国许蒙古完全行政主权。（二）蒙古地方，中国不得驻兵设官及开垦。

（三）抚慰此次服兵之华人。

这时候的中华民国，方在草创，南北尚未统一，自然无暇答复。至袁世凯就任总统，杭达已回库伦，当由蒙古国内阁大臣名义，电达北京，布告正式独立，并贺袁总统就任。袁总统得电后，两复活佛，劝令取消。活佛也两复袁总统，一说是业经自主，如何取消？二说是请商诸邻邦，杜绝异议。袁总统以邻邦二字，分明是指俄罗斯，拟俟内事粗定，再与俄人协商。哪知活佛一方面，竟煽动西蒙各旗，攻占科尔多，复嗾使东蒙各旗，攻占呼伦城，且勾通科尔沁右翼前旗札萨克郡王乌泰，称兵内犯，侵扰洮南府。袁总统乃飞饬东三省各都督，派兵出剿。一场鏖战，始将乌泰逐窜索伦山，随即下令革去乌泰世爵，另任镇国公衔鹏束克，署理札萨克。

唯对于内外蒙古，仍用羁縻手段。国庆期内，内蒙活佛章嘉，与甘珠尔瓦呼图克图，翊赞共和，入京觐见；袁总统特别优待，即加封章嘉徽号，用"宏济光明"四字，且准他沿用前辈所得黄轿九龙坐褥，并赏穿带縢貂褂，特给银一万元。甘珠尔瓦呼图克图，也得邀封"圆通善慧"名号，赏穿带縢貂褂，赏银与章嘉活佛同例。内蒙各旗，总算被袁总统笼络住了。老袁无非此术。袁总统又令蒙藏事务局总裁贡桑诺尔布，致书内外蒙古，及前后西藏，劝他归附民国，同造共和。前藏达赖喇嘛，恰也乖巧，暗思尹晶衡驻扎川边，巴塘、里塘等处得而复失，不如暂行答复，阳奉阴违为是，当下复函通款，声言内附。当经袁总统还给封号，仍封为诚顺赞化西天大善自在佛。接连是东蒙古十旗王公，也函复政府，愿发起蒙旗会议，解释共和真理，借泯猜嫌。袁总统闻报，特派蒙古科尔沁亲王，兼任参议员阿穆尔灵圭，及吉林都督陈昭常，东三省宣抚使张锡銮，相偕赴会，会所在长春道署，各旗王公陆续到来，统共得四十人。会议了三四天，当由政府三委员，提出意见如下：

（一）请各王公赴各本旗劝慰，力陈五族共和之利益。（二）请内外蒙务即取消独立。（三）如能效忠民国，或从事宣慰，蒙古早日取消独立者，由政府格外奖叙。（四）请各王公宣告民国对于蒙古固有权利，概不剥夺。五凡蒙古所借外债，均归民国担保归还。

五条以外，还有议案十条，亦开列下方：

（甲）蒙边要隘地点，许政府派兵镇驻。（乙）蒙王无论向何国借款，非经中央政府允准，不得实行。（丙）取消独立后，请大总统颁发特别优待蒙人条件。（丁）蒙人不准私将产业抵押外人，以保领土。（戊）蒙人举办新政，准由政府许可。（己）创办华蒙联合会，以敦感情。（庚）组织蒙文报，以开民智。（辛）蒙人改用五色国旗，以符国体。（壬）蒙人应遵民国法律。（癸）蒙人练兵所需枪械，概由各省都督代购，不准私运。

各旗王公，均表同情。政府三委员，返报袁总统，满望从此进行，得将蒙、藏两大部收归宇下，实践五族一家的本旨。不意十一月九日，竟由驻京俄使，来了一个照会，说是正式通告。外交部接着，慌忙展阅，不瞧犹可，瞧着这照会中的全文，几把那外交总长梁如浩，吓得瞠目伸舌，险些儿成了痴呆病。小子有诗叹道：

> 莫言世界尽强权，胜负只争一着先。
> 试忆中西交涉事，昧机多半是迁延。

毕竟照会中有何紧要，且至下回交代。

民国第一届国庆日，举行祝典，号称极盛，自是而后，逐年减色，至民国四年双十节，袁氏欲行帝制，竟停止庆祝宴会。外人谓吾中国人，只有五分钟热诚。即以逐年之国庆日观之，已可觇华人程度。彼美利坚之七月四日，法兰西之七月十四日，全国庆祝，迄今犹昔，何吾国人之有初鲜终，一至于此乎？若夫蒙、藏两区为英、俄二国所播弄，向背靡常，反复不一，而袁氏且只事羁縻，仍袭用前清迁延政策。迨至一纸飞来，全国惊诧，始悔前此因循之失计，不亦晚乎？特揭之以儆将来。

第十七回

示协约惊走梁如浩
议外交忙煞陆子欣

却说驻京俄使，致照会与外交部，看官！道是何等公文？乃是数条俄协约。其文云：

前因蒙人全体宣告，决意欲保存其国于历史上原有之治体，故华官华军，被迫退出蒙古境外，哲布尊丹巴被推为蒙古人之君主。前此之中蒙关系，于是断绝。现在怀念以上所述之事，并念俄、蒙人民，历年彼此和好之睦谊，且鉴于正确指定俄、蒙通商之必要，兹由全权俄使廓索维慈，与各全权蒙使，订定下开各款：

（一）俄政府愿帮助蒙古，俾得保存其所设之自治制度，与主有蒙古人军队之权利，及不许华兵入其领土，华人殖居其地之权利。

（二）蒙古君主与蒙古政府，仍往日之旧愿，于其主有之境内，准俄民与俄国商务，享附约内开之各种权利利益，又允此后他国人民之在蒙古者，如给以权利，不得多过俄民所享有者。

（三）倘蒙古政府，鉴于有与中国及其他别国，订立条件之必要，此项新约，无论若何，不得侵犯本约及附约内开各款，非有俄政府之允许，亦不得修正之。

（四）本协约自画押日起，发生效力。

据这四条约文，简直是将蒙古地方，完全为俄人势力圈，并与中华民国绝对脱离关系。还有附约十七条，更将蒙古种种利益，统为俄人所享有。小子本不愿再录，因关系国际上的大交涉，并以后迭经磋议，俄人终未肯取消协约，以致外蒙问题，始终未有结果，这是我中华民国的国耻，不能不录述全文。我国民听者！附约云：

第一条　俄人在所有蒙古各地，得自由居住移动，并经理商务制作及其他各事项。且得与各个人各货行及俄国、蒙古、中国暨其他各国之公私处所往来，协定办理各事。

第二条　俄人无论何时，将俄国、蒙古、中国暨其他各国出产制作各货运出运入，免纳出入口各税，并自由贸易。无论何项税课捐，概免交纳。第三条，俄国银行，得在蒙古开设分行，与各个人各处所各公司会社，办理各种款目事项。

第四条　俄人可用现钱买卖货物，或互换货物，并可商明赊欠。唯蒙古各王旗，及蒙古官帑，不能担负私人借款。

第五条　蒙古政府不得阻止蒙人、华人与俄人往来，约定办理各种商业；并不得阻止其在俄人处服役。又蒙古域内，无论何种公私公司会社，或各处所，各个人，皆不得有商务制作专卖权。唯未定此约以前，已得蒙古政府许可，于定限未满前，仍得保存其权利。

第六条　俄人得在蒙古境内，约定期限，租买地段，建造商务制作局厂，或修筑房屋铺户货栈，并租用闲地开垦耕种，唯不得以之作谋利之举。即买而转卖，所谓投机事业者是。此种地段，必须按照蒙古现有规例，与蒙古政府妥商拨给。其教务牧场地段，不在此例。

第七条　俄人得与蒙古政府协商，关于享用矿产森林渔业，及其他各事业。

第八条　俄国政府，得与蒙古政府协商，向须设领事之处，派设领事。

第九条　凡有俄国领事之处，及有关俄国商务之地，均可由俄国领事，与蒙古政府协商，设立贸易圈，以便俄人营业居住，且专归领事管辖。无领事之处，归俄国各商务公司会社之领袖管辖。

第十条　俄人得自行出款，于蒙古各地，及自蒙古各地至俄国边各地，设立邮政，运送邮件货物。此事与蒙古政府协商办理，如须在各地设立邮站，以及别项需用房屋，均须遵照此为第六条定章办理。

第十一条　俄国驻蒙古各领事，如须传递公件，遣派信差，或别项公事需用时，可用蒙古台站，唯一月所用马匹，不过百只，骆驼不过三十只，可勿给费。俄领事及他办公员，亦可由蒙古台站行走，偿给费用。其办理私事之俄人，亦得享此利益，唯应偿费用，须与蒙古政府商定。

第十二条　凡自蒙古域内，流至俄国境内各河，及此诸河所受之河流，均准俄人航行，与沿岸居民贸易。俄政府且帮助蒙古政府，整理各河航路，设置各项需用标识等事。蒙古政府，当遵照此约定章，于此河沿岸，拨给停船需用地段，以为建筑码头货栈，及预备柴木之用。

第十三条　俄人于运送货物，驱送牲只，得由水陆各路行走，并可商允蒙古政府，由俄人自行出款，建筑桥梁渡口，且准其向经过桥梁渡口之人，索取费用。

第十四条　俄人牲只，于行路时，得停息喂养，如停留多日，地方官并须于牲只经过路程，及有关牲只买卖地点，拨给足用地段，以作牧场。如用牧场过三月之久，即须偿费。

第十五条　俄国沿界居民，向在蒙古地方，割草渔猎，业经相沿成习。嗣后仍照旧办理，不得稍有变更。

第十六条　俄人与蒙人、华人往来，约定办理之事可用口定，或立字据，其立约之人，应将契约送至地方官查验，地方官见有窒碍，当从速通知俄领事，互商公判。总之关于不动产事件，务当成立约据，送往蒙古该管官吏，及俄国领事处，呈验批准，始生效力。如遇有争议，先由两造推举中人，和平解决，否则由会审委员会判决。会审委员会，分常设临时两项，常设会审委员会，于俄领事驻在地设置之，以领事或领事代表及外蒙古政府之代表，有相当阶级者组织之。临时会审委员会，于未设领事之处，酌量事件之紧要，始暂开之。以俄领事代表，及被告居留或所属蒙旗之蒙古代表组织之。会审委员会可招致蒙人、华人、俄人为会审委员会之鉴定人。会审委员会之判决，如关于俄人者即由俄领事执行，其关于蒙人、华人者，由被告所属或所居留之蒙王执行之。

第十七条　本约自盖印日起，即发生效力，约章用俄、蒙两文作成二份，互行盖印，在库伦互行交换。

外交总长梁如浩，模模糊糊的看了一会，也无暇一一研究，只觉得满纸俄人，不但中国不在话下，就是外蒙古人，也一些儿没有主权，不禁呆呆的发了一回怔。继思如此大事，不先不后，偏在自己任内，闹出了这等案件，教我如何办理？当下搔头挖耳的想了多时，竟转忧为喜道："有了！有了！"外部人员，起初见他毫无主意，嗣闻得"有了！"两字，想他总有一番大经济，大政策，是以君子之腹，度小人之心。只是不好动问，背地里瞧他行动。他却不慌不忙，取了俄使的通告，径向总统府中去了。已经成见在胸，自可不必着忙。

过了两天，都门里面，并不见梁总长的踪迹，旁人还猜他在总统府中，密商对俄方法，谁知他已托病出都，竟另寻一安乐窝，闭户自居。那总统府中，只有一纸辞职书，说是："偶抱采薪，不能任事，请改命妥员继任"等语。亏他想了此计。袁总统付诸一笑，遂另简相当人物，百忙中觅不出人才，唯前任国务总理陆徵祥字子欣，是个外交熟手，还好要他暂时当冲，因再令赵总理秉钧，提交参议院表决。各议员闻俄、蒙交涉正在紧迫，也一时不便否认，况除陆徵祥外，并没有专对能员，不得已表示同意。前此否认国务总理，今此承认外交总长，彼议员自问，恐亦当失笑也。于是陆徵祥复受任为外交总长办理俄、蒙交涉。方拟好对俄照会，不承认俄蒙协约，遣人递往俄国公使馆，忽接到热河都统崑源急电，开鲁县被蒙匪攻入，全城失守了。原来开鲁县在热河北境，旧系内蒙古阿鲁、科尔沁、东西札鲁特三旗地，自清光绪季年，收入版图，改为直隶属县，此次东札鲁特协理官保扎布，受外蒙古煽惑，勾结东西札鲁特、科尔沁各旗，攻占开鲁，驱逐汉民，且纵兵焚杀，惨无人道。热河都统崑源，飞电乞援，袁总统即派姜桂题率领毅军十四营，驰往援剿，一面令外交总长陆徵祥，速与俄使交涉。看官！你想俄政府方怂恿外蒙，出兵内犯，怎肯出尔反尔，取消俄蒙协约，把外蒙送还中华呢？俗语所谓猫口里挖鳅？他自与外蒙活佛订约后，外蒙的军队，要俄官教练，外蒙的国交，要俄官主持，外蒙的土地，作为借款的抵押，外蒙矿产，归俄公司开采，外蒙兵饷，归俄银行发放；还要设统监，逐华侨，割让乌梁海一带，种种要索，得步进步。哲布尊丹巴帝号自娱，毫无知识，所任用的杭达多尔济，甘心卖国，把俄人要约各条，有允诺的，有不允诺的，始终是恳俄人援助。且派陶什陶简率精锐，充作先驱，并拟定四路进兵：一路沿科布多阿尔泰山，直犯新疆；一路由东蒙廓尔罗斯，直犯吉、黑；一路向绥远、归化，直犯山西；一路向热河直冲北京。四路中以吉黑热河为主队，蒙兵不足，借用俄兵。螳螂捕蝉，不知黄雀之乘其后。开鲁失守，便是进兵热河的嚆矢。袁总统既派毅军北征，复命参谋陆军两部筹划防守事宜，并饬东三省边防及西域边防，与东蒙、西蒙、中蒙各处边防，一律戒严。此时奉天都督赵尔巽，已辞职回京，想亦与梁如浩同意。当命宣抚使张锡銮续任，会同吉、黑两督整备军队，俟春暖冰融，酌量进行。嗣因内蒙古乌兰察布盟，偶有烦言，乃再由国务院申喻蒙旗道：

现在五族联合组织新邦，务在体贴民情，敷宣德化，使我五族共享共和之福。前据绥远城将军张绍曾电呈乌兰察布盟扎萨克等来文，以共和为扰害蒙古，抛弃佛教，破坏游牧，请民国内务部嗣后关于饬令遵行新政怪异各事件，暂行停止等语。查优待蒙回藏民族条件第七条，蒙、回、藏原有之宗教，听其信仰，是宗教申明信仰，何有抛弃之事？第二条保护原有私产，是产业申明保护，何有破坏游牧之事？又参议院议决公布待遇蒙古条例第一条，中央对于蒙古行政机关，不用殖民等字样，第二条各蒙古王公原有之管辖治理权一律照旧，是皆重在维持蒙古原有权利，何有扰害之事！又原电该盟呈内指除藩属名称为混乱蒙人种族一节，查宣布共和，迭经申明联合汉、满、蒙、回、藏五大族为中华民国，名为蒙族何有诬为混乱？至不用理藩字样者，所以进为平等，免致待遇偏畸。中央刻又复封达赖，振兴黄教，各呼图克图来京及助顺者均加进封号，优予礼费，蒙、回王公之赞同共和者亦并优进爵秩，民国优待蒙、回、藏各族，崇重宗教，实有确征，无非欲同我太平，安生乐业。惟该盟原呈，既多有误会，自应赶为宣播，以释群疑，即由国务院将优待蒙、回、藏各族条件，待遇蒙古条例，及复封达赖扎费各呼图克图优进各王公爵秩等公布命令，译成各体合璧文字，刊刻颁发各旗各城，榜示晓谕，俾众周知。

岁月蹉跎，年关将届，中央政府，为了俄蒙问题，尚忙碌不了，叠开总统府会议，国务院会议，自袁大总统以下，及所有国务员，谈论了好几天，筹划不出什么妙计。最苦恼的是外交总长陆子欣，他既要想出议案，复要对付外使，焦思竭虑，瘏口哓音。小子当日，曾闻陆总长提议方法，共分甲乙两项如下：

甲对于俄蒙协约之交涉，共分四条：

（一）蒙古为中国领土，无与外国缔结条约之权。（二）库伦为外蒙之一部分，不能代表全蒙。（三）活佛专掌宗教，无与外人交涉之权。（四）取消俄蒙协约，另订中俄条约。

乙对于中俄交涉之提议，共分八条：

（一）蒙古之领土权，完全属于中华民国。（二）除前清时代已有之大员三人外，民国不再添派官吏。（三）民国得屯兵若干，保护该处官吏。（四）民国为保护侨居该处华人起见，得酌置警察队于该处。（五）将蒙古各官有之牧场，分赠蒙古王公，以示优待之意。（六）各国人不得在蒙古驻屯各种团体，且不得移民。（七）蒙古若未经民国许可，不得自由开垦开矿筑路。（八）蒙古与他国所订协约，一概作为无效，此后蒙古若未得民国政府同意，所缔之约，亦皆不能发生效力。

陆总长提议后，大众相率赞成，正拟往会俄使，开始谈判，不意驻京英使，复递照会至外交部，催复日前要求条件。怪不得梁如浩逃走。正是：

朔漠方愁尘雾黯，欧风又卷海涛来。

毕竟英使照会，为着何事，待至下回表明。

本回详录俄蒙协约，为国际上交涉之要案，即为国耻中重大之问题。相传俄、蒙交涉酝酿已久，民国元年九月间，我国政府中，已有主张提出抗议者，外交总长梁如浩，方才就任，托言事未确实，延不果行，迨协约发表，乃潜身出走，上书辞职，身任外交者果如是乎？既而俄、库相联发兵东犯，袁总统虽遣师防剿，而仍抱定一羁縻政策，名为慎重，实亦迁延。外交以兵力为后盾，徒恃一总长陆子欣，其果能折冲樽俎乎？民国初造，已泄沓如此，可为一叹！

第十八回

忧中忧英使索复文
病上病清后归冥箓

却说俄蒙交涉，尚无头绪，英公使又来一照会，催索要求条件。看官不必细猜，便可知是西藏交涉了。先是英国驻京公使，曾奉到英政府训令，向中政府提出抗议书，外交总长梁如浩，得过且过，并没有放在心里，因此未曾答复。至此英使又来催逼，俄要窥取蒙古，英自然觊觎西藏。乃由外交部检出原书，内开五大条件云：

（一）中国不得干涉西藏之行政，并不得于西藏改设行省。

（二）中国政府，不得派无制限之兵队，驻扎西藏各处。

（三）英国现已认定中国对于西藏有宗主权，应要求中国改订新约。

（四）英政府前曾遵据条约，特设通信机关，后经中国军队擅行截断，以杜绝印藏之交通。

（五）如中国政府，不承认以上各条件，英国政府，亦绝不承认中华民国之新共和政府。

陆徵祥览毕全文，暗想五条件中，只第三四条，尚可答辩，此外三条，关系甚是重大，虽比俄蒙协约，稍为简单，但欲争回西藏领土权，亦很费事。况中俄交涉，正当紧急，专顾一面，尚恐不及，偏又来了这道催命符，这正所谓祸不单至呢。当下皱着双眉，踌躇了好一会，才到总统府中，呈明袁总统。袁总统方阅外电，面上恰含有三分喜容，一见陆徵祥入内，便起身邀坐。徵祥行礼毕，尚未开口，袁总统已笑语道："日前科布多全境，已报克复，今又得热河来电，开鲁县也克复了。"说毕，即将电文递示。陆徵祥接过一瞧，无非是各军会攻，毙匪颇众，余匪败走，复将开鲁克复等情。随笔带过蒙事，是省文之法。因将电文复缴案上，随答袁总统道："东西蒙尚称得手，外蒙或容易办理，但英使又来要求藏事，为之奈何？"袁总统道："日前有抗议书到来，我已与英使朱尔典说明，俟俄、蒙交涉就绪即当酌商，难道今又来催逼么？"袁与英使朱尔典氏交好颇密，故借口中叙出。陆徵祥闻言，便即取出照会，呈与袁总统详阅。袁总统阅毕，便道："他既如此催逼，我不能不答复了。明日开国务会议，酌定复词，可好么？"徵祥唯唯而出。次日复至总统府，各国务员也陆续到来，会议半日，方裁决答复各词，大致如下：

（一）中国按照一千九百零六年之中英西藏条约，除中国外，其他国皆无干涉西藏内政之权，今谓中国无干涉西藏内政之权，理由甚无根据。至于改设行省一事，为民国必要之政务，各国既承认中华民国，即不能不承认中国改西藏为行省。况中国对于西藏，并无即时改设行省之意，此中颇有误会。惟现在中国认定不许其他一切外国，干涉西藏之领土权及其内政。（二）查中国并无派遣无制限军队驻扎西藏之事。惟按照一千九百零八年之通商条约，英国以市场之警察权及保护印、藏交通委任于中国，故中国于西藏紧要各处，当然派遣军队。（三）中英关于西藏之交涉，已经两次订立条约，一切皆已规定明确，今日并无改订新约之必要。（四）中国政府从前并无有意断阻英、藏交通之事，以后更当加意保护，断不阻碍英、藏交通。（五）承认中华民国是另一问题，不能与西藏问题，并为一谈，深望英国先各国而承认中华民国。

复书发出，交付英使馆，英使朱尔典氏，当去呈报英政府，一时未有复文。中国政府，乐得眼前清净。嗣由川边镇抚使尹昌衡来电，报称："川边肃清，"政府诸公，越觉心慰。袁总统也放下了心，好安稳过年了。怎奈蒙、藏两区，风潮暗紧，哲布尊丹巴原顽抗如故，就是达赖喇嘛，已复原封，心下尚是未足，也想与库伦活佛，同做皇帝。皇帝是人人要做，怪不得汉高有言，今而知皇帝之贵。外蒙得此消息，乘机遣使，到了西藏，先拟迎达赖至库，共商独立事情。达赖不肯应允，乃协议彼此联络，双方称帝。当订定蒙藏协约九条，其文云：

（一）西藏国皇帝达赖喇嘛，承认蒙古构成独立国，且将一千九百十一年十一月九日所宣言之黄教首领哲布尊丹巴喇嘛，认为蒙古国皇帝。（二）蒙古皇帝哲布尊丹巴喇嘛，承认西藏构成独立国，且承认达赖喇嘛为西藏国皇帝。（三）蒙、藏两国和衷共济，互行咨询，以讲求黄教繁荣之方法。（四）蒙、藏两国将来若有内忧外患时，互相援助，永矢不渝。（五）两国政府，对于游历领土之公私人，互相设法保护。（六）两国政府，自由贸易产物及家畜，从新设立商业机关。（七）所有商业上债权，以政府及商业机关所承认者，定为有效。若未经允许而争讼者，两国政府，决不考察。但缔结本条约以前之买卖，暨因本条约第七条结果被损害者，按照政府所规定，可以要求代偿。（八）若将本条约再行修订时，由两国简派代表，预先规定日期及地点，以便协商。九本条约自签约之日起，发生效力。

下文署明年月日，一是西藏子岁十二月四日，一是蒙古共戴二年十二月四日。原来西藏仍沿用阴历，民国元年，岁次壬子，所以西藏称为子岁。外蒙古已建年号，所以直书共戴二年。外国新闻纸上，已是刊录全文，明明白白，中国政府，尚谓未得确实报告，且过了新年，再作区处。于是全国舆论，多抱不平，有几省激烈的将士，也欲投袂请缨，通电全国，主张武力解决；今日说要征蒙，明日说要征藏，甚至招兵募饷，枕戈待命。那袁总统却从容镇静，不肯轻动；且令国务院电饬各省将吏，严戒躁率。又抬出总统名义，申令各都督，教他防范军人，毋惑浮言。当时热心边事的人物，统说袁总统专务羁縻，太属畏葸，其实老袁方面，也自有一种难处。自从六国银行团，与熊总长等会议借款，始终无效，连每月垫款数百万两，也未肯照允，借款谈判，竟至中止。应十一回。熊希龄旋即辞职，应十二回。袁总统虽已照准，乃命经理借款事宜，与继任总长周学熙等，向六国团声明别借，另外设法，暗托顾问洋员莫理逊，赴英运动，借到伦敦债款一千万镑，议定本年交三百万镑，明年交七百万镑。以盐课作押，利息五厘，因此政府用款，才有来源，勉强度日。补出此条，才得归束

第十一回文字，否则民国下半年如何过日，连我也生疑问了。唯借款陆续到手，即陆续用去，一些儿没有余积，哪里来的闲款，可拨付军饷征剿蒙、藏？这是袁总统自知为难，也似哑子吃黄连，说不出的苦衷，看官也须原谅三分呢。

　　熊希龄既办到借款，尚是留住都门，待至年暮，袁总统因热河紧急，恐崑源无能，办不下去，当将崑源召还，改任熊为热河都统，熊即告辞去讫。转瞬间已是民国二年，元旦这一日，系南京临时政府成立的纪念日，各处机关，统行休假，除悬旗结彩外，却也没有什么大典。南京成立政府，与北京却是无涉。过了数日，唯将各海关监督，各省司长，及司法筹备处长，任用了许多人员。又改府州厅为县，划一各省行政官厅，警察官厅，以及文官任免法，文官考试法与惩戒甄别各法，并外交官服制，陆海军服制，蒙、回、藏王公爵章等件，公布了许多规则，小子也不胜记忆，但略述数项名目，算作随录，挂一漏万，看官休笑。本书以演述大事为主，各种法规自有专书可稽，阅者应知分晓。唯山西观察使张士秀及旅长李鸣凤，盘踞河东，居然拥兵自卫，潜谋独立，经都督阎锡山委任南桂馨为河东筹饷局长，并令解散该处军队，劝导张、李二人。张、李不肯从命，反将南桂馨拘住严刑拷掠。阎督闻报，即电报中央，经袁总统派委第一旅长孔繁蔚前往接管军队。张、李复抗不承认，竟将孔旅长逐出。张士秀自为民政长，李鸣凤自为都督，于年内宣言独立。袁总统乃饬参谋、陆军两部派兵往剿，正月初旬，由陆军部派驻保定第六旅长鲍贵卿，及驻潼关统领赵倜，各率所部军前往河东。看官！试想这河东一隅能有多大凭借？张、李二人，能有多大本领？螳臂当车，自不量力。后来赵军一到，张、李知不能抗，束手归命，被赵统领拘禁起来押解进京，褫职治罪，便算了案。河东事关系稍大，所以随事插入。就是蒙古问题，经陆总长提出议案，与俄使商榷一番，并无效果。不过双方议定，各不进兵，再期磋商就范，免至决裂。

　　一天过一天，已到二月十二日了，这日为北京政府成立期，也曾由参议院议决，作为纪念日。应十六回。各衙署放假休息，自不消说，唯袁总统纪念旧勋，特授梁士诒、胡惟德、姜桂题、段芝贵等，均勋二位。谭学衡、熙彦、王占元、曹锟、陈光远、李纯、倪嗣冲等，均勋三位。吴景濂、汤化龙等，一等嘉禾章。那彦图、张勋等，亦一等嘉禾章，杨度、阮忠枢、叶恭绰等，二等嘉禾章。无非因他南北统一，著有勋绩，所以酌量酬庸。何不于元旦赏功，必待至二月十二日耶？

又越三日，系阴历正月十日，为清隆裕太后万寿节，袁总统特遣梁士诒为道贺专使，赍送藏佛一尊，及联额数幅，并总统放大相片一座。相片上署"袁世凯敬赠"五字。这是何意？前用军役导着，后由梁士诒乘着黄舆，昂然前进，直至乾清门前，方才下舆，徐步入内，至上书房。清总管内务府大臣世续，出来迎接，导入乾清宫正门，殿宇依然，朝仪已改。梁财神至此，未知有今昔之感否？隆裕太后端坐殿上，两旁虽有侍女护着，并清室近支王公，两旁站立，怎奈望将过去，只觉得一片萧飒气象，更兼隆裕后形容憔悴，带着好几分病容，见了梁士诒，尤不禁触目心伤，几乎忍不住两行珠泪。梁士诒却从容不迫，行了三鞠躬礼，又呈递国书，内称："大中华民国大总统，谨致书大清隆裕太后陛下，愿太后万寿无疆。"前见某报中，载着慈禧太后万寿时，把无疆之疆字，训作疆土之疆，不料至此，竟成实践。隆裕太后答词，由世续代诵，略称："万寿庆辰，承大总统专使致贺，感谢实深"云云。世续念一句，隆裕太后泪下一行，等到世续念毕，隆裕太后的面上，已不啻泪人儿一般。梁士诒亦看不过去，当即退出。嗣闻隆裕太后，瞧着袁世凯相片，益觉怨恨交集，恸哭了一昼夜，次日即卧床不起。原来隆裕太后，自诏令退位后，心中悒悒不欢，尝谓："孤儿寡妇，千古伤心，每睹宫宇荒凉，不知魂归何所"等语。袁总统曾否闻知？以此积成肝郁，尝患呕逆。至民国二年正月中，胸腹更隆然高起，日渐肿胀，经御医佟质夫、张午樵二人诊治，稍觉轻减。二月十五日御殿受贺，起初却还有些兴致，嗣见梁使到来，用着外国使臣觐见礼节，免不得悲从中来。且宗室王公大臣，多半避匿，不肯入贺，既无赏赐，又无优差，贺他做什么？殿中不过寥寥数人。看官！你想人非木石，到这地步，能不格外伤心么？古人说得好："忧劳所以致疾"，况隆裕太后已有旧恙，自然愁上加愁，病中增病。或谓："万寿节内，天气晴暖，宫中所用薰炉，热气太高，感受炭气，因致病剧。"其实隆裕后致死原因，并不是伤热症，却是袁总统送他归阴的。直言不讳。

徐世昌尚为清室太保，因监督崇陵工程，崇陵即清德宗陵。久在京外，此次闻故后病笃，乃入宫谒见，且力辞太保职务。隆裕后再三慰留，甚至哽咽不能成声了。徐亦陪了三四点老泪，至退出后，即往谒袁总统，备陈清后病重形状。袁总统再嘱徐为代表，入宫慰问，隆裕后闻袁总统三字，几似勾命的无常，阿哟一声，昏晕过去。好容易叫她醒来，尚是喘个不住。徐世昌瞧这情形反一时不能脱身，只好与世续、绍英提议隆裕后身后处置，一面叫入宣统帝，令他侍立床侧。二月二十一日，隆裕后已是弥留，到了夜间，回光返照，开眼瞧见宣统帝在侧，不觉呜咽道："汝生帝王家，一事未喻，国已亡了，母又将死，汝尚茫然，奈何奈何？"说至此，喉间又哽咽起来，好一歇复发最后的凄声道："我与汝要永诀了。沟渎道涂，听你自为，我不能再顾你了。"言讫，已不能言。世续入省数次，但见隆裕后双目直视，口中很想说话，偏被痰塞住喉中，只用手指着宣统帝，眼眶间尚含泪莹莹，霎时间阴风惨栗，烛焰昏沉，有清末代的隆裕太后，竟两眼一翻，撒手归天去了。**陆续写来，不忍卒读。**小子有诗叹隆裕太后道：

> 孤儿寡妇总心伤，到死犹留泪两行。
> 让国终存亡国恨，徒劳后史费评章。

清后已逝，一切丧葬事宜，待小子下回再表。

蒙事方迫，藏事随之，一波未平，一波又起，虽以袁总统之雄鸷，陆总长之才辩，卒不能屈服英、俄，弱国无外交，良可痛慨。若隆裕太后之病逝，实为袁总统一人逼死。石勒谓，大丈夫行事，当磊磊落落，不宜效曹孟德、司马仲达，欺人孤儿寡妇，狐媚以取天下，袁总统其有愧斯言乎？总之对内勇，对外怯，为中国人之陋习。阅蒙、藏诸要约而不变色者，凉血动物是也。阅隆裕太后之病逝，而不伤心者，吾谓与凉血动物，相去亦无几耳。

第十九回

竞选举党人滋闹
斥时政演说招尤

却说清隆裕太后病逝，乾清宫内当然料理丧仪，大殓后停柩体元殿。清宫内瑾、瑜、珣、瑨四妃于前晚闻信，均欲进宫询问，因神武门已闭，竟不得入。翌晨方得进宫，见故后遗骸已在体元殿停灵，并不哭泣，且指遗骸道："你也有今日么？"无非妇女心肠。言讫后，向世续等问话，多方诘责，百般挑剔。世续等莫名其妙，徒嗟叹了好几声。还有一班小太监，乘着丧乱机会，纷纷搬运珍宝物件，连夜不绝。世续也弹压不住，穷极计生，便声言道："袁总统已派段芝贵入宫，他系军人，看你等这般纷扰，将要军律从事呢。"宫监们听到此语，方渐平静，但检点宫中失物，约已值价洋十万元。世续一面治丧，一面请袁总统派员入宫，帮同料理。袁总统乃派荫昌、段芝贵、孙宝琦、江朝宗、言敦源、荣勋等数人，前往帮办，并命国务院发出通告二则，依次录述如下：

据清室内务府总管报称，二月二十二日丑时，隆裕皇太后仙驭升遐等语，当经派员查检，医官曹元森张仲元等所开脉方，俱称虚阳上升，症势丛杂，气壅痰塞，至二十二日丑时，痰壅薨逝。敬维大清隆裕皇太后，外观大势，内审舆情，以大公无我之心，成亘古共和之局，方冀宽闲退处，优礼长膺，岂图调摄无灵，宫车宴驾？此四语好似挽联。追思至德，莫可名言。凡我国民，同深痛悼。除遵照优待条件，另行订议礼节外，特此通告！

兹值大清隆裕皇太后之丧，遵照优特条件，以外国君主最优礼待遇，议定各官署，一律下半旗二十七日，左腕围黑纱。即民国制定丧礼。自二月二十二日始，至三月二十日止，以志哀悼，特此通告！

此外派员致祭，复令各部院长官，亦亲往祭奠，并开国务院特别会议，查照优待清室条例，所有崇陵未完工程，应如制妥修，需用经费，均由中华民国支出。隆裕后祔葬崇陵，更兼赞助共和，有功民国，一切丧葬礼节，务须从优，费用归民国担任。会议已定，提交参议院，当然通过。自是清宣统帝归瑾、瑜两太妃抚育，后事如何，后文再行记录，暂且慢表。隆裕后赞成共和，不忍以养人者害人，可算聪明妇女，故于病逝时，特别加详。

且说国会组织法，及各议员选举法，已公布多日，元年残腊，袁总统发布正式召集国会令，令曰：

正式国会召集之期，依照约法，以十个月为限。民国元年八月，业将国会组织法，暨参议院众议院议员选举各法，公布施行在案。民国正式国会，为共和建设所关，本大总统躬承我国民付托之重，迭经饬由国务总理内务总长督令筹备国会事务局，及各该参议院议员选举监督，众议院议员选举总监督，选举监督等，分别妥速筹备。并先后制定参议院众议院各选举日期令，俾各依限进行。自约法施行以来，现已十个月届满，据国务总理内务总长呈据筹备国会事务局呈称："众议院议员复选举，除据报延期各省份外，余均于民国二年一月十日遵令举行，其参议院议员选举，亦将次第遵令举行"等语，本大总统深维我中华民国缔造之艰难，夙夜兢兢，未敢以临时期内，稍涉暇逸。兹幸国会议员已如法选出，亟应依照约法，下令召集。自民国二年一月十日正式开会召集令发布之日起，限于民国二年三月以内，所有当选之参议院议员，及众议院议员，均须一律齐集北京，俟两院各到有总议员过半数后，即行同时开会。至关于国会开会之筹备事项，应由国务总理内务总长督饬筹备国会事务局，速为筹备完全。共和政治之良否，政府固有完全之责任，而尤以正式国会为笔枢。一德一心，共图盛业，斯则本大总统代表我汉、满、蒙、回、藏五大民族，所馨香祷祝以求之者也。此令！

又令各省行政长官，定期召集省议会议员，其文云：

各省省议会议员选举法，业经本大总统于民国元年九月公布施行，嗣复制定省议会议员第一届选举日期令，迭饬各该选举总监督，依限办理在案。现在各省省议会议员复选举，除据报延期各省份外，余均遵令举行，自应饬由各省行政长官，分别召集，为此通令各该省行政长官，自令到之日起，即先行发布省议会议员召集令，凡复选未经据报延期各省份，限于民国二年二月十日以前召集。其已经据报延期各省份，限于该省省议会议员复选举行后，由该省行政长官，酌定日期召集，各该省议会议员，均一律依令齐集省城，俟该省议会到有总议员三分之二以上时，即行开会。开会之翌日，即先举行参议员选举，以重要政。此令！

这两令公布后，各省办理选举事宜，有几区已了手续，有几区尚在未了，唯因党派不同，竞争甚烈，或用强力胁迫，或用金钱买嘱，或用情面恳托，选举人受这三种运动，不管他是什么党派，只好依着投票，有时强力相等，金钱相等，情面相等，反使选举人左右为难，往往因投了甲票，未投乙票，投了丙票，未投丁票，甲丙果然被选，乙丁竟致向隅，于是乙丁不肯罢休，当场哗扰，甚且强夺投票匦，或捣毁投票所，搅得他秩序紊乱，票纸散失，令他再行选举，非运动到手，总不甘心。当议决选举法时，亦曾料到此着，将选举诉讼事件，及选举犯罪条例，尽行规定，预为防范；偏中国是个章程国，形式上很觉严密，实际上绝少遵行，以致选举风潮，屡见叠出。中国人之无公德心，于此可见。说将起来，令人可叹。

看官试想！选举法为什么设立？原是国成民主，应归人民立法，但人民很多，不是个个能立法的，又不是个个好去立法的，由是令选举代表，拣出几个熟习政治，晓得利弊的人物，使他当选，作为全国或全省的立法员，凡是众望所归，定然有些才识，这是外洋立宪国的良法，偏被我中国仿行，第一届选举，便生出无数情弊。袁政府得此报告，因严命遵守法律，且令初复选监督，摘录刑律第八章，关于妨害选举之罪各条，揭示投票所，又就投票所周围，临时增派警兵，保持秩序。后来举正式总统，便用军警强迫，虽是老袁专制手段，也是各议员自己所致。各选举区，才得稍稍平静，只暗地里仍然运动，各立党帜，各争党权。

其时国民党最占多数，次为共和党，另外又有两党出现，一叫做民主党，一叫做统一党。俗语说得好："寡不敌众"，民主统一两党，新近组织，人数尚少，敌不过国民党。就是共和党人，也不及国民党的多数。因此国会议员，至总选举后，多半是国民党当选。袁总统最忌国民党，探得参众两院中，国民党议员，占得十分的六七，逆料将来必受牵制，遂想出密谋，将国民党中的翘楚，赏他一颗卫生丸，免得他来作怪，这真古人所谓釜底抽薪的计策。痛乎言之！

看官你道何事？待小子续叙出来。前任农林总长宋教仁，卸职后，为国民党理事，主持党务，他本是湖南桃源人，字遯初，亦作钝初。别号桃源渔父。十二岁丧父，家甚贫窭，因有志向学，肄业武昌文普通学堂。在校时已蓄革命思想，联结同志，嗣被校长察觉，把他斥退，他遂筹借银钱，游学东洋。适值孙文、黄兴等组织同盟会，遂乘势入为会员，襄办民报，鼓吹革命。后与黄兴等潜入中国，一再举事，均遭失败，乃定议在湖北发难，运动军队，计日大举。武昌起义，实受革命党鼓吹，他便是党中健将，奔走往来，不辞劳苦，卒告成功。至孙文回国，设立南京政府后，曾受任为法制院院长，凡临时政府法令多是他一手编成。继念南北未和，终难统一，乃偕蔡元培、汪兆铭等同赴北京，迎袁南下。会值京津兵变，袁不果行，仍就职北京。唐绍仪出组内阁，邀他为农林总长，经参议院通过，就职不过两月，唐内阁猝倒，遂连带辞职。他经此阅历，已窥透老袁心肠，决意从政党入手，四处联络，

把共和统一党员，引入同盟会中，携手联盟，同组为国民党，当由党员共举为党中理事。既而回籍省母，意欲退隐林泉，事亲终老，偏偏党员屡函敦劝，促他再往北京，维持党务。他本是个年少英雄，含着一腔热血，叠接同党来函，又不禁意气飙发，跃跃欲动；况自二次组阁，新人物多半退闲，满清官僚，死灰复燃，袁总统的野心，已渐渐发现出来，所有政府中一切行动，统不能慰他心愿。看官！你想这牢骚抑郁的宋先生，尚肯忍与终古么？略述宋渔父历史，笔下亦隐含愤慨。正拟别母启程，江南国民党支部，因南方当选国会议员，将启程北上，电请他到宁一行，筹商善后意见，他即匆匆摒挡行李，别了母妻，抽身而去。从此与家长诀。道出沪上，闻教育总

长范源濂，辞职回杭，他欲探悉政府详情，即由沪至杭，与范相晤，范约略与谈，已不胜感愤。嗣范约与作十日游，遂出钱塘门，涉西湖，登南高峰，东望海门，适见海潮汹涌，澎湃而来，即口占五绝二首道：

日出雪磴滑，山枯林叶空。徐寻屈曲径，竟上最高峰。

村市沉云底，江帆走树中。海门潮正涌，我欲挽强弓。此诗大有寓意。

游杭数日，余兴未尽，催电交来，乃别范返沪，由沪至江宁。时民国二年三月九日，江南国民党支部，开会欢迎。借浙江会馆为会场，会员共到三千余人。都督程德全，到会为主席，程因口疾未愈，托人代为报告。略谓："宋君从事革命，已有多年，所著事迹，谅诸君应已洞鉴。此次宋君到此，本党特开会欢迎，请宋君发表政见，与诸君共同研究"云云。报告已毕，即由宋登台演说，大众除拍掌欢迎外，统静心听着，并由记录员一一笔述。宋所说的是俗语，记录员所述的是文言，小子将文言照录如下：

民国建设以来，已有二载，其进步与否，改良与否，以良心上判断，必曰不然。当革命之时，我同盟诸同志，所竭尽心力，为国家破坏者，希望建设之改良也。今建设如是，其责不在政府而在国民。我同盟会所改组之国民党，尤为抱极重之责任，断无破坏之后，即放任而不过问之理。现在政府外交，果能如民意乎？果能较之前清有进步乎？吾欲为诸君决断曰："不如民意之政府，退步之政府。"今次在浙江杭州，晤前教育总长范源濂君，范云："蒙事问题，尚未解决，政府每日会议，所有磋商蒙事者云，与俄开议乎，与俄不开议乎二语。"夫俄蒙协约，万无听其迁延之理，尚何开议不开议之足云？由此可见，政府迄今并未尝与俄开谈判也。各报所载，皆粉饰语耳。如此政府，是善良乎？余断言中华民国之基础，极为摇动，皆现在之恶政府所造成者也。今试述蒙事之历史：当民国来统一时，革命摇乱，各国皆无举动，盖庚子前，各强皆主分割，庚子后，各强皆主保守，即门户开放，机会均等，领土保全之主义。此外交方针，各强靡不一致，此证之英日同盟，日美公文，日俄、日清、英俄等协约，可明证也。故民国扰攘间，各强并无举动，时吾在北京，见四国银行团代表，伊等权愿贷款与中国，且已垫款数百万镑，其条件亦极轻。不意后有北京兵变之事，四国团即取消前约，要求另议。自后内阁常倒，兵变迭起，而外人遂生觊觎之心矣。去年俄人致公文于外交部，谓："库伦独立，有害俄人生命财产，请与贵国协商库事。"外交部置之不答，而俄与库自行交涉，遂成协约。至英之与西藏，亦发生干涉事件，现袁总统方以与英使朱尔典有私交，欲解决之，此万无效也。盖蒙事为藏事之先决问题，蒙事能决，则藏事将随之能决。若当俄人致公文与外交部时，即与之磋商，必不致协约发现也。此后之外交，宜以机会均等为机括，而加以诚意，庶可生好结果。内政方面，尤不堪问。前清之道府制，竟然发现；至财政问题，关于民国基础，当岁原议一万万镑，合六万万两，以一万万两，支持临时政府，及善后诸费。余五万万两，充作改良币制，清理交通，扩充中央银行，处理盐政，皆属于生利之事业。及内阁两次改组后，而忽变为二千五百万镑，主其议者，盖纯以为行政经费，其条件尤为酷虐。一盐政当用外人管理，到期不还，盐政即归外人经管，如海关例，盐债为唯一之担保品，今欲订为外人管理，则不能再作他次抵押，将来之借款，更陷困难。且用途尽为不生利之事业，幸而未成，万一竟至成立，则国家之根本财政，全为所破坏矣。现正式国会将成立，所最纷争之要点，为总统问题，宪法问题，地方问题。总统当为不负责任，由国务员负责，内阁制之精神，实为共和国之良好制也。国务员宜以完全政党组织之。混合超然诸内阁之弊，既已发露，无庸赘述。唐内阁为混合内阁，陆内阁为超然内阁。宪法问题，当然属于国会自订，无庸纷扰。地方问题，则分其权之种类，而为中央地方之区别，如外交、军政、司法、国家财政、国家产业及工程，自为中央集权，若教育、路政、卫生、地方之财政、工程产业等，自属于地方分权，若警政等，自属于国家委任地方之权。凡此大纲既定，地方问题，自迎刃而解。唯道府制，即观察使等官制，实为最腐败官制，万不能听其存在。现在国家全体及国民自身，皆有一牢不可破之政见，曰维持现状，此语不通已极，譬如一病人已将危急，医者不进以疗病药，而仅以停留现在病状之药，可谓医生之责任已尽乎？且自维持现状之说兴，而前清之腐败官制，荒谬人物，皆一一出现。故维持现状，不啻停止血脉之谓，吾人宜力促改良进步，方为正当之政见也。余如各项实业交通农林诸政，不遑枚举，聊举一愚之词，贡诸同志。

总计演说时间，约二小时，每到言语精当处，拍手声传达户外。及宋已下坛，又有会中人物，亦登坛演说数语，无非说是："宋君政见，确切不移。"转瞬日暮，当即散会。驻宁数日，又复莅沪，随处演说，多半指斥时政，滔滔数万言。致死之由。北京即有匿名书，驳他演说各词。复有北京救国团出现，亦通电各省，斥他荒谬。统是袁政府主使。他又一一辩答，登报答复。未几来了袁总统急电，邀他即日赴京，商决要政。时人还道老袁省悟，将召宋入京，置诸首揆。就是他自己思想，亦以为此次北行，定要组成政党内阁，不负初衷，乃拟定三月二十日，由沪上启行，乘车北上。是时国会议员，次第赴京，沪宁车站中，已设有议员接待室。宋启行时，适在晚间十时许，沪上各同志，相偕送行。就是前南京留守黄兴，亦送至车站，先至议员接待室中，小憩片时。至十时四十分，火车已呜呜乱鸣，招客登车，宋出接待室，与黄兴等并行至月台，向车站出口处进行。甫至剪票处，猛闻豁拉一声，骨溜溜的一粒弹子，从宋教仁背后飞来，不偏不倚，穿入胸中。正是：

　　讵意沪滨遭毒手，哪堪湘水赋招魂。

未知宋教仁性命如何，且至下回续叙。

　　乡举里选，昉自古制，而后世不行，良由古时选举，已多流弊，后人不得不量为变通，非好事蔑古也。至近十余年间，因各国选举法之盛行，遂欲则而效之，岂今人之道德，远胜古昔耶？观民国第一届选举，已是弊端百出，各党中人，往往号召同志，竞争选举，实则良莠不齐，多半口与心违。揣其愿望，除三数志士外，无非欲扩张势力，把持权利而已。宋教仁为国民党翘楚，观其行迹，颇热心政治，不同贪鄙者之所为。江宁演说，语多精到，然锋芒太露，英气未敛，言出而众怨随之，卒受刺于暴徒之手。读是回，乃叹先圣讷言之训，其垂戒固深且远也。

第二十回

宋教仁中弹捐躯
应桂馨泄谋拘案

却说宋教仁由沪启行，至沪宁铁路车站，方拟登车，行到剪票处门口，忽背后来了一弹，穿入胸中，直达腰部。宋忍痛不住，即退靠铁栅，凄声语道："我中枪了。"正说着，又闻枪声两响，有二粒弹子，左右抛掷，幸未伤人。站中行客，顿时大乱。黄兴等也惊愕异常，慌忙扶住宋教仁，回出月台，急呼车站中巡警，速拿凶手。哪知四面一望，并没有一个巡士，句中有眼。但见外面有汽车一乘，也不及问明何人，立即扶宋上车，嘱令车夫放足了汽，送至沪宁铁路医院。至站外的巡警到来，宋车已去，凶手早不知去向了。当时送行的人，多留住站中，还望约同巡士，缉获凶手。一面电致各处机关，托即侦缉。只国民党干事于右任，送宋至医院中。时将夜半，医生均未在院，乃暂在别室少待，宋已面如白纸，用手抚着伤处，呻吟不已。于俯首视他伤痕，宋不欲令视，但推着于首，流泪与语道："我痛极了，恐将不起，为人总有一死，死亦何惜，只有三事奉告：一是所有南北两京及日本东京寄存的书籍，统捐入南京图书馆。二是我家本来寒苦，老母尚在，请克强与君，及诸故人替我照料。三是诸君仍当努力进行，幸勿以我遭不测，致生退缩，放弃国民的责任。我欲调和南北，费尽苦心，不意暴徒不谅，误会我意，置我死地，我受痛苦，也是我自作自受呢。"直言遭难，古今同慨。于右任自然允诺，且勉强劝慰数语。未几医生到来，检视伤处，不禁伸舌，原来宋身受伤，正在右腰骨稍偏处，与心脏相近。医生谓伤势沉重，生死难卜。唯弹已入内，总须取出弹子，再行医治。当经于右任承认，即由院中看护士，舁宋上楼，至第三层医室，解开血衣，敷了药水，用刀割开伤痕，好容易取出弹子，弹形尖小，似系新式手枪所用。宋呼痛不止，再由医生注射止痛药水，望他安睡。他仍宛转呻吟，不能安枕，勉强挨到黎明，黄兴等统至病室探问，宋教仁唏嘘道：“我要死了。但我死后，诸公总要往前做去。”**热诚耿耿**。黄兴向他点头，宋复令黄报告中央，略述已意，由黄代拟电文，语云：

北京袁大总统鉴：仁本夜乘沪宁车赴京，敬谒钧座，十时四十五分，在车站突被奸人自背后施枪，弹由腰上部入腹下部，势必至死。窃思仁自受教以来，即束身自爱，虽寡过之未获，从未结怨于私人。清政不良，起任改革，亦重人道，守公理，不敢有一毫权利之见存。今国基未固，民福不增，遽尔撒手，死有余恨。伏冀大总统开诚心，布公道，竭力保障民权，俾国家得确定不拔之宪法，则虽死之日，犹生之年，临死哀言，尚祈鉴纳！

稿已拟定，黄兴即出病室，着人发电去了。嗣是沪上各同志，陆续至病院探望，宋颦眉与语道：“我不怕死，但苦痛哩。出生入死，我几成为习惯，若医生能止我痛苦，我就死罢。”各同志再三劝慰，宋复瞑目道：“罢了罢了，可惜凶手在逃，不晓得什么人，与我挟着这等深仇？”**是极痛语**。各人闻言，统觉得酸楚不堪，遂与医士熟商，请多延良医，共同研究。于是用电话遍召，来了西医三四人，相与考验，共言肠已受伤，必须剖验补修，或可望生。于右任乃语同人道：“宋君病已至此，与其不剖而死，徒增后悔，何如从医剖治罢。”各人踌躇一番，多主开割，于是再舁宋至第二层割诊室，集医生五人，共施手术。医生只许于右任一人临视，先用迷药扑面，继乃用刀解剖，取出大肠，细视有血块淤积，当场洗去，再看肠上已有小穴，急忙用药线缝补，安放原处，然后将创口兜合，一律缝固，复将迷药解去。宋徐徐醒来，仍是号痛，医生屡用吗啡针注射，冀令神经略静，终归乏效，且大小便流血不止。又经医生检视，查得内肾亦已受伤，防有他变。延至夜间，果然病势加重，两手热度渐低，两目辄向上视，黄兴、于右任等均已到来，问宋痛楚，宋转答言不痛，旋复语同人道："我所欲言，已尽与于君说过，诸公可问明于君。"语至此，气喘交作，几不成声。继而两手作合十形，似与同人作诀别状；忽又回抱胸际，似有说不尽的苦况。黄兴用手抚摩，手足已冰，按脉亦已沉伏，问诸医生，统云无救，唯顾宋面目，尚有依依不舍的状态。**极力描写死状。**黄兴乃附宋耳与语道："遯初遯初，你放心去罢，后事总归我等担任。"宋乃长叹一声，气绝而逝，年仅三十二岁。唯两目尚直视未瞑，双拳又紧握不开。

一班送死的友人，相向恸哭。前沪军都督陈其美，亦在座送终，带哭带语道："这事真不甘心，这事真不甘心！"大家闻了此语，益觉悲从中来，泣不可抑。待至哭止，彼此坐待天明，共商殓殡事宜，且议定摄一遗影，留作纪念。未几鸡声报晓，晨光熹微，当即饬人至照像馆，邀两伙到来，由黄兴提议先裸尸骸上身，露着伤痕，拍一照片。至穿衣后，再拍一照，方才大殓。此时党员毕集，有男有女，还有几个日本朋友，也同来送殓。衣衾棺椁，统用旧式。越日，自医院移棺，往殡湖南会馆。来宾及商团军队，共到医院门首，拥挤异常。时至午后，灵枢发引，一切仪仗，无非是花亭花圈等类，却也不必细述。唯送丧执绋，及护丧导灵，人数约至二三千名，素车白马，同遵范式之盟，湘水吴江，共洒灵均之泪。会值潇潇春雨，凛凛悲风，天亦同哀，人应齐哭，这也不在话下。

唯自凶耗传布，远近各来函电，共达沪上国民党交通部，大致在注意缉凶，兼及慰唁。袁总统亦叠发两电，第一电文云：

上海宋钝初先生鉴：阅路透电，惊闻执事为暴徒所伤，正深骇绝。顷接哿电，哿字是韵母，为简文计，即以韵母某数，作日子算。方得其详。民国建设，人才至难，执事学识冠时，为世推重，凡稍有知识者，无不加以爱护，岂意众目昭彰之地，竟有凶人，敢行暗杀，人心险恶，法纪何存？唯祈天相吉人，调治平复，幸勿作衰败之语，徒长悲观。除电饬江苏都督、民政长、上海交涉使、县知事、沪宁铁路总办，重悬赏格，限期缉获凶犯外，合先慰问。

越日致第二电，系由上海交涉使陈贻范，已电达宋耗，乃复致唁词云：

宋教仁遗照

宋君竟尔溘逝，曷胜浩叹！目前紧要关键，惟有重悬赏格，迅缉真凶，彻底根究。宋君才识卓越，服务民国，功绩尤多，知与不知，皆为悲痛。所有身后事宜，望即会同钟文耀即沪宁铁路总办。妥为料理。其治丧费用，应即作正开销，以彰崇报。连录二电，亦具微意。

自是江苏都督程德全，民政长应德闳，通电地方官一体协拿，限期缉获。上海县知事，及地方检察厅，统悬赏缉捕。黄兴、陈其美等，又函致公共租界总巡卜罗斯，英国人。托他密拿，如得破案，准给酬劳费一万元。沪宁铁路局亦出赏格五千元。沪上一班巡警，及所有中外包探，哪个不想发些小财？遂全体注意，昼夜侦缉。天下无难事，总教有心人，渐渐的探出踪迹来了。先是宋教仁在病院时，沪宁铁路医院，忽得一奇怪邮信，自上海本部寄发，信外署名系铁民自本支部发八字，信内纯是讥嘲语。略云：

钝初先生足下：鄙人自湘而汉而沪，一路欢送某君，赴黄泉国大统领任。昨夜正欲与某君晤别，赠以卫生丸数粒，以作纪念，不意误赠与君，实在对不起了。虽然，君从此亦得享千古之幸福了。因某君尚未赴新任，本会同人，昨夜曾以巨金运动选举，选举结果，则君最占优胜，每票全额五千元，故同人等请君先行代理黄泉国大统领，俟某君到任后，自当推举你任总理。肃此恭祝荣禧，并颂千古！救国协会代表铁民启。

看这函中文字，已见得此案凶犯，不止一人，且仍匿迹租界中。函内误赠二字，实系乱人耳目。所云某君，亦并非有特别指定，意在恫吓国民党中要人，令勿再为政党竞争。或谓国民党首领就是孙、黄二人，是时孙文正往游日本，只黄兴留沪，函中所云某君，分明是暗指黄兴，也未可知。此数语为补叙孙文行踪，所以带及。总之，此案为政治关系，无与私怨，当日的明眼人，已窥测得十分之五了。故作疑案。

二十三日晚间，上海租界中，正在热闹的时候，灯光荧荧，车声辘辘，除行人旅客外，所有阔大少红倌人等，正在此大出风头，往来不绝，清和坊、迎春坊一带尤觉得车马盈途，众声聒耳。这一家是名娼接客，卖笑逞娇，那一家是狎客登堂，腾欢喝采。还有几家是贵人早降，绮席已开，不是猜拳喝酒，就是弹唱侑宾，管弦杂沓，履舄纷纭。突来了红头巡捕数名，把迎春坊三四弄口，统行堵住。旋见总巡卜罗斯，与西探总目安姆斯脱郎，带着巡士等步入弄中，到了李桂玉妓馆门首，一齐站住。又有一个西装人物，径入妓馆，朗声呼问。当由龟奴接着，但听得"夔丞兄"三字。龟奴道："莫非来看应大老么？"那人向他点头。龟奴又道："应老爷在楼上饮酒。"那人不待说毕，便大踏步上楼，连声道："应夔丞君！楼下有人请你谈话。"座上即有一人起立，年约四十余岁，面带酒容，隐含杀气，便答言："何人看我？"那人道："请君下楼，自知分晓。"于是联步下楼，甫至门首，即由卜总巡启口道："你是应夔丞么？去！去！去！"旁边走过巡士，即将应夔丞牵扯出来，一同至总巡房去了。这一段文字，写得异样精彩。

　　这应夔丞究是何人？叙起履历，却也是上海滩上，大名鼎鼎的脚色。他名叫桂馨，却有两个头衔，一是中华民国共进会会长，一是江苏驻沪巡查长。家住新北门外文元坊，平素很是阔绰。至此何故被捕？原来就是宋案牵连的教唆犯。画龙点睛。宋案未发生以前，曾有一专售古玩的贩客，姓王名阿法，尝在应宅交易，与应熟识有年。一日，复至应家，应取出照片一张，令他审视。王与照片中人，绝不相识，顿时莫明其妙。应复言："欲办此人，如能办到，酬洋千元。"王阿法是一个掮客，并不是暗杀党，哪里能做这般事？当即将照片交还，唯心中颇艳羡千金，出至某客栈，巧遇一友人邓某，谈及应事。邓系辽东马贼出身，颇有膂力，初意颇愿充此役，继思无故杀人，徒自增罪，因力却所请。两下里密语多时，偏被栈主张某所闻，张与国民党员，素有几个认识，遂一一报知。国民党员，乃诘邓及王，王无可隐讳，乃说明原委，且言自己复绝，并未与闻。当由国民党员，嘱他报明总巡，一俟破案，且有重赏。这王阿法又起了发财的念头，遂径至卜总巡处报告。卜总巡即饬包探侦察，返报应在迎春坊三弄李桂玉家，挟妓饮酒。总巡乃亲自出门，领着西探总目等，往迎春坊，果然手到擒来，毫不费力。应桂馨到了此时，任他如何倔强，只好随同前往。到了捕房内，冷清清的坐了一夜。回忆灯红酒绿时，状味如何？

　　翌日天明，由卜总巡押着应桂馨，会同法捕房总巡，共至应家门上，悬着金漆招牌，镂刻煌煌大字，便是江苏巡查长公署，及共进会机关部字样。巡查长三字，是人人能解，共进会名目，就是哥老会改设。哥老会系逋逃薮，中外闻名，应在会中做了会长，显见得是个不安分的人物。卜总巡到了门前，分派巡捕多人，先行把守，入室检查，搜出公文信件甚多，一时不及细阅，统搬入篋内，由法总巡亲手加封，移解捕房。一面查验应宅住人，除该家眷属外，恰有来客数名，有一个是身穿男装的少妇，有一个是身着新衣，口操晋音的外乡人，不伦不类，同在应家，未免形迹可疑，索性将所有男客，尽行带至法捕房，所有女眷，无论主客，一概驱至楼上小房间中，软禁起来，派安南巡捕看守。原来上海新北门外，系是法国租界，所有犯案等人，应归法巡捕房理值，所以英总巡往搜应家，必须会同法总巡。英人所用的巡役，是印度国人，法人所用的巡役，是安南国人。解释语亦不可少。至应宅男客，到捕房后，即派人至沪宁车站，觅得当时服役的西崽，据言："曾见过凶手面目，约略可忆。"即邀他同入捕房，将所拘人犯，逐一细认，看至身着新服口操晋音的外乡人，不禁惊喜交集，说出两语道："就是他！就是他！"吓得那人面如土色，忙把头低了下去。小子有诗叹道：

> 昂藏七尺好身躯，胡竟甘心作暴徒？
> 到底杀人终有报，恶魔毒物总遭诛。

毕竟此人为谁，容至下回交代。

宋教仁为国民党翘楚，学问品行，均卓绝一时，只以年少气盛，好讥议人长短，遂深触当道之忌，遽以一弹了之，吾为宋惜，吾尤为国民党惜。曷为惜宋？以宋负如许之不羁才，乃不少晦其锋芒，储为国用，而竟遭奸人之暗杀也。曷为惜国民党？以党中骤失一柱石，而余子之学识道德，无一足与宋比，卒自此失败而不克再振也。若应夔丞者，一儇薄小人耳，为鬼为蜮，跖蹻犹耻之，彼与宋无睚眦之嫌，徒为使贪使诈者所利用，甘心戕宋，卒之阴狡之谋，漏泄于一贩客之口，吾谓宋死于应，为不值，应败于贩夫，亦不值也。然于此见民国前途，殊乏宁日矣。

第二十一回

讯凶犯直言对簿
延律师辩讼盈庭

却说沪宁车站的西崽，审视捕房人犯，指出凶手面目。那人不禁大骇，把头垂下，只口中还是抵赖，自言："姓武名士英，籍隶山西，曾在云南充当七十四标二营管带。现因军伍被裁，来沪一游，因与应桂馨素来认识，特地探望，并没有暗杀等情。"法总巡哪里肯信，自然把他拘住。但武士英既是凶手，何故未曾逃匿，却在应宅安居呢？说将起来，也是宋灵未泯，阴教他自投网中，一命来抵一命。可为杀人者鉴。

原来武士英为应所使，击死宋教仁，仍然逃还应家。应桂馨非常赞赏，即于二十三日晚间，邀他至李桂玉家，畅饮花酒。此外还有座客数名，彼此各招名妓侍宴。有一李姓客人，招到妓女胡翡云。胡妓甫到，才行坐定，即有中西探到来，将应桂馨拘去。座客闻到此信，统吃了一大惊；内有武士英及胡翡云，越加慌张。武士英是恐防破案，理应贼胆心虚，那胡翡云是个妓女，难道也助应逞凶么？小子闻得胡、应交情，却另有一番缘故。应素嗜鸦片，尝至胡妓家吸食。他本是个阔绰朋友，缠头费很不吝惜，胡妓得他好处，差不多有万金左右，因此亲密异常，仿佛是外家夫妇。此日胡妓应召，虽是李客所征，也由应桂馨代为介绍。李客闻应被拘，遂语胡妓道："应君被拘，不知何事？卿与他素有感情，请至西门一行，寄语伊家，可好么？"李客不去，想亦防有祸来。胡妓自然照允。武士英亦插嘴道："我与他同去罢。"自去寻死。于是一男一女，起身告辞，即下楼出弄，坐了应桂馨原乘的马车，由龟奴跨辕，一同到了应宅。方才叩门进去，那法租界中西探二十余名，已由法总巡电话传达，说是由英总巡转委，令他们至应宅看管。他们乘着开门机会，一拥而入，竟将前后门把守，不准出入。胡翡云头戴瓜皮帽儿，梳着油松大辫，身穿羔皮长袍，西缎马褂，仿效男子装束，前回所说的男装女子，就是该妓。解明前回疑团。她与武士英同入应宅，报明桂馨被拘，应家女眷，还道是因她惹祸，且问明武士英，知她是平康里中人，越加不去采她。她大是扫兴，回出门房，欲呼龟奴同去，偏为西探所阻，不令出门，她只得兀坐门房，也是冷清清的一夜。总算是遥陪应桂馨。次日，英法两总巡俱到，见门房内坐着少妇，不管她是客是主，竟驱她同上楼房，一室圈禁。胡翡云叫苦不迭，没奈何捱刻算刻；就是饮食起居，也只与应宅媪婢，聚在一处。真叫做平地风波，无辜受苦哩。受了应桂馨许多金银，也应该吃苦几日。

又过了一天，法总巡带了西探三名，华捕四名，并国民党员一人，又到应宅搜查，抄得极要证物一件，看官道是何物？乃是五响手枪一柄，枪内尚存子弹二枚，未曾放出，拆验枪弹，与宋教仁腰间挖出的弹子样式相同，可见得宋案主凶，已经坐实，无从抵赖了。主凶还不是应桂馨，请看下文便知。是日下午，即由法国李副领事，聂谳员，与英租界会审员关炯之，及城内审判厅王庆愉，列坐会审。凶犯武士英上堂，起初不肯供认，嗣经问官婉言诱供，乃自言本姓本名，实叫作吴福铭，山西人氏，曾在贵州某学堂读书，后投云南军伍，被裁来沪，偶至茶馆饮茶，遇着一陈姓朋友，邀我入共进会。晚上，同陈友到六野旅馆寓宿，陈言应会长欲办一人。我问他有何仇隙？陈言："这人是无政府党，我等将替四万万同胞除害，故欲除灭那厮，并非有甚么冤仇。"我尚迟疑不决。次日，至应宅会见应会长，由应面托，说能击死该人，名利双收，我才答应了去。到行刺这一日，陈邀我至三马路半斋夜餐，彼此酒意醺醺，陈方告诉我道："那人姓宋，今晚就要上火车，事不宜迟，去收拾他方好哩。"说毕，即潜给我五响手枪一柄。陈付了酒钞，又另招两人，同叫车子到火车站，买月台票三张。一人不买票，令在外面看风。票才买好，宋已到来，姓陈的就指我说："这就是宋某。"后来等宋从招待室出来，走至半途，我即开枪打了一下，往后就逃。至门口见有人至，恐被拘拿，又朝天放了两枪，飞奔出站，一溜风回到应家。进门后，陈已先至，尚对我说道："如今好了，已替四万万同胞除害了。"应会长亦甚赞我能干，且说："将来必定设法，令我出洋游学。"我当将手枪缴还陈友，所供是实。问官又道："你行刺后，曾许有酬劳否？"武言："没有。"问官哼了一声，武又道："当时曾许我一千块洋钱，但我只拿过三十元。"问官复道："姓陈的哪里去了？叫什么名字？"武答道："名字已失记了，他的下落，亦未曾知道。"问官命带回捕房，俟后再讯，所获嫌疑犯十六人，又一一研讯，内有十一人略有干连，未便轻纵，余五人交保释出，还有车夫三人，也无干开释。

法总巡复带同探捕等复搜应宅，抄出外国箱及中国箱各一只，内均要件，亦饬带回捕房。越宿，再行复讯。又问及陈姓名字，武士英记忆一番，方说出"玉生"两字，余供与昨日未符，但说："与应桂馨仅见一面，刺宋一节，统是陈玉生教导，与应无涉等情。"这明是受应嘱托。问官料他狡展，仍令还押。胡翡云圈住应宅，足足三日三夜，亏得平时恩客，记念前情，替她向法捕房投保，才得释放。翡云到处哭诉，说是三日内损失不少，应大老曾许我同往北京，他做官，我做他家小，好安稳过日，哪知出此巨案，我的命是真苦了。这且搁过不提。

且说应桂馨被押英捕房，当下卜总巡禀请英副领事，会同谳员聂榕卿，开特别公堂审问，且令王阿法与应对质，应一味狡赖。英副领事乃将应还押，俟传齐见证，再行复讯。王阿法着交保候质。是时江苏都督程德全，以案关重大，竟亲行至沪，与黄兴等商量办法。孙文亦自日本闻警，航归沪渎，大家注意此案，各在黄公馆中，日夕研究。陈其美亦曾到座，问程督道："应桂馨自称江苏巡查长，曾否由贵督委任？"程德全道："这是有的。"黄兴插口道："程都督何故委他？"程德全半晌道："唉！这是内务部洪荫芝，就是洪述祖所保荐的。"黄兴点头道："洪述祖么？他现为内务部秘书，与袁总统有瓜葛关系，洪为老袁第六妾之兄，故黄言如此，详情悉见后文。我知道了。这案的主因，尚不止一应桂馨呢。"程德全道："我当彻底清查，免使宋君含冤。"黄兴道："但望都督能如此秉公，休使元凶漏网，我当为宋渔父拜谢哩。"说着，即起向程督鞠躬。程督慌忙答礼，彼此复细谈多时，决定由交涉使陈贻范函致各国总领事，及英法领事，略言："此案发生地点，在沪宁火车站，地属华界，所获教唆犯及实行犯，均系华籍，应由华官提讯办理，请指定日期，将所有人犯，及各项证据解交"等情。陈函交去，英领事也有意承认，唯因目前尚搜集证据，

孙中山等人在黄兴寓所合影

羽党尚未尽获，且俟办有眉目，转送中国法庭办理，当将此意答复。陈交涉使也无可如何，只好耐心等着。法领事以应居文元坊，属法租界管辖，当提应至法廨会审。英领事不允，谓获应地点，在英租界中，须归英廨审讯，万不得已，亦宜英法会同办理。华人犯法，应归华官办理；且原告亦为华人，案情发生又系华地，而反令英法领事，互夺裁判权，令人感喟无穷。法领事乃允将凶犯武士英，转解至公共租界会审公堂，听候对质。当由法捕房派西捕五人，押着武士英，共登汽车，送至公廨。

武身穿玄色花缎对襟马褂，及灰色羊皮袍，头戴狐皮小帽，由两西探用左右手铐，携下汽车，入廨登楼，静候传讯。武并无惧色，反自鸣得意道："我生平未曾坐过汽车，此次为犯案，却由会审公堂，特用汽车迎我，也可算得一乐了。"送你归天，乐且无穷。那应桂馨愈觉从容，仗着外面的爪牙，设法运动，且延请著名律师，替他辩护。于是原告工部局代表，有律师名叫侃克，中政府代表，由程都督延聘到堂，亦有律师，名叫德雷斯，被告代表，且有律师三人，一名爱理司坦文，一名沃克，一名罗礼士。这许多律师，没一个不是西洋人。临审时，应、武两犯，虽曾到庭，问官却不及讯问，先由两造律师，互相辩驳，你一句，我一语，争论多时，自午后开审，到了上灯，律师尚辩不清楚，还有什么工夫问及应、武两犯，只好展期再讯。武仍还押法捕房，应亦还押英捕房。至第二次开审，宋教仁的胞叔宋宗润，自湘到沪，为侄伸冤，也延了两个律师，一名佑尼干，一名梅吉益，也统是西人，律师越请越多了。无非畀西人赚钱。

嗣是审讯一堂，辩诘一堂，原告只想赶紧，被告只想延宕。就是应、武二犯，今朝这么说，明朝那么说，也没有一定的口供。应且百计托人，往法捕房买嘱武士英，叫他认定自己起意，断不致死，并以某庄存银，允作事后奉赠。武遂翻去前供，只说杀宋教仁乃我一人主见，并没有第二人，且与应并未相识，日前到了应家，亦只与陈姓会面。陈名易山，并非玉生。及问官取出被抄的手枪，令武认明，武亦答云："不是，我的手枪，曾有七响，已抛弃在车站旁草场上面。"至问他何故杀宋？他又说："宋自尊自大，要想做国务总理，甚且想做总统，若不除他，定要二次革命，扰混秩序，我为四万万同胞除害，所以把他击死。他舍去一命，我也舍去一命，保全百姓，却不少哩。"只此数语供词，已见得是政府主使。问官见他如此狡辩，转诘应桂馨。应是越加荒诞，将宋案关系，推得干干净净。那时未得实供，如何定案？程德全、孙文、黄兴等，乃决拟搜集书证，向法捕房中，索取应宅被搜文件。法捕房尚未肯交出，忽国务院来一通电，内述应桂馨曾函告政府，说是近日发现一种印刷品，有监督议院政府，特立神圣裁判机关的宣告文，词云：

呜呼！今日民国，固已至危险存亡之秋，方若婴孩，正当维护哺养，岂容更触外邪？本机关为神圣不可侵犯之监督议院政府之特别法庭，凡不正当之议员政党，必以四万万同胞公意，为求共和幸福，以光明公道之裁判，执行严厉正当之刑法，使我天赋之福权，奠定我庄严之民国。今查有宋教仁莠言乱政，图窃权位，梁启超利禄薰心，罔知廉耻，孙中山纯盗虚声，欺世误国，袁世凯独揽大权，有违约法，黎元洪群小用事，擅作威福，赵秉钧不知政治，罔顾责任，黄克强大言惑世，屡误大局；其余汪荣宝、李烈钧、李介人辈，均为民国神奸巨蠹。内则动摇国本，贻害同胞，外则激起外交，几肇瓜分。若不加惩创，恐祸乱立至，兹特于三月二十日下午十时四十分，将宋教仁一名，按照特别法庭，于三月初九日，第一次公开审判，由陪审员蒋圣渡等九员，一致赞同，请求代理法官叶义衡君判决死刑。先生即时执行，所有罪状，另行宣布，分登各报，以为同一之宋教仁儆。以上开列各人，但各自悛悔，化除私见，共谋国是而裕民生，则法庭必赦其既往，其各猛省凛遵！切切此谕。

这电文传到沪上，杯弓蛇影，愈滋疑议。无非是乱人耳目。既而国民党交通部，又接得匿名信件，约有数通，多半措词荒谬，不值一笑。内有一函略通文墨，节录如下：

敬告国民党诸君子！自内阁一翻，尔党形势，亦甚支绌矣。诡图不自销匿，犹生觊觎，教仁樗材，引类招朋，冀张其政党内阁之说，吾甚惑焉。夫吾人所欲甘心于尔党者，承宗指孙。与道周指黄。二人。一灞乌足？指宋。然非先诛灞，恐无以儆余子，爰遣奇士试其锋，设诸子悔祸有心，幡然改计，吾又何求？倘其坚抱政党内阁之旨，谬倡平民政治之说，则炸弹手枪，行将遍及。水陆江海，坑尔多人，人纵不恤其私，犹不思既称巨子，当建伟业，苟留此身，终有树立。管夷吾不羞小节，曷不师之？至侈言议员多出尔党，南方不少民军，试问军警干涉之单朝传，参议员夕皆反舌，汉阳师徒之锋少挫，黄司令已遁春申。此四语全是老袁得意事，已不啻自供招状。凡此秽迹，独非尔党往日之事乎？总之殷鉴未遥，前车宜鉴，此时苟避匪以让贤，他日或循序而见举。诸子方在青年，顾不必叹河清也。吾人素乐金革，死且不厌，非欲效孔璋之檄，暴人罪状，乃姑说生公之法，冀感顽石。久闻尔党济济，当有达材，试念忠告，勿作金夫！

　　统观全书，无非是设词吓迫的手段，蛛丝马迹，隐隐可寻，大家揣测起来，已知戕宋一案，与袁政府大有关系。并由法捕房传出消息，所抄应宅文件，内与洪述祖往来信札，恰是很多。又经程都督邀同应民政长，共至沪上调查，电报局中取应犯送达北京电稿，一一校译，不但与洪述祖通同一气，就是国务总理赵秉钧，也与应时常通信，电文多从密码，且有含糊影响等词。程、应两人，又会同地方检察厅长陈英，仔细研求，展细寻译，那密码中的语意，已十得七八，乃电致内务部，请将洪述祖拘留，事关嫌疑，须押至备质等语。谁知洪述祖已闻风飏去，部复到沪，又由程督电呈袁总统，请他饬令严拿。袁总统也居然下令，略言："内务部秘书洪述祖，携带女眷一人，乘津浦车至济南，由济南至浦口。此人面有红斑黑须，务饬地方官一体严拿！"其实是一纸空文，徒掩耳目，那阴谋诡计的洪杀胚，早已跑到青岛，托庇德胶州总督宇下，安心享福去了。谁令飏去，隐情可知。

　　此外有自北京来沪的人物，什么侦探长，什么勤务督察长，统说是考查宋案而来，亦未尝为宋尽力。恐是为应尽力。最注目的，是总统府秘书长梁士诒，及工商总长刘揆一，匆匆南下，又匆匆北去。刘与孙、黄见了一面，返至天津，称疾辞职。或谓刘已洞悉宋案真相，不愿在恶政府中，再行干事，以此托故求归。彼此聚讼，疑是疑非，且不必说。唯程、应、孙、黄等人，屡与领事团交涉，要求交出凶犯及一切证据。北京的内务部司法部，也电饬陈交涉使，嘱："援洋泾浜租界权限章程，凡中国内地发生事件，犯人或逃至租界，捕房应一体协缉，所获人犯，仍由中国官厅理处等情。照此交涉，定可将此案交归华官，依法办理"云云。陈贻范接到此文，自然与英法领事，严重交涉。英法两领事，却也无从推诿，只好将全案人犯及证件，移解华官。当由上海检察厅接收，把凶犯严密看管，才过数天，即由看守所长呈报，凶手武士英即吴福铭，竟在押所暴死了。正是：

为恐实供先灭口，只因贪利便亡身。

欲知武士英身死情形，待至下回分解。

武士英一傀儡耳，应桂馨亦一傀儡也，两傀儡演剧沪滨，而主使者自有人在。武固愚矣，应焉得为智乎？不唯应、武皆愚，即如洪述祖、赵秉钧辈，亦不得为智者。仁者不枉杀，智者不为人利用而枉杀人。何物枭雄，乃欲掩尽天下耳目，嗾獒噬人耶？应犯所陈神圣裁判机关宣告文，夹入袁、黎诸人，显是欺人之计。至若匿名揭帖之发现，借刺宋以微孙、黄，同是一手所出，故为此以使人疑，一经明眼人窥透，盖已洞若观火矣。故本回叙述，虽似五花八门，要无非一傀儡戏而已。傀儡傀儡，吾嫉之，吾且惜之！

第二十二回

案情毕现几达千言
宿将暴亡又弱一个

却说凶手武士英，自从西捕房移交后，未经华官审讯，遽尔身死，这是何故？相传武士英羁押捕房，自服磷寸，**即自来火柴头。**因致毒发身亡，当由程都督应民政长等，派遣西医，会同检察厅所派西医，共计四人，剖验尸身，确系服毒自尽。看官试想！这武士英是听人主唆，妄想千金，岂肯自己寻死？这服毒的情弊，显系受人欺骗，或遭人胁迫，不得已致死呢。但是他前押捕房，并未身死，一经移交，便遭毒手，可见中国监狱，不及西捕房的严密，徒令西人观笑，这正是令人可叹了。闲文少叙。

且说程德全、应德闳等，与检察厅长陈英，连日检查应犯文件，除无关宋案外，一律检出，公同盖印，并拍成影片，当下电请政府，拟组织特别法庭，审讯案犯，当经司法部驳还。孙文、黄兴等闻得此信，便请程、应两长官，将应犯函件中最关紧要，载入呈文，电陈政府。程、应不能推辞，即一一列入，电达中央道：

前农林总长宋教仁被刺身故一案，经上海租界会审公堂，暨法租界会审公堂，分别预审暗杀明确，于本月十六、十七两日，先后将凶犯武士英即吴福铭，应桂馨即应夔丞，解交前来，又于十八日由公共租界会审公堂，呈送在应犯家内，由英法总巡等

140

搜获之凶器，五响手枪一枚，内有枪弹两个，外枪弹壳两个，密电本三本，封固函电证据两包，皮箱一个，另由公共租界捕房总巡，当堂移交在应犯家内搜获函电之证据五包，并据上海地方检察厅长陈英，将法捕房在应犯家内搜获之函电证据一大木箱，手皮包一个，送交汇检。当经分别接收，将凶犯严密看管后，又将前于三月二十九日，在电报沪局查阅洪、应两犯最近往来电底，调取校译，连日由德全、德闿，会同地方检察厅长陈英等，在驻沪交涉员署内，执行检查手续。德全、德闿，均为地方长官，按照公堂法律，本有执行检查事务之职权，加以三月二十二日，奉大总统令，自应将此案证据逐细检查，以期穷究主名，务得确情，所有关系本案紧要各证据，公同盖印，并拍印照片，除将一切证据，妥慎保存外，兹特撮要报告。查应犯往来电报，多用应川两密本。本年一月十四日，赵总理致应犯函："密码送请检收，以后有电，直寄国务院可也"等语。外附密码一本，上注国务院应密，民国二年一月十四日字样。应犯于一月二十六日，寄赵总理，应密，径电，有"国会盲争，真象已得，洪回面详"等语。二月一日，应犯寄赵总理，应密，东电，有"宪法起草，以文字鼓吹，主张两纲，一除总理外，不投票，一解散国会。此外何海鸣、戴天仇等，已另筹对待"等语。二月二日，应犯寄程济世转赵总理，应密，冬四电，有"孙、黄、黎、宋，运动极烈，民党忽主宋任总理，已由日本购孙、黄、宋劣史，警厅供钞，宋犯骗案，刑事提票，用照辑印十万册，拟从横滨发行"等语。又查洪述祖来沪，有张绍曾介绍一函，洪、应往来案件甚多，紧要各件撮如下：二月一日，洪述祖致应犯函，有"大题目总以做一篇激烈文章，乃有价值"等语。二月二日，洪致应犯函，有"紧要文章，已略露一句，说必有激烈举动，弟须于题前径密寄老赵，索一数目"等语。二月四日，洪致应犯函，有"冬电到赵处，即交兄手，面呈总统，阅后色颇喜，说弟颇有本事，既有把握，即望进行等语，兄又略提款事，渠说将宋骗案及照出之提票式寄来，以为征信。弟以后用川密与兄"等语。二月八日，洪致应犯函，有"宋辈有无觅处，中央对此，似颇注意"等语。辈字又似案字。二十一日，洪致应犯函，有"宋件到手，即来索款"等语。二月二十二日，洪致应犯函，有"来函已面呈总统总理阅过，以后勿通电国务院，因智赵字智庵。已将应密电本交来，恐程君不机密，纯令归兄一手经理。请款务要在物件到后，为数不可过三十万"等语。应犯致洪述祖："川密，蒸电有八厘公债，在上海指定银行，交足六二折，买三百五十万，请转呈，当日复"等语。三月十三日，应犯致洪函，有"民立报馆名，系国民党所设。记遯初在宁之说词，读之即知其近来之势力及趋向所在矣。事关大计，欲为釜底抽薪法，若不去宋，非特生出无穷是非，恐大局必为扰乱"等语。三月十三日，洪述祖致应犯："川密，蒸电已交财政总长核办，偿止六厘，恐折扣大，通不过，毁宋酬勋位，相度机宜，妥筹办理"等语。三月十四日，应犯致洪述祖："应密，寒电有梁山匪魁，四处扰乱，危险实甚，已发紧急命令设法剿捕之，转呈候示"等语。三月十七日，洪述祖致应犯："应密，铣电有寒电到，债票特别准何日缴现领票，另电润我若干，今日复"等语。三月十八日，又致应犯："川密，寒电应即照办"等语。三月十九日，又致应犯电，有"事速照行"一语。三月二十日，半夜两点钟，即宋前总长被害之日，应犯致洪述祖："川密，号电有二十四分钟所发急令，已达到，请先呈报"等语。三月二十一日，又致洪："川密，个电有号电谅悉，匪魁已灭，我军无一伤亡，堪慰，望转呈"等语。三月二十三日，洪述祖致应犯函，有"号个两电均悉，不再另复，鄙人于四月七号到沪"等语。此函系快信，于应犯被捕后，始由邮局递到。津局曾电沪局退回，当时沪局已将此送交涉员署转送到德全处各函洪称应为弟，自称兄。又查应犯家内证据中，有赵总理致洪述祖数函，当系洪述祖将原函寄交应犯者，内赵总理致洪函，有"应君领纸，不甚接头，仍请一手经理，与总统说定方行"等语。又查应自造监督议院政府神圣裁判机关简明宣告文，誊写本共四十二通，均候分寄各处报馆，已贴邮票，尚未发表，即国务院宥日据以通电各省之件，其余各件，容另文呈报，前奉电令，穷究主名，必须彻底讯究，以期水落石出，似此案情重大，自应先行撮要，据实电陈。除武士英一犯，业经在狱身故，由德全等派西医会同检察厅所派西医四人剖验，另行电陈，应桂馨一犯，迭经电请组织特别法庭，一俟奉准，即行开审外，余电闻。

这电去后，袁总统并未复电，连国务总理赵秉钧，也不闻答辩一辞。总统总理，俱已高枕卧着，还要答复甚么？于是上海审判厅开庭，传讯应犯，应犯仍一味狡赖。是时两造仍请律师，改延华人，原告律师金泯澜，到庭要求，必须洪述祖、赵秉钧两人，来案对簿，方得水落石出，洞悉确情。乃由检察厅特发传票，令洪、赵两人来沪质审。看官！你想洪述祖已安居青岛，哪肯自来投网？至若堂堂总理赵秉钧，更加不必说了。唯各处追悼宋教仁，如挽词演说等类，多半指斥政府，就是沪上各报纸，也连日讥弹洪、赵，并及袁总统。赵秉钧自觉不安，呈请辞职，奉令慰留，宋案遂致悬宕，应犯仍羁狱中，唯所有株连的人物，讯系无辜，酌量取保开释。

国民党中，以老袁袒护洪、赵，想从根本上解决，不单就宋案进行。正在大家筹议，忽北京又来一凶讯，前镇军统领加授陆军上将衔林述庆，又暴卒于京都山本医院中。**国民党又弱一个。**林述庆表字颂亭，福建人，曾在陆军学堂毕业，清季任南京三十六标第一营管带，有志革命，入为同盟会会员。辛亥夏，调驻镇江，武昌起义，上海光复，他亦率军响应，为上海声援，嗣被举为镇军都督，创立军政府，招集长江清舰队十余艘，助攻江宁，直扑天保城，猛攻七昼夜，身先士卒，亲冒矢石，卒将岩城据住。至江宁城破，又首先入城，各军共服他勇敢，推为南京都督，严饬军纪，不准滋扰。既而总司令徐绍桢入城，即固辞督篆，让位畀徐，自统军出驻临淮关，预备北伐，日夕绸缪。南京临时政府，任他为总制北伐各军。未几南北统一，决意归田，居闽数月，由袁总统策令，授陆军中将，旋加上将衔，召他进京，充总统府高等军事顾问。他已怀着功成身退的念头，复电告辞，嗣复得黎副总统来电，劝他北上，且说："国家多难，蒙事日亟，壮年浩志，幸勿消沉，请再为国立功，俟内外乂安，方可息肩"等语。**数语也不啻催命符。**这电一来，顿令血战英雄，跃然复起，遂摒挡行李，登程北上。既见袁总统，谈及蒙古问题，决意主战。在老袁的意思，无非是笼络人才，欲使天下英雄，尽入彀中，可以任所欲为，并不是决意征蒙，特地起用，故将委他重权。所以前席陈词，反多逆耳，表面上虽支吾过去，心理上却妒忌起来。他见老袁不甚合意，遂辞出总统府，本思即日南旋，因念外蒙风云，日迫一日，既已跋涉至京，应该做些事业，立些功名，当下奔走都门，号召同志，组织征蒙团及军事研究社，一面再上呈文，自请征蒙，袁总统束诸高阁，并不批答。同志举他为筹边会副会长，他暂住数日，旋即去职，另与王芝祥、孙毓筠等，建设国事维持会，把一种忧国的思想，随时流露，无论诗酒游宴，及到会演说，统是慷慨激昂，饶有贾长沙、陈同甫的态度。**又蹈宋渔父覆辙。**怎奈袁总统是最忌名豪，遇着关心政治，痛论时弊的人物，第一着是设法笼络，第二着是用计歼灭，宋教仁已催归冥篆，还有宋教仁第二，哪里肯听他自由呢？

四月初八日，林允梁士诒邀请，赴将校俱乐部会宴，酒酣耳热，畅谈衷曲，免不得醉后忘情，论及时事。今夕止可谈风月，谁教你论及时事？及至兴尽归来，便觉畏寒，次日加剧，即至山本医院调治，将过一星期，忽满身统起红泡，泡破即流血不止，四肢都是奇痛，次日病势尤笃，延请中外名医，入院诊视，大都束手无策。勉强捱延了一天，红泡变成紫色，未几又转成黑色，小便溺血，霎时弥留。孙毓筠适在侧探病，林握孙手，太息道："国势危险，一至于此，本想与诸公同心协力，保持国家，怎奈二竖为灾，竟致不起。"言至此，不禁涕泪满颐。孙尚再三劝慰，林又呜咽道："甫逾壮年，即要去世，我不过做了半个人，徒呼负负，君须为我遍告同志，努力支持为要。"孙又问及家事，他竟不能再言，奄然而逝。死后七窍流血，浑身皆黑，仿佛是中毒情形，享年亦只三十二岁。与宋渔父年龄适符，真是无独有偶。当由国事维持会员，替他成殓，讣告全国。其文云：

北京国事维持会本部孙毓筠、王芝祥、杨曾蔚、温寿泉，致黎副总统、各都督并各师长、旅长，各党本部，国事维持会支部，及孙中山、黄克强两先生，各报馆电。本会理事林君述庆，体质坚强，志愿弘毅，比来尽瘁国事，未尝告劳，忽于本月初十日，感患痘症，即入山本医院诊治病，势险恶，药石无灵，竟于十五夜子刻长逝。林君十年前，在江南军界，提倡革命，备历艰险，百折不挠；前年九月，在镇江举义，联合各军，光复金陵，厥功最伟。南北统一后，自请解职，高风亮节，海内同钦。乃天不佑善人，竟罹暴疾，赍志终。当此国基未固，人才消乏之秋，逝者如斯，将谁与支撑危局？泰山梁木，同人等悲不自胜，现定于二十六日，在湖广会馆开追悼大会，特通电告哀。凡我同志，谅无不失声一恸，但林君身后萧条，经毓筠等为之料理成殓，灵枢暂厝城外广慧寺中，如蒙赐赙，请寄东安门外本会本部事务代收，并以奉闻。

林去世后，时人多疑他中毒，特至山本医院，访问病状。据医生言："林自十三日入院，十五夜逝世，病名叫作天然痘。"访员又谓："死后惨状，究是何因？"医言："病菌有强弱，林君所染，系最强的病菌，冲裂血管，因致七窍流血，至若遍身皆黑，是染疫致死的常例，不足为奇。"访员又道："照此说来，林君的病症，果非中毒吗？"医生微笑道："林死后，来院访问，不止一人，统疑林是中毒，林症甚凶，种种谣言，原是难免，唯确系痘症，并无他项可疑的事情。即如陆军部方君，乃自美国归来的中医，多人诊断，统无异词，是已无可疑余地了。"小子以为死无对证，究竟中毒与否，也不敢妄断。以不断断之。唯稽勋局长冯良由，呈请政府，说他"勋劳卓著，现在京病故，请即照本局规则，优给恤金年金，并请将事迹宣付史馆立传"，总算邀老袁批准照行。小子有诗叹道：

> 赏功罚恶本常经，谁料无辜受暗刑？
> 自古人生谁不死，狂遭毒手目难瞑。

宋、林相继逝世，京中正齐集议员，行国会开幕礼，一切详情，容后再表。

据程督、应民政长电文，是戕宋一案，实由政府造意，已无疑义。即是以推，是林之暴亡，不为无因。刺死一宋，又毒死一林，亦何其辣手耶？或谓汉高、明太，得国以后，皆屠戮功臣，欲为子孙除喜，不得不尔。讵知此系专制时代之君主，容或有是惨刻，业已承认共和，国成民主，正当推诚布公，与天下以更新之机，何苦为此鬼蜮情形，草菅人命乎？否则不愿民主，竟作君主，长枪大戟与反对者相角逐，成即帝王，败为寇贼，亦英雄豪杰之所为。且糜烂一时，治平百载，亿兆人或当忍此巨痛，交换太平，宁必不可。而竟出此下策，以求逞于一朝，卒之亦同归于尽，人谓其智，吾笑其愚！

第二十三回

开国会举行盛典
违约法擅签合同

　　却说中华民国的国会，自元年冬季，由袁总统颁布正式召集令，至是国会议员，统已选出，会集京都，准于二年四月八日，行国会第一次开会礼。参议院本有房屋，仍在原所设立，众议院乃是新筑，规模颇觉宏敞，足容千人。因此参议院议员，统至新筑的众议院中，静待开会。当由筹备国会事务局员，先行报告国会成立。参议员报到，共一百七十七人，众议员报到，共五百人。虽尚未达全数，已有大半到场，应如期行开会礼。当下高悬国旗，盛列军乐，自国务总理以下，凡所有国务员，尽行莅会。还有政府特派员，亦来襄礼。各人统至国旗下面，向国徽行三鞠躬礼。当推议员中年齿最长的杨琼，为临时主席，宣读开会词。词云：

　　维中华民国二年四月八日，为我正式国会第一次开院之辰。参议院众议院各议员，集礼堂，举盛典，谨为词以致其忱曰：视听自天，默定下民，亿兆有与于天下，权舆不自于今人。帝制久斁，拂于民意，付托之重，乃及多士。众好众恶，多士赴之；众志众口，多士表之。张弛敛纵，为天下控；缓急疾徐，为天下梱。兴钦废软，安软危软，祸福是共，功罪之尸，能无惧哉？呜呼！多难兴邦，惕厉蒙碒，当兹缔造，敢伸吾吁。愿我一国，制其中权，愿我五族，正其党偏。大穣旸雨，农首稷先。

士乐其业，贾安其廛，无政不举，无隐不宣。章皇发越，吾言洋洋。逖听远慕，四邻我臧。旧邦新命，悠久无疆。凡百君子，孰敢怠荒？

宣读已竟，应由袁总统宣告颂词，偏这一日，袁总统说有要务，无暇到会，只遣秘书长梁士诒，来作代表，赍致颂词。第一届国会开幕，老袁即告回避，其厌弃国会之心，已属了然。梁乃宣读颂词道：

中华民国二年四月八日，我中华民国第一次国会，正式成立，此实四千余年历史上莫大之光荣，四万万人亿万年之幸福。世凯亦国民一分子，当与诸君子同深庆幸，念我共和民国，由于四万万人民之心理所缔造，正式国会，亦本于四万万人民心理所结合。则国家主权，当然归之国民全体。但自民国成立，迄今一年，所谓国民直接委任之机关，事实上尚未完备。今日国会诸议员，系由国民直接选举，即系国民直接委任，从此共和国之实体，借以表现，统治权之运用，亦赖以圆满进行。诸君子皆识时俊杰，必能各抒谠论，为国忠谋，从此中华民国之邦基，益加巩固，五大族人民之幸福，日见增进。同心协力，以造成至强大之民国，使五色国旗，常照耀于神州大陆，是固世凯与诸君子所私心企祷者也。谨致颂曰："中华民国万岁！民国国会万岁！"

颂词读毕，大礼告成，国务总理国务员，及政府特派员，统行辞去，各议员亦出了会场。依据《临时约法》第二十八条，将前时参议院解散，因即至参议院中，行解散礼。是日美利加洲的巴西国，电达国务院，承认中华民国，都下人士，欢欣鼓舞，统说是："民国创造，立法机关，至此成立，巴西承认民国，又适当国会成立的日期，为列强公认的先声，真是内治外交，渐臻完善，我中华民国的声威，将从此照耀神州，应了袁大总统的颂词呢。"人心无不望治，独有三数强有力者，尚在思乱，真是没法。两院议员，兴高采烈，统要选举正副议长，作为全院的主席。无如议员共分四党，一是国民党，一是共和党，一是民主党，一是统一党，各党员都想争长，哪一党肯落人后？国民党人数最多，几有压倒两院的气势，余三党不肯降服，势必与国民党为仇。民主党为前清时代老人物，如各省咨议局及联合会人员，统共凑集，多是有些闻望，含有民党性质，与政府不相为谋。统一党是最近组织，就是袁政府手下健将，实不啻一政府党。至若共和党缘起，小子已于十三回中表过，他本抱定国权主义，与国民党人，向居反对地位。第十九回中，已将数党提明，唯各党宗旨，未曾悉叙，故再行表出。三党宗旨，虽是不同，但仇视国民党的心理，却是一致，因此互相联结，渐渐的合并拢来，加以统一党帮助政府，隐受袁氏密嘱，吸合余党，张大势力，得与国民党相抗，甚且欲推倒国民党。国民党昂然自大，哪知暗地密谋？开会这一日，统一党议员，尚不过二三十人，过了数天，议员陆续到来，补足全额，问将起来，多是统一党人员，几增至一百有余。自是众议院内，三党合并，与国民党声势相等。唯参议院中，还是国民党员占着多数。为了两院议长问题，运动至二十日，选举至两三次，方将议长选出。参议院的议长，是直隶人张继，本属国民党，众议院的议长，是湖北人汤化龙，本属民主党，国民党一胜一败。副议长一席，参议院中选定王正廷，众议院中选定陈国祥，倒也不在话下。

唯两院竞选议长的时候，袁总统趁他无暇，竟做了一种专制的事件，未经交议，骤行签字，于是两院议员，发生异议，议员与政府反对，议员又与议员反对，胶胶扰扰，几闹得一塌糊涂。看官道是何事？原来就是银行团的大借款。特别注重，承接十一回及十八回中文字。自伦敦借款贷入后，六国银行团啧有烦言，以盐课已抵还前清庚子年赔款，不应再抵与伦敦新借款，嗣经外交部答复，略言："前清所抵赔款的盐税，彼时每年所收，只一千二百万两，现已增至四千七百五十万两，是除一千二百万两外，羡余甚多。前为旧额，今为新增，两无妨碍。"六国银行团，乃再拟磋商，袁总统正苦无钱，巴不得借款到来，可济眉急。运动正式总统，原是要紧。因嘱财政总长周学熙，申议借款事宜，拟将原议六万万两，减作二万万。银行团复要求四事：一是从前垫款，暨现今大借款，应将中国全国盐务抵押，聘用洋人管理，除还本付利外，倘有余款，仍听中国自由支用。二中政府应请借款银团指定洋员，在财政商办处，期限五年，凡关财务岁入等事，须备政府顾问。三中政府应自行聘用洋人，与财务商办处代表洋人，于取银票面签字，随时取用借款，并聘用稽核专门洋人若干，稽核借款帐目，分别公布中外。又借款兴办实业，应用银团所认为适当专门洋人，监理事业。四银行既代中国出售巨款债票，若票卖完，中政府不得另借他款，以致市面牵动。这四条要请前来，周学熙因他条件过严，特开国务院会议，自拟借款大纲五条，提交参议院议决。大纲五条列下：

第一条　中国自行整顿盐务，唯制造盐厂及经收盐税之处，中国可酌量自聘洋人，帮同华人办理。所收盐税，可交存于最妥实之银行，以备抵还借款之本息。

第二条　借款用途，以经参议院议决之款目为准则，其表面之签字，应由财政总长自委一中国人，与六国团代表一人，会同签字。

第三条　稽核账目之事，归入中国审计院办理。中国对于借款一部分之用账，可兼备华洋文册据，华洋员同押。

第四条　中国以后兴办实业，如需借款，只可商聘洋技师，按照普通合同办理。

第五条　此项借款债票，未售完之前，倘中国续借款项，如六国团条款与别家相同，可先尽六国团承办。但在本合同以前所订之借款合同条件，仍得继续进行，不受本条件拘束。

参议院议员，看到这种条件，共说此是政府报告文，并非特别提案，有什么紧要，定需会议？嗣因周总长一再催迫，乃将五条大纲，逐一研究。尚可照此进行，无大损害，遂一律认可了事。谁知已堕入计中。周学熙复与银行团会议数次，始终无效。幸伦敦借款，逐月得数十万镑，还可勉强支持，所以挨延过去。哪知英使竟来一照会，声言如民国元年终日，中国不将从前赔款借款，一概解清，决将作抵的厘税厘金等，实行收没。好借人债者其听之！俄使亦主张同意，幸法使康悌，及日本银行代表小田切转圜，与中政府重开谈判。当由英使代表银行团，向赵总理、周总长提出数条：一要委定办理借款的专员，二要取消伦敦新借款的优先权。新借款条约中，载有中政府如须借款，本银行团与别团所开之条件相同，应得有优先权。赵、周两人，转报老袁，袁总统即委周为办理借款专员，一面与伦敦新银行团，取消优先权成约。伦敦新银行团，怎肯应允，周却想出妙法，要求伦敦新银行团，于元年期内，再借一千万镑，还要将明年应付的七百万镑，并在年内拨付，才好偿还一切欠款，无庸与六国商借。且债票宜速即销完，免与他团借债有碍，否则请将明年二月应付的二百万镑，尽年内付讫，其余五百万作罢，打销前约，并取销优先权，由中国予以赔偿。

看官！你想这种论调，明明是强人所难，伦敦新银行团，一时交不出这么巨款，又经英政府与他反对，处处掣肘，只得承认后一层办法。周总长乃与他磋商赔款的数目，无非界他续给二百万镑中，多了一个折扣。总是中国吃亏。一面与六国银行团，正式开议，自元年十一月二十七日起，至十二月下旬，大致就绪，借额本定二千万镑，因伦敦新借款中，减去五百万镑，须转向六国银行团添借，乃拟定为二千五百万镑，共计二十一款。最紧要的，是第二款第五款第六款第十四款第十七款五条。第二款是指定用途；第五款是声明盐务稽核处办法；第六款是盐款未足以前，应加入他项，为暂时抵押品；第十四款是支款时，应照新定审计处规则办理；第十七款是续借或另借的限制。此外都是普通条件，大约是利息折扣等类，当由国务总理赵秉钧，运动参议院议员，商定秘密会议，借人款项，何须秘密。再令财政总长周学熙，到院报告，但将紧要条件交议，余只以普通二字含混过去，并无原文。议员已心心相印，还有什么反对。唯第五款须用华洋稽核员，汪议员荣宝提议，谓："本款可无删改，最为上策，否则作为附件；万一银行团不肯照允，亦只可随便将就罢了。至如普通条件，亦未尝详诘全文，但把无庸表决四字，作为全院通过的议案。"无论要件与非要件，总教随便通过，民国何必需此参议员。

周总长即报告袁总统，老袁自然惬望，将要与银行团订约签字。忽银行团以欧洲金融，偶遭紧急，须要加添利息，原议五厘，现要再加半厘。袁总统以吃亏太甚，又暂从迁延；另咨各国公使，要求赔款欠款等，一概展期。约有三种办法，或展期一年，或将积欠数目，作为短期公债，分五年清还，或俟大借款成立后，才行清偿。照会交去，俄公使首先拒绝，简直是无一承认。法使与俄使，本是一鼻孔出气，当然不从。独英使朱尔典氏，赞成末项，愿归入大借款下划付，各公使俱挟私见，并非英使爱我，不然，何以前日要悉数归还耶？并代为疏通俄、法二使，决从此议。俄、法二使已无违言，英使又函致中政府，先须聘定洋员，充任稽核，由六国公使通告六国团，然后借款合同，方可签押。于是由周总长出面，聘定洋员三名，一系意人，一系德人，一系丹麦人。法使又出来作梗，谓："意大利、丹麦两国，并未列入银行团，在银行团中洋员，只一德人，既已拟聘非银行团的洋员，何为延及德人？若延及德人，何以不聘我法人？且未聘及英、俄、美、日人？"中政府又是一个漏洞，多被法使指摘。这数语照会政府，政府又撞了一鼻子灰，只好另提出再借问题，申告银行团。嗣美公使复出来调停，谓："中国只聘一人为会办，由银行团推举，另用各国洋员为顾问，毋庸列入合同。既免纷竞，又易办到。"周总长很表赞成，奈五国公使不肯允诺，须各国各用一人，美使调停无效，竟电达本国，欲退出银行团，美总统威尔逊氏，竟如美使意见，宣布远近。略云：

美国资本团，曾应政府之请，加入中国借款，今复询问本政府，如仍愿该团加入，须明白申请，始允遵行。本政府以该借款条件，近于干涉中国行政之独立，且其中之抵押品及办法，陈废苛重，若本政府从而恣愿，则负责无有已时，实有背吾美立国主义。本政府不愿负此责任，决议不再提出申请，唯愿以合于中国自由进化，不背吾美素行主义之方法，扶助中华民国，凡可以裨益寓华美民之法制，本政府当竭力赞助也。特此宣言！

自此书宣布后，五国银行团，经一极大的打击，共疑美国脱离团体，必为单独行动起见，将来中国利益，恐被美国占尽，不由的惊上加惊，忧上加忧，甚至自相疑忌，竟欲解散。各公使顾全利益，亟命银行团自相联合，将承借股份，重行支配，且把要求条件，稍示让步。袁政府待款甚殷，也顾不得甚么主权，除聘定德人为国债局员外，改聘英人为盐务稽核员；并用法人俄人为审计顾问官。双方会议，渐得允洽，利息仍照前五厘，债票价格，拟定百分之九十，由银行团扣去六成，付与中国净额，实得百分之八十四。利息在二分以上，较诸民间进出，还要加倍。期限定四十七年，还本由第十一年起，每年递还总额，至第四十七年偿清，合同上仍二十一款，条文琐碎，不及细载。袁总统不再交议院议决，即令国务总理赵秉钧，外交总长陆徵祥，财政总长周学熙，于四月二十四日，在草合同上签字。越二日，在正合同上签字，又因急急需用，不及待各国发售债票，先向银行团商明，垫款二百万镑，另订垫款合同，利息七厘，即在大借款项下，尽先拨还。千波万折的大借款，至此成立。共计二千五百万镑，约合华币二万五千万元，小子有诗叹道：

不为埃及即波斯，监督重重后悔迟。
何故枭雄专借债？甘将国柄付人持。

借款已定，两议院俱未接洽，忽由袁总统发一咨文，传达议院，各议员共同瞧着，免不得惊诧起来。究竟咨文如何说法，且待下回表明。

国会初次成立，各议员即互生党见，至如举一议长，且需二三十日，倘政府中有重大议案，试问将议至何日，方可表决乎？议员如此倾轧，实为老袁所窃笑，而大借款即自此进行，未经议院表决，骤行签字，袁已目无国会矣。然袁之玩弄议员，固不啻掌中小儿，而对诸外人，则亦未免为所玩弄。且以此款巨息重之款项，经千波万折而成，乃由彼任意挥霍，毫不顾惜，一人之耗用无穷，四万万人之负担亦无穷，言念及此，窃不禁痛恨交并矣。

第二十四回

争借款挑是翻非
请改制弄巧成拙

却说袁总统既得大借款，所有订约签字诸手续，已经告竣，乃咨参众两议院，请他备案，国会是议案处，如何变作备案处。其文云：

临时大总统咨：本年四月二十六日，据国务总理赵秉钧，外交总长陆徵祥，财政总长周学熙呈称：窃维六国银行团借款，先后磋商，已逾一年，上年九月间，曾经国务会议，拟定借款大纲，于十六十七两日，赴参议院研究同意，以为进行标准，唇焦舌敝，往复磋磨。直至岁杪，合同条议，大致就绪，当于十二月二十七日，出席参议院，先将特别条件，逐条表决，复将普通条件，全体表决，均经通过。正拟定期签字，该团忽以原议五厘利息，借口巴尔干战事，欧洲市场，银根奇紧，要求增加半厘，只得暂行停议。唯是赔洋各款，积欠累累，一再缓期，层次商展，追呼之迫，等于燃眉，百计筹维，无可应付。数月来他项借款，悉成画饼，美国既已出团，而其余五国，仍未变易方针，大局岌岌，朝不保夕，既无束手待毙之理，复鲜移缓就急之方。近接各省都督来电相迫，如江苏程都督电，毋局于一时之毁誉，转为万世之罪人，安徽柏都督电，借款监督，欠款亦监督，毋宁忍痛须臾，尚可死中求活等语，尤为痛切。迫不得已，而赓续磋商，尚幸稍有进步，利息一节，该银行团允仍照改为

袁世凯内阁人员合影

五厘，其他案件，亦悉如十二月二十七日通过参议院之原议。事机万变，稍纵即逝，四月二十二日，奉大总统命令，五国银行团借款合同，任命赵秉钧、陆徵祥、周学熙，全权会同签字，此令。等因，遵于二十四日，与该银行团双方签订草合同，复于二十六日，签订正合同，彼此分执存照，以免复生枝节。理合将华洋文合同各照备二分，并附用途单二分，呈请大总统鉴核，俯赐咨交议院查照备案，以昭信守等情，查此项借款条件，业于上年十二月二十七日，由国务总理暨财政总长，赴前参议院出席报告，均经表决通过，并载明参议院议事录内，自系当然有效，相应咨明贵院查明备案可也。此咨。

两院议员，看到这项咨文，都生惊异。参议院中是国民党声势最盛，专防袁政府违法擅行，此次遇着此案，不待再议，即复咨政府，谓："大借款合同，未经临时参议院议决，违法签字，当然无效。"众议院于五月五日开会，质问政府，请他解释理由。是时国务总理赵秉钧，以宋案既犯嫌疑，大借款又同签字，万不能免国会的攻击，即于五月一日，决然辞职，径赴天津。袁总统也知他微意，给他假期，暂令段祺瑞代理。

段任陆军总长，本与外交财政，不相干涉，至如签字命令，更觉是没有关系，不过已代任国务总理，无从趋避，只好出席答复。众议员当面责问，段言："财政奇绌，无法可施，不得已变通办理，还请诸君原谅！"各议员哗然道："我等并非反对借款，实反对政府违法签约，政府果可擅行，何需议院！何需我等！"原是无需你等。段亦不便强辩，只淡淡的答道："论起交议的手续，原是未完，论起财政的情形，实是困极，鄙人于借款问题，前不与闻，诸君不要怪我；如可通融办理，也是诸君的美意，余无他说了。"还是忠厚人口吻。言毕自去。众议员聚议纷纭，或说应退还咨文，或说应弹劾政府，有一小半是拥护政府，不发一言，当由议长汤化龙，提出承认不承认两条，付各议员投票表决，结果是不承认票，有二百十九张，承认票只五十三张。想总是统一党人所投。因即决议，不承认这大借款，拟将咨文退还。唯统一党系政府私人，暗替政府设法，与共和党民主党密商数次，劝他承认。两党尚觉为难，袁总统默揣人情，多半拜金主义，遂阴嘱统一党员，用了阿堵物，买通两党。果然钱可通灵，两党得了若干好处，遂钳住口舌，不生异议，且与统一党合并为一，统名进步党。想是富贵的进步，不是政治的进步。只国民党议员，始终不受笼络，再三争执。进步党由他喧哗，索性游行都市，流连花酒，把国事撇诸脑后。得了贿略，乐得使用。

国会中出席人数，屡不过半，只好关门回寓，好几日停辍议事。国民党忍无可忍，乃通电各省都督民政长，请他主持公论，勿承认政府借款。进步党也电致各省，说是："政府借款，万不得已，议院中反抗政府，不过一部分私见，未足生效。"就是财政总长周学熙，又电告全国，声明大借款理由，略言："政府借款，实履行前参议院议决的案件，未尝违背约法。"于是循环相攻，争论不已。各省都督民政长，有袒护政府的，有诋斥政府的，唯浙江都督朱瑞，有一通电，颇中情理。小子浙人，尚记在脑中，请录与看官一阅。电词云：

窃维共和国家，主权在民，国会受人民之委托，为人民之代表，畀以立法之权，使其监督政府。其责至重，其位弥尊。吾国肇建以后，几历艰难，始克睹正式国会之成立，国内人民，罔不喁望。盖以议院为一国大政所自出，凡政府之措施，必依院议为证据，两院幸已告成，则凡关于国家存亡荣悴诸大问题，皆可由院一一解决，以副吾民之意。自开会以来，所议者为借款一事，轩然大波，迄今未已。夫借用外债，关系国家之财政，国民之负担，其为重要，何俟申论？国会诸君，注意于兹，卓识可佩。唯是国基未固，时艰日亟，借款以外之重要事项，尚不一而足，有等于此者，且有远甚于此者，例如选举总统，制定宪法诸事，皆急待讨论，未可搁延，今以借款一案，争论不休，致使尺寸之时光，骎骎坐逝，揆诸时势，似有未宜。且借款一事，据院内宣言，并不反对，所研究者唯在此次政府之签约，是否适法。夫欲知政府之签约，是否适法，但须详查前参议院之议事录，并证诸前参议院当事之议员，自可立为解决，无待烦言。此数语亦袒护政府。乃各持所见，异说蜂起，甲派以之为违法，乙派则以之为适法，迷离惝恍，闻者惊疑。且丙党议员通电，谓："政府违法签约，已经多数表决，勿予承认，"而丁党议员来电，则谓："不承认政府签约之议，并未经多数通过，不能生效。"于是此方朝飞一电，谓彼党故事推翻，而彼方复夕出一文，谓此党横加诬罪。一室自起干戈，同舍俨同敌国，非仅骇域中之观听，亦虑贻非笑于外人。以国会居民具尔瞻神圣庄严之地，而言词之杂出如此，其何以慰人民属望之殷耶？尤有不能已于言者，院内之事件，须于院内解决之，不特法理之当然，亦为各国之通例。若夫院内之事,而求解决于院外,瑞诚不敏,未之前闻。应该驳斥。今两院议员诸君,以借款一事,纷纷电告各省都督民政长,意将诉诸公论,待决国人,在诸君各有苦衷,当为举世所谅,第各都督民政长,或总师干,或司民政,与国会权责各殊,不容干越,虽敬爱议院诸君,而欲稍稍助力,法律具在,其道无由。窃以院内各党,对于国家大事,允宜力持大体,取协商之主义,若唯绝对立于相反地位,则不能解决之事件,将继此而日出不穷。今日之事,特其嚆矢耳。夫院内之问题,而院内不能解决之,虽微两院诸君之诉告,窃虑将有院外之势力,起而解决之者。以院内之事,而以院外势力解决之,法宪荡然,国何以淑?循是以往,则国内之事,行见为国外势力所主宰矣。诚然,诚然。神州倘遂沦胥,政党于何托足?皮之不存,毛将安附?以我两院诸君之英贤明达,爱国如身,讵忍出此乎?窃愿两院诸君,念人民付托之殷挚,民国缔造之艰难,国会地位之尊崇,讨议大事,悉以爱国为前提,手段力取平和,出言务求慎重,各捐客气,开布公心。庶几国本不摇,国命有托,内无阋墙之举,外免豆剖之忧,则我全国父老子弟,拜赐无既矣。瑞身膺疆寄,职有专司,对于国会事件,本应自安缄默,第既辱两院诸君雅意相告,瑞赋性赣直,情切危亡,用敢以国民资格,谨附友朋忠告之谊,略贡愚者一得之言。修词不周,尚希亮察!

这道通电,虽是骑墙派的论调,但议案是立法根本,本与行政官无涉,如何要都督民政长,出去抗议,这正是多此一举呢。各都督中,唯江西都督李烈钧、安徽都督柏文蔚、广东都督胡汉民,素隶国民党籍,闻政府违法借款,极力指斥。为后文伏案。国民党议员,仗着三督声威,纷争益盛,不但驳政府违法,并摘列合同内容严酷的条件,谓为亡国厉阶,决不承认。无如政府既联络进步党,与国民党抗衡,众议院连日闭会,反致另外议案,层叠稽压。各省拥护政府的都督,又电告议院,斥他负职。国民党自觉乏味,乃与进步党协商,但教政府交议,表面上不侵害国会职权,实际上亦未始不可委曲求全,否则全院议员,俱蒙耻辱等语。进步党员,独谓借款签字,已成事实,即使交议,亦是万难变更,不如姑予承认,另行弹劾政府,方为正当。国民党也无可奈何,只好模棱过去,承认了案。唯参议院强硬到底,终不肯承认借款,袁政府竟不去睬他,一味的独行独断,随时取到借款,即随时支付出去,乐得眼前受用,不管那日后为难。

当时有一个湖北商民，名叫裘平治，他于宋案及大借款期内，默窥袁总统行为，无非是帝王思想，若乘此拍马吹牛，去上一道劝进表，得蒙老袁青眼，便是个定策功臣，从此做官，从此发财，管教一生吃着不尽。见地甚高，可惜还早一些。计划已定，只苦自己未曾通文，所有呈文上的说法，如何下笔，想了一会，竟一语也写不出，猛然想到有个知己朋友，是个冬烘先生，平日谈论起来，尝说要真命天子出现，方可太平，他既怀抱这种经济，定能做这种绝好文字，当下就去拜访，果然一说就成。那冬烘先生，颇知通变达权，却把皇帝两字，不肯直说，只把暂改帝国立宪，缓图共和政体两语，装在呈文上面，以下便说总统尊严，不若君主，长官命令，等于弁髦，本图共和幸福，反不如亡国奴隶，易若酌量改制等语。却是一个老作手。最后署名，除裘平治外，又捏造几个假名假姓，随列后面。这便叫作民意。裘得了呈文，忙跑至邮政局中，费了双挂号的信资，寄达北京。自此日夕探望，眼巴巴的盼着好音，就是夜间做梦，俨然接到总统府征车，来请他作顾问员。挖苦得妙。

一日早晨，尚在半榻间沉沉睡着，忽有一人叫着道："裘君！裘先生！不好了，袁总统要来拿你了。"裘平治被他唤醒，才答道："袁总统来请我么？"还是未醒。那人道："放屁！是要拿你，哪个来请你？"裘平治道："我不犯什么罪，如何要来拿我？敢是你听错不成？"那人道："你有无呈文到京？"裘平治道："有的。"那人便从袋中取出新闻纸，掷向床上道："你瞧！"裘乃披衣起床，擦着两眼，看那新闻纸，颠倒翻阅，一时尚寻不着，经来人检出指示，乃随瞧随读道：

共和为最良之政体，治平之极轨，中国共和学说，酝酿于数千年前，只以压伏于专制之威，未能显著。近数十年来，志士奔呼，灌输全国，故义师一举，遂收响应之功，洵为历史上之光荣，环球所敬叹。本大总统受国民付托之重，就职宣誓。深愿竭其能力，发扬共和之精神，涤荡专制之瑕秽，永不使帝制再见于中国，皇天后土，实闻此言。仿佛是猪八戒罚咒。乃竟有湖北商民裘平治等，呈称："总统尊严，不若君主，长官命令，等于弁髦，国会成立在即，正式选举，关系匪轻，万一不慎，全国糜烂，共和幸福，不如亡国奴隶，曷若暂改帝国立宪，缓图共和"等语。谬妄至此，阅之骇然。本大总统受任以来，自维德薄能鲜，夙夜兢兢，所以为国民策治安求幸福者，心余力绌，深为愧疚。而凡所设施，要以国家为前提，合共和之原则，当为全国人民所共信。不意化日光天之下，竟有此等鬼蜮行为，若非丧心病狂，意存尝试，即是受人指令，志在煽惑。如务为宽大，置不深究，恐邪说流传，混淆观听，极其流毒，足以破坏共和，谋叛民国，何以对起义之诸人？死事之先烈？何以告退位之清室？赞成之友邦？兴言及此，忧愤填膺，所有裘呈内列名之裘平治等，着湖北民政长严行查拿，按律惩治，以为猖狂恣肆，干冒不韪者戒。此令！

裘平治一气读下，多半是解非解，至读到严行查拿一语，不由的心惊胆战，连身子都战栗起来，便道："这……怎么好？怎么好？"未数语也未及看完，便把新闻纸掷下，复卧到床上，杀鸡似的乱抖。谁叫你想做官发财？还是来人从旁劝道："三十六着，走为上着，袁总统既要拿你，你不如急行走避，或到亲友家躲匿数天，看本省民政长曾否严拿，再作计较。"裘平治闻言，才把来人仔细一望，乃是一个经商老友，才嘘了一口气道："承兄指教，感念不浅，但外面的风声，全仗你留意密报，我的家事，亦望老友照顾，后有出头日子，当重重拜谢呢。"那人满口应允，裘平治忙略略收拾，一溜烟的逃去了。后来湖北省中，饬县查拿，亦无非虚循故事，到了裘家数次，觅不着裘平治，但费了几回酒饭费，却也罢了。这是善体上意。小子有诗叹道：

> 一介商民敢上呈，妄图富贵反遭惊。
> 从知祸福由人召，何苦营营逐利名。

裘平治终未缉获，袁总统亦无后命，那参议院中，又提出一种弹劾案来，毕竟弹劾何人，容至下回分解。

违法签约，司马昭之心，路人皆知，为国会议员计，力争无效，不如归休，微特进步党趋炎附热，为识者所不齿，即如国民党员，则嚣会场，无人理睬，天下事可想而知，尚何必溷迹都门，甘作厌物耶？朱督一电，未必无私，而指摘议员，实有独到处，特录之以示后世，著书人之寓意深矣。裘平治请改政体，实存一希幸之心而来，经作者描摹尽致，几将肺肝揭出，袁总统通令严拿，原不过欺人耳目，然裘商已几被吓死矣，是可为热中者戒！

第二十五回

烟沉黑幕空具弹章
变起白狼构成巨祸

　　却说河南地方，是袁总统的珂里，袁为项城县人氏，项城县隶河南省，从前鄂军起义，各省响应，独河南巡抚宝棻，是个满洲人，始终效顺清廷，不肯独立，学界中有几个志士，如张钟瑞、王天杰、张照发、刘凤楼、周维屏、张得成、冯广才、徐洪禄、王盘铭等，极思运动军警，光复中州。嗣被宝棻侦悉，密遣防营统领柴得贵，带着营兵，把所有志士，一律拘获，陆续枪毙。外县虽几次发难，亦遭失败。唯嵩县人王天纵，素性不羁，喜习拳棒，尝游日本横滨，遇一女学生毛奎英，为湖南世家子，一见倾心，愿附姻好，结婚后，携归砀山，共图革命，叙及王天纵，不没毛奎英，是寓男女平权之意。乃招集徒党，日加训练，每遇贪官污吏，常乘他不备，斫去几个好头颅，里人称为侠士，清廷目为盗魁。宣统三年七月，曾有南北镇会剿的命令，统领谢宝胜，亲率大兵，与王天纵鏖战数次，终不能越砀山一步。既而武昌事起，黎都督派人至砀山，约为声援。豫省诸志士，又奔走号呼，举他为大将军，他即整旅出山，往洛阳进发。沿途招降兵士数千人，声势大振。

　　嗣接陕西都督急电，以潼关失守，邀他往援，他又转辗西上，夺还潼关，再回军进河南界，拔阌乡，下灵宝、陕州，直达渑池，适清军云集，众寡悬殊，两下里血战六昼夜，不分胜负。忽得南北议和消息，有志士刘粹轩、姬宗羲、刘建中，及护兵徐兴汉等，愿冒险赴敌，劝导清军反正，谁知一去不还，徒成碧血。清军复巧施诡计，竟臂缠白布，手执白旗，托词投诚，驰入王军营内，捣乱起来。王猝不及防，慌忙退兵，已被杀死二千多人，几至一蹶不振。幸退屯龙驹寨，重行招募，再图规复，方誓众东下，逾内乡、镇平各县，得抵南阳，闻清帝退位确信，乃按兵不动。寻因宛城一带，兵匪麋集，随处劫掠，复出为荡平，暂驻宛城。未几，袁总统已就职北京，饬各省裁汰军队，就是王天纵一军，亦只准编巡防两营，余均遣散。王乃酌量裁遣，退宛驻浙。插此一段，实为王天纵着笔。

唯河南巡抚宝棻，不安于位，当然卸职归田，继任的便是都督张镇芳。镇芳是老袁中表亲，向属兄弟称呼，袁既做了大总统，应该将河南都督一缺，留赠表弟兄，也是他不忘亲旧的好意。语中有刺。怎奈张镇芳倚势作威，专务朘削，不恤民生，渐致盗贼蜂起，白日行劫，所有掳掠奸淫等情事，每月间不下数十起，报达省中。那老张全不顾问，但在卧榻里面，吞云吐雾，按日里与妻妾们练习那小洋枪、小洋炮的手段。也算是留心军政。全省人民，怨声载道，无从呼吁。长江水上警察第一厅厅长彭超衡，目睹时艰，心怀不忍，乃邀集军警学各界，列名请愿，胪陈张镇芳六大罪案，请参议员提前弹劾。请愿书云：

为请愿事：河南都督张镇芳到任经年，凡百废弛，其种种劣迹，不胜枚举，特揭其最确凿者六大罪状，为贵院缕陈之：一摧残舆论。河南处华夏之中心点，腹地深居，省称光大，正赖舆论提倡，增进人民知识，而张镇芳妄调军队，逮捕自由报主笔贾英夫，出版自由，言论自由，皆约法所保障，该督竟敢破坏约法，其罪一。二甘犯烟禁。洋烟流毒，同胞沉沦，民国成立，首悬厉禁，皖之焚土，湘之枪毙，鄂之游街，普通人民，均受制裁，而镇芳横陈一榻，吞吐自如，不念英人要挟，交涉棘手，倚仗威势，醉傲烟霞，其罪二。三纵军养匪。河南土匪蜂起，民不堪命，镇芳手握重兵，不能克期肃清，亦属养匪殃民，况复纵抚标亲军在许、襄骚扰，巡防第一第八两营，在汝、川、襄、叶等处，私卖军火，与匪通气，兵耶匪耶，同一病民，其罪三。四任用私人。李时灿侵蚀学款，反对共和，人咸目为大怪物，迭经各界攻击，而镇芳初任之为秘书，继荐之长教育，恐学界有限脂膏，难填无穷欲壑；且反对共和之贼，厕身教育，不过教人为奴隶，为牛马，士林前途，无一线光明，其罪四。五蔑视法权。镇芳有保护私宅卫队百名，系伊甥带领，倚乃舅威势，因向项城县知事关说私情，未准其请，胆敢带领卫队，捣毁官署，殴辱知事。夫知事一县之长官，行政之代表，伊甥竟以野蛮对待，而镇芳纵容不究，弃髦法令，其罪五。六草菅人命。袁寨炮队曾拿获行迹可疑之人七名，送项城县讯问，供系谢保胜溃军，并无他供。迨后病毙一名，逃脱二名。所有樊学才四名，仍然在押。朱春芳硬指为伊子朱树藩枪毙案中要犯，串通议员夏五云，贿赂张镇芳，竟下训令，饬项城知事，不问口供，枪毙樊学才四名，军民冤之。夫专制时代无确实口供，尚不轻斩决，而镇芳惟利是图，竟以三字冤狱，枉毙人命，其罪六。综以上六罪，皆代表等或出之目睹，或调查有据者也。素仰贵院代表全国，力主公论，不侵强权，是以代表羁住他乡，不忍乡里长此蹂躏，为三千万人民呼吁请命，伏祈贵院提前弹劾，张贼早去一日，则人民早出水火一日，不胜迫切待命之至。须至请愿者。

参议员览到此书，未免动了公愤，河南议员孙钟等，遂提出查办案，当由大众通过，寻查得六大罪案，凿凿有据，乃实行弹劾，咨交政府依罪处罚。看官！你想张都督是总统表亲，无论如何弹劾，也未能动他分毫；又兼袁总统是痛恨议员，随你如何说法，只有"置不答复"四字，作为一定的秘诀。张镇芳安然如故，河南的土匪，却是日甚一日，愈加横行。鲁山、宝丰、郏县间，统是盗贼巢穴，最著名的头目，叫作秦椒红、宋老年、张继贤、杜其宾，及张三红、李鸿宾等，统是杀人不眨眼的魔王。就中有个白狼，也与各党勾连，横行中州。闻说白狼系宝丰县人，本名阆斋，曾在吴禄贞部下，做过军官。吴被刺死，心中很是不平，即日返里，号召党羽，拟揭竿独立。会因南北统一，所谋未遂，乃想学王天纵的行为，劫富济贫，自张一帜。无如党羽中良莠不齐，能有几个天良未昧，就绿林行径中，做点善事；况是啸聚成群，既没有甚么法律，又没有甚么阶级，不过形式上面，推白为魁，就使他存心公道，也未能一一羁勒，令就约束，所以东抄西掠，南窜北突，免不得相聚为非，成了一种流寇性质。可见大盗本心，并非欲蹂躏乡间，其所由终受恶名者，实亦为党羽所误耳。于是白阆斋的威名，渐渐减色，大众目为巨匪，号他白狼。大约说他与豺狼相似，不分善恶，任情乱噬罢了。

白狼有个好友，叫作季雨霖，曾为湖北第八师师长，前曾佐黎都督革命，得了功绩，加授陆军中将，赏给勋三位。民国二年三月初旬，湖北军界中，倡立改进团名目，分设机关，私举文武各官，遍送传单证据，希图起事，推翻政府。嗣由侦探查悉，报知黎都督，由黎派队严拿，先后破获机关数处，拘住乱党多名。当下审讯起来，据供是由季雨霖主谋。黎即饬令拘季，哪知季已闻风远扬。急切无从缉获，由黎电请袁总统，将季先行褫职，并夺去勋位，随时侦缉，归案讯办。袁总统自然照准，季雨霖便作为逃犯了。当时改进团中，尚有熊炳坤、曾尚武、刘耀青、黄裔、吕丹书、许镜明、黄俊等，皆在逃未获，余外一班无名小卒，统自鄂入汴，投入白狼麾下。

白狼党羽愈多，气焰越盛，所有秦椒红、宋老年、李鸿宾等人，均与他往来通好，联络一气。会闻舞阳王店地方，货物山积，财产丰饶，遂会集各部，统同进发。镇勇只有百余名，寡不敌众，顿时溃散。各部匪遂大肆焚掠，全镇为墟，复乘夜入象河关，进掠春水镇，镇中有一个大富户姓王名沧海，积赀百余万，姓极悭吝，平居于公益事，不肯割舍分文，但高筑大厦，厚葺墙垣，自以为坚固无比，可无他虑。这叫作守财奴。贫民恨王刺骨，呼他为王不仁。秦宋诸盗，冲入镇中，镇民四散奔匿，各盗也不遑四掠，竟向王不仁家围住。王宅阖门固守，却也有些能耐，一时攻不进去。秦椒红想了一策，暗向墙外埋好火药，用线燃着，片刻间天崩地塌，瓦石纷飞，王氏家人，多被轰毙。群盗遂攻入内室，任情房掠，猛见室中有闺女五人，缩做一团，杀鸡似的乱抖。秦椒红、李鸿宾等，哪里肯放，亲自过去，将五女拉扯出来，仔细端详，个个是弱不胜娇，柔若无力，不禁大声笑道："我们正少个压寨夫人，这五女姿色可人，正是天生佳偶呢。"语未毕，但听后面有人叫道："动不得！动不得！"秦李二人急忙回顾，来者非谁，就是绿林好友白狼。秦椒红便问道："为什么动不得？"白狼道："他家虽是不良，闺女有何大罪？楚楚弱质，怎忍淫污，不如另行处置罢。"强盗尚发善心。李鸿宾道："白大哥太迂腐了。我等若见财不取，见色不纳，何必做此买卖？既已做了此事，还要顾忌甚么？"说至此，便抢了一个最绝色的佳人，搂抱而去，这女子乃是沧海侄女，叫作九姑娘。秦椒红也拣选一女，拖了就走。宋老年随后趋至，大声道："留一个与我罢。"全是盗贼思想。白狼道："你又来了。我辈初次起事，全靠着纪律精严，方可与官军对垒，若见了妇女，便一味淫掠，我为头目的，先自淫乱，哪里能约束徒党呢？"又易一说，想是因前说无效之故，但语皆近理，确不愧为盗魁。宋老年道："据你说来，要我舍掉这美人儿么？"白狼道："我入室后，寻不着这王不仁，想是漏脱了去，我想将这数女掳去为质，要他出金取赎，我得了赎金，或移购兵械，或输作军饷，岂不是有一桩大出息？将来击退官军，得一根据，要掳几个美人儿，作为妾媵，也很容易呢。"无非掳人勒赎，较诸秦李二盗，相去亦属无几。宋老年徐徐点首道："这也是一种妙策，我便听你处置，将来得了赎金，须要均分呢。"白狼道："这个自然，何待嘱咐。"说毕，便令党羽将三女牵出，自己押在后面，不准党羽调戏，宋老年也随了出来。那时秦李两部，早已抢了个饱，出镇去了。

白狼偕宋老年，遂向独树镇进攻。途次适与秦李二盗相遇，乃复会合拢来，分占独树北面的小顶山及小关口，谋攻独树镇。时南阳镇守使马继增，闻王店春水镇，相继被掠，急忙率队往援，已是不及，复拟进蹙群盗，适接第六师师长李纯军报，调赴信阳，乃将镇守使印信，交与营务处田作霖，令他护理，自赴信阳去讫。田闻独树有警，星夜往援，分攻小顶山小关口，一阵猛击，杀得群盗七零八落。白狼、李鸿宾先遁，宋老年随奔，秦椒红袒背跳骂，猛来了一粒弹子，不偏不倚，正中头部，自知支持不住，急令部匪挟着王氏女，滚山北走。官军奋勇力追，毙匪甚众，秦椒红虽得幸免，怎奈身已受伤，不堪再出，便改服农装，潜返本籍养病。不意被乡人所见，密报防营，当由防兵拿住送县，立处死刑。难为了王氏女。独白狼匿入母猪峡，与李鸿宾招集散匪，再图出掠，且挈着王氏三女，勒赎巨金。王氏父女情深，既知消息，不得已出金取赎。悖入悖出，已见天道好还，且尚有一女一侄女，陷入盗中，不仁之报，何其酷耶？白狼既得厚资，复出峡东窜，击破第三营营长苏得胜，径趋铜山沟。团长张敬尧，奉李纯命，往截白狼，不意为白狼所乘，打了一个大败仗，失去野炮二尊，快枪百余支，饷银六千元，过山炮机关枪弹子，半为狼有。于是狼势大炽，左冲右突，几不可当，附近一带防军，望风生惧，没人敢与接仗，甚且与他勾通，转好坐地分赃。只苦了数十百万人民，流离颠沛，逃避一空。小子有诗叹道：

> 茫茫大泽伏萑苻，万姓何堪受毒痡。
> 谁总师干驻河上，忍看一幅难民图。

张督闻报，才拟调兵会剿，哪知东南一带，又起兵戈，第六师反奉调南下，究竟防剿何处，待至下回再详。

王天纵与白阆斋，两两相对，一则化盗为侠，一则化侠为盗。时机有先后，行动有得失，非尽关于心术也。即以心术论，王思革命，白亦思革命，同一革命健儿，而若则以侠著，若则以盗终，天下事固在人为，但亦视运会之为何如耳。虽有智慧，不如乘势，诚哉是言也。唯都督张镇芳，尸位汴梁，一任盗贼蜂起，不筹剿抚之方，军警学各界，请愿参议院，参议院提出弹劾案，而袁总统绝不之问，私而忘公，坐听故乡之糜烂，是张之咎已无可辞，袁之咎更无可讳矣。于白狼乎何尤？

第二十六回

暗杀党骈诛湖北
讨袁军竖帜江西

却说国会成立以后，就是大借款案，张镇芳案，接连发生，并不见政府有何答复，少慰人意；他如戕宋一案，亦延宕过去，要犯赵秉钧、洪述祖等，逍遥法外，都未曾到案听审。京内外的国民党，统是愤不可遏，跃跃欲动，恨不得将袁政府，即日推倒。奈袁政府坚固得很，任他如何作梗，全然不采；并且随地严防，密布罗网，专等国民党投入，就好一鼓尽歼。*为后文伏笔。*相传赵秉钧为了宋案，到总统府中面辞总理，袁总统温言劝慰道："梁山渠魁，得君除去，实是第一件大功，还有天罡地煞等类，若必欲为宋报仇，管教他噍无遗种呢，你尽管安心办事，怕他甚么？"*处心积虑，成于杀也。*赵秉钧经此慰藉，也觉放下了心，但总未免有些抱歉，所以托病赴津。那国民党不肯干休，明知由老袁暗地保护，格外与袁有隙。两下里仇恨愈深，忽京中来了女学生，竟向政府声明，自言姓周名予儆，系受黄兴指使，结连党人，潜进京师，意欲施放炸弹，击死政府诸公；转念同族相残，设计太毒，因此到京以后，将来自首；并报告运来炸弹地雷硫磺若干，现藏某处。政府闻报，立派军警往查，果然搜出若干军火，并获乱党数名，当命监禁待质；一面由北京地方检察厅，转饬沪上法官，传黄兴来京对质，命令非常严厉，一些儿不留余地。*这也是可疑案件，黄兴欲击毙当道，何故遣一女学生，令人不可思议。*黄兴自然不肯赴京。南方传讯赵秉钧，北方传讯黄兴，先后巧对，何事迹相类若此。

既而上海制造局，发一警电，说道五月二十九日夜间，忽来匪徒百余人，闯入局中，图劫军械，幸局中防备颇严，立召夫役，奋力抵敌，当场击败匪徒，擒住匪官一名，自供叫作徐企文。看官记着！这夜风雨晦冥，四无人迹，徐企文既欲掩他不备，抢劫军火，也应多集数百名，为什么寥寥百人，便想行险侥幸呢？想是熟读《三国演义》，要想学东吴甘兴霸百骑劫曹营故事。况且百余个匪徒，尽行逃去，单有首领徐企文却被擒住，这等没用的人物，要想劫甚么制造局。灯蛾扑火，自取灾殃，难道世上果有此愚人么？离离奇奇，越发令人难测。政府闻这警耗，竟派遣北军千名，乘轮来沪，并由海军部特拨兵舰，装载海军卫队多名，陆续到了沪滨，所有水陆人士，统是雄赳赳的身材，气昂昂的面目，又有特简的总执事官，系是袁总统得力干员，曾授海军中将，叫作郑汝成。大名鼎鼎。下如陆军团长臧致平，海军第一营营长魏清和，第二营营长周孝骞，第三营营长高全忠等，均归郑中将节制，仿佛是大敌当前，即日就要开仗的情形。都是徐企文催逼出来。

过了数天，袁总统又下命令，着将江西都督李烈钧，安徽都督柏文蔚，广东都督胡汉民，一体免职，另任孙多森为安徽民政长，兼署都督事，陈炯明为广东都督，江西与湖北毗连，令副总统黎元洪兼辖。这道命令，颁发出来，明明是宣示威灵，把国民党内的三大员，一律摔去，省得他多来歪缠，屡致掣肘。应二十四回。当时海内人士，已防他变，统说三督是国民党健将，未必肯服从命令，甘心去位，倘或联合一气，反抗政府，岂不是一大变局？偏偏三督寂然不动，遵令解职，江西、安徽、广东三省，平静如常。

唯湖北境内，屡查出私藏军械等件，并有讨贼团、诛奸团、铁血团、血光团等名籍，及票布旗帜，陆续搜出。起初获住数犯，统是被诱愚民，及小小头目，后来始捕获一大起，内有要犯数名，就是刘耀青、黄裔、曾尚武、吕丹书、许镜明、黄俊等人，讯明后，尽行枪毙。未凡，在武昌城内，亦发现血光团机关，派兵往捕，该犯不肯束手，齐放手枪炸弹，黑烟滚滚，绕做一团，官兵猝不及防，却被他击死二人，伤了一人。嗣经士兵愤怒，一齐开枪抵敌，方杀入秘室，枪毙几个党犯，有五犯升屋欲逃，又由兵士穷迫，打死一名，捉住三名。当下在室内搜出文件关防，及所储枪弹等类，共计四箱，一并押至督署，由黎亲讯，立将犯人斩首。及检阅箱内文据，多半与武汉国民党交通部勾连，就是在京的众议员刘英，及省议员赵鹏飞等，亦有文札往来，隐相联络。黎副总统，遂派兵监守国民党两交通部，凡遇出入人员，与往来信件，均须盘诘检查，两部办事人，已逃去一空，几乎门可罗雀了。

既而襄河一带，如沙场、张家湾、潜江县、天门县、岳口、仙桃镇等处，次第生变，次第扑灭。某日，黎督署中，有一妙年女子，入门投刺，口称报告机密。稽查人员，见她头梳高髻，体着时装，足跌革鞋，手携皮夹，仿佛似女学生一般，因在戒严期内，格外注意，遂先行盘诘一番，由女子对答数语，免不得有支吾情形。稽查员暗地生疑，遂唤出府中仆妇，当场搜检。那女子似觉失色，只因孤掌难鸣，不得不由她按搦。好一歇，已将浑身搜过，并无犯禁物件，唯两股间尚未搜及，她却紧紧拿住，岂保护禁脔耶？经稽查员嘱告仆妇，摸索裤裆，偏有沉沉二物，藏着在内。女子越发慌张，仆妇越要检验，一番扭扯，忽从裤脚中漏出两铁丸，形状椭圆，幸未破裂。看官不必细问，便可知是炸弹了。诡情已著，当然受捕，由军法科讯鞫，那女子却直供不讳，自称："姓苏名舜华，年二十二，曾为暗杀铁血团副头目，此次来署，实欲击杀老黎，既已被获，由你处治，何必多问。"倒也爽快。当下押往法场，立即处决，一道灵魂，归天姥峰去了。

嗣又陆续获到女犯两名，一叫周文英，拟劫狱反牢，救出死党，一叫陈舜英，为党人钟仲衡妻室，钟被获受诛，她拟为夫报仇，投入女子暗杀团，来刺黎督，事机不密，统被侦悉，眼见得俯首受缚，同死军辕。实是不值。嗣复闻汉口租界，设有党人机关，即由黎副总统再行遣兵往拿，一面照会各领事，协派西捕，共同查缉，当拘住宁调元、熊越山、曾毅、杨瑞鹿、成希禹、周览等，囚禁德法各捕房，并搜出名册布告等件，内列诸人，或是议员，或是军警，就是从前逃犯季雨霖，亦一并在内，只"雨霖"二字，却改作"良轩"，待由各犯供明，方才知晓。黎副总统乃电告政府，请下令通缉，归案讯办。曾记袁政府即日颁令道：

> 据兼领湖北江西都督黎元洪电陈乱党扰鄂情形，并请通缉各要犯归案讯办等语。此次该乱党由沪携带巨资，先后赴鄂，武汉等处，机关四布，勾煽军队，招集无赖，约期放火，劫狱攻城扑署，甚至时在汉阳下游一带挖掘盘塘堤，淹灌黄、广等七县，不惜拼掷千百万生命财产，以逞乱谋，虽使异种相残，无此酷毒。经该管都督派员，

在汉口协同西捕，破获机关，搜出账簿名册旗帜布告等件，并取具各犯供词，证据确凿，无可掩饰。查该叛党屡在鄂省谋乱，无不先时侦获，上次改进团之变，未戮一人，原冀其革面洗心，迷途思返，乃竟鬼蜮为谋，豺狼成性，以国家为孤注，以人命为牺牲，颠覆邦基，灭绝人道，实属神人所共愤，国法所不容。本大总统添受付托之重，不获为生灵谋幸福，为寰宇策安全，竟使若辈不逞之徒，屡谋肇乱，致人民无安居之日，商廛无乐业之期，兴念及此，深用引疚，万一该乱党乘隙思逞，戒备偶疏，小之遭荼毒之惨，大之酿分割之祸，将使庄严灿烂之民国，变为匪类充斥之乱邦，谁为致之？孰令听之。本大总统及我文武同僚，将同为万古罪人，此心其何以自白？夷考共和政体，由多数国民代表，议定法律，由行政官吏依法执行，行不合法，国民代表，得而监督之，不患政治之不良。现国会既已成立，法律正待进行，或仍借口于政治改良，不待国会议定，不由国会监督，簧鼓邪词，背驰正轨，惟务扰乱大局，以遂其攘夺之谋，阳托改革之名，其实绝无爱政治思想。种种暴乱，无非破坏共和，凡民国之义，人人均为分子，即人人应爱国家，似此乱党，实为全国人民公敌。默念同舟覆溺之祸，缅维新邦缔造之艰，若再曲予优容，姑息适以养奸，宽忍反以长乱，势不至酿成无政府之惨剧不止。所有案内各犯，除宁调元、熊越山、曾毅、杨瑞麕、成希禹、周览，已在汉口租界德法各捕房拘留，另由外交部办理外，其在逃之夏述堂、王之光、季良轩即季雨霖、钟勖庄、温楚珩、杨子邕即杨王鹏、赵鹏飞、彭养光、詹大悲、邹永成、岳泉源、张秉文、彭临九、张南星、刘仲州等犯，着该都督民政长将军都统护军使，一体悬赏饬属严拿，务获解究，以彰国法而杜乱萌。此令！

此令一下，湖北各军界，格外严防，按日里探查秘密，昼夜不懈。黎副总统，亦深居简出，非遇知交到来，概不接见，府中又宿卫森严，暗杀党无从施技。只民政长夏寿康，及军法处长程汉卿两署内，迭遇炸弹，幸未伤人。还有高等密探张耀青，为党人所切齿，伺他出门，放一炸弹，几成齑粉；又有密探周九璋，奉差赴京，家中母妻子女，都被杀死，只剩一妹逸出窗外，报告军警，到家查捕，已无一人，但有尸骸数堆，流血盈地。自是防备愈密，查办益严，所有讨贼诛奸铁血血光各团，无从托足，遂纷纷窜入江西。

江西都督一缺，自归黎元洪兼任后，黎因不便离鄂，特荐欧阳武为护军使，贺国昌护民政长，往驻江西。除照例办事外，遇有要公，均电鄂商办。嗣由党人日集，谣言日多。江西省议会及总商会，恐变生不测，屡电到鄂，请黎莅任。这时候的黎兼督，不能离武昌一步，哪里好允从所请，舍鄂就赣呢？会九江要塞司令陈廷训，连电黎副总统，极言：“九江为长江要冲，匪党往来如织，近闻挟持巨金，来此运动，克期起事，恳就近速派军队，及兵轮到来，借资镇慑”等语。黎副总统，亟遣第六师师长李纯，率师东下，一面密报中央，请再增兵江西，借备不虞。袁总统即命李纯为九江镇守使，并陆续调遣北军，分日南下。哪知护军使欧阳武，偏电达武昌，声言：“赣地各处，一律安靖，何用重兵镇慑？现在北军，分据赛湖、青山、瓜子湖一带，严密布置，断绝交通，商民异常恐慌。请即日撤回防兵，且乞转达中央，务期休兵息民”云云。黎得此电，不禁疑虑交并。这种把戏，一时却看他不懂。只好复慰欧阳，说明陈司令告急，因派李司令到浔，既据称赣省无事，当调李回防，但船只未到，军队未回以前，仍希转饬浔军，并地方商民，毋徒轻信谣言，致生误会为要。这电文甫经发出，不意陈廷训又来急电，说：“由湖口炮台报告，前督李烈钧带同外人四名，于七月八日晚间，乘小轮到湖口，会同九十两团，调去工程辎重两营，勒令各台交出，归他占据，并用十营扼住湖口，分兵进逼金鸡炮台，且有德安混成旅旅长林虎等，亦向沙河镇北进，闻为李烈钧后援。事机万急，火速添兵。”看这数语，与欧阳武所报情形，迥然不同，弄得黎副座莫明其妙。又电诘欧阳武，等他复电，竟有一两日不来。独镇守使李纯，却有急电请示，据言：“李烈钧已占住湖口炮台，宣告独立。前代理镇守使俞毅及旅长方声涛，团长周璧阶等，俱潜往湖口，与李联兵，驻扎德安的林虎，亦前应李众，乱机已发，未敢骤退，请训示遵行。”那时江西兼督黎副总统，已经瞧破情形，飞电令李纯留驻九江，毋即回军，复电致政府，详报护军镇守两使情状。政府即严诘欧阳武，欧阳武复电到来，略言：“李烈钧确到湖口，九十两团，虽为所用，幸两团以外，各处军队，未经全变。现已连日调集南昌，并开两团往湖口，竭力支持，荷蒙知遇，当誓死图报”云云。政府复据情电鄂，黎兼督又是动疑，忽传到讨袁军檄文，为首署名，就是总司令李烈钧，接连列名的，乃是都督欧阳武，民政长贺国昌，兵站总监俞应鸿等，所说大旨，无非是痛詈老袁。黎亦瞧不胜瞧，但就紧要数语，仔细一阅，略云：

民国肇造以来，凡我国民，莫不欲达真正目的。袁世凯乘时窃柄，帝制自为；灭绝人道，而暗杀元勋，弁髦约法，而擅借巨款。金钱有灵，即舆论公道可收买，禄位无限，任腹心爪牙之把持。近复盛暑兴师，蹂躏赣省，以兵威劫天下，视吾民若寇仇，实属有负国民之委托，我国民宜亟起自卫，与天下共击之！

黎阅至此处，将来文掷置案上，暗暗叹道："老袁却也专制，应该被他讥评，但他们恰也性急。前年革命，生民涂炭，南北统一，仅隔一年，今又构怨弄兵，无论袁政府根地牢固，一时推他不倒，就是推倒了他，未必后起有人，果能安定全国，徒令百姓遭殃，外人干涉。唉！这也是何苦生事呢！我只知保全秩序，不要卷入漩涡，省得自讨苦吃罢。"好算明见。正筹念间，李烈钧又有私函到来，接连是黄兴、柏文蔚等，也有电文达鄂。黎俱置诸不理。未几，得九江镇守副使刘世钧要电，请催李纯速攻湖口，又未几，得欧阳武通电，说："由省议会公举，权任都督，且指北军为袁军，说他无故到赣，三道进兵，具何阴度？赣人愤激得很，武为维持大局计，不得不暂从所请"云云。又未几，得李纯急电，已与林虎军开战了。正是：

帷幕不堪长黑暗，萧墙又复起干戈。

欲知李林两军胜负，容待下回表明。

是回为二次革命之发端，见得正副两总统，内外通筹，联为一体，专防国民党起事。周予儆之自首，得票传黄兴到京，所以抗宋案也；徐企文之攻制造局，得输运陆海军至沪，所以争先着也；赣皖粤三都督，尽令免官，所以报争款之怨，而弱党人之势也。一步紧一步，一着紧一着，此是袁总统无上兵略，而黎副总统即默承之，党人不察，徒号召党羽，散布鄂省，令几个好男女头颅，无端轻送。至图鄂不成，转面图赣，曾亦闻李纯已至，北军南来，要险之区，俱已扼守，尚有何隙可乘耶？或谓三督在位，尚有兵权，何不乘免官令下之时，联合反抗，宣告独立，乃迟至卸职以后，再行发难，毋乃太愚。是不然。袁政府既能撤除三督，宁不能防备三督？三督正因老袁之注意，姑为此寂然不动，遵令解职，待事过境迁，乃跃然而起，掩其不备，彼以为老袁已弛戒心，而谁料老袁之防，转因此而益切。十而埋伏，专待项王。袁之计何其巧乎？故予谓周予儆、徐企文辈，实皆受袁之指使，试悉心钩考之，当知予言之非诬矣。

第二十七回

战湖口李司令得胜
弃江宁程都督逃生

却说旅长林虎，本与李烈钧同党，李至湖口，早已暗招林虎，令率军前来援助。林即率众北行，逾沙河镇，直赴湖口。偏被九江镇守使李纯，派兵堵住。至此见李纯一军，实是要着。李烈钧明知李纯前来，是个劲敌，早运动欧阳武，迫他撤回。李纯不肯回师，更兼北京政府，及武昌黎兼督，都饬他留驻防变，所以养兵蓄锐，专待林虎到来，与他角斗。林虎既到湖口，怎肯罢休，便直逼李纯军营，开枪示威，李纯手下的兵弁，已是持枪整弹，静候厮杀，猛闻枪声隆隆，即开营出击。两下交战多时，不分胜负，各自收兵回营，相持不退。当由李纯分电告警，越日，即电传袁总统命令云：

前据兼领湖北江西都督事黎元洪，先后电称："据九江要塞司令陈廷训电，因近日乱党挟带巨资，前来九江湖口，运动煽惑，约期举事，恳请就近酌派军队，赴浔镇慑，即经派兵前往；嗣据江西护军使欧阳武电阻，已谕令前往军队预备撤回各营等语；兹又据黎兼督暨镇守使李纯，先后电陈，李烈钧带同外国人四名，于本月八号晚乘小轮到湖口，约会九十两团团长，调去辎重工程两营，勒令各台交出，归其占领，以各营扼扎湖口，遍布要隘，分兵进逼金鸡炮台。德安之混成旅，并向沙河镇进驻。

该镇南之赣军队，突于十二日上午八点钟开枪向我军进攻，且以湖口地方，宣布独立等情"，阅之殊深骇异。李烈钧前在江西，拥兵跋扈，物议沸腾，各界纷纷吁诉，甚谓李烈钧一日不去，赣民一日不安。本大总统酌予免官，调京任用，所以曲为保全者，不为不至。且为赣省计，深恐兴师问罪，惊扰良民，故中央宁受姑息之名，地方冀获救安之庆。不意逆谋叵测，复潜至湖口，占据炮台，称兵构乱，谓非背叛民国，破坏共和，何说之辞？可见陈廷训电称运动煽惑，约期举事，言皆有据。似此不爱国家，不爱乡土，不爱身家名誉，甘心畔逆，为虎作伥，不独主持人道者所不忍言，实为五大民族所共弃。值此边方多故，应付困难，虽全国协力同心，犹恐弗及，而乃幸灾乐祸，倾覆国家，稍有天良，宁不痛愤？李烈钧应即褫去陆军中将并上将衔，着欧阳护军使及李镇守使设法拿办，其胁从之徒，自愿解散，概不深究，如或抗拒，则是有心从逆，定当痛予诛锄。并着各省都督民政长，剀切晓谕军民，共维秩序，严加防范。本大总统既负捍卫国民之职任，断不容肇乱之辈，亡我神州。凡我军民，同有拯溺救灾之责，其敬听之！此令。

李纯阅罢，当将命令宣示军士，军士愈加愤激，即于是日夜间，摩拳擦掌，预备出战。到了天晓，一声令发，千军齐出，好似排山倒海一般，迫入林虎军前。林虎亦麾军出迎，你枪我弹，轰击不休，自朝至午，尚是死力相搏，两边共死亡多人，林军伤毙尤众。看看日将西昃，李军枪声益紧，林军子弹垂尽，任你著名闽中的林虎，也不能赤手空拳，亲当弹雨，只好下令退兵。这令一下，部众慌忙回走，遂致秩序散乱，东奔西散，好似风卷残云，顷刻而尽。李纯督军追了一程，方才回营，当即露布告捷，时袁总统已任段芝贵为第一军军长，整队南下，来助李纯，归黎副总统节制，并命为宣抚使，与欧阳武等妥筹善后事宜。欧阳武已自做都督，岂老袁尚在未知？黎闻此令，当将欧阳武情状，据实电达中央，袁总统又下通令道：

共和国民，以人民为主体，而人民代表，以国会为机关。政治不善，国会有监督之责，政府不良，国会有弹劾之例。大总统由国会选举，与君主时代子孙帝王万世之业，迥不相同。今国会早开，人民代表，咸集都下，宪法未定，约法尚存，非经国会，无自发生监督之权，更无擅自立法之理，岂少数人所能自由起灭？亦岂能因少数人权利之争，掩尽天下人民代表之耳目？此次派兵赴浔，迭经本大总统及副总统一再宣布，本末了然。何得信口雌黄，藉为煽乱营私之具？今阅欧阳武通电，竟指国军为袁军，全无国家观念，纯乎部落思想，又称蹂躏淫戮，庐墓为墟等情，九江为中外杂居之地，万目睽睽，视察之使，络绎于途，何至无所闻见？陈廷训之告急，黎兼督之派兵，各行其职，堂堂正正，何谓阴谋？孤军救援，何谓三道进兵？即欧阳武蒸日通电，亦云李烈钧到湖口，武开两团往攻等语，安有叛徒进踞要塞，而中央政府，该管都督，撤兵藉冠之理？岂陈廷训、刘世均，近在九江之电不足凭，而独以欧阳武远在南昌之电为足信？岂赣省三千万之财产，独非中华民国之人民？李纯所率之两团，独非江西兼督之防军？欧阳武以护军使不足，而自为都督，并称经省会公举，约法具在，无比明条。似此谬妄，欺三尺童子不足，而欲欺天下人民，谁其信之？且与本大总统防乱安民之宗旨，与迭次之命令，全不相符。捏词诬蔑，称兵犯顺，视政府如仇敌，视国会若土苴，推翻共和，破坏民国，全国公敌，万世罪人，独我无辜之良民，则奔走流离，不知所届，本大总统心实痛之。若非看到后来，则此等命令，真若语语爱民。本大总统年逾五十，衰病侵寻，以四百兆人民之付托，茹苦年余，无非欲黎民子孙，免为牛马奴隶，此种破坏举动，本大总统在任一日，即当牺牲一切，救国救民，现在正式选举，瞬将举行，虽甚不肖，断不至以兵力攘权利。总统已是囊中物，安得不争？况艰辛困苦，尤无权利之可言。由总统过渡，即成皇帝，安得谓无权利？副总统兼圻重任，经本大总统委托讨逆，责有攸归，或乃视为鄂赣之争，尤非事实。仍应责成该兼督速平内乱，拯民水火，各省都督等同心匡助，毋视中华民国为一人一家之事，毋视人民代表为可有可无之人。你不如此，谁敢如此？我五大族之生灵，或不至断送于乱徒之手。查欧阳武前日电文，词意诚恳，与此电判若两人，难保非金壬挟持，假借民意，俟派员查明，再行核办。此令！

令甲迭下，战衅已开，林虎军已经败走，李烈钧尚据湖口。段芝贵率兵南下，会同李纯军，一同进攻。黎副总统又拨楚豫、楚谦、楚同各兵舰，共赴九江，且委曹副官进解机关炮八尊，快枪五十支，子弹十万粒，径达军前，接济军需。看官！你想湖口一区，并非天险，李烈钧孤军占据，随在可危，怎禁得袁黎交好，用了全力搏狮的手段，与他对待呢。李烈钧自取败征。黄兴、柏文蔚、陈其美等，急欲援应李烈钧，分头起事。黄图江宁，柏图安徽，陈图上海，为牵制袁军计。当湖口交战这一日，黄兴已自上海到浦口，运动江宁第八师，闯入督署，胁迫程德全，即日独立，手中各执后膛枪，矗立如林，声势汹汹，嚣张的了不得。程德全未免心慌，但又无从趋避，只好按定心神，慢腾腾的走将出来问明何事。军士举了代表，抗言袁违约法，迹同叛国，应请都督急速讨袁，驱除叛逆等语。程德全迟疑半晌，方道："诸君意思，亦是可嘉，但也须计出万全，方好起事，目下尚宜静待哩。"言未已，暮见一革命大伟人，跟跄趋入，竟至程都督前，跪将下去，程都督猝不及防，还疑是一时看错，仔细一瞧，确是不谬，当即折腰答礼。看官道来人为谁？就是前南京留守黄兴，突如其来。两人礼毕起来，方由程督问明来意。黄兴一面答话，一面流泪，无非是决计讨袁的事情。欲为伟人，必须具一副急泪。程督暗想，我今日遇着难题了，不允不能，欲允又不可，看来不如暂时让他，等我避至沪上，再作区处。计划已就，便对黄兴道："克强先生，有此大志，不愧英雄。但兄弟自惭老朽，眼前且有小恙，不能督师，这次起事，还是先生在此主持，我情愿退位让贤，赴沪养疴哩。"黄兴闻了此言，恰也心喜，假意的谦逊一回。至程德全决意退让，便直任不辞。程遂返入内室，略略摒挡行李，带了卫队数名，眷属数名，竟与黄兴作别，飘然而去。跳出是非门，最算聪明。黄兴便占居督署，总揽大权，除宣布独立外，凡都督应行事件，均由黄一手办理。陈其美、柏文蔚等，闻兴已经得手，随即独立。陈在上海设立司令部，悬帜讨袁，柏由上海至临淮关，亦张起讨袁旗来。又是两路。又有长江巡阅使谭人凤，及徐州第三师师长冷遹，均有独立消息，警报与雪片相似，纷达北京。袁总统即任张勋为江北镇守使，倪嗣冲为皖北镇守使，并特派直隶都督冯国璋为第二军军长，兼江淮宣抚使，指日南行。又恐两议院国民党员，导入党人，扰及都门，因特召卸任总理赵秉钧，命为北京警备地域司令官，陆建章为副，防护京师。前情后案，一笔勾销，赵秉钧又可出头。适程德全到沪，电达京师，报称江宁被逼情形。袁总统即指令程德全道：

据国务院转呈江苏都督程德全十七日电称："十五日驻宁第八师等各军官，要求宣布独立，德全旧病剧发，刻难搘拄，本日来沪调治。"又应德阅电称："率同各师长移交都督府"等语。该都督有治军守土之责，似此称病弃职，何以对江苏人民？姑念该都督从前保全地方，舆情尚多感戴，此次虽未力拒逆匪，而事起仓猝，与甘心附逆者，迥不相侔。应德闳因事先期在沪，情亦可原。该逆匪等破坏性成，人民切齿，现在江西、山东两路攻剿，擒斩叛徒甚多，湖口指日荡平。张勋前队已抵徐州，着程德全、应德闳，即在就近地方，暂组军政民政各机关行署；并着程德全督饬师长章驾时等，选择得力军警，严守要隘，迅图恢复。一面分饬各属军警，暨商团民团，防范土匪，保护良民。该都督民政长职守攸关，务当维系人心，毋负本大总统除暴安良之本旨。一俟大兵云集，即当救民水火，统一国家。该都督民政长，尚有天良，其各体念时艰，勉期晚盖！此令。

程、应两人，接到此令，就在上海租界中，暂设一个临时机关，办理事件。越宿即有江宁传来急报，南京四路要塞总司令吴绍璘、讲武堂副长蒲鉴、要塞掩护第二团教练官程凤章等，统被黄兴杀死。程、应复联衔电达，袁总统即命将黄兴所受职位，一概褫去，连柏文蔚、陈其美二人，亦照例褫夺。并饬冯国璋、张勋两军，赶即赴剿，又有通令一道云：

前南京留守黄兴，自辞卸汉粤川路督办后，回沪就医，本月十二日，忽赴南京第八师部，煽惑军队，迫胁江苏都督程德全，同谋作乱。程德全离宁赴沪，黄兴捏用江苏都督名义，出示叛立，自称讨袁军总司令，其与溜口李逆烈钧电，有"江苏宣布独立，足为公处声援"之语。又迭派叛军攻击韩庄防营，遣其死党柏文蔚，盗兵临淮，陈其美图占上海，唆使吴淞叛兵，炮击飞鹰兵舰，在宁戕杀要塞总司令吴绍璘，讲武堂副长蒲鉴，要塞掩护团教练官程凤章等多人，并在沪声言外人干涉，亦所不恤，必欲破坏民国，糜烂生民而后快。逆迹昭著，豺虎之所不食，有昊之所不容。查黄兴亡命鼓吹，本以改良政治为名，乃凶狠性成，竟于已经统一之国家，甘心分裂，自南京留守取消以后，屡遣叛徒，至武汉起事不成，又遣暗杀党至京行刺被获，侵蚀南京政府公款，以纠合暴徒，私匿公债票数百万，派人运动各省军队。政府虽查获证据，未经宣布，冀其良心未死，或有悔悟迁善之一日。乃政府徒蒙容忍之名，地方已遭蹂躏之祸。该黄兴、陈其美、柏文蔚等，明目张胆，倒行逆施，各处商民，怨恨切骨，函电纷纷，要求讨贼。比闻金陵城内，焚戮无辜，又霸占交通机关，敲诈商人财物，草菅人命。因一己之权利，毒无限之生灵，播徙流离。本大总统恻然心痛，凡我军民怒目裂眦，着冯国璋、张勋迅行剿办叛兵，一面悬赏缉拿逆首。其胁从之徒，有擒斩黄兴以自赎者，亦予赏金。自拔来归者，勿究前罪。本大总统但问顺逆，不问党类，布告远迩，咸使闻知。

是时冯国璋、张勋等，奉令登程，先后南下。张勋越加奋勇，星夜向徐州进发，他因辛亥一役，被南军驱出南京，时时怀恨，此次公报私仇，恨不得插翅南飞，把一座金陵城，立刻占住。一到韩庄，正与黄兴派来的宁军，当头遇着，他即麾令全军，一齐猛击，宁军也不肯退让，枪炮互施。两军酣战一昼夜，杀伤相当，恼动了张勋使，<small>张勋已加勋位，故称勋使。</small>怒马出阵，自携新式快枪，连环齐放，麾下见主将当先，哪一个还敢落后？顿时冲动宁军，奋杀过去。宁军气力渐疲，不防张军如此咆哮，竟有些遮拦不住，渐渐的退倒下来。阵势一动，旗靡辙乱，眼见得无法支持，纷纷败走。张勋追至利国驿，忽接到邮信一函，展开一阅，内云：

张军统鉴：江苏、江西，相率独立，皆由袁世凯自开衅端，过为已甚。三都督既已去职，南方又无事变，调兵南来，是何用意？俄助蒙古，南逼张家口，外患方亟，彼不加防，乃割让土地与俄，而以重兵蹂躏腹地，丧乱国民，破坏共和，至于此极，谁复能堪？九江首抗袁军，义愤可敬，一隅发难，全国同声。公外察大势，内顾宗邦，必将深寄同情，克期起义。呜呼！世凯本清室权奸，异常险诈，每得权势，即作奸慝。戊戌之变，尤为寒心。前岁光复之役，复愚弄旧朝，盗窃权位，继以寡妇可欺，孤儿可侮，既假其名义以御民军，终乃取而代之。自入民国，世凯更无忌惮，阴谋满腹，贼及太后之身；贿赂塞途，转耗皇室之费。世凯不仅民国之大憝，且为清室之贼臣，无论何人，皆得申讨。公久绾军符，威重宇内，现冷军已在徐州方面，堵住袁军，公苟率一旅之众，直捣济南，则袁军丧胆，大局随定，国家再造，即由我公矣。更有陈者：兴此次兴师，唯以倒袁为目的，民贼既去，即便归田。凡附袁者，悉不究问。军国大事，均让贤能。兴为此语，天日鉴之，临颍神驰，伫望明教。江苏讨袁总司令黄兴叩。

张勋阅毕，把来书扯得粉碎，勃然道："我前只知有清朝，今只知有袁总统，什么黄兴，敢来进言？混账忘八！我老张岂为你诱惑么？"确肖口吻。遂命兵士暂憩一宵，明日下令出战。到了晚间，忽由侦卒走报，徐州第三师冷遹，来接应叛军了。张勋道："正好，正好，我正要去杀他，他却自来寻死了。"小子有诗咏张勋道：

> 奉令南行仗节旄，乃公胆略本粗豪。
> 从前宿忿凭今泄，快我恩仇在此遭。

欲知此后交战情形，且至下回续叙。

李烈钧发难江西，已落人后，黄兴、柏文蔚、陈其美等，更出后着，如弈棋然，彼已布局停当，而我方图进攻，适为彼所控制耳。袁恐九江之乱，先遣李纯以镇之，防上海之变，更派郑汝成以堵之，张勋扼江北，倪嗣冲守皖北，已足制党人之死命；加以段芝贵、冯国璋之南下，为夹击计，前可战，后可守，区区内讧，何足惧耶？且所遣诸人，无一非心腹爪牙，而又挟共和之假招牌，保民之口头禅，笼络军民，安有不为所欺者？彼李烈钧、黄兴、柏文蔚、陈其美等，威德未孚，布置未善，乃欲奋起讨袁，为第二次之革命，适足以取败耳。唯程德全之弃江宁，尚为袁所不料，袁于此亦少下一着，袁殆尚有悔心乎？

第二十八回

劝退位孙袁交恶
告独立皖粤联镳

　　却说徐州第三师师长冷遹，闻宁军败退利国驿，忙调兵赴援，凑巧与张勋相遇。当下交战一场，还没有什么损失，不意总兵田中玉，引济南军来助张勋，两路夹攻，杀得冷军左支右绌，只好弃甲曳兵，败阵下去。张、田合兵追赶，正值徐州运到兵车，在利国驿车站下车，来援冷遹，冷遹回兵复战，又酣斗多时，才将张、田两军击退。张军田军，分营驿北，冷遹收驻驿南。次日张勋军中，运到野炮四门，即由张勋下令，向冷军注射，这炮力非常猛烈，扑通扑通的几声，已将冷营一方面，弹得七零八落，冷遹还想抵敌，偏值一弹飞来，不偏不倚，正中胁前，那时闪避不及，弹已穿入胁内，不由的大叫一声，晕倒地上；经冷军舁了就逃，立即四散。张勋见冷营已破，方令停炮，所有驿南一带，已经成为焦土，连车站都被毁去。当由张军乘胜直进，竟达徐州，徐城内外，已无敌踪，一任老张占住。辫帅大出风头。

　　这时候的九江口，北兵大集，宣抚使段芝贵，与李司令纯会商，用四面合攻计策，包围湖口，一面出示招抚，劝令叛军归诚，不念既往。李烈钧孤军驻着，几似身入瓮中，非常危险，好几次出兵进击，统被北军杀败，团长周璧阶，见势已危急，竟向北军投诚，烈钧愈加惶迫，飞向各处乞援。宁沪一带讨袁军，方公举岑春煊为大元帅，欲藉岑老三宿望，号召各省，从速响应，岑模棱两可，起初欲由沪赴宁，嗣闻徐、浔两处，均已失败，也弄得进退两难。多入漩涡。国民党首领孙文，恐党人一败，无从托足，亦思借前此重名，怂恿各省独立，当有通电拍发道：

北京参议院众议院国务院各省都督民政长各军师旅长鉴：江西事起，南京各处，以次响应，一致以讨袁为标帜，非对于国家而脱离关系，亦非对于北方而睽异感情，仅欲袁氏一人，辞大总统之职，并不惜牺牲其生命以求达之。大势至此，全国流血之祸，系于袁氏之一身。闻袁决以兵力对待，是无论胜败，而生民涂炭，必不可免。夫使袁氏而未违法，东南此举，谁为左袒？今袁氏种种违法，天下所知，东南人民，迫不得已，以武力济法律之穷，非唯其情可哀，其义亦至正。且即使袁氏于所谓违法，有以自解，亦决不至人民反对，遍六七省；人民心理之表见，既已如是，为公仆者，即使自问无愧，亦当谢职以平众怒，微论共和政体，即君宪国之大臣，亦不得不以人民好恶为进退。有如去年日本桂太郎公爵，以国家柱石，军人领袖，重出而组织内阁，只以民党有所不满，即翩然引去，以明心迹。大臣风度，固宜如是，何况于共和国之人民公仆，为人民荷戈以逐，而顾欲流天下之血，以保一己之位置哉！使袁氏而果出此，非唯贻民国之祸，亦且腾各国之笑。回忆辛亥光复，清帝举二百余年之君位，为民国而牺牲，当时袁氏实主其谋，亦以顾念大局，不忍生灵久罹兵革，安有知为人谋而不知自谋者？更忆当时，文受十七省人民之付托，承乏临时大总统，闻北军于赞成共和之际，欲举袁氏以谋自安，文即辞职，向参议院推荐袁氏，当时固有责文徇国民之意，而不顾十七省人民付托之重者。然文之用心，不欲于全国共和之时，尚有南北对峙之象，是以推让袁氏，俾国民早得统一。由是以观，袁不宜借口于部下之拥戴，而拒东南人民之要求，可断言矣。诸公维持民国，为人民所攸赖，当此存亡绝续之际，望以民命为重，以国危为急，同向袁氏劝以早日辞职，以息战祸。使袁氏执拗不听，必欲牺牲国家人民，以成一己之业，想诸公亦必不容此祸魁。文于此时，亦唯有从国民之后，义不返顾。临电无任迫切之室！孙文叩。

又电致袁总统云：

北京袁大总统鉴：文于去年北上，与公握手言欢，闻公谆谆以国家与人民为念，以一日在职为苦。文谓国民属望于公，不仅在临时政府而已，十年以内，大总统非公莫属，此言非第对公言之，且对国民言之。自是以来，虽激昂之士，于公时有责言，文之初衷，未尝少易。何图宋案发生，证据宣布，愕然出诸意外，不料公言与行违，至于如此，既愤且憯。而公更违法借款，以作战费，无故调兵，以速战祸，异己既去，兵衅仍挑，以致东南军民，荷戈而起，众口一词，集于公之一身。意公此时，必以平乱为言，姑无论东南军民，未叛国家，未扰秩序，不得云乱，即使云乱，而酿乱者谁？公于天下后世，亦无以自解。公之左右，陷公于不义，致有今日，此时必且劝公，乘此一逞树威雪愤。此但自为计，固未为国民计，为公计也。清帝辞位，公举其谋，清帝不忍人民之涂炭，公宁忍之？公果欲一战成事，宜用于效忠清帝之时，不宜用于此时也。说者谓公虽欲引退，而部下牵掣，终不能决。然人各有所难，文当日辞职，推荐公于国民，固有人责言，谓文知徇北军之意，而不知顾十七省人民之付托。文于此时，迄不为动，人之进退，绰有余裕，若谓为人牵掣，不能自由，苟非托辞，即为自表无能，公必不尔也。为公仆者，受国民反对，犹当引退，况于国民以死相拼？杀一不辜，以得天下，犹不可为，况流天下之血，以从一己之欲？公今日舍辞职外，决无他策。昔日为任天下之重而来，今日为息天下之祸而去，出处光明，于公何憾？公能行此，文必力劝东南军民，易恶感为善意，不使公怀骑虎之虑。若公必欲残民以逞，善言不入，文不忍东南人民久困兵革，必以前此反对君主专制之决心，反对公之一人，义无反顾，谨为最后之忠告，唯裁鉴之！孙文叩。

看官！试想这袁总统世凯，是想把中华民国，据为一人的私产，子孙万代，世世传将下去，岂肯中道退位，听那孙文的言语！况且赣徐告捷，民党失败，正好乘此机会，将这等反对人物，一股脑儿驱杀出去，他好威福自专，造成一个大袁氏帝国。孙文、黄兴等人无权无势，硬想与他作对，转弄成螳斧当车，不自量力，区区几百个电文，济甚么事？反足令老袁暗笑呢。果然电文一达，威令重来，撤销孙文筹办铁路全权，此外不置一词。好似不值答复。还有蔡元培、汪兆铭、唐绍仪等，冒冒失失，也电请老袁退位，袁总统乃答辩数语，略言："按照约法，及所宣誓言，须待正式总统选定，始能退位，不能照三数人私见，冒昧行事。"旋复下一通令，洋洋洒洒，约一二千言，小子因他言不由衷，不愿详录。但记得文中要语，很有几句好笔仗，大致谓："受事之日，父老既以此完全统一国家，托诸藐躬，受代之时，藐躬当以此完全统一国家，还诸父老，是用雪涕誓师，哀矜执讯，岂用黩武？实以完责。一俟凶顽荡平，国基奠定，行将自劾以谢天下"等语。大众见此通令，总道他语语真诚，言言痛切。而且正式总统，未知谁人？民国初造，元气未复，孙、黄等无端发难，酿成南北战争，甘为戎首，真是何苦？所以一般人士都望这次乱事，迅速荡平，各省都督，也多詈孙、黄为乱党，李烈钧、柏文蔚等为国贼，情愿荷戈前驱，为袁效力，比那辛亥革命，直不啻天渊远隔呢。**大家都睡在鼓中。**

　　唯安徽署督孙多森，接到江宁独立消息，颇为骇异。寻复得下关来电，谓："宁已独立，公自忖无军事学识，可将都督一职，仍让柏公。公如无反对意思，尚可公认为省长"云云。当下密电江宁，探问虚实。嗣得电复，果属确凿，并劝令即日独立。乃请省议会议长，及各军官到公署集议。大众以宁皖相连，宁既生变，皖先当灾，不如随声附和，维持现状是。孙本袁总统心腹，到了这个地步，亦拿不住一定主意，只好说是未曾统军，不便督师，众议推师长胡万泰为都督，孙仍任民政长，宣布独立。并任宪兵营长祁耿寰，为讨袁总司令。芜湖旅长龚振鹏，且先日揭独立旗，脱离中央关系，龚本瞧不起孙胡，所以省城尚未独立，他先独立起来。但皖省财政奇绌，饷项无着，芜湖独立，名义上虽是讨袁，心目中却是要钱。**兵老爷致治不足，扰乱有余，吾为民国一叹。**探得大通督销局，所存盐款，不下数十万金，便乘着黑夜，拔营尽起，齐向大通进发。督销局中的办事人员，已都到黑甜乡里，去做好梦，一声炮响，局门洞开，芜兵明火执仗，一拥而入，吓得全局司事，从睡梦中惊醒，只在被窝里乱抖，不知是什么盗贼。那芜兵却不要人物，专要金银，四处寻觅，得了一个铁箱，立即打开，里面藏着，却有一大束钞票，几十包银圆，喜得芜兵眼笑眉开，你抢我夺，不到几分钟，已是搬得精光，呼啸一声，陆续出局。到了局外，忽有营兵前来拦截，差不多有二三百名。芜兵钱财到手，兴致勃然，当下勇气百倍，把手中所携的快枪，一齐放出，击死来兵一大半。有几个脚长寿长的，急奔了去。芜兵方扬长回营。原来大通督销局附近，本有一营兵防守，骤闻局中有变，急来救护，哪知吃了一场大亏，冤冤枉枉的丧了若干性命，只剩了几十人，逃回省中，报明孙胡两人。省城兵备本虚，骤闻此警，惶急万分，孙又不愿独立，自思身入阱中，性命难保，不如赶紧逃避，乃剃发易服，步行出城，**想是从曹阿瞒处学来。**竟乘兵舰下驶去了。胡万泰闻孙失踪，也是立脚不牢，索性也背人私逃。省城无主，越加扰乱，经军商学各界会议，暂推祁耿寰护理都督，兼民政长。祁恐人心不服，遍贴通告，只说是奉柏总司令所委，暂行代理。甫经接印视事，已有旅长柴宝山出来反抗。祁知不为众所容，也即逃去。

柴宝山等，正议改推都督，忽报柏文蔚到来。胡万泰亦随柏回省，乃出城欢迎，导柏入城。柏本在临淮关，自闻省城鼎沸，乘势南下，途次适遇胡万泰，遂相偕同行。一入省城，遂自任都督，兼掌民政长，调集军队，抵抗北军。孙多森逃至上海，电告北京。略称："被逼离皖，恳即另任都督，讨平乱党。"袁总统即将讨皖事务，责成倪嗣冲。倪是老袁旧部，自然奋力报效，督兵进攻去了。

安徽以外，又有粤东都督陈炯明，亦响应宁、皖、赣各军，宣告独立。陈炯明本与孙、黄同党，闻黄兴已实行讨袁，即亲赴议会，演说袁总统罪状，拟即日出师北伐等语。议会中尚依违两可，不甚赞同。陈炯明勃然大怒，竟拔佩刀出鞘，掷置案上，声言不肯用命，立杀无赦。议员等被他一吓，哪个敢轻试刀锋，只好唯唯从命。炯明回署，即自称粤总司令，派兵往宁、赣等处，援助黄兴、柏文蔚等。但因兵饷缺乏，迫令远近商人助饷，各商锱铢必较，怎肯无故出钱，畀他弄兵逞志？遂陆续电达政府，请速发兵南征，保救商氏。袁总统遂命龙济光为广东镇抚使，乃弟龙觐光为副。两龙本驻扎粤边，就近派剿，较为便捷，一面下一通令道：

迭据新加坡槟榔屿侨商，广州总商会，香港澳门各政党各行业商民人等，屡电称："本月十八日，都督陈炯明在议会拔刀，威逼议员，宣告独立，乞派兵挽救，速讨逆贼"等语。情形迫切，众口一词，广东经兵燹之后，疮痍未复，迭饬各师旅长等，严守秩序，保卫地方。不意陈炯明狼子野心，背国叛立，粤人水深火热，泣血椎心，披阅电文，不忍卒读。各该商民深明大义，任侠可风。陈炯明祸国祸乡，竟敢通电各省，措词狂悖，罪不容诛，应即褫去广东都督职官，并撤销陆军中将暨上将衔。着龙济光饬各师旅长，派兵声讨，悬赏拿办。其被胁之徒，但能立功自拔，概勿深究！此令。

此外还有湖南、福建二省亦相继独立。湖南都督谭延闿，福建都督孙道仁，本持中立态度，无意决裂，怎奈军界欲起应孙、黄，同时胁迫。湖南举师长蒋翊武为总司令，福建举师长许崇智为总司令，害得谭、孙两督，无法可施，只好暂时从众，也张起讨袁旗来。最后是重庆师长熊克武，亦宣示独立，正是：

彼让此争徒自扰，南征北讨几时休。

以上所述，独立的省份，计不下五六省，袁政府遣兵派将，日夕不遑，倒也忙碌得很。欲知成败，且看下回。语有云："不可与言而与之言，失言。"孙文之劝袁退位，毋乃贻失言之讥乎？袁氏野心勃勃，宁肯退位？彼方为一网打尽之谋，而孙实堕其术，徒令撤销全权，目为乱党，假使袁氏后日，效曹操之欲为周文王，不思南面称帝，则假面目终未揭破，孙、黄逋逃海外，终为民国罪人，几何而不为天下笑也。柏文蔚、陈炯明辈，亦未免躁率取殃，意气之不可用事也如此。前车覆，后车鉴，愿执此书以告来者。

第二十九回

郑汝成力守制造局
陈其美战败春申江

却说袁政府派兵南下，首先注意是宁、赣两路。李烈钧已入围中，虽有欧阳武等遥应南昌，已被北军遮断，宣抚使段芝贵，及总司令李纯，步步进逼，还有陆军中将王占元，及海军次长汤芗铭，会同水陆各军，同时进攻。旅长马继增、鲍贵卿等，奉段芝贵等派遣，分道攻击。马军从新港一带，率兵猛进，连夺要隘，占领灰山。湖口西炮台，忙开炮轰击马军，马军仗着锐气，直薄炮台，前仆后继，冒烟冲突，又有外面军舰，连放巨炮，终将炮台轰破，守台各兵，除倒毙外，尽行逃去，马军遂占住西炮台。鲍军由海军掩护，从官牌夹渡，至湖口东岸，与李烈钧部众激战，大获胜仗，乘势进据钟山，扑攻东炮台。可巧西炮台攻毁，东炮台知不可守，立即溃散。李烈钧势穷力蹙，遂弃了湖口，乘舟逸去。总计李烈钧起事，偶得偶失，先后不过十多日，湖口一带，已完全归入北军了。袁总统闻捷大喜，即发犒赏银十万元，赉交段芝贵，量功颁赉。并称："天不佑逆，人皆用命，得此骤胜。恐是天夺之鉴，并非助彼除敌。并饬悬赏缉获李烈钧。所有商民，应责成段芝贵设法安抚，以副救民水火的本旨。满口仁慈。又因陆军少将余大鸿，参谋汤则贤，前时奉公至赣，道经湖口，为李烈钧部将何子奇所拘，一并杀害，投尸江流，应特别抚恤，并在受害地方，建祠旌忠"云云。段芝贵等自然照办，一面从湖口南下，往捣南昌去讫。

　　这时候的沪军总司令陈其美，已连攻制造局，三战三北，纷纷退至吴淞口。原来江宁独立，传檄各属，陈其美同时响应，已见上文。外如松江军队，蠢然思逞，即推钮永建为总司令，招添新军，挑选精壮，派统领沈葆义、田嘉禄等为师团各长，先行开往沪南，与北军决战。一到龙华，即在制造分厂门外，开了一阵排枪，先声示威，嗣即整齐军队，陆续进厂，厂中没人抗拒，当由松军检点火药子弹等箱，贴上封条，并在厂前高悬白旗，嘱令厂长等严加防守，即刻拔队赴沪。

　　制造局督理陈榥，与海军总司令李鼎新，正接黄兴急电，请调北军离局，免致开衅，当已据实电达北京，请示办理。忽闻龙华药厂，又被松军占领，顿露惊慌景象，所有全局办事员，及工匠役夫等，走避一空。陈督理与李总司令筹商，急切不得良法，可巧郑汝成到来，见这情形，遂向李鼎新道：“此处警卫全军，大总统本责成海军总司令，完全节制，现在枪械均足，又有兵舰驻泊，足资防守，应该如何对付，当由总司令发布命令，未便一味游移。”李鼎新迟疑半晌，方道：“昨已电达政府，请示办理了。”郑汝成又道：“依愚见想来，政府命公留此，当然要公防护，就是汝成奉命前来，也应助公一臂，何必待着复电，再行筹备。明日有了复音，当不出我所料。”李鼎新复道：“兵不敷用，奈何？”汝成道：“不瞒公说，我已有电到京，请速派兵到此，尽可无虑。”李鼎新尚是愁容满面，只恐缓不济急。汝成又道：“昨日沪上领事团，已有正式通告，无论两方面如何决裂，不能先行动手，否则外人生命财产，应归先行开战一方面，担任保险。我处有此咨照，那边应亦照行，想一时不致打仗，不过有备无患，免得临时为难。”李鼎新尚是踌躇，汝成不觉急躁道：“汝成今日与公定约，公守军舰，我守这局，若乱党来攻，我处对敌，公须开炮相助。成败得失，虽难逆料，但能水陆同心，未必不操胜着呢。”历叙郑汝成谋划，确是有些智略，故二次革命之平定，当以江西李纯，上海郑汝成为首功。但为袁尽力，还是有掩盛名。李鼎新方才欣允，彼此约定，李即到海筹军舰中，自行筹备，这且慢表。

　　且说陈其美树帜讨袁，就在上海南市，设一总司令部办事机关，所有旧部人员，次第到来，分任职务。且四处发出通告，遍贴街衢，大旨以起兵讨袁，义不得已，在沪商民，一应保护，并饬各营约束军队，严查匪类，另颁六言告诫，申定斩首等律，揭示军民人等，一体知悉。华界人民，多数搬入外国租界，期避兵锋。吴淞炮台官姜文舟，也受陈怂恿，宣布独立，划定战线。照会外国领事，一切军舰商舶，不得在战线内下碇，无论何人，亦不得入战线以内。战祸将开，风声日紧。至松军一到，自龙华药厂起，至日晖桥止，悉数布置，遍地皆兵。陈其美复商同商会董事李平书，令为保安团长，以王一亭为副，管理民政，保卫自安。上海城内各公署，无兵无饷，怎敢反抗陈其美，只好随声附和，独有郑汝成驻守制造局，及海军各舰，不受陈其美运动。北军逐日南来，统在局内屯驻，听郑汝成节制，局中原有的巡警卫队，俱被汝成遣出，免得生变。陈其美闻这消息，料他是个好手，不便轻敌，即与李平书、王一亭熟商，拟出三万金赆送北军，教他让给制造局。李平书本与郑汝成相识，便把这副担子，挑在自己身上，邀同王一亭往制造局，入见郑汝成，略说："北军兵单孤立，南军四路合围，眼见这制造局，要被南军夺去。平书为息战安民起见，已与陈其美商洽，愿馈北军三万金，统为赆仪，劝他北返。"说至此，猛听得一声呵叱道："我郑汝成奉大总统命令，来守此局，你奉何人命令，敢来逐我出境？我若不念旧交，先将你的头颅，枭示局门，为叛党鉴。混账糊涂，快与我滚出去罢！"李、王两人，碰了这个大钉子，不禁面目发赤，仓皇退出，返报陈其美。陈乃决意开战，调集南军，拟专攻制造局，可巧驻宁福字营司令刘福彪，将部众编作敢死队，带领至沪，与陈其美晤商，愿为攻击制造局的先锋。其美大喜，即令为冲锋队。还有镇江军、上海军，及驻防枫泾的浙江军，一股脑儿凑将拢来，约有三四千人。镇、沪两军，本无叛志，因黄兴借着程督名义，调拨该军，不得不奉命来前。浙江本未独立，所派枫泾防兵，实是防御沪党，不意为陈其美买通，也拨遣一队，助攻制造局。再加松江钮永建军，福字营的敢死队，共计得七千五百人，于七月二十二日夜间，由总司令陈其美发令，一律会齐，三路进攻，一攻东局门，一攻后局门，一攻西栅门。东局门最关紧要，即用敢死队猛扑过去。先放步枪一排，继即抛掷炸弹，蜂拥前进。局中早已预备，即开机关枪对敌，敢死队也用机关枪击射，相持不退。局内复续发步枪，继以巨炮，响震全沪，会西栅门外，又复起火，后局门外，亦起枪声，郑汝成分军堵御，连击不懈。正在两军开战的时候，海筹军舰的李司令，遵约开炮，向东西两面轰击，东轰镇军，西轰浙军，大半命中，镇、浙两军，本无斗志，立即溃散。只有松军沪军，及敢死队数百名，尚是死抗，未肯退回。转瞬间天已黎明，北军运机关炮过山炮等，一齐开放，松、沪军始不能支，逐渐退去。北军出局追击，因敢死队乱掷炸弹，异常猛烈，才停住不追。敢死队却自死了多人，总计敢死队六百五十名，战了一夜，伤亡了一大半。

刘福彪大呼晦气，闷闷不已。

　　到了晚间，由吴淞炮台官姜文舟，拨调协守炮台的镇江军一营，到了上海，又由陈其美下令，再攻制造局，各军仍然会集，依了老法儿，三路并进，连放排枪，北军并不还击，直待敌军逼近，方将枪炮尽行发出，打得南军落花流水，大败而逃。刘福彪气愤填膺，当下收集溃兵，休息数小时，至二十四日午后，运到机关大炮，猛攻制造局。北军亦开炮还击，福彪冒险直进，不防空中落下一弹，穿入左臂，自觉忍痛不住，只好逃往医院，向医求治去了。部下的敢死队，只剩了一二百人，无人统辖，统窜至北门外，北门地近法界，安南巡捕，奉法总巡命令，严行防守，偶见败军窜入，即猛放排枪一阵，把他击回，转入城内，抢劫估衣等店数家，由南码头凫水逃生，慌忙逸去。敢死队变作敢生队。

　　是日，有海舰一艘入口，满载华人，仿佛似铁路工匠模样，及抵沪登岸，统入制造局，外人才知是北军假扮，混过吴淞。局中得此生力军，气势愈盛。唯松军司令钮永建，迭接败报，即亲率部众二千名，直至沪南，郑汝成闻有松军续到，索性先发制人，立派精锐五百名，出堵松军。两下相见，无非是枪炮相遗。奋斗多时，互有伤亡，唯北军系久练劲旅，枪无虚发，松军渐觉不支，向西退去。北军方拟追袭，忽由侦卒走报，后面又有叛党来攻，乃急急回军，退入西栅，松军返身转来，复向西栅攻击，北军严行拒守。既而后面又迭起炮声，有一千余人新到，夹攻制造局。看官道此军何来？乃是讨袁总司令陈其美，由苏调来的第三师步兵，他由闸北河道，坐驳船到沪，随带机关枪炮，却也不少，所以一到战地，即枪炮迭施，隆隆不绝。北军并不与敌，只有海军舰上，开炮相击，亦没有什么猛烈。苏军大胆前进，甫逼局门，不料背后猝闻巨响，回头一望，弹来如雨，不是击着面部，就是击着身上，接连有好几十人，中伤仆地。苏军料知中计，急忙退避。时已昏暮，月色无光，不觉仓皇失措，那局内又迭发巨炮，前后夹攻。大众逃命要紧，顿致自相践踏，纷纷乱窜。原来郑汝成闻苏军到来，即遣精兵百人，带着机关炮，埋伏局后，俟苏军逼近局门，伏兵即在苏军背后，开起炮来，局中亦应声出击，遂吓退苏军，狂跑而去。西栅门外的松江军，尚在猛扑，更有学生军六十名，力斗不疲，几把西栅攻入，凑巧军舰上开一大炮，正射着学生军，轰毙学生三四十人，余二十人不寒而栗，没奈何携枪败走，松军为之夺气。北军正击退苏军，并力与松军激战，松军死亡甚众，他只好觅路逃走；途次又被法兵拦住，令缴军械，始准放行。该军无法，乃将枪杆军装，一齐抛弃，才得走脱二十名。学生军逃至徐家汇土山湾，困乏不堪，为慈母院长顾其所见，心怀矜恻，各给洋五元，饬令速返故里。唯所携枪械，当令交下。学生称谢去讫。自二十二日晚间开战，至二十五日，南军进攻制造局，已经三战三北，死的死，伤的伤，逃的逃，不复成军。亏得红十字会，慈善为怀，除逃兵外，所有尸骸，代为收殓，所有伤兵，代为收治，总算死得其所，稍免残惨。但商民经此剧战，已是流离颠沛，魂上九霄了。

陈其美迭接败报，不得已招集散兵，令赴吴淞效力，唯前时临阵先溃，有逃兵二十四名，押往地方检察厅。此次散兵拟赴吴淞，即向检察厅索还被押兵士，以便偕行。厅长也算见机，立命释出，不意散兵闯入厅署，持枪威吓，竟将所有讼案缴款，及存案物件，抢掠一空。该厅所属，有模范监狱，曾羁住宋案要犯应桂馨，至此也联络监犯，大起扰乱。狱官吴恪生力难镇慑，先偕应出狱，各犯亦乘势脱逃。城内秩序大乱，巡警亦无法拦阻。地方审判厅长，索性将看守所中，男女各犯，一齐释出，令他自去逃生，各犯都欢天喜地的携手同去。是时程都督德全，及民政长应德闳，驻沪已一星期，惊魂甫定，且闻党人多已失败，乃联名发电，作为通告。其文云：

德全德薄能鲜，奉职无状，光复以来，唯以地方秩序为主，以人民生命财产为重，保卫安宁，别无宗旨。不图诚信未孚，突有本月十五日宁军之变，维时事起仓猝，诚虑省城顷刻糜烂，不得不忍一时之苦痛，别作后图。苦支两日，冒死离宁。十七日抵沪后，即密招苏属旧部水陆军警，筹商恢复。众情愤激，询谋佥同，连日规划进行，布置均已就绪，兹于本月二十五日，即在苏州行署办事。近日沪上战事方剧，居民震骇，流亡在道，急宜首先安抚，次第善后，并在上海设立办事处，酌派人员就近办理。德闳遵奉中央命令，亦即在沪暂行组织行署，以便指挥各属，筹保卫而策进行。窃念统一政府，自成立以来，政治不良，固无可讳。唯监督之权，自有法定机关，讵容以少数之人，据一隅之地，诉诸武力，破坏治安？看他语意，全是首鼠两端。德全与黄兴诸人，虽非凤契，亦托知交，每见辄谆谆以国家大局为忠告。我未之闻。即党见之异同，个人之利害，亦皆苦口危言，无微不至。乃自赣军肇衅，金陵响应，致令德全两年辛苦艰难，经营积累，所得尺寸之数，隳于一旦。哀我父老，嗟我子弟，奔走呼号，流离琐尾，泣血椎心，无以自赎。德全等不知党派，不知南北，但有蹂躏我江苏尺土，扰乱我江苏一人，皆我江苏之同仇，即德全之公敌。区区之心，唯以地方秩序为主，以人民生命财产为重，始终不渝，天人共鉴，一俟乱事敉平，省治规复，即当解职待罪，以谢吾苏。敬掬愚诚，唯祈公鉴！程德全、应德闳叩。

自程督通电后，沪上绅商，已知陈其美不能成事，乃就南北两方面，竭力调停，要求罢战。且硬请陈司令部迁开南市，移至闸北。陈其美忿气满胸，声言欲我迁移，须将上海城内，一概焚毁，方如所请。红十字会长沈敦和，前清时为山西道员，曾婉却八国联军，一意保护商民，晋人称他为朔方生佛。至此访陈其美，再三磋商，陈乃勉强允诺。适江阴遣来援兵二千余名，为陈所用，陈又遣令攻局。并雇佣沪上流氓，及东洋车夫，悉数助攻。流氓车夫，也出风头。偏局中无隙可击，更兼外面军舰，用了探海电灯，瞭照交战地点，测准炮线，猛击敌军。敌军冲突多时，一些儿没有便宜，反枉送了许多性命。自二十五日夜半，战至天明，一律遁去。陈其美方死心塌地，将总司令部机关，迁至闸北，只有钮永建倔强未服，尚欲誓死一战，到了二十八日，号召残军，且延聘日本炮兵，作最后的攻击。这次猛战，比前四次尤为剧烈，不但轰击制造局，并且轰击兵舰，炮弹所向，极有准则，竟把海筹巡洋舰，击一窟窿，就是守局的北军，也战死不少。北军未免着急，竟将八十磅的攻城大炮，接连开放，飞弹与飞蝗相似，打死钮军无数。流氓尽行溃散，钮军也立脚不住，仍一哄儿散去，沪局战事，方才告终。小子时寓沪上，曾口占七绝一首云：

风声鹤唳尽成兵，况复连宵枪炮声。
我愧无才空击楫，江流恨莫睹澄清。

郑汝成既战胜南军，连章报捷，北京袁政府，又有一番厚赉，容至下回表明。

上海宣告独立，除英美法租界外，只有一制造局，尚奉中央。孤危之势，可以想见，乃得郑汝成以守护之，卒能血战数日，战败敌军，是知用兵全在得人，得人则转危为安，不得人，虽兵多势盛无益也。犹忆前清拳匪之役，京中如载漪、董福祥等，用全力以攻使馆，不能损彼分毫，有识者知其必败。陈其美集数处之兵，攻一制造局，三战三北，甚至用流氓车夫为战士，欲以儿戏故技，恐吓北军，试思此时与袁军开仗，非清末可比，尚能以虚声吓退敌人乎？强弩之末，且不能穿鲁缟，况本非强弩，安能不折？是陈其美之弄兵，毋亦一董福祥之流亚欤？彼粗莽如刘福彪辈，徒有匹夫之勇，更不足道矣。

第三十回

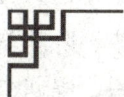

占督署何海鸣弄兵
让炮台钮永建退走

却说袁总统闻沪上起衅，屡遣北兵至沪，助守制造局，且令郑中将汝成，及海军司令李鼎新，协力固守，如有将士应乱图变，立杀无赦等语。郑汝成本服从中央，立将此令宣布，又调开原有警卫军，专用北军堵御。果然内变不生，外患尽却，当即连章报捷。袁总统即任郑为上海镇守使，并加陆军上将衔，颁洋十万元，奖赏守局水陆兵士，**两个十万元，压倒赣、沪军，其如债台增级何？** 郑汝成遵令任职，一面将赏洋分讫。嗣闻沪上败军，都逃至吴淞口，炮台官姜文舟，已经遁去，由要塞总司令居正管辖。居正与陈其美等，统同一气，自然收集败军，守住炮台。松军司令钮永建，与福字营司令刘福彪，先后奔到吴淞，与居正一同驻守。郑汝成、李鼎新等，因吴淞为江海要口，决意调遣水陆军队，往攻该处，嗣闻海军总长刘冠雄，由袁总统特遣，领兵南下，来攻吴淞炮台，于是待他到来，再议进取。**暂作一结。**

且说黄兴在宁，闻赣、徐、沪三路人马，屡战屡败，北军四路云集，大事已去，暗想此时不走，更待何时，当下号令军中，只说要亲往战地，自去督战，但却未曾明言何处。七月二十八日夜半，与代理都督事章梓，改服洋装，邀同日本人作伴，各手持电灯一盏，至车站登车，并拨兵队一连，护送出城，既到下关，赏给护送兵士洋二百元，兵士排队举枪，恭送黄兴等舍车登舟。俟他鼓轮下驶，才行回城。黄兴到了上海，拟与孙文、岑春煊等，商议行止。哪知上海领事团，已转饬会审公廨，总巡捕房，访拿乱党数人，第一名就是黄兴，余如李烈钧、柏文蔚、陈其美、钮永建、刘福彪、居正等，统列在内。还有工部局出示，驱逐孙文、岑春煊、李平书、王一亭等，不准逗留租界，害得黄兴无处栖身，转趋吴淞口，与钮永建、居正会晤，彼此流涕太息。当由钮永建叙及："孙文、岑春煊，俱已南走香港，陈其美亦不能驻沪，即日当迁避至此。"黄兴道："全局失败，单靠这个吴淞炮台，尚站得住么？"钮水建道："在一日，尽一日的心，到了危险的时节，再作计较。"黄兴又未免嗟叹。在钮营内暂住一宵，辗转思维，这孤立的炮台，万不足恃，不如亡命海外，况随身尚带有外国钞票，值数万金，足敷川资，怕他甚么。主见已定，安安稳稳的游历睡乡，至鸡声报晓，魂梦已醒，他即起身出营，也不及与钮永建告辞，竟携着皮包，趋登东洋商船，航海去了。看官！这讨袁总司令黄兴，是与袁世凯有仇，并非与领事团有隙，为何上海租界中，也要拿他，他不得不航海出洋呢？原来旅京军界，恰有通电缉拿黄兴，袁总统愈觉有名，遂商准驻京各国公使，转令上海租界，一体协拿。小子曾记得军界通电云：

大总统副总统各省都督各使各军长旅长鉴：黄兴毫无学问，素不知兵，然屡自称总司令，俨然上级军官。凡为军人者，皆应有效死疆场之精神，而黄兴从前于安南边境，屡战屡逃，其后广州之役，汉阳之役，其同党多力战以死，而黄兴皆以总司令资格，闻炮先逃，其同党之恨之者，皆曰逃将军。其人怯懦畏死，可想而知。其以他人性命为儿戏，又极可恨。此次乘兵谋叛，彼非不知兵力不足以敌中央，不过其胸中有一条三十六计走为上计之秘诀，一旦事机不妙，即办一条跑路，而其同谋作乱者，则任其诛锄杀戮，不稍顾恤，其不勇不仁，一至于此。苟非明正典刑，不足惩警凶逆。我军各处将领，于并力攻剿之外，并当严防黄兴逃走，多设侦探，密为防范，无使元凶逃逸，以贻他日生民之患。旅京各省军界人同叩。

黄兴去宁，南京无主，师长洪承点，亦已遁走，代理民政长蔡寅，亟请第八师长陈之骥，第一师长周应时，要塞司令马锦春，宪兵司令茅乃封，警察厅长吴忠信及宁绅仇继恒等，集议维持秩序，当议决七事：（一）取消独立字样；（二）通告安民；

（三）电请程都督回宁；（四）电请程都督电达中央各省，转饬各战地一律停战；（五）电请由沪筹措军饷来宁；（六）军马暂不准移动，城内不准移出城外，城外不准移入城内；（七）军警民团责成分巡保卫城厢内外。七事一律宣布，人心稍定。当派参谋盛南苕，军务课长王楚二人，往迎程督。地方团体，亦举仇继恒代表迎程。哪知程督不肯回宁，且因第一师长洪承点，已经出走，特派杜淮川继任。其时宁人已公举旅长周应时，接统第一师，当有电知照程督。程不但不肯下委，反将周应时的旅长，亦一并取消。于是军民不服，复怀变志。

及杜淮川到任，正值张勋、冯国璋二军，由徐州而来，杜即往固镇欢迎。忽有沪上民权报主笔何海鸣，带领徒党百余人，闯入南京，竟占据都督府，宣布程德全、应德闳罪状，出示晓谕，恢复独立，只百余人，便可入城胡行，江宁城中的军吏，管什么事？自称为讨袁总司令，黄兴之后，不意又有此人。正在组织司令部，第八师长陈之骥，方才到署，何海鸣降阶迎接。陈之骥笑语道："何先生！有几多饷银带来？"目的全在饷银，无怪扰乱不已。何答道："造币厂中，取用不尽。"之骥又道："有兵若干？"所恃唯兵，所畏亦唯兵。何复道："都督的兵，就是我的兵。"之骥便回顾左右道："这厮乱党，真是胆大妄为，快与我捆起来。"你前时何亦欢迎黄兴？左右闻命，立将何海鸣拿下，又将何党数十人，亦一并拘住。之骥复指何海鸣道："此时暂不杀你，候程都督示谕，再行定夺。"于是将何海鸣等，羁禁狱中，再出示取消独立，全城复安。

既而南京地方维持会，向闻张辫帅大名，恐他军队到来，入城蹂躏，乃与商会妥议，公举代表，渡江谒冯军使，求保宁人生命财产，不必再用武力；且请转商张军，幸毋入城。冯军使国璋，任职宣抚，却也顾名思义，准如代表所请，一一允诺。代表即日回宁，转告陈之骥，之骥亦亲往谒冯，接洽一切。不意第一师闻之骥出城，竟去抢劫第八师司令部，与第八师交哄起来。第八师仓猝遇变，敌不住第一师，一拥而出。第一师放出何海鸣，引至督署，复宣告独立起来。第一师如此行为，定是受何党运动。城内商民，又吓得魂飞天外，大家闭市，连城门也通日阖住。何遂设立卫戍司令，并委任参谋各职，及旅团军官，又是一番糊糊涂涂新局面。仿佛戏场。阖城绅商，急得没法，只好邀集军人会议。怎奈军人纷纷索饷，声言有钱到手，便可罢休。是时宁城已罗掘一空，急切不得巨款，没奈何任他所为。何海鸣却用使贪使诈的手段，哄诱第一第八两师，扼守要害，有将来安乐与共等语。两师被他所惑，愿遵号令，只第八师的三十团，不肯附和，由何勒令缴械，资遣回籍。自是南京又抵抗北军，冯、张两使，率军到宁，免不得又启战争了。**这皆是程督所赐。**

且说海军总长刘冠雄督领水师南下，因吴淞口被阻，绕道浦东川沙东滩登陆，迂道至沪，暂驻制造局，会晤郑汝成、李鼎新等，修舰整队，决意进攻吴淞炮台。当于八月一日，密令海筹、海圻各军舰，驶抵吴淞，距炮台九英里许，开炮轰击，炮台亦开炮相答。居正亲自在台督战，约一小时，未分胜负，两下停炮，越二日又有小战，由海圻兵舰，连开数炮，炮台亦还击多门，寻即罢战。又越三日，复由海圻、海容、海琛三舰，齐击炮台，有数弹击中台内土墙，泥土及黑烟，飞腾空中。台上稍受损伤，连放巨炮相答，三舰又复驶回。原来刘总长因吴淞一带，留有居民，如用猛烈炮火，不免毁伤住宅，且探悉炮台守兵，饷需缺乏，军无斗志，不如静待敌变，然后一举可下，所以数次攻击，无非鸣炮示威，并未尝实行猛扑；一面转致程督德全，速劝吴淞炮台居正等，反正效力。居正、钮永建，未肯听从，独刘福彪颇有异图，拟将炮合奉献，**如何作敢死队头目？**事被居正察悉，遽开炮轰击刘军，刘福彪仓皇溃逃，转投程督，情愿效劳。刘总长冠雄，得悉情形，遂调齐海陆大军，合作围攻计划。口外海军，由刘自为总司令，口内舰队，由李鼎新为总司令，江湾张华浜方面，派遣陆军进攻，由郑汝成为总司令。三路驰击，大有灭此朝食的形势。远近居民，逃避一空，就是沪渎一方面，距吴淞口四十余里，也觉岌岌可危，惊惶不已。红十字会长沈敦和，特挽西医柯某，乘红十字会小轮，驰赴战地，拟劝钮永建等罢兵息争。适钮永建据住宝山城，暂设司令部机关，居正因钮知兵，已让与全权，钮遂为吴淞总司令。柯医借收护伤兵为名，竟冒险入宝山城，投刺司令部，进见钮永建。钮问及伤兵若干？柯叹道："尸骸遍地，疮痍满目，商业凋敝，人民流离，几至暗无天日，公系松人，独不为家乡计么？"钮亦太息道："事已至此，弄得骑虎难下，就是有心桑梓，亲爱莫能助，如何是好？"柯遂进言道："公非自命为讨袁司令么？袁未遇讨，故乡的父老子弟，已被公讨尽了。公试自问，于心安否？"**单刀直入。**钮不禁失声道："然则君今到此，将何以教我？"柯答道："现赣、宁、湘、皖诸省，都被北军占了胜着，近日四路集沪，来攻吴淞，将军虽勇，究竟寡不敌众，难道能持久不败么？从前百战百胜的项霸王，犹且垓下遇围，不能自脱，今日的吴淞，差不多与垓下相似，今为公计，毋效项王轻生，不如全师而退，明哲保身。并且淞、沪生灵亦免涂炭，一举两得，想尊意当亦赞成。"语语中人心坎，哪得不令人服从？钮闻言心动，徐徐答道："君言甚是。北军如能不杀我部下，我岂竟无人心，忍使江东父老，为我遭劫么？"柯即答道："公何不开一条件，交给与我，我当往谒刘总长，冒险投递，就使赴汤蹈火，亦所不辞。"钮乃亲书条约，函封授柯，且语柯道："我与刘总长颇有交情，劳君为我介绍，致书刘公，别人处不必交他。"柯连声应诺，告辞出城，当下仍登小轮，驶赴海圻军舰。正值炮弹纷飞，两造酣战，柯即手执红十字旗，摇动起来，指示停战。两下炮声俱息，柯乃得登海圻舰中，与刘总长协商。刘总长颇觉心许，遂将舰队驶回，复与李、郑两司令，商议了两小时，彼此允洽。柯遂返报沈敦和，一面驰书宝山，请钮践言。钮复称如约，柯即于八月十三日，率救护队入宝山城，四面察看，已无兵士。及至司令部中，钮已他去，只留职员四人，与柯交接，并出钮所留手书，由柯展阅，书云：

永建无状，负桑梓父老兄弟，罪大恶极，百身莫赎。前席呈词，畅闻明训，甘践信约，不俟驾临，率卫队三百人，退三十英里。炮台已饬竖海军旗，以坚北军之信。钮永建临行走笔。

柯医阅罢，即返身至吴淞口，张着红十字旗，至炮台前，所有军官兵士等，除居正远飏外，已尽遵钮永建密令，归服北军，遂一齐欢迎柯医，且将炮闩脱卸，炮门向内，枪支尽释。柯复为奖劝数语，大家悦服。柯乃亲登炮台，竖起红十字旗，旋见海圻各舰，率鱼雷艇入口，派五十人登台。外如海筹各舰，亦陆续驶来，共计八艘，悉数停泊炮台前。原守各军，擎枪示敬。刘总长立即传令，每门派水兵四人把门，余扎重兵分道防守。原有守将守兵，仍准协同守护，候大总统命令，再行核办。乃将红十字旗卸下，易用海军旗，当易旗时，全体军队，均向红十字旗，行三呼礼道谢。柯医与救护员等，及水陆军合拍一照，留作弭兵的纪念，然后分途散去。柯医不愧鲁仲连。

刘总长即电告吴淞恢复情形，适值长江查办使雷震春，及陆军二十师师长潘矩楹，奉中央命令，带兵到沪，由郑镇守使接着，详述吴淞规复，雷、潘等自然欣慰。唯雷、潘两人南下，本拟助攻吴淞炮台，及闻炮台已复，乃电呈袁总统，候令遵行。

嗣得复电，命刘冠雄兼南洋巡阅使，雷震春为巡阅副使，所有潘矩楹部下全师，仍令归雷节制，出发江宁助剿。雷乃带领潘军，乘轮上驶去了。郑汝成送别雷、潘后，复接袁总统电令，严拿陈其美、钮永建、居正、何嘉禄等人。郑乃复分饬侦探，密查钮等踪迹，期无漏网。那时陈、居等或匿或逃，无从缉获，只钮永建卖让炮台，由宝山退据嘉定，尚拟募兵防守，为久占计，当由海军司令李鼎新，及旅长李厚基，两路进击，钮永建始出走太仓，自知事不可为，竟乘美国公司轮船，飘然出洋。陈其美、居正等，也陆续航海，统到外洋避难，既而李烈钧自南昌出走，柏文蔚自安庆出走，辗转出没，结果是亡命外洋。就是欧阳武、陈炯明等，亦皆因政府悬赏缉拿，狼狈遁去。小子有诗咏道：

> 倏成倏败太无常，直把江淮作戏场。
> 毕竟谁非与谁是，好教柱史自评量。

欲知各党人出走详情，待至下回续叙。

徒以成败论人，原为一孔之见，不足共信，但如黄兴之所为，有奋迅心，无坚忍力。若程督德全，毋乃类是。至钮永建攻制造局不下，退据吴淞，犹能固守十余日，其毅力实可钦敬。独惜袁氏早存排除异己之见，在浔事未发之前，于沪、宁方面，已预为设防，致令未克成功，良可慨已！

第三十一回

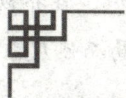

逐党人各省廓清
下围城三日大掠

却说段芝贵、李纯等，既夺还湖口，即乘胜直捣南昌，适李烈钧收集败军，退守吴城，吴城系新建县乡镇，距南昌省城一百八十里，烈钧到此，即遣党人魏斯昊、曾经等，赴省城勒逼民财，输作军饷。省中商民，怨苦的了不得，统詧欧阳武勾引乱党，扰乱南昌，且因北京已传达命令，撤销欧阳武护军使，归段宣抚使李镇守使严行拿办。欧阳武不能安居，方拟出走，又值李烈钧的败信，陆续报到，他即收拾细软，一溜烟的遁去。哪知去了一个新都督，又来了一个老都督，老都督为谁？看官不必细问，就可晓得是李烈钧。李烈钧节节败退，竟至南昌，甫到城外，即令城外居民，立即迁移，意欲坚壁清野，实行扼守。南昌商民，越加惊慌，统说是李军入城，抗拒官军，势必全城糜烂，玉石俱焚，不得已浼商会总董，速派代表，往说李军，情愿集洋三十万元，为李军寿，请他不要入城，当由烈钧允诺，收了银圆，移师万家浦，驻扎候战。季纯率同水陆各军，踊跃前来，烈钧下令迎击，免不得枪弹互施，无如兵已屡败，不能再振，一经战斗，好似秋风陨箨，旭日凌霜，烈钧支持不住，索性向南远窜。余众或逃或降，弄得干干净净。收束赣乱，且为前回补笔。李纯乃收军进城，出示安民，当下通电北京及各省道：

本月十八日，我军水陆进攻南昌，于聂家窑、罗口、高桥，与匪激烈战斗，其水道一股，击沉匪船七只，毙匪四百余人，俘获二十余人，陆路一股，毙匪六七百人，招降四营。余夺获小火轮三只，步枪五千余支，山炮六尊。我军两路，共阵亡官兵数名，受伤一百余名，于是日晚完全占领南昌。我军入城，各界极表欢迎，现在一面安抚商民，一面分队追击溃匪，俾早全赣肃清，以安大局而慰廑系。特闻！李纯叩。

南昌既闻克复，安庆又报肃清。原来柏文蔚率同胡万泰，入据安庆，即在城外遍布兵队，严防倪军，寻闻倪嗣冲已攻克寿州，复下正阳关，直逼省城，胡万泰忽起变心，竟离了柏文蔚，自张一帜，目揭示柏文蔚五罪，函致议会商会，逐柏他去。统是一般墙头草。议会商会，乃公举代表数人，劝柏退让，柏已形神俱丧，没奈何应允出城，径趋芜湖。胡万泰即取销独立，并亲赴九江，住谒段芝贵。不谒倪而谒段，想是与段有交。段委他收复大通、芜湖等处，另派旅长鲍贵卿，往守安庆，段意亦不甚信胡。一面电告倪嗣冲。是时政府命令，已将安徽民政长兼署都督孙多森免官，特任倪嗣冲为安徽都督，兼民政长，催他晋省。倪乃电致胡万泰，说是不日就道，先派马统领联甲，率所部各营来省，一切军事计划，可与该统领商酌办理，胡即回省待马，并派旅长顾琢塘，带兵三营，往剿大通、芜湖等处，再与鲍贵卿商议，亦令他统率三营，前往接应。顾至大通，击逐乱兵，转攻芜湖，柏文蔚又自芜湖转赴南京，只留龚振鹏一军，奋力抗敌。顾琢塘、鲍贵卿等，先后到芜，相持未下。会马联甲已到安庆，复调旅长柴宝山，助攻芜湖，龚振鹏自知不敌，乃率众遁去。芜湖独立，亦从此消灭了。倪嗣冲安心至省，改任胡万泰为参谋长，把他师长一职取消，唯替他请命中央，给了二等文虎章，才算安了胡心。自此安徽平靖如常，不消细述。收束皖乱，亦是补叙之笔。福建都督孙道仁，闻赣、皖相继失败，马上转风，归罪许崇智，把他驱逐，即取消独立。当时袁总统已派员查办，既得取消独立的消息，便据实呈复，曾由袁总统下令道：

前据福建独立，当即饬员确切查明，兹据复称都督孙道仁，素明大义，倾向中央，唯师长许崇智，纠合乱党，冒孙道仁之名，妄称独立等情。查江宁乱党，冒程德全之名，安徽乱党，冒孙多森之名，均通称宣告独立。其实程德全、孙多森，并未与闻。闽省事同一辙，似此好徒窃冒，眩惑观听，扰害治安，实属罪不容诛。着孙道仁督饬所部，迅平乱事，重悬赏格，将许崇智及其私党，严拿惩办，以伸法纪。仍责成该都督维持地方秩序，毋稍疏忽！此令。

孙道仁奉令后，益服从中央，解散讨袁同盟会，闽中也算无事。但闽、粤是毗连省分，闽省取消独立，粤东自受影响。第二师师长苏慎初，遂撵逐陈炯明，宣布取消独立。全城燃炮鸣贺，商会举苏为临时都督，方拟视事，忽军警不服，另举第一师长张我权为都督，苏即辞去。北京袁政府特任龙济光督粤，兼职民政长。龙遂督军东下，径赴省城。途次复接袁总统命令，以苏、张两师长各争权利，擅自督粤，着饬革军官军职，交龙济光认真查办，借儆效尤。当下传令至省，苏早远扬，张亦潜遁，军民等开城欢迎。龙即入城受任，粤东又安静了。*闽、粤事也依次结束。*

唯湖南军界，举蒋翊武为总司令，倡言北伐，首拟攻取荆、襄，开一出路，遂调动澧州、常德一带军队，进击荆属石首、公安二县。当由黎兼督元洪，檄令荆州镇守使丁槐，率兵抵御。湘军连战皆败，仍旧遁回。丁槐以职守所在，未便穷追，湖南独立如故。既而武昌城内的湖南旅馆，又隐设机关，暗图起事，复被侦探报告黎督，捕戮了好几十人，内多湖南派来的秘党，明枪暗箭，始终无效。黎兼督以湘、鄂相连，湘省多事，终为鄂患，乃致书湖南都督谭延闿，劝他撤销独立。谭复书极为圆滑，略言："独立并非本意，不过为军界所胁，暂借此名，保护治安，鄂、湘唇齿相依，决不自相残杀，现已竭力防乱，静图报命"等语。及赣事失败，北军将移师南向，蒋翊武自知惹祸，偕死党唐蟒等，微服潜逃。就是长江巡阅使谭人凤，也先机遁去，湖南又平。

于是长江上下游，除熊克武据重庆外，只有江南一区，尚由何海鸣占住，未肯罢手。*却似硬汉。*何委唐辰为省长，刘杰为警察厅长，唐、刘常语人道："做一刻算一刻，也管不到什么成败呢。"何海鸣也存此想，不过北军尚未合围，且乐得统领孤军，做了几日总司令，逞些威风，也不枉一生阅历。*苦我民耳！*况金陵虎踞龙蟠，素称险固，就使北军如何威武，也一时不能夺去，所以昂然自若，并不畏缩。冯、张二使，先派师长张文生、徐宝珍等，陆续进攻，鏖战数日，未能得手，反被狮子山上的大炮，击毙了好几百人。徐师长部下，如团长赵振东，连长黄得胜、王建德等，先后阵亡。连徐师长亦受微伤，抱病回扬。张勋闻报大愤，亲率全队渡江，且檄调沪上各兵舰，赴宁会攻。当下水陆夹击，得将紫金山占住，紫金山系江宁保障，既由张军占领，城中倒也恐慌起来。何海鸣只能笔战，不能兵战，特商同兵队，另举张尧卿为都督，统兵扼守。

张勋饬军扑天保城，把守军驱散，完全占领；乘胜攻雨花台，并由张勋自开条款，劝何海鸣等速降。适值柏文蔚已到江宁，城中复得一助，应上文。暗遣宁军出城，抄出张军背后，掩袭天保城，击伤张军多名，复将天保城夺去。这事恼动了张辫帅，再催冯军渡江助战。徐宝珍病已痊愈，也即重临战地，续用巨炮烈弹，扑击天保城，由徐亲自督战，锐气无前，杀退宁军，又把天保城攻克。可巧冯军前队，亦渡江南来，齐集聚宝门外，拟攻雨花台。张、徐两军，亦进逼太平、朝阳两门。宁军更迭出战，都被击退。城外尸骸累累，不及掩埋，又经赤日熏蒸，臭烂扑鼻，真个是神人共恫，天地皆愁。张尧卿触目惊心，情愿卸职，将都督印信，让与柏文蔚。柏以兵单饷绌，不肯担任，经何海鸣从旁婉劝，勉强应允。但城中守兵，伤一个，少一个，城外的北军，却连日运至，昼夜围攻。紫金山及天保城的炮弹，纷纷向城内击射，似急风暴雨一般，猛不可当。城内兵民，一经触着，无不伤亡。何海鸣尚抖擞精神，镇日巡查，不敢少懈。怎奈军饷无着，按天向商会迫索。看官！你想此时北兵压境，商旅不通，还有什么现银，供他使用？只因被逼不过，今朝凑集千元，明朝摒挡百元，移解督署，终不敷用。柏文蔚睹这情形，已知朝不保暮，且登城四望，强敌如林，不觉唏嘘太息，忧惧交并，便下城语何海鸣道："北军大队已到，将次合围，炮火又烈，城中乏饷，兵不应命，这是必败的形景，看来此城是万不可守了。"何海鸣勃然道："海鸣愿誓死守此，城存与存，城亡与亡。"言未毕，旁立张尧卿亦插口道："万一此城被陷，张勋入城，尚可与他巷战，并有炸弹队，可制敌命，想不至一败涂地呢。"柏文蔚默然不答，但摇首示意。越宿，即带领随从军队，潜出南门遁去。临行时仅留一函畀何海鸣道："金陵困守，终非久计，弟已出南门去了，君好自为之！"何海鸣见了此函，知他去意已坚，不再挽回，改推韩恢为都督，申誓死守。

既而冯国璋军，雷震春军，一齐到来，四面包围。雷军攻聚宝门，冯军攻水西门、旱西门，张军攻太平门，徐军攻仪凤门，还有下关停泊的兵舰，亦分两面助攻，枪声满地，炮火遮天，阖城绅商，统吓得魂不附体，只得仍举代表，劝何海鸣等让城，何及第八师兵士索银洋十万元，以八万胁饷，二万作川资。可怜绅商已计穷力竭，一时筹不出十万金，再用全城公民名义，致书韩、何，略谓："若果筹款解散军队，自应陆续措交，或需补助军饷，亦应择地出城备战，不能闭城不出，使城内数十万生命，同归于尽，逐日搜括，人道何在？天理何存？"云云。何见书援笔批道："打一天要饷一天，打一年要饷一年，要活同活，要死同死，宁为共和死，不为专制活。"这批传出，大家又气又笑，顿时全城罢市，店门外面，多写着"本店收歇，人死财绝"八字。军士还疑他反抗，索性拣择殷实商民，斩门直入，抢掠一空。绅商急得没法，只好再浼商会代表，与何海鸣熟商，愿如前约筹赠十万元，令他退出江宁。何海鸣乃愿为担保，总教有了银钱，无论退让与否，决不骚扰居民，商会即次第挪集，次第缴入，果然钱可通灵，得免抢劫。

到了八月二十九日，北军攻城益急，张勋又开受抚条件，招降何海鸣，何仍置诸不理。张尧卿托词募兵，混出城外，韩恢亦避匿不见。海鸣见已垂危，只催令商会缴齐款项，以便出走。商会已缴过七万，尚缺三万金，实是急切难办，不得已宽约数天，何海鸣乃将所有兵队，移扎城南，专等解款到手，便好一麾出城，避开死路。挨到九月一日，款项尚未缴齐，北军已经攻入，江宁城垣，被大炮轰开数丈，张、雷二军，首先拥进，分占富贵山、狮子山、北极阁及朝阳、太平各门。何海鸣尚率军来争，奈各无斗志，不过瞎闹片时，旋即溃遁。何亦驰出南门，飞蹿而去，性命总算逃脱，后来也航海出洋，与一班亡人逋客，同作外国桥民去了。

张、雷二军，就在城上遍插红旗，他也无暇追敌，竟借了搜剿的名目，挨门逐户，任情突入，见有箱笼等物，用刀劈开，无论银饼纸币，及黄白钗钿，统是随手取来，塞入怀中。老实得很。就是裘衣缎服，也挑取几件，包裹了去。倘或有人出阻，不是一刀，就是一枪。最可恨的，是探室入幕，遍觅少年妇女，一被瞧着，随即搂抱过来，强解衣带，污辱一番。宁人只望北军入城，可以解厄，不意火上添油，比前此何军在日，还要加几层淫凶，尤其是蓝衣辫发的悍卒，更属无所不为。于是大家眷属，多逃至西入教堂内，求他保护，西人颇加怜惜，允为收留，当时青年闺秀，半老徐娘，也顾不得抛头露面，相率奔入教堂。可奈堂狭人多，容不住许多妇女，先到的还好促膝并坐，后到的只有挨肩立着，是时天气尚炎，满堂挤着红粉，有汗皆流，无喘不娇，还防辫兵闯入，敢行无礼，偏辫兵不惜同胞，只畏异族，但至教堂外面，遥望窃视，究不敢进尝一脔。为渊驱鱼，为丛驱爵。此外是要杀就杀，要夺就夺，要抢就抢，要奸就奸，初一日已是淫掠不堪，初二日尤为厉害，至初三日简直是明目张胆，把民家商店的箱箧，尽行搬掠，甚至幼辈老媪，也受他糟踏一顿，总算是一视同仁，嘉惠同胞的盛德。有几个受害捐生，有几个见机殉节，香消玉碎，尽化冤魂，叶败花残，无非惨状。想当初扬州十日，嘉定三屠，也不过这般血幕呢！小子有诗叹道：

> 几经世变酿兵戈，猿鹤虫沙可奈何？
> 蒿目六朝金粉地，哪堪三日走淫魔。

张、雷二军，淫掠三日，方有飞骑入城，申明军律，严禁骚扰，这人奉谁命令，且看下回分解。

利不百，不变法，功不十，不易俗，以清季之政令不纲，激成革命，一时之意气用事者，均以革命为无上美名，趋之若鹜。洎乎清帝退位，成为民国，而人民所受之痛苦，较前尤甚。利不胜弊，功不补患，盖已皆视革命为畏途矣。李烈钧、柏文蔚、黄兴诸人，推倒满清，方期享革命之幸福。而偏为袁世凯之违法专权，于是重起革命，动兵十数万，兴师六七省，但未达数旬，即成瓦解。以视辛亥之役，适得其反。斯盖一由民心厌乱，不愿再遭惨剧，一由未能明察袁氏之真相，致彼为倡而此未和，党人反成孤立，俄顷即败耳。

第三十二回

尹昌衡回定打箭炉
张镇芳怯走驻马店

却说张、雷二军，入南京城，淫掠三日，方有军令到来，严禁骚扰，违令者斩。何不早下此令。初三日傍晚，雷副使进城，淫掠少减。又越日，迎入张大帅，兵士俱遵约束，不敢胡行。当时江宁人民，疑张暗示兵士，劫淫三日，其实张在城外，并非没有军令，不过所有部众，阳奉阴违。至抢劫两日后，外国医院内，有一个马林医生，伤心惨目，乃至城外报告张勋，劝令尊重人道，严申军诫。张尚谓属部不至如此，唯派兵官入城弹压，再颁禁令。这时全城居户，已经十室九空，所有妇女人等，或死或逃，掠无可掠，淫无可淫，自然应令即止了。**诠释透辟。**冯国璋亦率军进城，当即会同张勋、刘冠雄、雷震春等，联衔告捷，去电朝发，复电暮来。当奉袁总统命令云：

据江北镇抚使张勋，江淮宣抚使冯国璋，长江巡阅使刘冠雄，副使雷震春电陈攻克江宁情形，并督饬军队搜剿余匪等语。前因乱党黄兴等潜赴金陵，煽诱军队，迫胁独立。当饬张勋、冯国璋分路督兵南下，会合进攻，迨大军进克徐州，黄兴闻风潜逃，叛军反正，本大总统因不忍地方人民惨罹锋镝，特饬程德全从宽收抚，免烦兵力，贻祸生灵。旋据程德全电称："八月八日，乱党何海鸣赴宁，再谋独立，业经击退。乃第一八两师，复被煽惑。何海鸣为伪总司令，又因第三十一团不肯附逆，互相激战，秩序大乱，请饬张勋、冯国璋速进，并派兵舰赴宁"各等情。随饬张勋督率所部，会合第四师进讨。该叛兵凭险抵抗，复敢先开炮轰击，各军连日血战，紫金山、天保城诸要隘，次第占领。八月二十五日，攻入朝阳门，匪军囊沙迭垒，阻碍进行，相持数日，柏逆文蔚，复率大股匪军助守，随由冯国璋、刘冠雄督饬陆海军队，分头进攻，雷震春率兵援击。三十一日，各军约会前进。越日，张勋督队，首先架梯登城，会合第四师，分克朝阳、洪武、通济等门。第三师支队，由太平门攻入，进克狮子山，占领下关等处，第五师支队，攻克神策门。混成第二十九、二十团相继入城，分占富贵、骆驼等山，进据北极阁。雷震春会合第四师占领雨花台，由南门攻入，匪势不支，纷纷溃逃，擒斩无算。遂于九月一号，克复江宁。该使等调度有方，各将士踊跃用命，旬余之内，克拔坚城，良堪嘉奖。张勋晋授勋一位，冯国璋给予一等文虎章，刘冠雄特授以勋二位，雷震春特授以勋三位，用彰劳勚。其余出力人员，由该使查明请奖。伤亡官兵，分别优恤。被难商民，妥筹安抚。一面严捕乱党各首要，务获惩治，仍督饬各军队，查剿溃匪，肃清余孽，以靖地方。此令。

接连又有二电，一是程德全免去江苏都督官，一是任命张勋为江苏都督。张勋喜如所愿，甚为快慰。唯江宁百姓，受了张军的荼毒，无从控诉，只好向隅暗泣。偏有日本商人三名，也被杀害，且有被掠情事，日本岂肯干休，当向政府严重交涉，一要政府谢罪，二要严办凶犯及该管官，三要重金抚恤及悉数赔偿。袁总统忙令李盛铎南下，查明情形，酌量赏恤；并饬张勋速查凶手，从严治罪；其约束不严的军官，立即参办。一面向日使道歉，日使又谈及江宁惨状，百姓遭难，要外人代言，尚说是共和时代，适令人笑。袁总统乃复下令道：

自赣、宁倡乱以来，中央除暴救民，不得不派兵征讨。唯是行军首重纪律，所有各路军队，经过及驻扎处所，无论中外商民，生命财产，均须一律保护。其已被匪扰地方，目击疮痍，至可惨痛，尤应加意保卫，以重人道而肃军规。倘有残杀无辜，及肆意骚扰情事，不特败坏军人名誉，且大背本大总统救民水火之苦心。军律森严，断难宽贷。着各统兵大员，严申诫令，认真稽查！如敢违犯，立按军法从事，并将约束不严之该管官，分别参办，毋稍徇纵。此令。

这令一下，张勋也稍觉不安，且因冯军入城，秋毫无犯，宁人多慕冯怨张，免不得传入张勋耳中，于是张大帅也易威为爱，特派宣慰员十余人，挨门逐广，各去道歉，且出示晓谕军民，凡有收藏人民衣物等件，明明抢劫，如何说是收藏？限三日内缴至商会，逾限不缴，查出以军法从事。越日，即有衣物抛弃路隅，由团防界交商会。商会令失主认领，哪知所有各件，统是敝衣粗服，旧铜烂铁，不值多少钱文。小户人家，出去检认，还有几件寻着；富家大户，遣人往查，仍然一物没有，只好赤手空回。猫口里挖鳅，十得一二，已是幸事，还想什么完璧？冯国璋、刘冠雄两人，又奉命回任，雷震春代任巡阅使。江苏民政长，改任韩国钧，应德闳免官，并督办皖北、江北剿匪事宜，东南一带，暂时敉平。话分两头。

且说四川陆军第三师师长熊克武，响应东南，占据重庆，宣告独立，本拟顺流而下，联络湘军，进窥湖北，不意湘军已取消独立，湖北边防，亦很坚固，几乎无隙可乘，乃遣弟克刚，偕党徒多人，携款至鄂，运动宜昌、施南军队。行经巴东县，为驻防该处第十团二营军队所获。营长殷炯，即电达施、宜稽查使马骥云，又由马转报黎元洪。黎即复电，饬马讯实正法，于是克刚以下，统归冥府。夫曾占一便宜，先把乃弟送终。是时袁总统闻熊克武已变，命黎调军西征，且会合滇、黔、湘三省，助剿重庆。川督胡景伊，又遣兵出击，区区一个熊克武，怎敌得住五省人马，只好电告川省，自请求和。川督勒令交出乱首，方准代为调停，克武不从，乱首就是自己，叫他交出什么？川军遂进逼重庆。黔督唐继尧亦派旅长黄毓成，率混成协一队援川。熊克武孤危得很，四处派人运动，终乏效果，只有川边经略使尹昌衡部下，充任军法局长张煦，被熊勾结，背尹起事。尹昌衡正出师驻边，留张煦驻丹巴县，照顾饷械。张煦竟鼓众应熊，自称川边大都督北伐司令，以第一团团长赵城为副都督，第二团团长王明德为招讨使，即将所部两营，及渝中党羽三千余众，编成混成旅，自丹巴兼程返炉，攻入观察使颜𬭚署中，劫掠一空。颜𬭚走免，尹昌衡的父母，及一妹一妾，尚留寓炉城，均被张煦软禁起来，一面致书昌衡，迫令反抗中央，声言如不见从，当将他全家屠戮。昌衡闻警，即率领数骑，驰回炉城，行近泸定桥，偏被张煦派兵截住，昌衡望将过去，该兵管带，系是周明镜，便大呼道："周管带，你如何反抗中央？"周明镜见是尹昌衡，却也不敢抗拒，便挺身上前，行过军礼，才答道："都督此来，莫非尚未闻独立么？"昌衡道："我正为独立而来，须知螳斧当车，不屈必折，试想东南数省，彼也讨袁，此也北伐，今闻已统归失败，难道我川省一隅，尚独立得住么？昌衡是本省人，做本省官，不忍我故乡父老，旧部弟兄，同归于尽，所以孤身来此，与诸君一白利害，听我今日，否亦今日，请你等自酌！"话颇动人。周明镜徐徐答道："都督嘱咐，敢不听从，请都督入营少憩。"昌衡便驰入军营，又谕兵士道："弟兄们来此当兵，在家的父母妻孥，都是期望得很，今朝望你做队长，明朝望你做团长，此后还望你连步升官，显扬门阀，岂可为了一时意气，自投死路，不顾家室，就是为义愤计，今日的事情，与前日亦大不相同，前日是满人为帝，始终专制，不得已起革命军；今日是共和时代，总统是要公举，做了总统，也是定有年限，任满便要卸职。况现在的袁总统，还是临时当选，不是正式就任，就是他违法行事，也不过几月而止，大家何苦发难，弄得身家两败。而且五省人马，相逼而来，眼见得众寡不敌，徒死无益，空落得父母悲号，妻孥痛泣呢。"说至此，几乎哽咽不能成声，泪亦为之随下。好一张口才，好一副容态。兵士闻言，不由的被他感激，统是垂头暗泣，莫能仰视。昌衡又朗声道："我言已尽于此，请弟兄们自行酌夺，从尹立左，从张立右。"居然欲摹效古人。大众都趋往左侧。昌衡即发令东进，并将所说的大意，录述成文，到处张贴。

行了五里，正到泸定桥，适值赵城、王明德率兵前来，扼住桥右。昌衡乃命周明镜出马晓谕，力陈利害。已有替身，不必再行冒险。赵城、王明德，不肯服从，即命部众开枪，哪知部众已经离心，多是面面相觑，不肯举手。至赵、王再行下令，部众竟驰过了桥，投入昌衡军中。昌衡饬令归伍，拟督领过桥，不意骤雨倾盆，天复昏黑，从众声嘈杂中，猛听得有特别怪响，好似天崩地塌一般，急忙饬前队探视，反报桥梁木板，已被敌人拆断了。是时急雨少霁，昌衡即饬兵众修搭桥梁，渡桥追敌，且分三路搜寻。到了翌晨，竟得拿住两个要犯，就是副都督赵城，招讨使王明德，昌衡本是熟识，也不暇细问，竟将他两人斩首，枭示军前。当下赴至炉城，那川边大都督北伐司令张煦，已是逃之夭夭，不知去向了。幸亏父母家属，不曾被害，总算骨肉团圆，阖家庆幸。昌衡复悬赏万金，饬拿张煦，张煦不杀昌衡家属，还是顾念旧情，胡必悬赏缉拿，不肯稍留余地。一面电达北京，详陈泸城肇乱及戡定情形。当由袁总统复电道：

前因川边炉城逆首张煦倡乱，业经饬令通缉，兹复据川边经略使尹昌衡电，续陈该逆详情，尤堪痛恨。该逆历受荐拔，充当要职，竟敢不顾大局，公然背叛，响应熊逆克武，捏令回炉，私称独立，攻扑观察使署，击散卫兵，劫质该经略父母家属，迫之为逆。抢劫商民，逼迫文武，带匪在泸定桥拦截攻击。使非该经略单骑驰入，劝导官兵，去逆效顺，则边局何堪设想。张煦应将所得陆军上校少将衔四等文虎章，一律褫革，各省务饬速缉，无论在何处拿获，即讯明就地惩办。该经略定乱俄顷，殊堪嘉尚，所请严议之处，仍予宽免。该处地陆遭劫害，眷念商民，怒焉如捣，务望绥辑抚循，毋令失所，用副禁暴安民之意。此令。

张煦遁去，川边已靖，熊克武失了臂助，愈加惶急。黔抚派遣的黄毓成，有意争功，不肯落后，遂步步进逼，转战直前，历拔綦江、熊家坪诸要隘，进捣重庆，川军亦自西向东，按程直达。黄毓成闻川军将到，昼夜攻扑，熊克武料难固守，竟夜开城门，潜自逃生。黔军一拥入城，除揭示安民外，立即电京报捷。袁总统自然心慰，免不得照例下令，令曰：

据贵州援川军混成旅旅长黄毓成电称，重庆克复等情，殊为嘉慰。此次熊逆克武倡乱，招诱匪徒，四出攻掠，蹂躏惨虐，殆无人理。该旅长督率所部，自入川境以来，与逆匪力战，先复綦江，进取熊家坪诸要隘，直抵重庆，匪徒惊溃，熊逆潜逃，地方收复，实属谋勇兼优，劳勚卓著。黄毓成应特授勋五位。此外出力员弁，一律从优奖叙，务令安抚商民，维持秩序，将地方善后事宜，商承四川都督胡景伊，妥为办理，期使兵燹遗黎，咸歌得所。师干所至，无犯秋毫，用副伐罪吊民之意。此令。前云救民水火，此又云伐罪吊民，老袁已自命为汤武矣，此即帝制发生之兆。

未几，又命黄毓成署四川重庆镇守使，川境亦一律肃清，这便叫作癸丑革命，不到两月，完全失败，所有革命人士，统被袁政府斥为乱党，下令通缉，其实都已远飏海外，借着扶桑三岛，作为逋逃渊薮去了。此外有河南新蔡县宣布独立，为首的叫作阎梦松，不到数日，即由省城派兵进攻，斗大孤城，支持不住，徒落得束手就擒，饮枪毕命。又有浙江省的宁波地方，由宁台镇守使顾乃斌，联络知事沈祖绵，及本地人前署浙江司法筹备处处长范贤方，倡言独立，响应民军，至赣、宁失败，顾等见风使帆，急将独立取消。时浙江都督朱瑞，与顾乃斌稔有感情，代顾呈请，顾竟得邀宽免。范、沈二人，归地方官严缉，幸早远飏，免及于祸，甬案也算了结。是时柳州巡防营统领刘古香，被帮统刘震寰胁迫独立，设立北伐司令，募军起事。经广西都督陆荣廷，飞调军队进剿，当有驻柳税务局长黄肇熙，团长沈鸿英，密约内应，俟各军进攻，即开城纳入，当场格杀刘古香，刘震寰遁去，先后不过五日，已雾尽烟消了。简而不漏，是叙事严密处。

独河南省内的白狼，本与党人不相联络，宗旨也是不同，只因黄兴据宁，却派人与他商议，约他一同讨袁，如得成事，即推他为河南都督，并给他军械，及现银二万两，白狼势力愈厚。更兼河南各军，纷纷迁调他处，防剿民党，他益发横行无忌。田统领作霖，献计张督，拟三路兜剿，张督不从，只信任旅长王毓秀，命为剿匪总司令，所有汝南一带防营，统归节制。王毓秀素不知兵，但知纵寇殃民，讳败为胜，因此白狼东驰西突，如入无人之境。还有什么会匪，什么捻股，什么叛兵，均纠合一气，专效那白狼行为，掳人勒赎，所掠男女，称为肉票，一票或值千金，或值万金，随家估值，贵贱不一，惟遇着娇娃，总须由盗目淫污过了，方准赎还。璧已碎了，赎去何用？河南妇女，尚仍旧俗，多半缠足，一遇乱警，娇怯难行，可怜那良家淑女，显宦少艾，不知被群盗糟蹋了多少。缠足之害，可为殷鉴。而且到处焚烧，惨不忍睹。张督镇芳，还讳莫如深，经河南议员彭运斌等，质问政府，方由老袁电饬张督，勒限各军平匪。张镇芳无可推诿，没奈何出城誓师，拟向驻马店进发。

白狼闻张督亲自督师，急忙招集悍党，会议行止，党目宋老年主战，尹老婆主退，独谋士刘生，攘臂直前道："我等起事，已阅两年，名为劫富济贫，试问所济何人？徒令桑梓疾首，今唯速擒磔镇芳，谢我两河，然后南下皖、宁，联合民党，再图北伐，何必郁郁居此，苦我豫人。"此子颇具大志，可惜名字未传。白狼尚是迟疑，复由樊某卜易，南向西向俱吉，唯返里大凶。嗣后白狼之死，果蹈凶谶。狼意乃决，遂分悍党为三队，潜伏驻马店北面，专待张督到来。甫半日，果闻汽笛呜呜，轮机辘辘，有快车自南而至。前队的伏盗，望将过去，见车内统是官军，料知张督已至，一时急于争功，不待快车到站，便大放枪炮，遥击车头。那时烟霾蔽天，响声震地，吓得车内的张镇芳，魂不附体，幸亏卫队营长张砚田，急忙勒车倒退，疾驶如飞。群盗追了一程，那快车已去得远了，乃退还驻马店。白狼顿足叹道："为何这般性急，竟失去张镇芳？"言毕，尚懊恨不已，嗣是率众东行，越西平、汝南、确山，进陷潢川、光山等县，乘势驰入皖境，捣破六安，拟由庐和下江宁。旋闻民党皆溃，第二师师长王占元，且约皖军堵击，不由的太息道："我久闻黄兴大名，谁知他是百战百逃，不堪一试，直与妇人何异，能成什么大事呢？"乃返身西行，窜入湖北去了。张督镇芳，自被群盗吓退，一溜烟逃回省城，料知匪党难平，遂乞假进京。豫督一缺，改为田文烈署理。小子有诗咏张镇芳道：

> 管领中州已数春，况兼守土是乡亲。
> 如何坐纵潢池盗，全局罗殃反脱身？

白狼未平，袁总统也不遑顾及，唯一意的筹备私事，演出许多花把戏来，且看下回方知。

借尹昌衡口中，叙述二次革命之非计，盖斯时袁政府之真相未露，伪共和之局面犹存，徒欲以三数人之言论，鼓动亿兆人之耳目，谈何容易？尹昌衡片言而周明镜倒戈，黄毓成一至而熊克武出走，至如新蔡、宁彼、柳州诸处，倏起倏灭，尤觉无谓，是岂不可以已乎？且白狼一匪徒耳，名为劫富济贫，而一无实践，扰攘二载，毒遍中州，黄兴急不暇择，且欲联络之，是尤计之失者也。

第三十三回

遭弹劾改任国务员
冒公民胁举大总统

却说赣、宁起事的时候，曾由袁总统运动国会，请他提出征伐叛党的议案。那时参议院院长张继，已受国民党连带的嫌疑辞职而去。此外国民党议员，因赣、宁起事，屡战屡败，害得大家没有面目，你也出京，我也回籍，于是国民党失势，进步党愈占胜着。袁政府本利用进步党，进步党也愿受指使，遂由汪荣宝、王敬芳两议员，提出议案，咨请政府。大致说是："临时政府，曾按照约法，组织正当机关，此外有潜窃土地，私立名号，与政府反抗，就是背叛民国，为四万万人公敌。政府为维持国家生存起见，应适用严厉方法，对待乱党。本议院代表民意，建议如右，相应咨大总统查照施行"云云。两个议员，即可代表民意，若一位大总统，应该做民意代表了。袁总统得此议案，越觉冠冕堂皇，竟饬北京检察厅，传讯国民党议员，谓："黄兴是否党魁？党中人如与联络，应由政府取缔，否则由党人自行宣布，立将黄兴除名"。国民党议员，无法可施，只好开会公决。有几个自愿脱党，有几个自愿去职，方在危疑交迫的时候，忽发现一种秘密条件，系是四月内的事情，至七月间才行宣露，为两院议员所得闻。

看官道是什么秘事？原来大借款未成立以前，政府却向奥国斯哥打军器公司，密借款项三千二百万镑，约合华币三千二百万元，实收额系是九二，担保品乃是契税，利息六厘。约中并附有特别条件，须以借款半数，由公司承购军械。赣军事未曾发生，已先借款购械，且严守秘密，老袁毕竟多智。双方早已签押，政府却讳莫如深，一些儿不露痕迹。等到百日以后，方由外人间接说起，传入议员耳内。议员闻这消息，无论是进步党，与非进步党，统说政府违法，不得不向政府质问。政府无词可辩，只有搁起不答的一法。偏议员不肯罢休，接连递交质问书，那时政府无可抵赖，不得已实行承认。议员不便弹劾袁总统，只好弹劾国务员。

是时国务总理，由陆军总长段祺瑞暂代，所有奥款交涉，尚在从前赵秉钧任内，与段无干；且因革命再起，军事彷徨，段任陆军总长，调遣兵将，日无暇晷，已由袁总统提出熊希龄，继任国务总理，咨交两院议决。熊隶进步党，当然经议院通过，遂正式下令，调熊入京，任为国务总理。熊亦直受不辞，竟卸了热河都统的职任，来京组阁，适值借款外露，质问以后，继以弹劾，国务员乘势辞职，袁总统亦乘势照准，于是外交总长陆徵祥，财政总长周学熙，司法总长许世英，农林总长陈振先，交通总长朱启钤，均免去本官，教育总长范源濂，工商总长刘揆一，早已辞去，部务由次长代理，未曾特任。内务总长一缺，本由赵秉钧兼管，赵去职改官后，亦只由次长暂代。唯陆军总长段祺瑞，海军总长刘冠雄，专司军政，于借款上无甚关系，所以自问无愧，绝不告辞。梳栉明白。

熊凤凰既经上台，改组阁员，当下与袁总统商议，除陆海军两总长，一时不能易人，仍请段祺瑞、刘冠雄二人照旧连任外，外交拟任孙宝琦，内务拟任朱启钤，教育拟任汪大燮，司法拟任梁启超，农林拟任张謇，交通拟任周自齐，财政由熊自兼。即由袁总统提交议院，得多数同意，遂一一任命，只工商总长一缺，急切不能得人，特命张謇暂行兼任。张字季直，系南通州人，前清状元出身，向称实业大家，兼任工商，却也没人指摘，熊内阁便算成立了。

袁总统心中，以进步党本受笼络，偏亦因奥款发现，出来作梗，显见得两院议员，统是靠不住的人物，欲要自行威福，必撤销这等议院，方可任所欲为，洞见肺腑之谈。但此时不好双管齐下，只能一步一步的做去，先将国民党摒除，再图进步党未迟。乃通饬各省，如有国民党机关，尽行撤除；并因江西、广东、湖南三省议会，附和乱党，勒令解散，一面派遣侦骑，暗地探缉。适有众议院议员伍汉持，原籍广东，因受国民党嫌疑，愤然出京，行至天津，突被侦骑拿去，说他私通叛党，牵入军署，当即杀死。还有众议院议员徐秀钧，已回江西原籍，也被军人拘住，无非是罪关党恶，处死了案。就是参议院院长张继，也有通令缉拿，亏得他先机远引，避难海外，才得保全生命，遁迹天涯。袁总统又借着湖南会匪为口实，限制各省人民集会结社，特下一通令道：

> 湘省会匪素多，自叛党谭人凤设立社团改进会，招集无赖，分布党羽，潜为谋乱机关，于是案集如鳞之巨匪，皆各明目张胆，借集会自由之名，行开堂放票之实，以致劫案迭出，民不聊生，贻害地方，何堪设想。其余并有自由党人道会环球大同民党诸名目，同时发生，举动均多谬妄。着湖南都督一律查明，分别严禁解散，以保公安。至此等情形，尚不止湖南一处，并着各省都督民政长，一体查禁。须知人民集会结社，本有依法限制之条，如有勾结匪类，荡轶范围情事，尤为法律所不容，切勿姑息养奸，致贻隐患。此令。

看官至此，稍稍有眼光的，已知袁总统心肠，是要靠着战胜的机会，变共和为专制，所有反对人物，统把他做匪类对待。从此民党中人，销声匿迹，哪一个敢向老虎头上去搔痒呢？唯一班袁氏爪牙，统想趁此时机，攀龙附凤，恨不得将袁大总统，即日抬上御座，做个太平天子，自己也好做个佐命功臣。可奈老袁的总统位置，还是临时充选，不是正式就任，倘或骤然劝进，未免欲速不达，就是袁总统自己，也未便立刻照允呢。袁氏果欲为帝，吾谓不若早为，何必踌躇。于是大家议定，请国会先举正式总统，把袁氏当选，然后慢慢儿的尊他为帝。两院议员，已都怕惧袁政府声威，乐得敲起顺风锣，响应国门。只是大总统已须选出，大总统选举法，还未曾制定，这却不得不急事研究，先将选举法宣布，方好选举正式总统。先是国会开幕，曾有先举总统后定宪法的计划，但参考西洋各国，多半是宪法规定，才举大总统，若要倒果为因，理论上殊说不过去，因此拟先定宪法，后举总统。两院中的议员，便组织两个特别机关，一个是宪法起草委员会，一个是宪法会议，草创的草创，讨论的讨论，彼此各有专责，正在筹议进行，偏值赣、宁乱事，生一波折，好容易平定内讧，改造时势，议员为势所迫，幡然变计，遂于九月五日，由众议院开会投票，解决先举总统的问题。至开箧检视，赞成先举总统的，有二百十三票，不赞成的只有一百二十六票。再由参议院公决，也是赞成先举总统。是即上文所云敲顺风锣。乃复开两院联合会，商立大总统选举法。原来总统选举法，本属宪法中一部分，宪法未曾制定，先将选举法提出另订，又是一种困难问题，但既有意迎合，索性通融到底，便决定由宪法起草委员会，草成宪法一部分的总统选举法。旋经宪法会议，各无异言，遂于十月四日，将总统选举法全案，宣布出来。其文如下：

中华民国宪法会议，谨制定大总统选举法，并宣布之。

大总统选举法

第一条　中华民国人民，完全享有公权，年满四十岁以上，并住居国内满十年以上者，得被选举为大总统。

第二条　大总统由国会议员，组织总统选举会选举之。

前项选举，以选举人总数三分之二以上之列席，用无记名投票行之，得票满投票人数四分三者为当选。但两次投票，无人当选时，就第二次得票较多者二名决选之，以得票过投票人数之半者为当选。

第三条　大总统任期五年，如再被选，得连任一次。大总统任满前三个月，国会议员，须自行集会，组织总统选举会，行次任大总统之选举。

第四条　大总统就职时，须为下列之宣誓。余誓以至诚遵守宪法，执行大总统之职务，谨誓。

第五条　大总统缺位时，由副总统继任，至本任大总统任满之日止。

大总统因故不能执行职务时，以副总统代理之。

副总统同时缺位时，由国务院摄行其职务，同时国会议员，于三个月内，自行集会，组织总统选举会，行次任大总统之选举。

第六条　大总统应于任满之日解职，如届期，次任大总统，尚未选出，或选出后，尚未就职，次任副总统，亦不能代理时，由国务院摄行其职务。

第七条　副总统之选举，依选举大总统之规定，与大总统之选举，同时行之，但副总统缺位时，应补选之。

附则

大总统之职权，当宪法未制定以前，暂适用《临时约法》关于临时大总统职权之规定。

总统选举法，既经宣布，即于十月六日，依选举法定例，组织总统选举会，借宪法会议议场，选举正式总统。第一次投票，袁世凯得票最多，只投票人数，不满四分之三，作为无效。第二次投票，仍不足法定人数，虽票上多书"袁世凯"三字，终归无效。参议院议长，已改选王家襄，因两次投票，徒费手续，乃邀集两院议员，密与语道："我看目下的时势，非举项城为总统，恐不得了。况项城左右，统思乘此立功，推他为帝，据我愚见，不如速举项城为正式总统，免得君权复活。诸君洞明时局，谅也不以为谬呢。"恐仍由袁氏授意。各议员随口应允，到了第三次投票，还是袁世凯、黎元洪二人，各占多数。再援照选举法第二条说明，行决选法。正拟写票投瓯，忽有无数人士，拥入议场，服饰鲜明，形容威赫，差不多如军队一般。经会长问明来由，大众齐声道："我等统是公民团，来观盛举，今日推选正式大总统，关系重大，总统贤良，统是诸君所赐，若选出一个不满人望的总统，将来国家扰乱，全是诸君的罪过，哼哼！我公民团是不应许的。与其后日遭灾，何如今日审慎。如或所举非人，诸君不得出议院一步，先此通告，休要见怪！"明明是袁氏团，竟自称为公民，无怪来强奸民意。数语说毕，遂轩眉抵掌的环绕拢来，竟把会场内议员，包围至数十匝。简直是十面埋伏。众议员睹这情形，已窥透政府作用，没奈何各握住了笔，草草书袁世凯三字，投入瓯中。待至检票唱名，自然票票是袁世凯，遂当场呼出，袁世凯当选为中华民国正式大总统。这十数字声浪，传将出来，便有好几万人的应声，回答转去，应声中恰是"大总统万岁"五字。看官不必细问，便可知是公民团的应声了。公民团欢呼以后，一齐退出，又仿佛是得胜班师的形景。能够强迫议员，应推莫大功劳。越日，选举副总统，一次投票，即举出黎元洪。得票满法定人数，也没有什么公民团，来院强迫了。选举告终，当由国务院即日通电，布告全国道：

武昌黎副总统、各省都督、民政长、将军、都统、副都统、办事长官、经略使、镇边使、宣抚使、镇守使、宣慰使鉴：本日国会组织总统选举会，依法选举，临时大总统袁公，当选为大总统，特此通告，希转知省议会，并通电所属各县，一体知照。国务院印。

又由外交部长孙宝琦，照会驻京各公使道：

为照会事：中华民国二年十月六日，经国民议会，依大总统选举法选举大总统，兹据议长报告，现任临时大总统袁世凯，当选为中华民国大总统，定于十月十日行就职礼。相应照会贵署理公使大臣、署理大臣查照，即希转达贵国政府可也。须至照会者。

这次袁总统正式莅任，一切礼节，已由国务院预先订定，预先二字，亦用得妙。格外隆备。正是：

> 政客低头甘听令，枭雄得志又登台。

欲知袁总统就职情形，且至下回再阅。

熊凤凰就任总理，当时有人才内阁之称，其实袁总统意中，第借熊为过渡人物，并非实行信任，熊氏亦何苦身当其冲乎？况解散议会，杀害议员，种种违法举动，已露端倪，而熊氏适丁其时，将来为袁氏受过，已可意料。凤兮凤兮，何见几之不早也？至选举正式总统，再三迎合，尚受军队胁迫，若有洁身自好之议员，应亦先机远引，而乃甘入漩涡，沁沁倪倪，为国民羞，毋亦自轻声价耶？总之人生行事，多为利禄所误，恋恋于利禄中，必有当断不断之忧，迨至后来结果，仍然身名两隳，悔不可追，嗟何及乎！

第三十四回

踵事增华正式受任
争权侵法越俎遣员

却说中华民国二年十月十日，正值国庆令节，全国行庆祝礼，又经袁总统正式莅任，越觉锦上添花，喜气洋溢。老袁强迫选举，正为此日。当由国务院通告礼节，定于十月十日上午十时，前称国庆为双十节，此次应改呼三十节。大总统正式就职于太和殿。这太和殿的规模，很是弘敞，从前清帝登基，以及元旦诞辰，受百官朝贺，统在这殿中行礼，袁总统就此受任，分明是代清受命的意思。一语道破。是日，殿中已洒扫清洁，布置整齐，陈设华丽，一班伺候人员，早已穿好大礼服，趋向殿前，按班鹄立，好容易待至十时，方见大礼官入殿，导着一位龙骧虎步的袁总统，徐步而来。两旁奏起国乐，锵铿杂沓，谐成一片，接连是殿门外面，远远的鸣炮宣威，共计一百零一响。袁总统步上礼台，中立南向。侍从各官，联步随登，站立左右，国乐暂止。侍从官捧进誓词，由袁总统宣读告终，即有庆祝官趋至北面，行谒见礼，向袁总统一鞠躬，袁总统倒也答礼。侍从官再进宣言书，袁总统又照书宣读。读毕，庆祝官再行庆祝礼，向袁总统三鞠躬。袁总统也答礼如仪，乐又再作。掌仪官引导庆祝官退就接待室。大礼官引导袁总统还休息室，乐复暂止。既而大礼官出殿，接引外宾入礼堂，序次排立，复请袁总统出莅礼堂，南向正立。乐奏三成，袁总统再就礼台，由外交总长孙宝琦，邀同各国公使，及参随各员，至礼台前，行鞠躬礼，袁总统也鞠躬相答。领衔公使代表外交团，宣读颂词，满口是爱皮西提，经翻译员译成华文，方可作为本书的词料。词云：

君现被举中华民国大总统，本领衔公使代表外交团，来述庆贺之忱。新政体建设以来，此为第一次集会于中国正式庆日，借此各国公使，请大总统深信所祝，于此选举君为正式大总统，能为中国开始一新幸福时代之先步，且恪守条约及各项成例，不但能维持中国之平和，保持民国政府之稳健，并能保国内富饶之发达。各国于此举亦利助成，依中国情形如是，定望各本国政府与贵国政府，所有今日幸结接洽，将必日益亲密，谅于此情。各国公使，必承大总统贵重协助，外交团于今日庆祝大总统政治丕益，大总统福躬康乐！

领衔公使读毕颂词，袁总统亦亲诵答词道：

今日贵公使以本大总统被选为中华民国大总统，代表各公使惠临称贺，并承贵公使以被选正式总统，为中国开始新幸福之先步，致词推许。本大总统感谢之忱，实为无量。本大总统深愿履行条约，循守成例。与友邦敦睦，为唯一之基础，前在临时政府期内，固已早有明证，此后尤当竭其绵力，俾本国政府，与贵各国政府联络之感情，恳笃之交谊，日益亲密，有加无已。本大总统以保持和平，秩序发达，经济信用，为作新宗旨，贵各国公使热诚赞助，乐观厥成。本大总统深信彼此睦谊，即为他日永久不渝之征也。顺祝贵各国暨贵各公使绥福无疆！

袁总统读一句，翻译员亦译述一句，随读随译，一气读完。各公使均表满意，即率参随各员，复向袁总统鞠躬。袁总统答礼毕，各公使再行私觐礼，由大礼官依次引见，个个与袁总统握手，继以鞠躬。袁总统一一答礼，外交团退赴接待室。大礼官又导入清室代表世续，与袁总统相见，所有礼节，及彼颂此答，大致与各国公使相同。世续退后，大礼告成，伺候各官，循例三呼，国乐以外，杂以军乐，仿佛有凤凰来仪，百兽率舞景象。引用《虞书》，妙不可阶。袁总统缓步下台，退至休息室小憩。是时袁总统心中应该快乐，吾谓其尚未满意。约一小时，陆军总长段祺瑞，戎服趋进，请

袁世凯与各国使节合影

袁总统莅天安门阅兵；袁总统又嘱外交总长孙宝琦，邀请各国公使，及清室代表，同往校阅。各公使等自然乐从，于是袁总统前行，各公使等后随，还有一班伺候官员，鱼贯而出，统至天安门。门前早有座位设着，袁总统坐中，外宾坐左，陆军外交等坐右。一声令下，万卒齐来，先向上座参见，行过军礼，然后按着步伐，排齐行伍，把平时练习的技术，当场试演，俨然得心应手，纯熟无比。各公使却也称赏，袁总统格外嘉慰，越觉得笑容可掬，满面春风。骄态已露。至阅兵礼毕，座客尽散，袁总统即由天安门外，乘着礼车，返总统府去了。

到了下午，由总统府颁发命令，世续、徐世昌、赵秉钧，俱特授勋一位。世续系清室代表，如何也授勋一位。朱瑞、蔡锷、胡景伊、唐继尧，阎锡山、张凤翙、张锡鸾、倪嗣冲、张镇芳、周自齐、陈宧、汤芗铭，均援勋二位。蒋尊簋、孙毓筠、庄蕴宽，均授勋三位。张绍曾、陆建章，均授勋四位。屈映光授勋五位。王家襄、章宗祥，均给予一等嘉禾章。王家襄身为仪员，得给嘉禾章，可见前回拟举袁氏，寓有隐衷。林长民、张国淦、施愚、王治馨、治格，均给予二等嘉禾章。顾鳌给予三等嘉禾章。荫昌给予一等文虎章。赵惟熙、陈昭常、宋小濂、张广建、唐在礼、张士钰、袁乃宽、李进才、江朝宗，均给予二等文虎章。总算赏赉优渥，内外蒙恩。还有一种可喜的事件，自美洲各国，承认中华民国后，欧洲诸国，尚是彷徨却顾，不肯遽认，至此闻正式总统，已经就任，于是俄、法、英、德、奥、意、日本，及比、丹、葡、荷、瑞、挪等国，各于袁总统莅位这一日，赍致外交部照会，承认中华民国，愿敦睦谊，且由内务部农林部工商部交通部，特颁通告，凡公共游玩等所，一律开放三日，任人游览，免收券费，大约是与民同乐的意思。应加断语，均为后文改图帝制伏笔。嗣是黎副总统及各省都督、民政长、将军、都统、副都统、办事长官、经略使、镇边使、宣抚使、镇守使、宣慰使等，无不上书肃贺，各表欢忱。又由国务院电达武昌，道贺黎副总统正式就职。各省官吏，亦通电致贺，是时黎元洪已辞去江西兼督，保荐李纯署任，惟督鄂如故。他本是随遇而安，无心营竞，正式副总统一职，得不足喜，失不足忧，所以人家贺他，他只淡淡的答谢数语，也并没有什么隆礼举行，只是吾行吾素罢了！黎之卒得保身，全学是着。

且说大总统选举法，自宪法会议议决，即直接宣布，并未经过袁政府手中。当时袁总统未免懊恼，以为国会专制，连自己的公布权，都被夺去，将来制定宪法，均须由国会取决，事事不能自主，反做一个傀儡，如何了得。但因正式就职的期间，已预定在国庆日，倘或为此争议，势必选举延迟，辜负此良辰佳节，岂不可惜？自己尚未当选，已预定就职期间，真可谓满志踌躇。所以暂时容忍，就援照国会咨文，将总统选举法全案，刊登政府公报，即日宣布。至就任以后，遂咨照宪法会议，争回公布权，统共不下二千言，由小子节录如下：

　　为咨行事，查临时约法第十九条，内载参议院之职权，议决一切法律案；又第五十四条，内载中华民国之宪法，由国会制定；又第二十二条，内载参议院议决事件，咨由临时大总统公布施行；又第三十条，内载临时大总统公布法律各等语。凡此规定，均属前参议院在约法上议决法律，及制定宪法之职权范围。民国议会成立以来，依国会组织法第十四条之规定，民国宪法未定以前，临时约法所定参议院之职权，为民国议会之职权，则民国议会，无论系议决法律事件，抑系制定宪法事件，皆应以临时约法暨国会组织法所定程序为准，实无丝毫疑义。乃本年十月五日，准宪法会议咨开：大总统选举法案，业于十月四日，经本会议议决宣布，并公决送登政府公报，为此钞录全案，咨达大总统，即希查照饬登等因前来。本大总统当以民国议会，前经议决，先举总统，后定宪法，系为奠定民国国基起见。本月四日，宪法会议议决大总统选举法案，来咨虽仅止声明议决宣布，并公决送登政府公报等语，显与临时约法暨国会组织法规定不符。然以目前大局情形而论，内忧外患，纷至沓来，友邦承认问题，又率以正式总统之选举，能否举行为断，是以接准来咨，未便遽以临时约法及国会组织法相绳，因即查照来咨，命令国务院饬局照登。唯此项咨达饬登之办法，既与约法上之国家立法程序，大相违反，若长此缄默不言，不唯使民国议会，蒙破坏约法之嫌，抑恐令全国国民，启弁髦约法之渐，此则本大总统于宪法会议之来咨，认为于现行法律及立法先例，俱有未妥，不敢不掬诚以相告者也。查民国立法程序，约法暨国会组织法，定有明文，一为提案，二为议决，三为公布，断未有但经提案议决，而不经公布，可以成为法律者，大总统选举法案，若为法律之一种，则依据临时约法第二十二条第三十条之规定，当然应由大总统公布。若为宪法之一部，则依据临时约法第五十四条之规定，虽应由民国议会制定，然制定权行使之范围，仍应以国会组织法第二十条之起草权，第二十一条之议定权为标准，断不能侵及于临时约法第二十二及第三十条之公布权。宪法会议，以此项宣布权，乃竟贸然行使，其蔑视本大总统之职权，关系犹小，其故违民国根本之约法，影响实巨。本大总统此次饬局照登，设我国民起而责以放弃职权之咎，固属百喙莫辞，而我最高立法机关，乃置现行约法及国会组织法于不顾，竟使本大总统不得不出于放弃职权之一途，恐亦非代表国民公意者所应出此也。何不早说？岂至此方才省悟乎？况民国肇造，二年于兹，宪法未施行以前，约法之效力，与宪法等。民国元年，前参议院议决临时约法时，业于是年三月十一日，咨送临时大总统公布有案。而临时约法第五十六条，并定有本为法自公布之日施行各明文。夫与宪法效力相等之约法，既经前参议院议决咨送大总统公布于前，则依照民国立法之先例，无论此次认定之大总统选举法案，或将来议定之宪法案，注意在此条。断无不经大总统公布，而遽可以施行之理。总之民国议会，对于民国宪法案，只有起草权及议定权，实无所谓宣布权，此为国会组织法所规定，铁案如山，万难任意摇动。究竟本月五日来咨所称饬登之大总统选举法案，是否即应依照约法公布施行之规定办理？将来民国议会制定宪法案，应否依照国会组织法第二十条第二十一条之规定，以起草议决为限。事关立法权限，亟应咨询国会，从速答复，相应咨行贵会查照，依法办理可也。此咨。

宪法会议中，接到此咨，统说是直接宣布，系各国通例，原无庸经过总统手续；且因宪法草案，正在裁定，大家悉心斟酌，忙碌得很，也无暇特别开议，答复总统。老袁静待两日，并不见有复文，遂欲越俎代谋，特饬国务院派员干涉。适值宪法起草委员会，开宪法草案三读会，突有八人陆续趋入，据言奉大总统令，来会陈述意见，并赍达总统咨文，请宪法会议查照施行。看官你道这八人为谁？就是施愚、顾鳌、饶孟任、黎渊、方枢、程树德、孔昭焱、余昌八人。一面递交咨文，由会中人员公阅，其文云：

查国会组织法，载民国宪法案，由民国会议起草及议定，迭经民国议会，组织民国宪法起草委员会，暨特开宪法会议。本大总统深唯我中华民国开创之苦，建设之难，对于关系国家根本组织之宪法案，甚望可以早日告成，以期共和政治之发达。唯查临时约法，载明大总统有提议增修约法之权，诚以宪法成立，执行之责，在大总统，宪法未制定以前，约法效力，原与宪法相等，其所以予大总统此项特权者，盖非是则国权运用，易涉偏倚。且国家之治乱兴亡，每与根本大法为消息，大总统既为代表政府总揽政务之国家元首，于关系治乱兴亡之大法，若不能有一定之意思表示，使议法者得所折衷，则由国家根本大法所发生之危险，势必酝酿于无形，甚或补救之无术，是岂国家制定根本大法之本意哉？本大总统前膺临时大总统之任，一年有余，行政甘苦，知之较悉，国民疾苦，察之较真。现在既居大总统之职，将来即负执行民国议会所拟宪法之责，苟见有执行困难，及影响于国家治乱兴亡之处，势未敢自己于言。况共和成立，本大总统幸得周旋其间，今既承国民推举，负此重任，而对于民国根本组织之宪法大典，设有所知而不言，或言之而不尽，殊非忠于民国之素志。兹本大总统谨以至诚对于民国宪法，有所陈述，特饬国务院派遣委员施愚、顾鳌、饶孟任、黎渊、方枢、程树德、孔昭焱、余棨昌前往，代达本大总统之意见：嗣后贵会开议时，或开宪法起草委员会，或开宪法审议会，均希先期知照国务院，以便该委员等随时出席陈述。相应咨明贵会，请烦查照可也。此咨。

会中人员阅毕，便语八委员道：“民国立法，权在国会，不受行政部干涉。诸公来此，未免违法，还请转达总统，收回成命。”八委员齐声道：“大总统尚有咨文在此，请诸君再阅，便可分晓。”言毕，又递交咨文一纸，由众议员续览一周，都不觉摇起头来，小子有诗咏袁总统道：

> 到底雄心未肯降，议围先遣五丁撞。
>
> 乃翁自命非凡品，国会从今莫语哤。

欲知咨文中如何说法，容待下回再详。

前半回叙袁氏正式就职，尽举当时礼节，揭出纸上，见得袁总统威仪煊赫，比前临时总统，已觉不同，即隐为后文帝制伏笔。后半回迭录两咨文，无非为推倒共和，改图专制张本。袁氏以国家宪法，定诸国会，一切不能自主，所以力争公布权，并遣八委员干涉立法，曾亦思今日之中华，固已为民主国体乎？既曰民主，则主权应操之于民，总统不过一公仆耳，乌得妄争主权耶？总之袁氏为帝之心，憧扰于中而不能自己，一经诸事顺手，便逐渐发现出来，作者不肯轻轻放过，故有闻必录，无隐不扬，若徒以抄胥目之，盖亦误矣。

第三十五回

拒委员触怒政府
借武力追索证书

却说众议员阅读袁总统咨文，又是长篇大论，洋洋洒洒的数千言，大致以临时约法，有好几条不便照行，须亟加修正。小子录不胜录，但记得当时有一清单，提出增修约法草案，就中有应修正者三条，应追加者二条，特照录如下：

应修正者三条。

（一）临时约法第三十三条临时大总统得制定官制官规，但须提交参议院议决。

修正大总统制定官制官规。

（二）临时约法第三十四条临时大总统，任命文武职员，但任命国务员及外交大使公使，须得参议院之同意。

修正大总统任免文武职员。

（三）临时约法第三十五条临时大总统经参议院之同意，得宣战媾和及缔结条约。

修正大总统宣战媾和及缔结条约。

应追加者二条。

（一）大总统为保持公安防御灾患，于国会闭会时，得制定与法律同效力之教令。

前项教令，至次期国会开会十日内，须提出两院，求其承认。

（二）大总统为保持公安防御灾患，有紧急之需用，而不及召集国会时，得以教令为临时财政处分。

前项处分，至次期国会开会十日内，须提出众议院，求其承诺。

是时宪法草案，已拟定十一章一百十三条，大旨已定，不便变更。况且袁总统提出各条件，全然是君主立宪国的法例，与民主立宪，毫不相容。看官！你想这宪法起草委员，及宪法会议中人，肯一一听命老袁，委曲迁就么？当下即向施愚、顾鳌等八人道："本会章程，宪法读草，只许国会议员列席旁听，此外无论何人，不得入席。今诸君来此，欲代大总统陈述意见，更与会章不符，本会但知遵章而行，请诸君自重。"施愚等再欲有言，那会员等已不去理睬，只管自己读法去了。施愚等奉命而来，趾高气扬，偏遭了这场白眼，扫尽面上光采，叫他如何不气？如何不恼？原是禁受不起。随即退出院中。回报袁总统，除陈述情形外，免不得添入数语，作为浸润，袁总统半晌道："我自有法，你等且退。"施愚等唯唯趋出，隔了一天，即由国务院发出袁总统电文，通告各省都督民政长，反对宪法草案，略云：

制定宪法，关系民国存亡，应如何审议精详，力求完善。乃国民党人，破坏者多，始则托名政党，为虎作伥，危害国家，颠覆政府，事实具在，无可讳言。此次宪法起草委员会，该党议员居其多数，阅其所拟宪法草案，妨害国家者甚多。特举其最要者，先约略言之：立宪精神，以分权为原则，临时政府，一年以内，内阁三易，屡陷于无政府地位，皆误于议会之有国务员同意权，此必须废除者；今草案第十一条，国务总理之任命，须经众议院同意，第四十三条，众议院对于国务院，为不信任之决议时，须免其职，比较临时约法，弊害尤甚。各部总长，虽准自由任命，然弹劾之外，又有不信任投票一条，必使各部行政，事事仰承意旨。否则国务员即不违法，议员喜怒任意，可投不信任之票，众议员数五百九十六人，以过半数列席计之，但有二百九十九人表决，即应免职，是国务员随时可以推翻，行政权全在众议员少数人之手，直成为国会专制矣。自爱有为之士，其孰肯投身政界乎？各部各省，行政事务，范围甚广，行政实依其施行之法，均得有相当之处分，今草案第八十七条，法院依法律，受理民事刑事行政及其他一切诉讼云云，是不遵约法，另设平政院，乃使行政诉讼，亦隶法院，行政官无行政处分之权，法院得掣行政官之时，立宪政体，固如是乎？国会闭会期间，设国会委员会，美国两院规则内有之，而宪法上并无明文；今草案第五条，规定国会委员会，由参众两院选出四十人，共同组织之，会议以委员三分之二以上列席，三分之二以上同意决之，而其规定之职权，一咨请开国会委员会，一闭会期内，国务总理出缺时，任命署理，须得委员会同意，一发布紧急命令，及财政紧急处分，均须经委员会议决。此不特侵夺政府应有之特权，而仅四十委员，但得二十余人之列席，与十八人之同意，便可操纵一切，试问能否代表两院意见，以少数人专制多数人，此尤侮蔑立法之甚者也。文武官吏，大总统有任命之权，今草案第一百八、九两条，审计员由参议院选举之，审计院长，因审计员互选之云云。审计员专以议员组织，则政府编制预算之权，亦同虚设，而审计又用事前监督，政府直无运用之余地。国家岁入岁出，对于国会，有预算之提交，决算之报告，既予以监督之权，岂宜干预用人，层层束缚，以掣政府之肘？综其流弊，将使行政一部，仅为国会附属品，直是消灭行政独立之权。近来各省省议会，掣肘行政，已成习惯，倘再令照国会专制办法，将尽天下文武官吏，皆附属于百十议员之下，是无政府也。值此建设时代，内乱外患，险象环生，各行政官力负责任，急起直追，犹虞不及，若反消灭行政一部独立之权，势非亡国灭种不止。推你为帝，想国必不亡，种必不灭。此种草案，既有人主持于前，自必有人构成于后，设非借此以遂其破坏倾覆之谋，何至于国势民情，梦梦若是，但你也未必昭昭，奈何？征诸人民心理，既不谓然，即各国法律家，亦多訾驳，本大总统乘受付托之重，坚持保国救民之宗旨，确见此等违背共和政体之宪法，影响于国家治乱兴亡者极大，何敢缄默不言？临时约法，临时大总统有提议修改约法之权，又美国议定宪法时，华盛顿充独立殖民地代表第二联合会议议长，虽寡所提议，而国民三十万人出众议员一人之规定，实华盛顿所主张。法国制定宪法时，马克马洪被选为正式大总统，命外务大臣布罗利，向国民会议提出宪法案，即为法国现行之原案。此法、美二国第一任大总统与闻宪法之事，具有先例可援。用特派员前赴国会陈述意见，以期尽我保国救民之微忱。草案内谬点甚多，一面已约集中外法家，公同讨论，仍当随时续告。各该文武长官，同为国民一分子，且各负保卫治安之责，对于国家根本大法，利害与共，亦未便知而不言。务望逐条研究，共抒谠论，于电到五日内，迅速条陈电复，以凭采择。

原来宪法草案的内容，袁总统已探听得明明白白，他因所定草案，仍然由《临时约法》脱胎，不过增修字句，较为详备，并没有特别通融，所以极力反对。各省都督民政长，本是行政人员，当然不能立法，老袁并非不晓，但既为民选的总统，未便悍然自恣，不得不借重官吏，要他出来作梗，反抗立法机关，庶几借口有资，得以压倒国会。借刀杀人，是他惯技。各省都督民政长，见老袁正在得势，哪个不想望颜色，凑便逢迎？于是你上一篇电陈，我达一篇电复，或说是应解散国民党，或说是应撤销国民党议员，或说是应撤销草案，及解散起草委员会。就中有几个袁氏心腹，简直是主张专制，说是："国会议员，与逆党通同一气，莠言煽乱，颠倒黑白，不如一律解散，正本清源"云云。贡媚献谋，无所不至。袁总统接到这等电文，喜得心花怒开，忙邀入国务总理熊希龄，及各部长等，商议撤销议员等事宜。熊总理等依违两可，乃由袁总统决定，分条进行，先命解散国民党，及撤销国民党议员，于十一月四日下令道：

据警备司令官汇呈查获乱党首魁李烈钧等，与乱党议员徐秀钧等，往来密电数十件，本大总统逐加披阅，震骇殊深。此次内乱，该国民党本部，与该国民党国会议员，潜相构煽，李烈钧、黄兴等，乃敢据地称兵，蹂躏及于东南各省，我国民身命财产，横遭屠掠，种种惨酷情事，事后追思，犹觉心悸，而推原祸始，实觉罪有所归。综核伊等往来密电，最为我国民所痛心疾首者，厥有数端：（一）该各电内称李逆烈钧为七省同盟之议，是显以民国政府为敌国；（二）中央派兵驻鄂，纯为保卫地方起见，乃该各电内称国民党本部，对于此举，极为注意，已派员与黄兴接洽，并电李烈钧速防要塞，以备对待，是显以民国国军为敌兵；（三）该各电既促李逆烈钧以先发制人，机不可失，并称黄联宁、皖，孙连桂、粤，宁为根据，速立政府，是显欲破坏民国之统一而不恤；（四）该各电既谓内证迭起，外人出面调停，南北分据，指日可定，是显欲引起列强之干涉而后快。凡此乱谋，该逆电内，均有与该党本部接洽，及该党议员一致进行，并意见相同各等语，勾结既固，于是李逆烈钧，先后接济该党本部巨款，动辄数万，复特别津贴该党国会议员以厚资。是该党党员，及该党议员，但知构乱以便其私，早已置国家危亡，国民痛苦于度外，乱国残民，于斯为极。本大总统受国民付托之重，既据发现该国民党本部，与该党议员勾结为乱各重情，为挽救国家之危亡，减轻国民之痛苦计，已饬北京警备地域司令官，将该国民党京师本部，立予解散，仍通告各戒严地域司令官各部督民政长，转饬各该地方警察厅长，及该管地方官，凡国民党所设机关，不拘为支部分部交通部，及其他名称，凡现未解散者，限令到三日内，一律勒令解散。嗣后再有以国民党名义，发布印刷物品，公开演说，或秘密集会者，均属乱党，应即一体拿办，毋稍宽纵。至该国民党国会议员，既受李逆烈钧等，特别津贴之款，为数甚多，原电又有与李逆烈钧，一致进行之约，似此阳窃建设国家之高位，阴预倾覆国家之乱谋，实已自行取消其国会组织法上所称之议员资格，若听其长此假借名义，深恐生心好乱者，有触即发，共和前途之危险，宁可胜言？况若辈早不以法律上之合格议员自居，国家亦何能强以法律上之合格议员相待？应饬该警备司令官，督饬京师警察厅，查明自江西湖口地方倡乱之日起，凡国会议员之隶籍该国民党者，一律追缴议员证书徽章。一面由内务总长，从速行令各该选举总监督暨初选举监督，分别查取本届合法之参议院众议院议员候补当选人，如额递补，务使我庄严神圣之国会，不再为助长内乱者所挟持，以期巩固真正之共和，宣达真正之民意。该党以外之议员，热诚爱国者，殊不乏人，当知去害群即所以扶持正气，决不致怀疑误会，借端附和，以自蹈曲庇乱党之嫌。该国民党议员等回籍以后，但能涤除自新，不与乱党为缘，则参政之日月，仍属甚长，共和之幸福，不难共享也。除将据呈查获乱党各证据，另行布告外，仰该管各官吏，一体遵照。此令。

这令下后，不特国民党议员，警愕异常，就是别党议员，也有兔死狐悲的感慨，拟援据议院法，凡议员除名，须经院议决定一条，与政府辩驳。还有新行组织的民宪党，系拥护宪法草案，抵制政府干涉，共说袁总统能战胜兵戎，不能战胜法律，誓共同心力，与宪法为存亡，彼此抖擞精神，要与袁政府辩论曲直。已经迟了。哪知迅雷不及掩耳，就是下令这一日，下午四时，军警依令执行，往来如梭，彻夜不绝。看官道是何因？乃是向国民党议员各寓中，追缴证书徽章。议员稍一迟疑，便经那班丘八老爷，拔出手枪，指示威吓。天下无论何人，没有不爱惜身命，欲要身命保全，不得不将证书徽章，缴出了事。到了夜半，已追索得三百五十多件，汇交政府。哪知老袁意尚未足，再令将湖口起事前，已经脱党人员，亦饬令勒缴证书徽章。军警们不敢少懈，只好再去挨户搜索，敲门打户，行凶逞威。直到天光破晓，红日高升，方一齐追毕，又得八十余件，乃回去销差。不意政府又复下令，叫他监守两院大门，依照追缴证书徽章的议员名单，盘查出入。凡一议员进院，必须经过查问手续，确是单内未列姓名，方准进去。看官！你想议院章程，必须议员有过半数列席，方得开议，起初追缴国民党议员证书徽章，尚止三百多件，计算起来，不过两院中的三分之一，及续行追缴八十余人，两院议员，已去了一半，照院章看来，已不足法定人数，如何开会议事？*袁氏之所以必须续追，原来为此。*因此立法部的机能，全然失去。就是命令中有递补议员一语，各省候补当选人，也相率视为畏途，不敢赴京。国会遂不能开会，徒成一风流云散的残局了。袁政府煞是厉害，见国民党议员，变不出什么法儿，索性饬令各省将省议会中的国民党议员亦一并取消，小子有诗叹道：

> 大权在手即横行，约法何能缚项城？
> 数百议员齐俯首，乃公原足使人惊。

欲知袁政府后事，且至下回续表。

八委员之被拒，为国会正当之举动，狡如老袁，岂见不到此？彼正欲借此八委员，以尝试国会，无论被拒与否，总有决裂之一日，业已战胜敌党，宁不能战胜国会乎？追解散国民党，及追缴证书徽章，强权武力，陆续进行，于是拥护袁氏之进步党议员，亦抱兔死狐悲之感，欲起而反抗之，然已无及矣。观袁氏之令出如山，军警亦奉行唯谨，通宵追索，翌晨毕事，袁氏之威势，真炙手可热哉！然以力假仁，得霸而止，仁且未假，欲横行以逞己志，难矣。请看今日之域中，毕竟谁家之天下？

第三十六回

促就道副座入京
避要路兼督辞职

却说袁总统既削平异党，摧残议院，事事称心，般般顺手，当然有笼压全国，唯我独尊的气势。唯因云南都督蔡锷，于二次革命时，拟联合黔、桂等省，居间调停，主张两方罢兵，凭法理解决。事为袁氏所忌，遂召他入京，令黔督唐继尧兼署；还有湖南都督谭延闿，及福建都督孙道仁，曾附和独立，图抗中央，虽事后取消，归罪他人，也不过是掩耳盗铃的计策，瞒不住老袁心目，袁总统遂将他免职，把湖南都督一缺，特任了汤芗铭，福建都督一缺，令海军总长刘冠雄兼代，后来且将这缺裁去，只设一民政长罢了。三督既去，此外都俯首贴耳，不敢异词，只有国会中议员，还因法定人数，屡次缺席，未免啧有烦言，袁总统特创一新例，挑选了几个有名人物，组成议事机关，叫作政治会议，老袁既有言莫予违之意，何必设此机关，致多累赘。会长派任李经羲，又有梁敦彦、樊增祥、蔡锷、宝熙、马良、杨度、赵惟熙七人，同作襄议员，再由国务总理举派二人，每部总长举派一人，法官二人，蒙藏事务局，酌派数人，各省都督民政长，亦酌派数人，集中议政，算作国会的替身。一面授意各省长官，令他倡议遣散议员，取消国会。于是副总统兼领湖北都督事黎元洪，邀集各省都督民政长等，联名电致袁总统道：

　　大总统钧鉴：共和国家，以法治为归宿，当破坏之后，亟宜为建设之谋，所有应行法治，千端万绪，虽急起直追，犹恐不及。民国初创，以参议院为立法机关，而成立年余，制定法案，寥寥无几，唯以党争闻于天下，适为建设之障碍，决无进行之计划。中外士庶，乃移易其渴望之心，属诸国会，以为国会既成，必可将各项法制，依次制定。不意开会七阅月，糜帑数百万，而于立法一事，寂然无闻，欲仅如前参议院尚能立东鳞西爪之法，而亦不可得。民国前途，岂堪久待？盖因各议员被举之初，别有来由，多非人民公意之所推定，谓为代表，夫将谁欺？其有爱国思想者，固不乏人，而争权利，徇党见，置国家存亡人民死活于不顾者，反占优势。且人数过多，贤者自同寒蝉，不肖者如饮狂水，余皆盲从朋附，烟雾障天，虽有善者，或徒唤奈何，宁与同尽。上下两院，性质相同，无术调剂，因之立法成绩，毫无进步，中外援为诟病，国家日益阽危。上无道揆，下无法守。赖我大总统以救国为己任，毅然刚断，将乱党议员资格，一律取消，令候补当选人，以次挨补。顾候补人员，与前次人员，资格相同，无论一时断难如额，即使如额，而八百余人，筑室道谋，仍恐议论多而成功少。现在国本初定，重要法案，何止数百件？由今之道，以七阅月而未立一法，虽迟以百年，亦复何济？而强邻环伺，破产在即，岂从容高论之秋？我不自谋，必有起而代我者，欲不为人之牛马奴隶，何可得耶？元洪等行政人员，亦国民一分子，国苟不存，身于何有？苟利于国，遑论其他，用敢联名恳切大总统始终以救国为前提，万不可拘文牵义，以各国长治久安之成式，施诸水深火热之中华。历考中外改革初期，以时势造法律，不以法律造时势。美为共和模范，而开国之始，第一次宪法，即因束缚政府，不能有为，遂有费拉德费亚会议修正之举。是役也，全体会员，无不有政治之经验，其会议之所议决，多轶出原有宪法范围以外，而自操制定宪法之全权，论者不诋为违法，先例具在，可为明征。现在政治会议，已经召集，与美国往事由各州推举之例正同，请大总统饬下国务院，咨询各员以救国大计，若众意咸同，则共和政体之精神，即可因兹发轫。即例以南京政府以十四省行政官代表之参议院，其完缺大相悬殊，正与华盛顿修正宪法，若合一辙。元洪等承乏地方，深知民人心理，痛恶暴乱之议员；各国论调，亦极公允，我大总统何所顾忌而不为之所？文明国议员，无论何党，皆以扶持本国为宗旨，断无以破坏阻挠为能事者。现在国民党议员，悉经解散，其余稳健议员，素知自爱，闻已羞与哙伍，愤欲辞职。虽欲固结，已属无从。留此少数之人，既无成立之希望，应请大总统给资回籍，另候召集。各议员皆明达廉洁，决不恋恋于五千元之岁俸，而浮沉于不生不灭之间，以误国家大计。狂夫之言，圣人择焉，伏乞鉴核施行，民国幸甚！副总统兼领湖北都督事黎元洪，署湖北民政长吕调元，直隶都督冯国璋，直隶民政长刘若曾，奉天都督兼署吉林都督张锡銮，奉天民政长许世英，吉林民政长齐耀琳，吉林护军使孟恩远，黑龙江护军使兼署民政长朱庆澜，江苏都督张勋，江苏民政长韩国钧，江北护军使蒋雁行，安徽都督兼署民政长倪嗣冲，署江西都督李纯，江西民政长汪瑞闿，浙江都督朱瑞，署浙江民政长屈映光，福建民政长汪声玲，署湖南都督兼理民政长汤芗铭，署山东都督靳云鹏，署山东民政长田文烈，河南都督张镇芳，河南民政长张凤台，山西都督阎锡山，山西民政长陈钰，陕西都督张凤翔，署陕西民政长高增爵，护理甘肃都督兼护民政长张炳华，新疆都督兼署民政长杨增新，四川都督胡景伊，署四川民政长陈廷杰，护理川边经略使颜镡，广东都督龙济光，署广东民政长李开侁，广西都督陆荣廷，广西民政长张鸣岐，贵州都督兼署云南都督唐继尧，云南民政长李鸿祥，贵州民政长戴戡同叩。

看官阅此电文，已见得各省长官，统是仰承意旨，不消细述。唯黎元洪系起义首领，本意在推翻专制，建设共和，此次袁总统摧残国会，明明欲回复专制，如何也随声附和，反领衔电达呢？古语说得好，"识时务者为俊杰"，大众既赞成袁氏，他亦不便硬行出头，与袁反对，乐得同流合污，做一个与时浮沉的俊杰呢。句中有眼。不意通电未几，即来了参议院院长王家襄，口称奉总统密令，邀副总统入京，面商要略。黎元洪也不推辞，立将任中各项文书，委任民政长暂管，草草的收拾行装，随王北上，尚恐部下有变，佯言因公渡江，事毕返署。所以出城就道，行踪诡秘，连黎氏左右，也未尝预知情事。待至黎已到京，方闻袁总统下令，有云兼领湖北都督事黎元洪，因公来京，着段祺瑞暂代兼领湖北都督事。当时中外人士，莫明其妙，共疑政府有何大事，必须这黎副总统到京呢。嗣由小子调查底细，方知黎氏入京，段氏出镇，统含有特别关系，不是无故调动的。说来话长，待小子叙述出来。

原来袁氏倚黎、段为左右手，黎长参谋，段长陆军，遇事必内外筹商，谋定后动。黎、段亦矢忠矢慎，不敢有违，所以二次革命，黎为外护，段为中坚，终能指日荡平，肃清半壁。袁总统得此奇捷，未免顾盼自豪，尝语左右道："我略用武装，约叛党相见，不到两月，尽已平定，论起功力，不在拿翁下，拿翁即法国拿破仑。唯拿翁自恃武功，觊觎大宝，改变民主，再行帝政，我虽很加羡慕，但不欲轻效拿翁，致蹈覆辙呢。"*自知甚明，何后来利令智昏？* 左右等唯唯如命，未敢妄赞一词，就中有一位跃跃欲逞的贵公子，听到此言，便迎机而入，婉进讽词，老袁掀髯笑道："汝欲我做皇帝么？但为事必三思后行，倘或骄梁不成，反输一跌，岂不是欲巧反拙么？"*意在言外。* 于是这位贵公子，垂首告退。看官道此人为谁？就是袁总统的长公子克定。*画龙点睛。* 袁总统有一妻十五妾，子十五，女十四，唯长子克定，为正室于氏所出，机警不亚乃父，幼时除读书外，辄好武事，及弱冠后出洋，赴德国留学，卒业陆军学校，至是归国已久，常思化家为国，一展所长。*居然想做唐太宗。* 凑巧民国成立，乃父得为总统，他便想趁这机会，劝父为帝，好把一座锦绣江山，据为袁氏私产，偏乃父不肯遽为，日日延挨过去，自思光阴易过，何时得达目的？踟蹰再四，无可为计，猛然想到故友阮忠枢，与段祺瑞向称莫逆，段握陆军重任，倘得他鼓吹帝制，号召军民，那时便容易成功了。当下着人去招阮忠枢，忠枢为袁氏门下士，素与克定往来，一闻传召，立刻驰至。两下相见，当由克定嘱托一番，他即转往国务院，见段在列，乘间密语。谁料段不待词毕，便厉声道："休得妄言！休得妄言！"阮撞了一鼻子灰，返报克定，克定暗暗怀恨。段又出语人道："项城屡次宣言，誓不为帝，克定痴心妄想，一味瞎闹，岂不可笑？"这数语传入克定耳中，愈令懊恼，遂与袁乃宽密谋，挤排段氏。乃宽与克定，同姓不宗，平时殷勤趋奉，颇得老袁欢心，遂认老袁为叔父行，小袁为兄弟行。*这是姓袁的好处。* 老袁屡加拔擢，累任至陆军次长，凡段氏一切行为，乃宽无不洞悉，所以吹毛索瘢，得进谗言。老袁虽然聪明，怎奈一个令子、一个爱侄，日事絮聒，免不得将信将疑。段祺瑞素性坦率，未曾防着，只知效忠袁氏，有时袁总统与谈湖北军情，赞美黎元洪，祺瑞独说黎仁柔有余，刚断不足，袁亦叹为知言。*黎氏生平颇合此八字品评。* 既而袁克定以段不助己，变计联黎，复遣人示意元洪，元洪不肯相从，所答论调，与段略同。克定乃密结爪牙，撺掇老袁，调黎入京，出段镇鄂，一是软禁元洪，缓缓的令他熔化，一是驱开祺瑞，急急的撤他兵权。*然是好计。* 黎、段非无知识，但立人檐下，只好低头奉令，一往一来，仆仆道途，同做个现成傀儡罢了。黎元洪倒也见机，一经入京，便上书辞职，袁总统即日照准，不过温语答复，竭力敷衍。彼此情词斐亹，可歌可诵，小子不忍割爱，一并照录。曾记黎元洪的呈文道：

敬呈者：窃元洪屡觐钧颜，仰承优遇，恩逾于骨肉，礼渥于上宾。推心则山雪皆融，握手则池冰为泮。驰惶靡措，诚服无涯。伏念元洪忝列戎行，欣逢鼎运，属官吏播迁之众，承军民拥戴之殷。王陵之率义兵，坚辞未获，刘表之居重镇，勉负难胜。洎乎宣布共和，混一区夏，荷蒙大总统俯承旧贯，悉予真除。良以成规久圮，新制未颁，不得不沿袭名称，维持现状。元洪亦以神州多难，乱党环生，念瓜代之未来，顾豆分而不忍。思欲以一拳之石，暂砥狂澜，方寸之材，权撑圮厦，所幸仰承伟略，乞助雄师，风浪不惊，星河底定，获托威灵之庇，免贻陨越之羞。盖非常之变，非大力不能戡平，无妄之荣，实初心所不及料也。夫列侯据地，周室所以陵迟，诸镇拥兵，唐宗于焉翦靡。六朝玉步，蜕于功人，五代干戈，贻自骄将。偶昧保身之哲，遂丛误国之愆。灾黎填于壑而罔闻，故国入于宫而不恤，远稽往乘，近览横流，国体虽更，乱源则一，未尝不哀其顽梗，擤莫惩嗟。前者章水弄兵，钟山窃位，三边酬诸异族，六省订为同盟，元洪当对垒之冲，亦尝尽同舟之谊。乃罪言弗纳，忠告罔闻，衷此苦心，竟逢战祸，久欲奉还职权，借资表率，只以兵端甫启，选典未行，暂忍负乘致寇之嫌，勉图扶杖观成之计。孤怀耿耿，不敢告人，前路茫茫，但蕲救国。今有列强承认，庶政更新，洗武库而偃兵，敞文园而弼教。处四海困穷之会，急起犹迟，念两年患难之场，回思尚悸。论全局则须筹一统，论个人则愿乞余年，倘仍恃宠长留，更或陈情不获，中流重任，岂忍施于久乏之身？当日苦衷，亦难襮诸无稽之口，此尤元洪所冰渊自惧，寝馈难安者也。伏乞大总统矜其愚悃，假以闲时，将所领湖北都督一职，明令免去。元洪追随钧座，长听教言，汲湖水以澡心，撷山云而炼性。幸得此身健在，皆出解衣推食之恩，倘使边事偶生，敢忘擐甲执兵之报。伏门待命，无任屏营！谨呈。

袁总统的复书，也是俪黄妃紫，绮丽环生。词云：

来牍阅悉。成功不居，上德若谷，事符往籍，益叹渊衷。溯自清德既衰，皇纲解纽，武昌首义，薄海风从，国体既更，嘉言益著。调停之术，力竭再三，危苦之词，书陈累万。痛洪水猛兽之祸，为千钧一发之防，国纪民彝，赖以不坠。赣、宁之乱，坐镇上游，圮嵒不惊，指挥若定。吕梁既济，重思作楫之功，虞渊弗沉，追论戈之烈。凡所规划，动系安危，伟业丰功，彪炳寰宇。时局初定，得至京师，昕夕握谭，快倾心膈，襃鄂英姿，获瞻便坐。逖、琨同志，永矢毕生。每念在莒之艰，辄有微管之叹，楚国宝善，遂见斯人。迭据面请，免去所领湖北都督一职，情词恳挚，出于至诚，未允施行，复有此牍。语长心重，虑远思深，志不可移，重违其意，虽元老壮猷，未尽南服经营之用，而贤者久役，亦非国民酬报之心，勉遂谦怀，姑如所请。国基初定，经纬万端，相与有成，期我益友，嗣后凡大计所关，务望遇事指陈，以匡不逮。昔张江陵尝言："吾神游九塞，一日二三。"每思兹语，辄为敬服。前型具在，愿共勉之！此复。

复词以外，即老老实实下一令道："兼领湖北都督事黎元洪呈请辞职，黎元洪准免本官。"正是：

　　　　功狗未噪先缚勒，飞禽已尽好藏弓。

鄂督已更，又免去张勋本官，改任为长江巡阅使，另调冯国璋都督江苏，赵秉钧都督直隶，是何用意，容待小子下回表明。

黎之于袁，可谓竭尽所事，始终不贰者矣。癸丑之役，微黎阴助北军，则安能顺流无阻，先发制人？甚至撤消国会之议，黎亦不恤曲徇袁意，领衔电请，黎之忠袁如是，而袁独潜图帝制，甘心舐犊，遣人南下，召黎入京，阳加优礼，阴即软禁，好猜至此，而欲望人心之不解体，其可得乎？虽然，黎欲见好于袁，而卒为袁所卖，假使袁得永年，黎岂终能免祸乎？吾阅此回，殊不禁为黎氏惜焉。

第三十七回

罢国会议员回籍
行婚礼上将续姻

　　却说张勋本党附袁氏，从前袁世凯任直督时，奉清廷命募练新军，所有冯、段一班人物，统是练军中的将弁，张勋亦尝与列，受袁节制。所以张勋平日，除清廷皇帝外，只服从一袁项城，辛亥革命，张勋退出南京，虽有孤城受困，敌不住江浙联军，但也由老袁授意，为此知难而退。癸丑革命，张又为袁尽力，督兵南下，战胜异党，攻入南京，老袁特任他为江苏都督，明明是报功的意思。补叙明白。但张勋为人，粗鲁中含着血性，他自念半生富贵，统由清朝恩典，不过因时势所趋，无法保全清朝，没奈何推戴老袁，老袁只做总统，不做皇帝，还是有话可说，并非篡逆一流，为此仍然效命，唯背后的辫发，始终不肯剃去，却是不忘清室的标示。弃旧事新，已成通习，张辫帅犹怀旧德，我说他是好人。但老袁却为此一着，有些疑忌张勋，预恐帝制一行，他来反对，所以将他撤去督篆，调任散职，特令冯出督江，赵出督直，作为南北洋的羽翼。自是京都内外，统已布置妥当，就好慢慢儿的变更政体，开拓皇图，偏这两院议员，尚是睡在梦中，选据一张没用的《临时约法》，指摘政府，迭加质问。真是盲人。那国务院讨厌得很，索性简截了当的答复数语。看官道如何说法？他说："两院议员，既不足法定人数，当然停议，何能提出质问书？况大总统救焚拯溺，扶危定倾，确是当今第一位人杰，是非心迹，昭然天壤，更不便绳以常例"等语。简直视为汤、武。议员争他不过，只好将就过去。一日又一日，已是民国第三年元旦，总统府中，热闹异常，外宾内吏，均去觐贺，差不多有九天阊阖，万国衣冠的盛仪。袁总统又把五等勋位，及九等嘉禾文虎各章，给赏了若干功狗，算作良辰令节的点染品。受惠感德的人，讴歌不绝。独有人民向隅。转眼间过了十日，忽由袁总统颁下一令道：

> 本日政治会议，呈复救国大计咨询一案，据称：前兼领湖北都督黎元洪等原电，修正宪法一节，若指约法而言，应于咨询增修约法程序案内，另行议复，其对于国会现有议员，给资回籍，另候召集一节，应请宣布停止两院现有议员职务，并声明两院现有议员，既与现行国会组织法第十五条所载总议员过半数之规定不符，应毋庸再为现行国会组织法第二条暨第三条之组织。至如何给资之处，应由政府迅速筹画施行。是否回籍，可听其便，政府毋庸问及等语。本大总统详加披阅，该会议议复各节，与该前兼领都督黎元洪等，救国苦心，深相契合。原呈所陈大要，以为非速改良国会之组织，无以勉符尊重国会之公心，洵属度时审势，正当办法。查两院现有议员，既与现行国会组织法第十五条所载总议员过半数之规定不符，应即依照政治会议议决宣布停止议员职务，毋庸再为现行国会组织法第二条暨第三条之组织。所有民国议会，应候本大总统依照约法，另行召集，此次停止职务各议员，由国务总理财政总长，迅将如何给资之处，筹画施行，余如该会议所陈办理。至两院现有议员，自宣布停止职务之日起，既均毋庸再为国会组织法第二条暨第三条之组织，一应两院事务，应由内务总长督饬筹备国会事务局，分别妥筹办法，免滋贻误，以副本大总统尊重国会之初意。此令。

还有一篇布告，是详述黎元洪等电请原文，及政治会议中呈复，无非说是约法不良，议员未善，应全体撤换，改新国会等情。其实是骗人伎俩，借此取消立法机关，免得节外生枝，牵掣行政，哪里还肯再行召集呢？政治会议诸公，自李经羲以下，也有一两个明白事理，阴怀愤恨，但看到黎元洪等原电，及老袁交议情形，已知木已成舟，不如顺风使帆，博得个暂时安稳；只晦气了这班议员，平白地丢去岁俸五千元，徒领了几十元川资，出都回籍去了。双方挖苦。

是时袁大公子克定，默观乃父所为，明明是与自己的希望，一同进行，黎既软禁，段又外调，所有阻碍，已经摔去，但只少一个位高望重的帮手，终究是未能圆满。他又与段芝贵商议，想去笼络江苏都督冯国璋，冯国璋的势力，不亚段祺瑞，联段不可，转而联冯，也是一条无上的秘计。段芝贵的品行，清史上已经表见，他是揣摩迎合的圣手，敏达圆滑的智囊。既蒙袁公子垂询，便想了一条美人计来，与袁公子附耳数语。袁公子大喜过望，便托他竭力作成。看官试掩卷猜之，愈加趣味。段芝贵应命去讫。

原来袁总统府中，有一位女教授，姓周字道如，乃是江苏宜兴县人。她的父亲，曾做过前清的内阁学士。这女士随父居京，曾入天津女师范学校，学成毕业，雅擅文翰，喜读兵书，嗣因中途失怙，情愿事母终身，矢志不嫁。怎奈宦囊羞涩，糊口维艰，亲丁只有一弟，虽曾需次都门，也未能得一美缺，所以这位周小姐，不能不出充教席，博衣食资。袁总统闻她才学，特延入府中，充为女教员，不特十数掌珠，都奉贽执弟子礼，就是后房佳丽，亦多半向她问字，愿列门墙。袁三夫人闵氏，或云金氏，系高丽人，本末当详见后文。与周女士尤为投契，朝夕相处，俨同姊妹，书窗闲谈，偶及婚嫁事，三夫人笑语道："吾姊芳龄，虽已三十有余，但望去不过二十许人，摽梅迨吉，秾李余妍，奈何甘心辜负，落寞一生呢？"周女士年龄借此叙过。周女士道："前因老母尚存，有心终事，今母已弃养，我又将老，还想什么佳遇？"三夫人道："姊言未免失察了。男婚女嫁，自古皆然，况太夫人已经仙逝，剩姊一身，飘泊无依，算什么呢！"周女士丧母，亦随笔带过。这一席话，说得周女士芳心暗动，两颊绯红，不由的垂头叹息。三夫人又接着道："我两人分属师生，情同姊妹，姊有隐衷，尽可表白，当代为设法，玉成好事。"周女士方徐徐道："我的本意，不愿作孟德曜，但愿学梁夫人，无如时命不齐，年将就木，自知大福不再，只好待诸来了。"三夫人道："哪里说来！当代觅蕲王，慰姊凤愿，何如！"周女士脉脉无言。

三夫人匆匆别去，即转告袁总统，袁亦愿作撮合山，但急切未得佳偶，因此权时搁起。可巧冯国璋在京，有时至总统府中，晤商要公，偶见一丰容盛鬐的周女士，不觉啧啧叹美，讶问何人？袁总统触起旧感，即语国璋道："这是宜兴周女士，现在我处充女教习，博通经史，兼识韬钤，闻汝丧偶有年，我愿为汝作伐，聘她为继室，倒也是一场佳话呢。"好一个冰上人。国璋答道："总统盛意，很是感佩，冯国璋正室虽丧，尚有姬妾数人，豚儿亦已长大，自问年将半百，恐难偶此佳丽，为之奈何？"

口中虽这般说，心中却早默认。袁总统道："周女士的年龄，差不多要四十岁了，与汝相较，亦不过相距十岁，你既如此说法，我待商诸周女士，再行定议便了。"国璋称谢而退。

未几，国璋出督江宁，各大吏祖饯都门，恭送行旌，段芝贵时亦在座，席间谈及周女士事，国璋掀髯笑道："讲到容貌两字，亦未必赛过西子、王嫱，可是人家学问，实在高出我一个武夫，我年已及艾，还有什么不满意的事？不过这胡子还长得住否，实在是一个大问题。"得意语。言毕，鼓掌大笑，众亦随作笑声。段芝贵却从旁凑趣道："当日刘备娶孙夫人，洞房中环列刀枪，把刘备吓得倒退，冯公虽统兵有年，若好事果成，雌威不可不防哩。"国璋复笑道："言为心声，段君想是惧内，自己有了河东狮，尽管小心奉承，不要向他人代虑呢。"大家诙谐一番，兴阑席散。越宿，国璋即别友出都，自行赴任去了。段芝贵记在心里，适逢克定垂询，遂将现成的美人计，敬谨奉献。一日，至总统府，便乘间禀明袁总统，袁总统道："我亦早有此想哩，只因国事倥偬，竟致忘怀，但两造的意思，究未知是否赞同？"段芝贵道："得大总统与他撮合，哪有不情愿之理？况两造感及玉成，将来总统有所指使，还怕他不内外效顺么？"袁总统频频点首。明人不必细说。一俟段芝贵退出，即嘱三夫人去作说客。三夫人笑着道："我已早代为说妥了。"袁总统即致函冯国璋，请践原约。国璋本已有心，自然返报如命，且择于民国三年一月十九日，行成婚礼。

到了一月十二日，袁总统即遣公子克定，及三夫人率领周家姻族，及主婚代表等，送周女士南下江宁。江宁铁路，特备花车欢迎，沿路排列兵队，气象巍然。下关、江口一带，热闹异常。轮渡码头，悬灯结彩，并有松柏牌楼一座，上悬匾额，署"大家风范"四大字。两旁分列楹联，左首八字，是"天上神仙，金相玉质。"右首八字，是"女中豪杰，说礼明诗。"待周女士等渡江而来，各乘大轿入江宁城，当以鼓楼前交涉局为坤宅，门前亦设着松枝牌楼，特用五色电灯，盘出"福共天来"四大字。宅中陈设一新，尤觉光怪陆离，色色齐备。室中环列武装兵队，层层拥护，又特置布篷岗位数十所，屯驻警察，刀枪森耀，与昼间日光，夜间灯影，掩映生辉。都督府中人员，又稔知新人尚武，多派军服侍者，窗前阶下，荷枪鹄立，端的是文经武纬，灿烂盈门。极力描摹。到了十八日下午二时，移置妆具，由坤宅启行至都督府，前导军乐，引以红绸彩门，横书四字为"山河委佗"，左右对联，上为"扫眉才子，名满天下"，下为"上头夫婿，功垂江南"，闻说为旅宁同乡所送。此外尚有直隶女师范学校，与高等女子小学教习学生，以及周女士闺友所赠诗章叙文颂词对联词曲，均用玻璃屏装饰，约计数十具。余如箱栊物件，却尚简朴，荆钗布裙，想见高风，不比那小家妇女，专从服饰上着想哩。**好女不穿嫁时衣，想周小姐深得此旨。** 越日，即为婚期，坤宅因交涉局与都督府，相去太远，移驻都督府西首花园内，专候冯都督亲迎。时当午后，冯都督着上将礼服，佩挂勋章，乘舆出辕，由大总统代表人、介绍人，及司仪人、迎亲人等，拥着彩舆，并排着全副仪仗，偕冯都督同至坤宅。护兵杂沓，军乐喧阗，冯都督降舆入室，行过了亲迎礼，略用茶点，先行告别。过一小时，即由送亲人等，送彩舆至都督府，三星在户，百两迎门。司仪员先登礼堂，请冯都督出来，一面请新娘降车；舆门开处，但见一位华装炫饰，胡天胡帝的女娇娃，姗步下舆，身穿玄青色贡缎绣着八团五彩花的礼衣，下系绣金洒花的大红裙，宫额齐眉，遍悬珠勒，后面披着粉红纱，约长丈许，有侍女两人持着两端，随步而前。红纱上设一彩结，置于发顶，前悬两球，适垂前额，借以复面。既入礼堂，与冯都督并肩立着，行文明结婚礼式，男女宾东西站立，先由大总统代表赍读颂词，新郎新娘，遣人代诵答词，继由男女宾分致颂词，新郎新娘，又遣人诵答如仪。司仪员乃唱新郎新娘行鞠躬礼，两下里对向鞠躬，至再至三，夫妇礼成。当由两新人对着代表介绍，鞠躬致谢。代表人介绍人，依次答礼，然后男女亲族，各行相见礼，无非是按着尊卑，相向鞠躬。男女宾又各行贺礼，两新人亦依礼相答。笙簧并奏，鸾凤和鸣，两新人归入洞房，宾朋等俱退出礼堂，各至客厅中，欢宴喜酒去了，自此洞房叶好，合卺共牢，说不尽的枕席风光，描不完的伉俪恩爱。小子且作诗一首，作为本回的结束。诗云：

> 一番趣事话风流，尽有柔情笔底收。
> 为问江南新眷属，可将月老记心头？

袁克定等送亲毕事，相率返京，欲知后事，再阅下回。

　　立法机关，是民主国最要条件，此而可以停止，是已举民主政体，完全推翻，奚待筹安设会，洪宪纪元，方为鼓吹帝政乎？老袁行于上，小袁行于下，联黎联段，俱难生效，不得已转联老冯。周女士道如，守北宫婴儿之节，乃必为冯作伐，牵入政治漩涡中，枕席风光，虽饶趣味，然揆诸周女士之初志，毋乃未免渝节欤？一条美人计，究用得着否，试看后文便知。

第三十八回

让主权孙部长签约
失盛誉熊内阁下台

　　却说袁总统密图帝制，专从内政上着手，日事变更，亦无暇顾及外交，就中蒙、藏风云迄未解决，前藏达赖喇嘛，屡生异图，办事长官钟颖，亦连电乞援。袁总统饬令滇、蜀各军，相继进征，不防英兵亦陆续入藏，驻华英使，且向袁政府抗议，谓中国若增兵藏境，英政府非但不承认民国，且将派兵助藏，令他独立。**全是强权。**袁总统无法对待，只好停止滇、蜀各军，一面与达赖电商，撤还驻藏兵队，全藏应承认中国的宗主权。达赖总算照允。嗣是川、藏边境，暂息兵戈。尹昌衡亦奉召入京，撤去兵权。旋因尹擅纳蛮女，滋扰川边，竟加他罪名，拘禁起来，结果是褫职了案。**总是一个刻薄手段。**还有俄蒙协约，前经外交总长陆徵祥，与俄使辩论数次，只争得一个领土权，另订中俄协约六条，并将俄蒙协约中所称附约十七条，作为中俄协约的附件，字句略加修改，所有外蒙古政府字样，均改为外蒙古地方官字样，算是保存国权的要点。当时政府曾提出国会，征求同意，众议院多进步党，赞助政府，权予通融；参议院多国民党，排斥政府，竟致否决。旋因赣、宁变起，不遑顾及此事。至民党失败，国会已成残局，俄使库朋斯齐，且提出协约四条，较原订六条，尤为严酷。库匪又连番南下，时来寻衅，防边各兵，屡与战争，互有胜负。会外交总长已改任孙宝琦，不得已与俄使交涉，另订协约五款，可巧国会停止，得由袁政府独断独行，款约如下：

（一）俄国承认中国在外蒙古之主权。

（二）中国承认外蒙古之自治权。

（三）中国承认外蒙古人享有自行办理自治外蒙古之内政，并整理本境一切工商事宜之专权。中国允许不干涉以上各节，是以不将兵队派驻外蒙古，及安置文武官员，且不办殖民之举。唯中国可任命大员，偕同应用属员，暨护卫队，驻扎库伦，此外中国政府，亦可酌派专员，驻扎外蒙古地方，保护中国人民利益，但地点应按照本文件第五款商订。俄国一方面，担任除各领事署拥卫队外，不于外蒙古驻扎兵队，不干涉此境内之各项内政，并不在该境有殖民之举动。

（四）中国声明承受俄国调处，按照以上各款大纲，以及一九一二年十月二十一日俄蒙商务专条，明定中国与外蒙古之关系。

（五）凡关于俄国及中国在外蒙古之利益，暨各该处因现势发生之各问题，均应另行商订。

此外又由外交总长孙宝琦，照会俄使，另加声明道：

照得签定关于外蒙古问题之声明文件，本总长奉有本国委任，以政府名义，向贵公使声明各款如下：

（一）俄国承认外蒙古土地为中国领土之一部分。

（二）凡关于外蒙古政治土地交涉事宜，中国政府，允与俄国政府协商，外蒙古亦得参与其事。

（三）正文第五款所载随后商订事宜，当由三方面酌定地点，派委代表接洽。

（四）外蒙古自治区域，应以前清驻扎库伦办事大臣，乌里雅苏台将军，及科布多参赞大臣，所管辖之境为限。唯现在因无蒙古详细地图，而各处行政区域，又未划清界限，是以确定外蒙古疆域，及科布多、阿尔泰划界之处，应按照声明文件第五款所载，日后商定。

以上四款，相应照会贵公使查照，须至照会者。

照会去后，俄使也不复答复，是否承认，无从悬揣。不过外蒙古一部分，已不啻告朔饩羊，名存实亡了。回结前第十七回。老袁也没甚顾惜，但教皇帝做得成功，就是割去若干土地，亦所甘心，所以俄约告成，他尚喜慰，以为朔漠一带，免多顾虑，从此好一心一意的，改革内政，求吾大欲。当下令政治会议诸公，于立法机关以外，特设一造法机关。法可自造，何用机关。为增修约法，及各种法案的基础。议长李经羲以下，希旨承颜，即议定一约法组织条例，呈经袁总统裁夺，申令公布。凡约法会议的议员，仍参用选举方法。选举区划，取都会集中主义。选举资格，取人才标准主义。所以选举会只限都会，京师选举会，只准选出四人，选举监督，就是内务总长充任。各省选举会，每省只准选出二人，由各省民政长，充选举监督。蒙藏青海联合选举会，只准选出八人，由蒙藏事务局总裁，充选举监督。全国商会联合会选举会，只准选出四人，由农商总长，充选举监督。选举人及被选举人，资格很严。选举人分四等：（一）曾任或现任高等官吏，通达治术；（二）由举人以上出身，夙著闻望；（三）在高等专门学校三年以上毕业，研精科学；四有万元以上财产，热心公益。被选举人只分三等：（一）曾任或现任高等官吏，确有成绩；（二）在中外专门学校，习过法律政治学，三年以上毕业；或曾由举人以上出身，通晓法政，确有心得；（三）硕学通儒，著述宏富，确有实用。这三项人当选以后，还须经过中央审查会，查系合格，方得给予证书，实任约法会议议员，正副议长，由议员互选，各置一人。遇有议决事件，必咨请总统裁可才得公布。政府且得派员出席，发表意见，唯以不得加入议决为限。这等条例，明明是限制民意，集权政府，一时不便擅作威福，就借这非驴非马的法子，掩饰过去。还是多事。

寻又修正法制局官制，订定法律编查会规则，统是责成官长，不采公议。未几，又取消地方自治制。曾记民国三年二月三日，有一通令云：

> 地方自治，所以辅佐官治，振兴公益，东西各国，市政愈昌明者，则其地方亦愈蕃滋。吾国古来乡遂州党之制，啬夫乡老之称，聿启良规，允臻上理，要皆辨等位以进行，决非离官治而独立，为社会谋康宁，决非为私人攘权利。乃近来迭据湖北、河南、直隶、甘肃、安徽、山东、山西等省民政长电呈，佥以各属自治会，良莠不齐，平时把持财政，抵抗税捐，干预词讼，妨碍行政，请取消改组等语，业经先后照准在

案。兹又续据热河都统姜桂题，电称承德县头沟乡议事会，私设法庭，非刑拷讯。湖南都督汤芗铭，电称湘省各级自治机关，密布党徒，暗中勾结，当乱党叛变，各会职员，跳荡诪张，或污伪命，自任中坚。且平时弁髦法令，鱼肉乡民，无所不至，请即行解散以清乱源。山东民政长田文烈等，电称栖霞县乡民，因上下两级自治会，平日私受诉讼，滥用刑罚，集怨酿变，聚众围城，业已派队弹压。吉林民政长齐耀琳，呈称长春县议事会议决，不按法定人数，违反省行政官命令，把持税务，非法苛捐，冒支兼薪，并对于外交重事，公然侮辱。贵州民政长戴戡，电称黔省自治机关，由多数暴民专制，动称民权，不知国法，非廓清更始，庶政终无清肃之时。浙江民政长屈映光，电称浙省自治会，侵权违法，屡形自扰，请停止进行，另订办法各等情。本大总统深维致治之道，贵在无扰，革命以来，吾民两丁困厄，满目疮痍，每一念及，恧焉如捣。似此蚑法乱纪之各自治机关，若再听其盆踞把持，滋生厉阶，吏治何由而饬？民生何由得安？着各省民政长通令各属，将各地方现设之各级自治会，立予停办，所有各该会经管财产文牍，及另设财务捐务公所等项，由各该知事接收保管。会员中如有侵蚀公款公物者，应彻底清查，按律惩办。其从前由各该会擅行苛派之琐细杂捐，诸凡不正当之收入，并着各该县知事，详晰查报内务部，酌量核定。至于自治不良，固由流品滥杂，亦由从前立法未善，级数太繁，区域太广，有以致之。着内务部迅将自治制度，从新厘订，务以养成自治人才，巩固市政基础，为根本之救治，庶符选贤与能之古旨，渐进民治大同之盛轨。其自治制未颁定以前，各该地方官，尤宜慎选公正士绅，委任助理，自治会员中，亦不乏贤达宿望，并宜虚衷延访，勤求民隐，不得误会操切，致违本大总统惩除豪暴，保义良善之本意。此令。

地方自治，既已取消，各省都督民政长，又推赵秉钧领衔，呈请将各省议会议员，一律停止职务。恐仍由老袁授意。袁总统复有所借口，又续下一令道：

据署直隶都督赵秉钧署直隶民政长刘若曾等电称，各省议会成立，瞬及一年，于应议政事，不审事机之得失，不究义理之是非，不权利害之重轻，不顾公家之成败，唯知怀挟私意，壹以党见为前提。甚且当湖口肇乱之际，创省会联合之名，以沪上为中心，作南风之导火，转相联络，胥动浮言。事实彰明，无可为讳。有识者洁身远去，谨愿者缄默相安。议论纷纭，物情骇诧，而一省之政治，半破坏于冥冥之中。推求其故，盖缘选举之初，国民党势力，实占优胜，他党与之角逐，一变而演成党派之竞争，于是博取选民资格者，遂皆出于党人，而不由于民选。虽其中富于学识，能持大体者，固不乏人，而以扩张党势，攘夺权利为宗旨，百计运动而成者，比比皆是。根本既误，结果不良。现自国民党议员奉令取消以来，去者得避害马败群之谤，留者仍蒙薰莸同器之嫌。议会之声誉一亏，万众之信仰全失。微论缺额省份，当选递补，调查备极繁难，即令本年常会期间，议席均能足额，而推测人民心理，利国福民之希冀，全堕空虚。一般舆论，佥谓地方议会，非从根本解决，收效无期；与其敷衍目前，不如暂行解散，所有各省省议会议员，似应一律停止职务，一面迅将组织方法，详为厘定，以便另行召集，请将所陈各节，发交政治委员会议决等语。该都督所陈各节，自系实情，应如所请，交政治会议公同议决，呈候核夺施行。此令。

　　看官！你想政治会议诸公，都是一班明哲保身的人物，就时论势，已觉得各省议会，存立不住，索性撤掉了他，使老袁得称心如愿，因此复呈上去，只说各省电呈，实是不错。袁总统非常快活，遂名正言顺的将各省议会取消了。自是民意机关，摧残殆尽，就是司法一部分，也说因财政艰难，将初级审检厅，尽行裁去，并归县知事代管，于是行政权扩充极大，官僚派乘时得位，复借几种古圣先王的政治，缘饰成文，曲为迎合，如祭天祀孔制礼作乐等议论，盛倡一时。袁总统一一照准，说甚么对越神明，说甚么尊崇圣道。大祀典礼，概用拜跪，大有希踪虞夏，凌驾汉唐的规范。*东施效颦，适形其丑。*

　　唯内阁总理熊希龄，起初是一往无前，颇欲展施抱负，造成一法治国，所以一经就任，便草就大政方针宣言书，拟向国会宣布。偏偏国会停止，变为政治会议，熊复将大政方针，交政治会议审定。政治会议诸公，以内阁将要推倒，还有什么责任内阁政策，可以施行，随即当场揶揄，加以讥笑。京内外人士，又因袁总统种种命令，多半违法，熊总理不加可否，一一副署，既失去官守言责的义务，有何面目职掌首揆，侈谈政治？从此第一流内阁的名誉，又变做落花流水，荡灭无遗。熊亦心不自安，提出辞职呈文，极力请去。*何不早去？迟了数日，反害得声名涂地。*袁总统批示挽留，只准免兼财政，另调周自齐署财政总长，仍兼代陆军总长，所有交通总长一缺，命内务总长朱启钤兼理。熊希龄决计告退，再行力辞，袁总统乃准免本官，令外交总长孙宝琦，兼代理国务总理。司法总长梁启超，教育总长汪大燮，因与熊氏有连带关系，依次辞职。袁复改任章宗祥为司法总长，蔡儒楷为教育总长，余部暂行照旧。小子有诗咏熊凤凰道：

> 不经飞倦不知还，凤鸟无灵误出山。
> 古谚有言须记取，上场容易下场难。

熊内阁既倒，熊希龄相率出都，忽有一急电到总统府，说有一现任都督，竟致暴毙了。究竟何人暴亡，俟下回再行揭载。

中国兵力，战强俄则不足，平库伦则有余，当库伦独立之日，正民国创造之时，设令乘南北统一，即日发兵，远征朔漠，内以掩活佛之不备，外以制俄焰之方张，则库伦不足平，而俄人自无由置喙矣。乃专为自谋，竟忘外患，因循久之，卒致俄人着着进行，不惜弃外蒙为瓯脱地，与彼定约。夫老袁既欲取威定霸，何对于外人，畏葸若此？而对内则又悍然不顾，肆行无忌，自国会停止后，而地方自治，而省议会，诸民意机关，如秋风之扫落叶，了无孑遗。然凤凰身为总理，不能出言匡正，且又恋栈不去，以视唐少川辈，有愧色矣。一失足成千古恨，熊亦自知愧悔否耶？

第三十九回

呈阴谋毒死赵智庵
改约法进相徐东海

却说暴病身亡的大员，并非别人，乃是现任直隶都督赵秉钧。秉钧本袁氏心腹，自袁氏出山后，一切规划，多仗秉钧参议，及晋任国务总理，第一大功，便是谋刺宋教仁一案，回应第二十回。他尝指示洪述祖，勾结应夔丞，实为宋案中的要犯。至赣、宁失败，民党中人，统已航海亡命，把这一桩天大的案件，无形打消，应夔丞也从上海监狱中，乘机脱逃。应在上海溷迹数月，不便出头，自思刺宋一案，有功袁氏，不如就此北上，谒见老袁，料老袁记念前功，定必给畀优差，还我富贵。但自己与老袁未曾相识，究不便直接往见，凑巧赵秉钧调任直隶总督，正好浼他介绍，作为进身地步。一函密达，旋得好音，赵秉钧已替他转达老袁，召使北上，于是这钻营奔走的应桂馨，遂放心安胆，整备行装，乘津浦火车北上。既至天津，与秉钧相见，秉钧很是优待，一住数日，宾主言欢，彼此莫逆。应欲进谒总统，当由赵用电话，先向总统府接洽，然后送应出署，且派卫队送至车站，待应上车北驶，卫队方回署消差。

不到半日，忽由京津路线的车站，传达紧急电话，到了直督署中，报称应夔丞被刺死了。赵秉钧得此消息，吃一大惊，急忙复电，问系何人大胆，敢尔行凶？现在曾否拿住凶手？不料回电又来，说系凶手势大，不便拿讯。赵秉钧闻到此语，已瞧料了十分之九，只因良心上忍不过去，乃复传电话至总统府，向袁总统直接问话。袁总统直捷答复，但有"总统杀他"四字。秉钧又向电话中传声道："自此以后，何人肯为总统府尽力。"连呼数声，简直是没人答应，秉钧亦只好掷下电筒，咨嗟不已。并非叹惜应夔丞，实是叹惜自己。原来袁总统惯使阴谋，仿佛当年曹阿瞒，有宁我负人，毋人负我的意思。他想应果来京，如何位置？不如杀死了他，既免为难，又可灭口，遂阴遣刺客王滋圃，乘了京津火车，直至津门，与应在车中相见，但说是奉总统命，特来欢迎。应夔丞快慰得很，哪里还去防备。不料到了中途，拍的一声，竟送应一颗卫生丸，结果了他的性命，车中人夫相率惊惶，王滋圃竟抬出"总统"二字，作为护盾。当时京畿一带，听得袁总统大名，仿佛与神圣一般，哪个敢去多嘴？唯应夔丞贪慕荣利，害得这般收场，徒落得横尸道上，贻臭人间。渔父有知，应在泉下自慰曰："应该如此。"赵秉钧自应被刺后，免不得暗暗悔恨，抑郁成疾，好几日不能视事，便电向总统府中，去请病假。袁总统自然照准，且饬遣一个名医，来津视疾。秉钧总道他奉命来前，定是高手，便令他悉心诊治，依方服药，谁知药才入口，便觉胸前胀闷；过了半时，药性发作，满身觉痛，腹中更觉难熬，好似绞肠痧染着，忽起忽仆，带哭带号，急思诘问来医，那医生已出署回京。秉钧自知中毒，不由的恨恨道："罢了罢了。"说到两个"罢"字，已是支持不住，两眼一翻，呜呼毕命。好至阎王殿前，与宋教仁、应夔丞、武士英等一同对簿。死后的情形，甚是可怕，四肢青黑，七孔流血，比上年林述庆死状，还要加重三分。当下电讣中央，袁总统谈笑自若，只形式上发了一道命令，说他如何忠勤，给金治丧，算作了事。看官不必细问，便可知秉钧中毒，仍与应夔丞被刺一样的遭人暗算，不过夔丞被刺，是完全为宋案关系，杀死灭口，秉钧中毒，一半是为着宋案，一半是为着帝制。先是秉钧在京，尝恨东南党人，迭加诘责，曾语袁总统道："名为元首，常受南人牵制，正足令人懊恨，不如前时统领北洋，尚得自由行动呢。"袁总统点首无言。袁大公子克定，疑他言外有意，隐讽老袁为帝，所以密谋禅袭，首先示意秉钧，不料秉钧竟不赞成。克定亦从此挟嫌，至夔丞刺死，遂向老袁前进谗，说他怨望。袁信以为真，适秉钧命数该绝，生起病来，遂暗嘱医生，赴津治病，投药一剂，即将秉钧活活治死，真个是杀人猛剂，赛过刀锯呢，话休烦叙。

且说约法会议，组织告成，于三月十八日开会，推孙毓筠为议长，施愚为副议长，把民国元年的《临时约法》，逐条修改，一意的尊重主权，划除民意，一面设平政院及肃政厅，规复前朝御史台规制，并组织海陆军大元帅统率办事处，将全国海陆兵柄，一股脑儿收集中央，于是召段祺瑞回京供职，另遣段芝贵署理湖北都督。是时白狼正驰突楚、豫，扰均州，窜淅川，勾结余党孙玉章、时家全、王成敬等，攻破荆紫关，意图西向。回顾第二十五回。袁总统既召祺瑞回京，复令他沿途缉匪，助剿白狼，这明是忌他督鄂，迫令交卸，又不愿他速回陆军本任，特令逗留京外，免来作梗。至护军使赵倜等，已将白狼逼入西北，阵毙悍匪千余人，白狼势焰已衰，然后段祺瑞返入京师，再任陆军总长。这时候的约法会议，已经修正约法，由袁总统核定，照例公布了。新约法共计十章，分列六十八条，就中所有文字，实是袁氏潜图帝制的先声，小子不能不录，约法如下：

第一章　国家

第一条　中华民国，由中华人民组织之。

第二条　中华民国之主权，本于国民之全体。

第三条　中华民国之领土，依从前帝国所有之疆域。

第二章　人民

第四条　中华民国人民，无种族阶级宗教之区别，法律上均为平等。

第五条　人民享有左列各款之自由权：一人民之身体，非依法律，不得逮捕拘禁审问处罚；二人民之住宅，非依法律，不得侵入或搜索；三人民于法律范围内，有保有财产及营业之自由；四人民于法律范围内，有言论著作刊行，及集会结社之自由；五人民于法律范围内，有居住迁徙之自由；六人民于法律范围内，有信教之自由。

第六条　人民依法律所定，有请愿于立法院之权。

第七条　人民依法律所定，有诉讼于法院之权。

第八条　人民依法律所定，有诉愿于行政官署，及陈诉于平政院之权。

第九条　人民依法律所定，有愿任官考试及从事公务之权。

第十条　人民依法律所定，有选举及被选举之权。

第十一条　人民依法律所定，有纳税之义务。

第十二条　人民依法律所定，有服兵役之义务。

第十三条　本章之规定，与海陆军法令，及纪律不相抵触者，军人适用之。

以上数条，多用法律二字，其时国会已废，即下文所定之立法院，后且未闻建设，徒以命令为法律，朝三暮四，民无适从，何民权之足言？

第三章　大总统提大总统于立法院之前，见得行政势力，重于立法。

第十四条　大总统为国之元首，总揽统治权。

第十五条　大总统代表中华民国。

第十六条　大总统对国民之全体负责任。

第十七条　大总统召集立法院，宣告开会停会闭会。

第十八条　大总统提出法律案及预算案于立法院。

第十九条　大总统为增进公益，或执行法律，或基于法律之委任，发布命令，并得使发布之。但不得以命令变更法律。

第二十条　大总统为维持公安，或防御非常灾害，事机紧急，不能召集立法院时，经参政院同意，得发布与法律有同等效力之教令，但须于次期立法开会之始，请求追认。若立法院否认时，即失其效力。

第二十一条　大总统制定官制官规，并任免文武职官。

第二十二条　大总统宣告开战媾和。

第二十三条　大总统为陆海军大元帅，统率全国陆海军，并定陆海军之编制及兵额。

第二十四条　大总统接受外国大使公使。

第二十五条　大总统缔结条约，但变更领土，或增加人民负担之条款，须经立法院同意。

第二十六条　大总统依法律宣告戒严。

第二十七条　大总统颁给爵位勋章，并其他荣典。

第二十八条　大总统宣告大赦特赦减刑复权，但大赦须经立法院同意。

第二十九条　大总统因故去职，或不能视事时，副总统代行其职权。

第四章　立法

第三十条　立法以人民选举之议员组织立法院行之。立法院之组织，及议员选举方法，由约法会议议决之。

第三十一条　立法院之职权如下：一议决法律；二议决预算；三议决或承诺关于公债募集及国库负担之条件；四答复大总统咨询事件；五收受人民请愿事件；六提出

法律案；七提出关于法律及其他事件之意见，建议于大总统；八提出关于政治上之疑义，要求大总统答复；但大总统认为须秘密者，得不答复之；九对于大总统有谋叛行为时，以总议员五分四以上之出席，出席议员四分之三以上之可决，提起弹劾之诉讼于大理院。

第三十二条　立法院每年召集之会期，以四个月为限，但大总统认为必要时，得延长其会期，并得于闭会期内，召集临时会。

第三十三条　立法院之会议，须公开之，但经大总统之要求，或出席议员过半数之可决时，得秘密之。

第三十四条　立法院议决之法律案，由大总统公布施行。

第三十五条　立法院议长副议长，由议员互选之，以得票过投票总数之半者为当选。

第三十六条　立法院议员于院内之言论及表决，对于院外不负责任。

第三十七条　立法院议员，除现行犯及关于内乱外患之犯罪外，会期中非经立法院许可，不得逮捕。

第三十八条　立法院法由立法院自定之。

第五章　行政

第三十九条　行政以大总统为首长，置国务卿一人赞襄之。

第四十条　行政事务，置外交、内务、财政、陆军、海军、司法、教育、农商、交通各部分掌之。

第四十一条　各部总长，依法律命令，执行主管行政事务。

第四十二条　国务卿、各部总长及特派员，代表大总统出席立法院发言。

第四十三条　国务卿、各部总长，有违法行为时，受肃政厅之纠弹，及平政院之审理。

第六章　司法

第四十四条　司法以大总统任命之法官，组织法院行之。

第四十五条　法院依法律独立，审判民事诉讼，刑事诉讼，但关于行政诉讼，及其他特别诉讼，各依其本法之规定行之。

第四十六条　大理院对于第三十一条第九款之弹劾事件，其审判程序，别以法律定之。

第四十七条　法院之审判，须公开之，但认为有妨害安宁秩序，或善良风俗者，得秘密之。

第四十八条　法官在任中，不得减俸或转职，非依法律受刑罚之宣告，或应免职之惩戒处分，不得解职。

第七章　参政院

第四十九条　参政院应大总统之咨询审议重要政务。参政院之组织，由约法会议议决之。

第八章　会计

第五十条　新课租税，及变更税率，以法律定之。现行租税，未经法律变更者，仍旧征收。

第五十一条　国家岁出岁入，每年度依立法院所议决之预算案行之。

第五十二条　因特别事件，得于预算内预定年限，设继续费。

第五十三条　为备预算不足，或于预算以外之支出，须于预算内设预备费。

第五十四条　下列各款之支出，非经大总统同意，不得废除或裁减之：一法律上属于国家之义务者；二法律之规定所必需者；三履行条约所必需者；四海陆军编制所必需者。

第五十五条　为国际战争或戡定内乱，及其他非常事变，不能召集立法院时，大总统经参政院之同意，得为紧急财政处分，但须于次期立法院开会之始，请求追认。

第五十六条　预算不成立时，执行前年度预算。会计年度既开始，预算尚未议定时亦同。

第五十七条　国家岁出岁入之预算，每年经审计院审定后，由大总统提出报告书于立法院，请求承诺。

第五十八条　审计院之编制，由约法会议议决之。

第九章　制定宪法程序

第五十九条　中华民国宪法案，由宪法起草委员会起草。委员会以参政院所推举之委员组织之，人数以十名为限。

第六十条　中华民国宪法案，由参政院审定之。

第六十一条　中华民国宪法案，经参政院审定后，由大总统提出于国民会议议决之。国民会议之组织，由约法会议议决之。

第六十二条　国民会议，由大总统召集并解散之。

第六十三条　中华民国宪法，由大总统公布之。

第十章　附则

第六十四条　中华民国宪法未施行以前，本约法之效力，与宪法等。约法施行前之现行法令，与本约法不相抵触者，保有其效力。

第六十五条　中华民国元年所宣布之清帝辞位后优待条件，清皇族待遇条件，满蒙回藏各族待遇条件，永不变更其效力。

第六十六条　本约法由立法院议员三分之二以上，或大总统提议增修，经立法院议员五分四以上之出席，出席议员三分之二以上之可决时，由大总统召集约法会议增修之。

第六十七条　立法院未成立以前，以参政院代行其职权。

第六十八条　本约法自公布之日施行，民国元年三月十一日公布之临时约法，于本约法施行之日废止。

旧约法既废，新约法施行，便靠着三十九条新例，请出一位老朋友来，做了国务卿，看官道是谁人？就是清末的内阁协理徐世昌。抬出他的旧官衔，未免太刻。徐字菊人，东海人氏，世人叫他徐东海。他与袁总统系是故交，民国新造，他虽未曾登场，尚是留住都门，隐备老袁顾问，至此奉到袁总统命令，起初是上书告辞，只说是年衰力绌，难胜巨任，后经孙宝琦、段芝贵两人，替总统代为劝驾，备极殷勤，那时这位徐菊老，幡然心动，也不暇他顾，居然来做国务卿了。当下将国务院官制，一律取消，特就总统府设一政事堂，由国务卿赞襄政务，承大总统命令，监督政事堂事务。国务卿以下，分设左右两丞，左丞任了杨士琦，右丞任了钱能训。并设五局法制局，机要局，铨叙局，主计局，印铸局。一所，各置长官。又选入参议八员，与议政事。这明明是置相立辅，唯王建国的意思。正是：

　　　　浊世复逢新魏武，泥人又见老徐娘。

国务卿以外，还有各部总长，亦略有更动，容待下回叙明。

应夔丞之被刺，与赵秉钧之暴亡，虽系由老袁辣手，然亦未始非赵、应之自取。杀人，何事也？与人无仇，而甘受主使，致人于死，我杀人人亦杀我，人能使我杀人，安知不能使人杀我？相去不过一间，赵秉钧特未之思耳。若废止旧约法，施行新约法，实是借此过渡，接演帝制。徐东海阅世已久，应烛几先，何苦受袁氏羁縻，甘居肘下耶？我为徐东海语曰："太不值得。"

第四十回

返老巢白匪毙命
守中立青岛生风

却说各部总长，由袁总统酌量任命，外交仍孙宝琦，内务仍朱启钤，财政仍周自齐，陆军仍段祺瑞，海军仍刘冠雄，司法仍章宗祥，农商仍张謇，唯教育总长，改任了汤化龙，交通总长，改任了梁敦彦。大家俯首听命，毫无异言。袁总统又特下一令道：

现在约法业经公布施行，所有现行法令，及现行官制，有无与约法抵触之处，亟应克日清厘，着法制局迅行，按照约法之规定，将现行法令等项，汇案分别修正，呈候本大总统核办。在未经修正公布以前，凡关于呈报国务总理等字样，均应改为呈报大总统，关于各部总长会同国务总理呈请字样，均应改为由各部总长呈请；关于应以国务院令施行事件，均改为以大总统教令施行，余仍照旧办理。此令。

据这令看来，大总统已有无上威权，差不多似皇帝模样，就是特任的国务卿，也是无权无柄，只好服从总统，做一个政事堂的赘瘤，不过总统有令，要他副署罢了。令出必行，还要什么副署。嗣是一切制度，锐意变更，条例杂颁，机关分设，就中最注目的法令，除新约法中规定的审计院、参政院、次第组织外，还有甚么省官制，

258

甚么道官制，甚么县官制，每省原有的民政长，改称巡按使，得监督司法行政，署内设政务厅，置厅长一人，又分设总务、内务、教育，实业各科，由巡按使自委掾属佐理。道区域由政府划定，每道设一道尹，隶属巡按使，所有从前的观察使，一律改名，县置知事，为一县行政长官，须隶属道尹。且各县诉讼第一审，无论民事刑事，均归县知事审理。打消司法独立。至若各省都督，也一概换易名目，称为将军。都督与将军何异？无非因旧有名目，非经袁氏制定，所以有此更张。又另订文官官秩，分作九等：（一）上卿，（二）中卿，（三）少卿，（四）上大夫，（五）中大夫，（六）少大夫，（七）上士，（八）中士，（九）少士。不称下而称少，是何命意。此外又有同中卿，同上大夫，同少大夫，同中士，同少士等名称，秩同本官。少卿得以加秩，称为同中卿，故有同中卿之名。同上大夫以下，可以类推。他如各部官制，亦酌加修正，并将顺天府府尹，改称京兆尹。所有大总统公文程式，政事堂公文程式，及各官署公文程式，尽行改订。一面取消国家税地方税的名目。什么叫作国家税地方税？国家税是汇解政府，作为中央行政经费，地方税是截留本地，作为地方自治经费。此次袁氏大权独揽，已命将地方自治制，废撤无遗，当然取消地税，把财政权收集中央，而且募兵自卫，加税助饷，新创一种验契条例，凡民间所有不动产契据，统要验过，照例收费；又颁三年国内公债条例，强迫人民出赀，贷与政府；还有印花税，烟酒税，盐税等，陆续增重，依次举行。民间担负，日甚一日，叫他向何处呼吁？徒落得自怨自苦罢了。

五月二十六日，参政院成立，停止政治会议，特任黎元洪为院长，汪大燮为副院长，所有参政人员，约选了七八十人，一大半是前朝耆旧，一小半是当代名流。袁总统且授照新约法，令参政院代行立法权，黎元洪明知此事违背共和，不应充当院长，但身入笼中，未便自由，只好勉勉强强的担个虚名儿，敷衍度日，院中也不愿进去，万不得已去了一回，也是装聋作哑，好像一位泥塑菩萨，静坐了几小时，便出院回寓去了。也亏他忍耐得住。袁总统不管是非，任情变法，今日改这件，明日改那件，头头是道，毫无阻碍。正在兴高采烈的时候，又接到河南军报，剧盗白狼，已经击毙。正是喜气重重，不胜庆幸。究竟白狼被何人击死？说来话长，待小子详叙出来。

白狼自击破荆紫关，西行入陕，所有悍党，多半随去，只李鸿宾眷恋王九姑娘，恣情欢乐，不愿同行，王成敬亦掠得王氏两女，此非王不仁女。左抱右拥，留寓宛东。当时白狼长驱入陕，连破龙驹寨、商县，进陷蓝田，绕长安而西，破盩厔，复渡渭陷乾县，全陕大震。河南护军使赵倜，急由潼关入陕境，飞檄各军会剿，自率毅军八营，追击白狼。白狼侦得消息，复窜踞郿县，大举入甘肃。甘省兵备空虚，突遭寇警，望风奔溃，秦州先被攻入，伏羌、宁远、醴县，相继沦陷。回匪会党，所在响应，啸聚至数万人。白狼竟露布讨袁，斥为神奸国贼，文辞工炼，相传为陈琳讨曹，不过尔尔。**居然大出风头。**嗣闻毅军追至，各党羽饱橐思归，各无斗志，连战皆败，返窜岷、洮。白狼乃集众会议，借某显宦宅为议场，狼党居中，南士居左，北士居右，其徒立门外。白狼首先发言道："我辈今日，势成骑虎，进退两途，愿就诸兄弟一决。有奇策，可径献。赞成者击掌，毋得妄哗！"当有马医徐居仁，曾为白狼童子师，即进言道："清端郡王载漪，发配在甘，可去觅了他来，奉立为主，或仍称宣统年号，借资号召。"**此策最愚。**言已，击掌声寥寥无几。白狼慨然道："满人为帝时，深仁如何，虐待如何？都与我无干。但他坐他的朝，我赶我的车，何必拉着皇帝叫姊夫，攀高接贵呢。"旁边走过一个独只眼，绰号白瞎子，也是著名悍目，大言道："还不如自称皇帝罢，就使不能为朱元璋，也做一个洪秀全。"**此策却是爽快，然理势上却万不能行。**狼党闻言，多半击掌。南士北士，无一相应。**狼之谋士，且反对帝制。**白狼笑道："白家坟头，也没有偌大气脉，我怎敢作此妄想？"**顾还知足。**谋士吴士仁、杨芳洲献议道："何不入蜀？蜀称天险，可以偏安，且前此得城即弃，实非良策，此后得破大城，即严行防守，士马也得安顿休息，养精蓄锐，静待时机，何必长此奔波呢？"**为白狼计，要算上策。**南士北士，全体击掌。唯狼党狼徒，相率寂然。芳洲又道："富贵归故乡，楚霸王终致自刎，且樊生占易，返里终凶，奈何忘着了？"白狼瞿然道："汝言极是，我愿照行。"语未毕，但听门外的狼徒，齐声哗噪道："就是到了四川，终究也要回来，不如就此回去罢。"士仁再欲发言，狼徒已竟拾砖石，纷纷投入，且哗然道："白头领如愿入川，尽请尊便，我等要回里去了。"**恶贯已盈，不归何待？**白狼连声呵止，没人肯听，乃恨恨道："都回去死罢。"乃径向东行。回匪会党，沿途散归，就是南北谋士，也知白狼不能成事，分头自去。狼众又各顾私囊，与白狼分道驰还。**人心一散，便成瓦解。**

白狼怏怏不乐，行至宁远、伏羌，遇着官军，再战再败，白瞎子等皆战死，唯白狼且战且走，驰入郿县，又被赵倜追至，杀毙无算；转向宝鸡，又遭张敬尧截击；

遁至子午谷，复被秦军督办陆建章攻杀一阵，那时白狼收拾残众，硬着头皮，突出重围，走镇安，窜山阳，鄂督段芝贵，豫督田文烈，飞檄各军堵剿，部令且悬赏十万元，购拿白狼。白狼越山至富水关，倦极投宿，睡至夜半，忽闻枪声四起，慌忙起床，营外已尽是官军，眼见得抵敌不住，只好赤身突围，登山逃匿，官军乘势乱击，毙匪数百人。比明，天复大雾，经军官齐鸣号鼓，响震山谷，匪势愈乱，纷纷坠崖。

看官道这支官兵，是何人统带？原来就是巡防统领田作霖。作霖奉田督命令，调防富水，随带不过千余人，既抵富水关附近，距匪不过十余里，闻镇嵩军统领刘镇华，驻扎富水镇，乃重资募土人，令他致函与刘，约他来日夹攻，土人往返三次，均言为匪所阻，不便传达。作霖正在惊疑，忽有一老翁携榼而来，馈献田军，且语作霖道："从前僧亲王大破长发贼于此，此地有红灯沟、红龙沟两间道，可达匪营，若乘夜潜袭，定获全胜。"乡民苦盗久矣。作霖大喜，留老翁与餐，令为向导。黄昏已过，即令老者前行，自率军随后潜进。老翁夜行如昼，此老殆一隐君子。及至狼营，即由作霖传令，分千人为左右翼，冲突进去。果然狼营立溃，大获胜仗。嗣因兵力单弱，不便穷追，俟至天明，令军士击鼓，作为疑兵。连长鞠长庚，率左翼抄出山北，巧遇镇嵩军到来，正要上山擒狼，哪知毅军尾至，错疑镇嵩军为匪，开炮轰击。镇嵩军急传口号，禁止毅军，毅军攻击如故，恼动了刘镇华，竟欲挥众返攻。白狼乘隙遁去。至田作霖驰至，互为解释，各军复归于好，那白狼已早远扬了。

但狼众经此一战，伤亡甚众，及遁至屈原冈，白狼检点党羽，不过三四千人，杨芳洲喟然道："初入甘省，三战三胜，一行思归，四战四败。昔楚怀王不用屈原，终为秦掳，目今我等亦将被掳了。"白狼亦长叹道："诸兄弟固强我归，使我违占愎谏，以至于此，尚有何言？"乃与宋老年等，再行东窜。赵倜、田作霖二军，昼夜穷追，迭毙狼众。至临汝南半闸街东沟，与白狼相遇，飞弹击中狼腰，狼负伤入搭脚山，手下只百余人，又被官军围攻，越山北遁，返至原籍大刘庄，伤剧而亡。狐死正首丘，岂狼死亦复如是？党伙七人，把尸首掩埋张庄，狼有叔弟二人，知尸所在，恐被株连，潜向镇嵩军呈报。民国四年八月五日，分统张治功，掘斩狼首，特载年月日，为了结白狼一案。只说是派人投匪，乘间刺毙。刘镇华忙据词电陈，袁总统喜出望外，即下令嘉奖。哪知赵倜的呈文，又复到来，声称白狼毙命情形，实系因伤致死，并非张治功部下击毙，田作霖、张敬尧禀报从同，乃再下令责罚张治功，褫去新授的少将衔及三等文虎章。刘镇华代为谎报，亦撤销新授的中将衔及勋五位，以示薄惩。所有余匪，着各军即日肃清。究竟白狼如何致死，尚没有的确凭证，无非是彼此争功罢了。**论断甚是。**

这时候的王成敬、李鸿宾，已被防营拿住，一体正法。王氏二女得生还，王九姑娘，已生有子女各一人，也在匪穴中拨出，送还母家。王沧海扑杀九姑娘的子女，将她改嫁汝南某富翁，作为继室。**王沧海毕竟不仁，某富翁甘娶盗妇，想也是登徒子一流。**段青山、尹老婆、孙玉章等，统遭击毙。只张三红就抚陆军，宋老年流入陕境，往投旅长陈树藩，缴枪五十枝，得为营长。三年流寇，至是划除，可怜秦、陇、楚、豫的百姓，已被他蹂躏不堪了。**谁尸其咎。**

袁总统以剧寇荡平，内政问题，又复顺手，越加痴心妄想，要立子孙帝王万世的基业。但默念东西各邦，只承认中华民国，不承认中华帝国，倘或反对起来，仍不得了，再四图维，想出一法，拟腾出巨款，延聘几个外人，充总统府顾问员，将来好教他运动本国，承认帝制。可惜款项无着，所有国家收入，专供行政使用，尚嫌不足，哪里能供给客卿？于是又从筹款上着想，弛广东赌禁，设鸦片专卖局，又创行有奖储蓄票洋一千万元，**储蓄票本，当时允三年后偿还，至今分毫无着，各省援以为例，仿造各种奖券，散卖民间，祸尤甚于赌博鸦片。作法于凉，弊将若何？真足令人慨叹。**一面向法国银行商量，乞借法币一万五千万佛郎，情愿加重利息，并让给钦渝铁路权。**自广东钦州，至四川重庆。**款既到手，乃聘用日本博士有贺长雄，及美国博士古德诺等，入为顾问，加礼优待，正思借他作为导线，不料欧洲一方面，起了一个大霹雳，竟闹出一场大战争来。这场大祸，本与中国没甚关系，不过五洲交通，此往彼来，总不免受些影响。从理论上说将起来，欧洲各国，注力战争，不遑顾及中华，我中华民国，若乘他多事的时候，发愤为雄，静图自强，岂不是一个绝好机会？偏这袁总统想做皇帝，一味的压制人民，变革政治，反弄得全国骚扰，内讧不休，这正是中华民国的气运，不该强盛呢！**绝大议论，声如洪钟！**

且说欧洲战争的原因，起自奥、塞两国的交涉，奥国便是奥地利，与匈牙利合为一国，地居欧洲东南部，塞国便是塞尔维亚，在匈牙利南面，为巴尔干半岛中一小国。奥、塞屡有龃龉，暗生嫌隙，会当西历一千九百十四年，即中华民国三年六月二十八日，奥国太子费狄南，至塞国斯拉杰夫境内，被塞人泼林氏刺死，**泼林氏实为**

祸首。奥皇闻这消息，怎肯干休，当即严问塞国，要他赔偿生命，并有许多条件，迫塞承认。塞本弱小，不肯履行，奥遂向塞国致哀的美敦书，<small>即战书。</small>与他决裂。塞亦居然宣战，俄国亦下动员令，出来助塞。奥与德为联盟国，便请德帮助，抵制俄国。德皇维廉二世，夙具雄心，遂欲借此机会，战胜各国，雄长地球，当下出抗俄国，与俄宣战。法国与俄国，又夙缔同盟，当然助俄抗德，德复与法宣战，法、德两国的中间，夹一比利时国，向由列强公认，许他永久中立，此次德欲攻法，向比假道，比人不许，德军竟突入比境。英国仗义宣言，要求德皇尊重比利时中立，德皇全然不睬。那时英国亦欲罢不能，只好对德宣战。于是英、俄、法、塞四国，与奥、德两国，互动干戈，角逐海陆，争一个你死我活。日本与英联盟，也与德绝交。独美国宣告中立，其余各国，亦尚守中立态度，不愿偏袒。中国积弱已久，只好袖手旁观，严守局外中立，当由袁总统下令道：

　　我国与各国，均系友邦，不幸奥、塞失和，此外欧洲各国，亦多以兵戎相见，深为惋惜。本大总统因各交战国与我国缔约通商，和好无间，此次战事，于远东商务，关系至巨，且因我国人民，在欧洲各国境内，居住经商，及置有财产者，素受各国保护，并享有各种权利，故本大总统欲维持远东平和，与我国人民所享受之安宁幸福，对于此次欧洲各国战事，决意严守中立。用特宣布中立条规，凡我国人民，务当共体此意，按照本国所有现行法令条约，以及国际公法之大纲，恪守中立义务。各省将军巡按使，尤当督率所属，竭力奉行，遵从国际之条规，保守友邦之睦谊，本大总统有厚望焉。此令。

　　中立条规，共计二十四条，无非是对着交战国，各守领土领海界限，不相侵犯。所有彼此侨寓的兵民，不得与闻战事。各交战国的军队军械，及辎重品，不得运至中国境内，否则应卸除武装，扣留船员。这系各国中立的通例，中国亦不过模仿成文，无甚标异。<small>造法机关，只能对内，不能对外。</small>只中国山东省境内，有一青岛，素属胶州管辖。光绪二十四年，因曹州教案，戕杀德国二教士，德国遂运入海军，突将青岛占去。嗣经清政府与他交涉，把青岛租借德国，定九十九年的租约，然后了案。此番德人与各国开战，日本与德绝交，遂乘机进攻青岛，谋为己有。看官！你想青岛是中国领土，德人只有租借权，德既无力兼顾，应该归我国接收，如何日人得越俎代谋呢？袁总统一心称帝，有意亲日，竟任他发兵东来，袖手作壁上观。日人遂破坏我国中立，从胶州湾两岸进兵，小子有诗叹道：

> 大好中原任手挥，如何对外昧先机，
> 分明别有私心在，坐使东邻炫国威。

日本恃强弄兵，袁总统挟权胁民，彼此各自进行，又惹出种种祸事。天未厌乱，事出愈奇，小子演述至此，禁不住伤心起来，暂时且一搁笔。后文许多事实，待至下回续述，看官少安毋躁，小子即日赓续，再行宣布。

吾尝谓权利二字，误人不浅。白狼之甘心为盗，扰攘至三载，蹂躏至四五省，卒至恶贯满盈，身首异处，谁误之？曰权利二字误之也。袁总统之热心帝制，不惮冒天下之大不韪，举误国病民诸弊政，陆续施行，谁误之？曰权利二字误之也。即如欧洲之大战争，震动全球，牵率至十余国，鏖斗历四五年，肝脑涂地，财殚力痛，亦何莫非权利二字误之耶？呜呼权利！吾阅此，吾不忍言。